CHRIS **BRADFORD**

BODY GUARD

DAS LÖSEGELD

Aus dem Englischen von
Karlheinz Dürr

cbj

Der Verlag weist ausdrücklich darauf hin, dass im Text enthaltene externe Links vom Verlag nur bis zum Zeitpunkt der Buchveröffentlichung eingesehen werden konnten. Auf spätere Veränderungen hat der Verlag keinerlei Einfluss. Eine Haftung des Verlags ist daher ausgeschlossen.

Dieses Buch ist auch als E-Book erhältlich.

MIX
Papier aus verantwortungsvollen Quellen
FSC® C083411

Verlagsgruppe Random House FSC® N001967

6. Auflage
Erstmals als cbj Taschenbuch August 2015

Erstmals erschienen unter dem Titel »Bodyguard – Ransom«
bei Puffin Books, einem Imprint von Penguin Books Ltd., UK
Übersetzung: Karlheinz Dürr
Lektorat: Andreas Rode
Umschlagfoto: Richard Jenkins
Umschlaggestaltung: © semper smile,
unter Verwendung des Originalumschlags
© Cover art by Larry Rostant represented by Artist Partners
MP · Herstellung: ReD
Satz: KompetenzCenter, Mönchengladbach
Druck: CPI books GmbH, Leck
ISBN 978-3-570-40276-4
Printed in Germany

www.cbj-verlag.de

Für meine Patin Ann und meinen Paten Andrew.
Danke, dass ihr mein Leben lang auf mich Acht gebt.

PROLOG

Brutal stieß er ihr den Lauf der Pistole gegen den Kopf. Kalter Stahl, hart und unerbittlich.

»Knie nieder!«, befahl er. Eine Stimme, so trocken und grausam wie der Wüstenwind.

Sie hatte keine andere Wahl. Blind ließ sie sich in die Knie sinken. Das schmutzige Tuch, mit dem er ihr die Augen verbunden hatte, ließ an den fadenscheinigen Stellen ein wenig Licht durch. Es stank nach schalem Schweiß. Sie stöhnte auf vor Schmerz, als sich ein spitzer Stein in ihr linkes Knie bohrte. Flüchtig schoss ihr der Gedanke durch den Kopf, dass sich die Wunde entzünden könnte, doch dann hörte sie ein Geräusch, das unendlich viel schlimmer war als eine Schürfwunde: das unheilvolle Klicken, als die Patrone in die Kammer geschoben wurde.

Sie erstarrte.

Ihr Entführer beugte sich zu ihr herab – sie konnte ihn nicht sehen, aber sie spürte seinen Atem, der warm und irgendwie vertraut über ihr Ohr strich. Er stank, ein bitteres Gemisch von Kaffee und Nikotin.

»Leb wohl, mein kleiner Spatz.«

Das war's dann wohl, dachte sie und wunderte sich über ihre Gelassenheit. Doch nach all den Wochen der Ungewissheit, der fieberhaften Angst, der unzähligen schlaflosen Nächte hatte sie jede Hoffnung aufgegeben. Sie hatte die Angst hinter sich gelassen; nichts war geblieben als stumpfe Benommenheit. In wenigen Augenblicken würde sie tot sein. Der Gedanke weckte tief in ihrem Innern ein seltsames Gefühl – Erleichterung, dass ihre Qualen bald ein Ende haben würden.

Doch während sie auf die erlösende Kugel wartete, hörte sie irgendwo in ihrem Kopf plötzlich eine Stimme – zuerst schwach und leise, dann immer lauter. Die Stimme der Wut.

Warum haben sie mich im Stich gelassen? Warum wurde das Lösegeld nicht gezahlt? Was ist schiefgelaufen?

Sie hatte so viele gute Vorsätze gefasst, die sie einlösen wollte, wenn sie aus dieser Sache lebend herauskam, hatte so viele Hoffnungen gehabt, die sich immer wieder zerschlagen hatten – doch jetzt wurde ihr klar, dass sie sterben würde. Eine Kugel in den Kopf. Eine Leiche im Wüstensand.

Würde mich überhaupt jemand finden?, dachte sie. Und würden sie überhaupt noch feststellen können, wer ich war, wenn ich erst mal ein paar Tage in der glühend heißen Sonne gelegen habe? Oder ist es ihnen längst völlig gleichgültig, was aus mir wird?

»Bringen wir's hinter uns«, murmelte sie. In diesem Augenblick sehnte sie sich sogar danach, dass ihr Henker endlich auf den Abzug drückte und ihrer langen Leidenszeit ein Ende setzte.

Stille.

Nichts klickte. Kein Knall. Nicht einmal eine Antwort. Nur das Surren der Fliegen in der drückenden Hitze.

Wieso braucht er so lange?, fragte sie sich. Oder gehört das nur wieder zu seinen Psychospielchen?

Ein Schweißtropfen rann unter der Augenbinde hervor und über ihre Wange.

»Traust dich wohl nicht, wie?«, krächzte sie mit zittriger Stimme. Erst Resignation, dann Ungeduld, und jetzt Frustration.

Niemand antwortete.

Endlich hob sie die zitternde Hand, traute sich, den stinkenden Stofffetzen von den Augen zu reißen. Sie blinzelte den Sand aus den Augen ... und entdeckte, dass sie allein war, verlassen ...

Sie befand sich in einem einfachen, düsteren Raum. Lehmwände. Das Gebäude schien nur aus diesem einen Raum zu bestehen. Eine notdürftig zusammengenagelte Holztür, durch deren Ritzen und Spalten ein paar Sonnenstrahlen wie scharfe Speere durch die Dunkelheit schnitten.

Soll ich zu fliehen versuchen?, fragte sie sich. Aber sie hatte keine Ahnung, was hinter der Tür auf sie wartete. Ihr Entführer? Das schwarze Mündungsloch einer Waffe? Oder, was ihr am wahrscheinlichsten vorkam, meilenweit nichts als glühend heißer Wüstensand?

Plötzlich flog die Tür krachend auf. Die gleißende afrikanische Sonne blendete sie, doch dann füllte eine dunkle Gestalt die Türöffnung. Ein Mann ... bewaffnet, der Finger lag auf dem Abzug eines großen Maschinengewehrs. Jetzt erkannte sie, dass er eine Art Uniform trug, eine kakifarbene Hose.

Er machte einen Schritt in den Raum, schwenkte die Waffe herum, blickte sich rasch nach Gefahren um. Erst als er sicher war, dass sich niemand sonst im Raum befand, richtete er den Blick auf das Mädchen, das mitten im Raum auf dem Boden lag.

»Emily Sterling?«, knurrte er.

Ihre Kehle war zu ausgetrocknet, außerdem traute sie ihrer Stimme nicht. Sie nickte nur schwach.

Der Soldat drückte auf sein Mikro. »Yankee four an X-Ray. Geisel gesichert. Lebt. Wiederhole: Geisel LEBT.«

Emily sackte in sich zusammen. Er hob sie wie eine Stoffpuppe vom Boden auf und trug sie zur Tür hinaus.

Erst als sie in die grelle Sonne und den weiten Himmel blinzelte, wurde Emily allmählich bewusst, dass sie gerettet war. *Gerettet*. Ein Schluchzen brach aus ihr hervor und ließ sich nicht mehr stoppen.

»Es ist vorbei«, sagte der Soldat, nun plötzlich mit überraschend sanfter Stimme. »Jetzt bist du in Sicherheit.«

Sicherheit?, dachte Emily, während Tränen über ihre Wangen strömten und das Hemd des Soldaten durchnässten. Nein. Die wird es für mich nie mehr geben.

KAPITEL 1

»Kopf runter!«, brüllte Connor.

Einen Sekundenbruchteil später knallten die Schüsse und prallten wirkungslos gegen die Backsteinmauer.

Connors Klient war offenbar so geschockt, dass er nur noch an Flucht denken konnte. Immer wieder wollte er aufspringen und aus der Deckung sprinten. Aber das war die schlechteste aller Reaktionsmöglichkeiten, die sich boten. Ein unbekümmerter Spaziergang auf der Straße hatte sich in den ultimativen Bodyguard-Albtraum verwandelt – und jetzt hatte es einen gut geplanten Überfall aus dem Hinterhalt gegeben.

Connor war klar, dass seine nächste Aktion entscheidend sein würde. Automatisch schoss ihm die wichtigste Grundregel des Bodyguard-Jobs durch den Kopf: A-C-E – Assess, Counter, Escape.

Assess – Die Gefahr *einschätzen*: Überfall durch zwei bewaffnete Angreifer. Einer in einer Nebengasse, der andere hinter einem Baum. Absicht: Elimination, nicht Gefangennahme der Zielperson.

Counter – Der Gefahr *begegnen*: Kontermaßnahmen mussten Connors erste Priorität sein – Deckung zu finden und seinen Klienten in Sicherheit zu bringen. Aber die niedrige

Backsteinmauer, hinter der er und sein Klient momentan kauerten, würde ihnen nicht mehr lang Deckung bieten. Die Heckenschützen mussten nur die Position wechseln, und schon würden er und sein Klient wieder völlig ungeschützte Zielscheiben abgeben.

Escape – Aus der Gefahrenzone *fliehen*: Leichter gesagt als getan! Wohin?

Connor tippte das Mikro an. »Alpha one an Control. Fordere Notevakuierung an.«

In Connors Ohrstöpsel knisterte es, dann war Charleys Stimme zu hören. Als Operationsleiterin des Teams reagierte sie sofort. »Alpha one, hier Control. Unterstützung ist unterwegs. Drei Minuten.«

Drei Minuten?, stöhnte Connor innerlich. Bis dahin würden sie längst Entenfutter sein. Und ohne eigene Waffen waren sie den Angreifern vollkommen schutzlos ausgesetzt.

Connor brauchte dringend eine Exit-Strategie. Und zwar schnell.

Er deckte den Klienten mit seinem Körper, spähte über die Mauer und checkte die Lage. Weiter rechts sah er ein paar dicht beieinanderstehende Büsche. Visuelle Deckung, wenn man fliehen wollte, aber keine physische Deckung gegen den Beschuss. Auch ein weiter unten an der Straße geparktes Auto gab ihm keine Hoffnung. Er hatte keine Ahnung, wie er ein Fahrzeug ohne Zündschlüssel in Gang kriegen sollte.

Connor warf einen Blick über die Schulter auf das Gebäude hinter ihnen – einen kleinen Lagerschuppen mit angebauten Büroräumen. Der Hintereingang war zwar nur zehn Meter entfernt, aber um dorthin zu gelangen müssten sie über völlig ungeschütztes Terrain spurten. Mit einem schnellen Blick vergewisserte sich Connor, dass der Feind noch nicht weiter vorgerückt war. Doch in diesem Moment huschte einer der Schützen von einem Baum zum nächsten, von dem aus er eine bessere Schussposition hatte. Connor blieb keine andere Wahl mehr.

»Los!«, zischte er, packte seinen Klienten am Arm und zerrte ihn hinter sich her zu dem Lagerschuppen hinüber.

Connor hielt den Jungen eng bei sich, um ihn so gut wie möglich zu schützen. Der Feind eröffnete wieder das Feuer. Kugeln flogen Connor und seinem Klienten buchstäblich um die Ohren, eine so dicht, dass er den Luftstrom an seinem Ohr fühlen konnte. Sie stürmten über den Asphaltstreifen, der sie vom Lagerhaus trennte. Und sie schafften es, ob durch schieres Glück oder durch ihre Schnelligkeit, hätte Connor nicht sagen können.

Connor riss die Tür auf… *wollte* die Tür aufreißen.

»Nein!«, schrie er und rüttelte wie verrückt an der verschlossenen Tür.

Zwecklos. Er gab auf und drehte sich um. Jetzt waren sie den Angreifern schutzlos ausgeliefert; vor dem Lagerschuppen bildeten sie lebende Zielscheiben. Connor riss den Klienten mit sich zu einem großen Müllcontainer auf Rädern, der ihnen wenigstens für kurze Zeit Deckung bieten konnte.

»Ich will noch nicht sterben!«, schrie der Junge und versuchte weiterzurennen.

Connor riss ihn zurück, stieß ihn hinter dem Container zu Boden und fauchte: »Bleib in Deckung!« Dann fügte er wütend hinzu: »Amir, verdammt, du machst es mir nicht gerade leichter!«

»Sorry«, antwortete sein Freund und grinste ihn unter der Sicherheitsbrille breit an. »Aber ich soll doch einen Klienten spielen, der in Panik gerät!«

»Okay, aber kann es nicht ein *bisschen* weniger Panik sein?«, zischte Connor ihn an. Im selben Augenblick ratterten ein paar Kugeln gegen den Container.

Amir zuckte zusammen und schützte den Kopf mit beiden Armen. »Bisschen schwierig unter diesen Umständen, meinst du nicht auch?«

Richie, der bei dieser Feldübung die Rolle des ersten Attentäters spielte, kam kurz hinter dem Baum hervor und feuerte einen wahren Hagel von Paintball-Kugeln auf Connor und Amir ab. Auch Ling, die zweite Angreiferin, feuerte; sie stand jetzt am Ende der niedrigen Backsteinmauer. Wenn auch nur ein Schuss traf, würde Connor diese Übung verlieren.

Connor hatte seinen ersten Feldeinsatz als *Buddyguard* der Tochter des amerikanischen Präsidenten mit großem Erfolg durchgeführt. Das Team war sehr beeindruckt gewesen, aber auch ein wenig neidisch auf seinen neuen Status als Star der Buddyguard-Organisation. Das einzige andere Mitglied, das jemals das goldene Buddyguard-Abzeichen verliehen bekommen hatte, war Charley, die es wahrhaftig verdient hatte. Gegen sie war Connor nur ein blutiger Anfänger, der zufällig ein bisschen Glück gehabt hatte.

Das war der Grund, warum es sich ein paar andere Teammitglieder vorgenommen hatten, ihm ein wenig die Flügel zu stutzen. Oder, wie Ling es ausgedrückt hatte, dafür zu sorgen, dass »Connor nicht total abhebt«. Connor selbst hatte kein Problem damit, ihre im Grunde freundschaftlichen Sticheleien zu ertragen, zumal er sich insgeheim selbst immer wieder die Frage stellte, ob sein Erfolg bei seiner ersten Mission nicht tatsächlich schieres Anfängerglück gewesen war. Es stimmte zwar, dass sein Vater bei der britischen Sondereinheit SAS gewesen war und als einer der besten Bodyguards gegolten hatte, aber das hieß noch lange nicht, dass

Connor aus demselben Holz geschnitzt war. Er brauchte ständig neue Erfolge, um sein Selbstvertrauen zu stärken und seine Selbstzweifel zurückzudrängen.

Connor schaltete sein Mikro ein. »Alpha one an Control. Wo bleibt der Wagen?«

»Alpha one – dreißig Sekunden. Position halten.«

Während weitere Paintball-Kugeln gegen den Container klatschten und Farbe über ihre Trainers sprühten, murmelte Connor: »Bleibt mir denn was anderes übrig?«

Richie wechselte zu einem anderen Baum und nahm Amir ins Visier. Connor schob seinen »Klienten« weiter hinter den Container. Immer mehr Paintballs prallten gegen das Metallgehäuse und platzten. Endlich bog ein schwarzer Range Rover mit quietschenden Reifen in die Gasse ein, bremste abrupt und schwang dabei in Querposition, sodass er Connor und Amir zusätzlichen Schutz vor Richies Schüssen bot. Die Paintballs platzten harmlos gegen die Karosserie.

Ling hingegen konnte ihnen immer noch gefährlich werden. Um das Auto zu erreichen, mussten Connor und Amir ihre Deckung aufgeben und ein paar Schritte ungeschützt zum Auto rennen. Unmöglich, dass Ling die Gelegenheit ungenützt vorübergehen lassen würde. Aus fünfzehn Meter Entfernung würde sie mindestens einen von ihnen erwischen. Connor war klar, dass er in dieser Lage nicht ungeschoren davonkommen würde. Ob sie losrannten oder in der Deckung blieben, einer von ihnen würde sich auf jeden Fall einen Paintball einfangen.

Doch dann kam ihm eine Idee. Mit zwei blitzschnellen Tritten kickte er die Standbremsen an den Rädern des Containers nieder, packte Amir am Arm und schob gleichzeitig den Container mit der Schulter auf das Auto zu.

»Verdammt, was machst du denn?«, rief Amir, als sich der

Container in Bewegung setzte und Richtung Auto rollte. Connor zwängte seinen »Klienten« zwischen sich und den Container, sodass er ihn mit dem eigenen Körper schützte, während er den Container mit beiden Händen schob.

»Ich wollte schon immer Müllmann werden«, keuchte er.

Ling feuerte, was das Zeug hielt, aber ihre Paintballs klatschten harmlos gegen den Container. Der Stahlkoloss kam in Fahrt, rollte immer schneller; Connor und Amir mussten rennen, um Schritt zu halten und dahinter in Deckung zu bleiben. Doch der schwerfällige Müllbehälter ließ sich nicht mehr steuern – er prallte gegen die Backsteinmauer und blieb dort stehen. Jetzt blieb ihnen nichts anderes mehr übrig – sie mussten aus der Deckung und die letzten Meter zum Range Rover ungedeckt zurücklegen.

Paintballs platzten auf der Windschutzscheibe und gegen die Karosserie, während Connor die hintere Tür aufriss und Amir grob hineinstieß. Er sprang hinter ihm in das Fahrzeug; beide landeten aufeinander im Fußraum.

»LOS! LOS! LOS!«, brüllte Connor die Fahrerin an.

Diese trat das Pedal bis zum Anschlag durch. Der mächtige Motor röhrte und beschleunigte rasant. Schon nach Sekunden hatten sie die Todeszone hinter sich.

KAPITEL 2

Connor gestattete sich ein zufriedenes Grinsen: Gegen jede Wahrscheinlichkeit hatte er es geschafft: Er hatte seinen Klienten gerettet. Doch dann wandte sich Amir zu ihm um und Connors selbstzufriedenes Lächeln fror auf der Stelle ein. Auf Amirs Schutzbrille prangte, mitten auf dem rechten Auge, ein Farbfleck: ein Paintball-Volltreffer.

»Verdammt – wieso bist du getroffen?«, rief Connor und hieb frustriert auf die Armlehne. »Ich hab dich doch nach allen Richtungen gedeckt!«

Amir nahm vorsichtig die Schutzbrille ab und rieb sich den Nasenrücken. Er stammte aus Neu-Delhi, ein schlanker Junge mit kantigem Gesicht, hellen Augen und schwarzem, glattem Haar. »*Gedeckt* hast du mich? Schön wär's. Das tat nämlich verdammt weh.«

Die Fahrerin stoppte den Range Rover und drehte sich zu den beiden Jungen um. Jody war eine ihrer Ausbilderinnen im Buddyguard-Trainingscenter in Wales. Sie hatte früher bei der für besondere Schutzaufgaben zuständigen Abteilung SO14 der Metropolitan Police gearbeitet, der Einheit, die für den Personenschutz des Königshauses zuständig war. Jetzt allerdings trug sie einen schwarz-roten Trainingsanzug und hatte ihr dunkelbraunes Haar zu einem Pferdeschwanz zusammengebunden. In dieser Aufmachung sah sie wie eine Fitnesstrainerin aus. Niemand hätte in ihr einen Bodyguard vermutet. Aber genau darum ging es. Kaum jemand kam auf die Idee, dass auch Frauen als Personenschützerinnen arbeiteten, und das verschaffte diesen manchmal einen Vorteil.

»Die Übung ist zu Ende, Connor – dein Klient ist definitiv tot«, sagte sie und zog amüsiert eine gepflegte Augenbraue in die Höhe, als sie Amirs farbverspritztes Gesicht sah. Doch dann wurde ihre Miene wieder streng. »Wenn das ein Teilmantelgeschoss gewesen wäre, hätte Amir jetzt keinen Kopf mehr.«

»Würde niemandem auffallen«, bemerkte Charley, die auf dem Beifahrersitz saß, in ihrem weichen kalifornischen Akzent. »Er benutzt ihn sowieso nie.« Sie zwinkerte ihm schelmisch zu.

Connor lachte, aber Amir funkelte sie in gespielter Wut an. »He! Spiel doch *du* nächstes Mal den Klienten!«

Charleys Lächeln verschwand; sie schaute durch das Seitenfenster hinaus und seufzte leise. »Nichts lieber als das … »

Jody fuhr zügig in eine Kurve und Connor konnte nun Charleys Gesicht sehen, das sich im Seitenfenster spiegelte. Ihre sonst so funkelnden himmelblauen Augen wirkten matt und ihr unbesiegbares Selbstvertrauen schien momentan brüchig geworden zu sein.

»Nichts hindert dich daran, nächstes Mal als Schützin mitzumachen«, schlug er vor.

Er beobachtete ihre Reaktion im Spiegelbild. Charley schob eine Strähne ihres blonden Haars hinter das Ohr und ihr Lächeln kehrte zurück.

»Das wäre unfair«, lachte sie und blickte ihn im Spiegel herausfordernd an. »Denn dann würdet ihr beide nicht mal zehn Sekunden lang am Leben bleiben.«

Connor lachte. Eigentlich hatte er daran keinen Zweifel. Trotz aller Schwierigkeiten, denen Charley durch ihre Behinderung tagtäglich gegenüberstand, hatte sie viele Talente: Sie war ehemalige Quicksilver-Juniorenmeisterin im Surfen, eine geschickte Kampfsportlerin und sprach fließend Mandarin. Connor hatte nicht den geringsten Zweifel, dass sie auch eine hervorragende Schützin war.

Jody parkte vor dem stillgelegten Lagerschuppen und befahl Connor und Amir auszusteigen. Auch die anderen Mitglieder des Alpha-Teams hatten sich zu einer kurzen Auswertung der Übung versammelt. Marc, ein schlanker Franzose mit gebleichten blonden Haaren, hatte das Training gefilmt, damit es später im Unterricht detailliert analysiert werden konnte. Er klopfte Connor mitfühlend auf die Schulter. »*Pas de bol!* Und dabei hattest du den Esel fast im Stall!«

Connor hielt Charley die Tür auf. »Stimmt. Aber eben nur fast.«

»*Fast* ist nicht gut genug für einen Bodyguard«, warf Ling ein und hievte ihren Paintball-Markierer in das Auto, ein Gerät, das vor ihrem schlanken, zierlichen Körper geradezu überdimensional aussah. Ihr ovales Gesicht wurde von kurz geschnittenem rabenschwarzen Haar eingerahmt; auf einem ihrer elfenhaften Nasenflügel glitzerte ein silbernes Piercing.

»Stimmt«, sagte Richie in seinem schweren irischen Akzent. »Das wäre ja genau so, als würdest du einem Zug *fast* aus dem Weg springen. Bist dann aber trotzdem Ketchup.« Zur Betonung feuerte er zwei Paintballs auf eine alte Mülltonne.

»Feuer einstellen!«, schimpfte Jody, während sie Charleys Rollstuhl aus dem Kofferraum des Range Rovers nahm. »Nicht alle tragen Schutzbrillen!«

»Sorry, Miss!«, rief ihr Richie zu und grinste entschuldigend, wobei seine Zahnspange wie die Zahndiamanten eines Rappers in der Sonne funkelte. »Wir feiern nur unseren Sieg.«

Charley hievte sich geschickt in ihren Rollstuhl und rollte zum Team hinüber. Connor bemerkte, dass immer noch ein Teammitglied fehlte.

»VOLLTREFFER!«, brüllte Jason, der plötzlich von der Feuerleiter am gegenüberliegenden Gebäude herabsprang. Er stolzierte herbei, den Markierer trug er lässig wie Rambo auf der Schulter. Für sein Alter war Jason ungewöhnlich muskulös; er hatte ein kantiges Kinn und lockiges, dunkles Haar. Connor war insgeheim überzeugt, dass sich sein australischer Teamkamerad tatsächlich für Rambo hielt.

»Vielleicht wechsele ich die Seiten und werde Terrorist«, verkündete Jason lachend und klatschte sich mit Richie und Ling ab.

»Töte mich«, säuselte Ling und ließ die Wimpern ihrer Halbmondaugen verführerisch flattern, wobei sie ihn allerdings gleichzeitig gegen den Arm boxte, »oder versuch es doch wenigstens …«

»Du warst auf dem Dach?«, rief Connor aufgebracht. »Aber bei dieser Übung gibt es doch immer nur zwei Schützen, dachte ich?«

»Dachtest du das?« Jason zuckte spöttisch die Schultern. »Oh, tut mir ja sooo leid, Kumpel.«

»Aber das ist unfair!«, beschwerte sich Connor und wandte sich an Jody, um eine Erklärung zu verlangen. »Alle anderen hatten nur zwei Schützen!«

»Als Bodyguard musst du eben mit allem rechnen«, gab sie kühl zurück. »Gefahren können aus allen Richtungen kommen, und niemand legt fest, wie viele Gegner du hast. Deshalb brauchst du auch Augen im Hinterkopf.«

Sie wandte sich an das Team. »Im Stress einer Kampfsituation kommt es zu einer erhöhten Ausschüttung von Adrenalin und Stresshormonen. Dadurch verbessert sich eure Kampfkraft und Reaktionsfähigkeit, es gibt aber auch Nachteile. Einer davon ist der sogenannte Tunnelblick. Ihr verliert das periphere Sehen, weil ihr euch nur noch auf die unmittelbar drohende Gefahr konzentriert. Und wie Connor gerade selbst erfahren musste, kann das fatale Konsequenzen haben.«

Connor seufzte verärgert. Nicht ein einziges Mal hatte er während der Übung nach oben geblickt. Das war die vierte Übung hintereinander, die er vermasselt hatte – eine wirklich katastrophale Leistung. Allmählich kamen ihm ernsthafte Zweifel, ob er wirklich zum Bodyguard geeignet war.

»Schau nicht so belämmert«, sagte Marc. »Der Einfall mit dem Müllcontainer war doch Spitze! Ich hab alles auf Video. Es war zum Totlachen!«

»Und ziemlich effektiv«, gab Ling widerwillig zu. »Ich hab meine ganze Munition verpulvert und dich doch nicht erwischt.«

»Vor *echten* Kugeln hätte der Container die beiden nicht retten können«, warf Jason schnell ein.

»Aber solange er in Deckung bleibt, ist er schwerer zu treffen«, widersprach Charley. »Es war jedenfalls eine gute Ablenkung.«

Jody nickte. »Das stimmt. Connors Taktik hätte auf jeden Fall die Überlebenschancen verbessert. Aber er hat seinen Klienten nicht retten können, und deshalb …«, sie wies mit einer grandiosen Geste auf den farbverschmierten Range Rover, »… darf er jetzt das Auto waschen.«

KAPITEL 3

»Mr Gibb! Mr Gibb! Stimmen die Anschuldigungen?«

»Kein Kommentar«, murmelte der australische Minister für Ressourcen und Energie, als er sich durch die Reportermeute kämpfte, die sein Ministerium in Canberra belagerte. Eine Kamera wurde ihm direkt vor das erschöpfte Gesicht gehalten; das Blitzlicht ließ ihn fast erblinden. Wütend stieß er die Kamera beiseite.

»Wann treten Sie zurück?«, brüllte ein anderer Reporter.

»Wie viel haben Sie selbst für den Deal erhalten?«

»Kein Kommentar!«, fauchte Harry Gibb noch einmal.

Endlich hatte er die Glastür erreicht. Erleichtert trat er in die klimatisierte Empfangshalle. Die Security drängte die Medienmeute zurück. Harry eilte über die polierten Marmorfliesen zum Lift. Noch immer wütend stieß er seinen dicken Finger auf den Knopf. Einen Augenblick später ertönte ein gedämpftes »Ping!«, das die Ankunft der Kabine signalisierte. Die Lifttüren glitten auseinander.

»Harry!«, rief jemand von hinten.

Die Stimme war ihm bestens bekannt, aber so scharf hatte sie noch nie geklungen. Harry tat so, als hätte er den Senator nicht gehört. Schnell trat er in den Lift und rammte den Daumen auf die Türschließtaste. Der Senator beschleunigte seinen Schritt, kam aber eine Sekunde zu spät. Die Metalltüren schlossen sich direkt vor seiner Nase.

Während der Lift nach oben schwebte, nutzte Harry die momentane Ruhe, um seine vom Wind aufgebauschten, schütter werdenden Haare zu glätten und seine Krawatte zu richten. Er war völlig außer Atem, außerdem spürte er, dass sich unter seinen Achseln Schweißflecken zu bilden begannen. Harry hatte einen stattlichen Bierbauch; kein Anzug passte ihm wirklich.

Die Türen des Aufzugs glitten auf und Harry Gibbs setzte sich wieder in Bewegung. Trotz seiner unförmigen Gestalt marschierte er mit so viel Würde und Autorität, wie er unter den gegebenen Umständen aufbringen konnte, durch das Großraumbüro. Es war wie ein Spießrutenlauf; er wusste, dass inzwischen alle Welt die Nachrichten gehört hatte: Harry Gibb, der australische Minister für Ressourcen und Energie, war zum Abschuss freigegeben. Aber er weigerte sich, sich das anmerken zu lassen.

Im Vorzimmer seines Büros stand die Sekretärin auf, um ihn zu begrüßen. Mit einem leicht dümmlichen Lächeln wollte sie ihm die heutige Korrespondenz übergeben, aber er winkte sie mit einer gereizten Geste weg.

»Später«, murmelte er, wobei ihm vollkommen bewusst war, dass draußen im Großraumbüro ungewöhnliche, geradezu atemlose Stille herrschte.

Nachdrücklich schloss er die Tür, stellte seinen Aktenkoffer ab und ließ sich in den schweren Ledersessel mit der hohen Lehne fallen. Er rieb sich die übermüdeten Augen und stieß einen langen, schweren Seufzer aus. Einen Augenblick lang erlaubte er sich, zu glauben, dass es ihm gelungen sei, den politischen Sturm zu umschiffen, der ihn zu verschlingen drohte. Aber als er die Augen wieder öffnete, wurde er schon wieder brutal mit der Realität konfrontiert: Vor ihm auf dem Schreibtisch lag die neueste Ausgabe der *Australian Daily.* Ein riesiges Foto zeigte ihn in Nahaufnahme mit einer Miene, die schuldbewusster gar nicht aussehen konnte. Über dem Foto schrie ihm eine Schlagzeile entgegen: BERGBAUMINISTER SCHAUFELT GOLD IN EIGENE TASCHE!

Harry starrte bewegungslos auf die Beleidigung. Eine Ader an seiner Schläfe begann heftig zu pulsieren.

Das Telefon klingelte. Es klang wie ein Befehl, sich sofort zu melden, doch er ignorierte es.

Während er noch die anklagende Schlagzeile anstarrte, spürte er, wie sich etwas in seiner Brust verkrampfte. Er wühlte hastig in der Sakkotasche nach seinen Herzpillen. Gleichzeitig riss er eine der Schubladen auf und nahm einen schmalen versilberten Flachmann heraus. Ein Etikett warnte: »Nur für Notfälle«. Harry schüttete ein paar Pillen in seine Hand und spülte sie mit mehreren kräftigen Schlucken Whiskey hinunter. Der Alkohol brannte in seiner Kehle; er musste husten. Sein Arzt hatte ihn gewarnt, jede Art von Fusel zu vermeiden. Aber heute war ihm das egal.

Harry lehnte sich zurück und wartete darauf, dass die Brustschmerzen verflogen. Tatsächlich flaute der Anfall nach ein paar Minuten wieder ab und der dumpfe Restschmerz wurde von neu aufflammender Wut verdrängt.

»Dieser gottverdammte Schmierfink!«, zischte er, ließ die Faust auf den Mahagonitisch krachen und fegte die Zeitung auf den Boden.

Wütende Gedanken wirbelten ihm durch den Kopf. Nur weil diesem Sterling die *Australian Daily* gehörte – wie überhaupt fast jede nationale Zeitung – hatte er noch lange nicht das Recht, sich in seine, Harrys, Angelegenheiten einzumischen! Es war ja auch nicht so, dass der Medienmagnat selbst eine blendend weiße Weste gehabt hätte! Wie oft war dieser schlüpfrige Aal schon einer Anklage wegen Steuerhinterziehung, illegalen Firmenübernahmen und anderen Geschäftsskandalen nur mit knappster Not entkommen! Sterling war mindestens so korrupt wie Harry selbst, wenn nicht sogar noch korrupter!

Harry gönnte sich einen weiteren Schluck aus der Pulle. Ganz klar: Er war das Opfer einer Medienkampagne, die der Medienmogul inszenierte, weil seine Zeitungen ständig noch skandalösere Schlagzeilen produzieren mussten. Er war zum Ziel einer übertriebenen Zeitungsschmiererei geworden, mit der Sterling nur einen Zweck verfolgte: die Auflage in die Höhe zu treiben. Aber Harry Gibb hätte den Weg nach ganz oben auf den Ministersessel nicht geschafft, wenn er nicht gewusst hätte, wie man die eigenen Interessen schützte und sich den Rücken freihielt. Und ganz bestimmt hatte er nicht vor, sich einfach zu ergeben und kampflos unterzugehen.

Er war ein Überlebenskünstler. Und er würde *alles* tun, um sich selbst zu retten. Alles.

KAPITEL 4

Gleißend hell stand die Julisonne am Himmel. Die riesige Menschenmenge jubelte. Amerikanische Flaggen wehten überall und die Menge schwenkte amerikanische Fähnchen. Connor stand am Rand des Podiums und musterte aufmerksam die freudig erregte Menge, während der Präsident der Vereinigten Staaten seine Rede hielt: »Ich habe um ein Wunder gebetet, und es wurde gewährt …«

Das Westende des National Mall war ein einziges Meer von strahlenden Gesichtern – Männer, Frauen, Kinder, alle hatten sich versammelt, um die Befreiung der Präsidententochter zu feiern.

Aber Connor feierte nicht und jubelte nicht. Er hielt nach einem Gesicht Ausschau. Dem Gesicht eines Killers.

Es war wie die berühmte Suche nach der Nadel im Heuhaufen. Natürlich würde der Attentäter vollständig mit der Menge verschmelzen, eine unauffällige Person unter Tausenden anderer unauffälliger Personen. Und das machte jeden zum Verdächtigen … Doch dann fokussierte sich Connors Blick plötzlich auf etwas Schwarzes, das zwischen einem Jungen und seiner kleinen Schwester hervorragte: der Lauf einer Pistole. Der Präsident winkte seine Tochter Alicia zu sich ans Rednerpult. Die Mündung der Waffe folgte ihr, als sie zum Podium hinüberging. Die Geschwister wedelten eifrig mit ihren Fähnchen; sie bemerkten nicht die tödliche Waffe, die zwischen ihnen hervorragte. Connor schrie den Secret-Service-Agenten an der Absperrung vor dem Podium eine Warnung zu. Aber der Jubel der Menge übertönte alles andere.

Verzweifelt stürzte Connor zum Podium, aber die Schwerkraft schien sich an ihn zu klammern, schien ihn niederzudrücken. Je mehr er sich anstrengte, desto langsamer kam er vorwärts. Wieder brüllte er warnend. Alicia wandte den Kopf und blickte verwundert zu ihm herüber.

Ein Knall, so laut wie ein Donnerschlag, brach durch den Jubel. Connor glaubte die Kugel zu sehen, die aus der Mündung flog. Er warf sich in die Schusslinie. Aber die tödliche Kugel flitzte an ihm vorbei, verfehlte ihn um Haaresbreite. Nutzlos fiel er zu Boden. Und Alicia blickte geschockt auf ihr reines weißes Kleid hinunter, auf dem sich ein blutroter Fleck immer weiter ausbreitete.

»NEIN!«, schrie Connor und musste ohnmächtig mitansehen, wie sie auf dem Podium zusammenbrach …

»Connor! *Connor!* Alles in Ordnung?«

Eine Hand rüttelte ihn an der Schulter. Connor blinzelte, einen Moment lang desorientiert. Der Raum lag im Dunkeln, nur ein erleuchtetes Rechteck war auf dem Boden vor der offen stehenden Tür zu sehen

»Du hast geschrien«, sagte Charley, die neben seinem Bett in ihrem Rollstuhl saß, das Gesicht halb im Schatten. Sie nahm die Hand von seiner Schulter. »Ich hoffe, es macht dir nichts aus, dass ich nach dir geschaut habe.«

Connor setzte sich auf und rieb sich die Augen. »Nein … überhaupt nicht … War nur ein Traum.«

»Kam mir eher wie ein Albtraum vor.«

Connor zögerte; er fürchtete, dass Charley es ihm als Schwäche auslegen würde, wenn er ihr seine inneren Zweifel gestand. Seine Zweifel, jemals ein guter Bodyguard zu werden. Doch dann besann er sich: Im ganzen Team war Charley bestimmt die Einzige, die das verstehen würde.

»Ich erlebe immer wieder den Mordanschlag auf Alicia.«

»Das passiert, wenn man eine Nahtoderfahrung hinter sich hat.« Für einen kurzen Augenblick wirkte Charley verängstigt, aber sie hatte sich so schnell wieder im Griff, dass Connor glaubte, er habe sich nur getäuscht.

»Aber in meinem Traum komme ich immer zu spät«, erklärte er.

»Es war sehr knapp. Du wurdest angeschossen. Solche Ängste sind deshalb völlig normal. Wichtig ist nur: Du *hast* sie gerettet!«

»Ich weiß, aber was ist, wenn das nur Anfängerglück war? Ich meine, seit einer Woche habe ich *kein einziges* Buddyguard-Training erfolgreich hinter mich gebracht!«

»Die Trainings sind dazu da, Fehler zu machen. Nur so kann man lernen«, sagte sie. »Außerdem werden die Trainingseinheiten bewusst hart geplant, damit wir im Ernstfall auch wirklich höchste Leistung bringen können.«

Connor seufzte bedrückt. In ein paar Tagen würde er zu seiner nächsten Mission aufbrechen müssen, die ihm schon jetzt Sorgen bereitete. Wieder lag ihm die Verantwortung für den Schutz einer anderen Person wie eine Last auf den Schultern. »Aber was ist, wenn ich nächstes Mal nicht rechtzeitig reagiere?«

Charley schaute ihn streng an. »So darfst du nicht denken, niemals. Du hast die Präsidententochter beschützt, als es wirklich darauf ankam. Damit hast du eindeutig bewiesen, dass du dem Job gewachsen bist.«

»Aber das ist doch genau der Punkt! Alle glauben, dass ich ein ganz heißer Bodyguard bin. Aber das bin ich nicht! Eine Sekunde später, und …« Schon beim Gedanken an das, was dann hätte passieren können, versagte ihm die Stimme.

Auf dem Nachttisch entdeckte Charley einen kleinen Schlüsselanhänger aus Plastik, den Connor aufrecht an den Wecker dorhin gestellt hatte. »Hör mal, du weißt doch, dass du es im Blut hast, oder nicht?«, sagte sie leise.

Connor folgte ihrem Blick und betrachtete das schon ein wenig verblasste Foto unter der zerkratzten Plexiglaskapsel. Sein Vater, Justin Reeves, schaute ihn daraus an. Braun gebrannt, hart und mit durchdringenden blaugrünen Augen, die Connor von ihm geerbt hatte – jeder Zoll ein Soldat, ein Mann, auf den man sich selbst in den gefährlichsten Situationen verlassen konnte. Ein Mann, der bei einem Einsatz als Bodyguard ums Leben gekommen war.

Connor spürte eine Last auf den Schultern, die noch schwerer wog als nur die Verantwortung für einen Klienten. »Ich bin eben nicht mein Vater«, gestand er leise. »Und so sehr Colonel Black es auch glauben will, ich kann niemals seinem Namen gerecht werden. Dad war bei den Spezialtruppen, ich bin ein Spezial-*Nichts*.«

Charley blickte ihm durchdringend in die Augen. »Das ist negatives Denken. Natürlich wirst du versagen, wenn du mit dieser Haltung in eine Mission gehst! Hör mir zu: Du kannst dich nicht mit einer Erinnerung messen!«

Connor zuckte vor ihrer plötzlichen Heftigkeit zurück. »Ich weiß. Du hast natürlich recht. Aber es ist ...«

Eine Tür quietschte irgendwo weiter hinten im Flur. Nach zehn Uhr abends durften sie sich eigentlich nicht mehr in fremden Zimmern aufhalten. Charley rollte zur Tür, aber auf der Schwelle blickte sie sich noch einmal um.

»Lass nicht zu, dass du in Selbstzweifeln versinkst, Connor. Immer wenn ich an meinen eigenen Fähigkeiten zweifle, denke ich an ein altes Sprichwort: ›Ob du dir etwas zutraust oder nicht – recht hast du wahrscheinlich immer.‹«

Sie zog die Tür hinter sich zu. Connor lag im Dunkeln und dachte über das nach, was Charley gesagt hatte. Vor allem über die Macht, die dem Glauben an die eigenen Fähigkeiten innewohnte. Und als er die Augen schloss, stellte er sich seinen Vater vor, der ihn anspornte weiterzumachen, genau so, wie er es immer getan hatte, als er noch lebte.

KAPITEL 5

»Operation Gemini beginnt in zwei Wochen«, verkündete Colonel Black. »Ich hoffe, ihr habt eure Hausaufgaben gemacht.«

Der Colonel stand, die Hände hinter dem Rücken, im Besprechungsraum vor dem Alpha-Team. Mit seinen breiten Schultern, dem kantigen Kinn und dem silbergrauen Kurzhaarschnitt sah er genau so aus, wie man sich einen Offizier vorstellte. Der hell leuchtende, große Monitor an der Wand unterstrich seine eindrucksvolle Erscheinung. Black, ein ehemaliger SAS-Offizier, war Gründer und Kommandant der Buddyguard-Organisation. Er beschäftigte sich persönlich mit jedem Einsatz und nahm an jeder operativen Besprechung teil. Auf dem Monitor hinter ihm rotierte die 3D-Darstellung des Buddyguard-Logos – ein silberner Schild mit Flügeln.

Connor wischte über das Display seines neuen Tablet-PCs und legte eine neue Datei an, in der er seine Notizen abspeichern wollte. Während der nächsten Stunden würde das Team unter einer Flut von Informationen begraben werden, die die verschiedenen Aspekte des Einsatzes betrafen: Profil des Klienten, Beschreibung der Örtlichkeiten, Gefahrenpotenzial, Sicherheitsvorkehrungen, Verfahrensregeln, Arbeitsaufträge, logistische Unterstützung... und das waren noch lange nicht alle Aspekte. Jedes einzelne Element konnte sich entscheidend auf den Erfolg der Mission auswirken und jedes Teammitglied musste sich zumindest das grundlegende Wissen über den Auftrag aneignen, für den Fall, dass ein Rollentausch erforderlich würde oder der vorgesehene Buddyguard in letzter Minute ersetzt werden musste.

Colonel Black trat zur Seite und Charley rollte nach vorn. Als operative Teamleiterin und als erfahrenste Buddyguard leitete sie immer die Einsatzbesprechungen.

»Bei dieser Mission gibt es zwei Klienten, die unseren Schutz benötigen«, erklärte sie und klickte auf die Fernbedienung des Beamers. Fotografien von zwei Mädchen erschienen; sie sahen buchstäblich identisch aus. »Das sind die Zwillingstöchter von Mr Maddox Sterling, einem australischen Medienmogul und Milliardär.«

»Sehen aus wie die Olsen-Zwillinge«, witzelte Richie mit ziemlich interessiertem Grinsen, womit er die vom Fernsehen berühmten Schwestern Ashley und Mary Kate meinte.

»Hast wohl sämtliche Episoden ihrer Serie auf DVD, was?«, neckte ihn Ling.

»Nein – ich hab nämlich Geschmack, im Gegensatz zu dir. Du schaust dir doch nur immer diesen Vampirscheiß an. Total gaga.«

Ling betrachtete ihn mit zusammengekniffenen Augen wie ein totes Insekt. »Wann schicken dich deine Eltern endlich in den Kindergarten zurück?«

Connor blendete die Hänseleien seiner Teamkameraden aus und konzentrierte sich auf die beiden Fotografien. Die Zwillinge hatten beide weizenblonde Haare, meergrüne Augen und hohe, elegant geschwungene Wangenknochen. Sie konnten ohne Weiteres als Popstars durchgehen – und waren kaum voneinander zu unterscheiden. Würde wohl schwer werden, sie auseinanderzuhalten.

Charley richtete den roten Laserpointer auf das rechte Foto. »Chloe ist um zwölf Minuten älter. Die Zwillinge sind fünfzehn, und Chloe gilt als die offenere; sie ist extrovertiert, gesellig und intelligent, aber man sagt, dass sie sich auch manchmal wie eine Prinzessin aufführt.« Charley zuckte die Schultern, als sei das von der Tochter eines Milliardärs auch nicht anders zu erwarten. »Emily ist stiller und schüchterner. Sie liest gern und unternimmt lange Spaziergänge in der Natur, während Chloe lieber Netzball spielt und am Strand oder auf Partys abhängt. Emily war nicht immer so still. Dass sie sich seit einiger Zeit viel reservierter verhält als ihre Schwester, ist eine Folge dessen, dass sie letztes Jahr entführt worden ist…«

»Tja, hätten sie uns ein Jahr früher engagiert…«, witzelte Amir und schaute sich um, erntete aber nicht einmal ein müdes Grinsen.

Ein strenger Blick der stahlgrauen Augen des Colonels verdarb ihm den Spaß. »Das mag tragisch sein, aber es ist nur zu oft der Fall. Im Nachhinein ist man immer klüger.«

Charley klickte auf eine Zusammenstellung von Zeitungsausschnitten. Die Schlagzeilen vollzogen die Entführung praktisch im Zeitraffer nach:

STERLINGS TOCHTER VERMISST… WER HAT EMILY GESEHEN?… MILLIONEN DOLLAR LÖSEGELD GEFORDERT… LÖSEGELDVERHANDLUNGEN GESCHEITERT?… LEBT EMILY NOCH?… STERLINGTOCHTER FREI!

»Emily wurde während des Familienurlaubs an der Côte d'Azur entführt«, erläuterte Charley. »Die korsische Mafia wurde der Tat verdächtigt, aber das konnte nicht bewiesen werden. Emily wurde mehrere Monate lang in der algerischen Wüste gefangen gehalten und erst nach langwierigen Verhandlungen über die Höhe des Lösegelds freigelassen.«

Ling hob die Hand. »Wenn der Vater so reich ist, warum hat es dann so lange gedauert?«

Colonel Black antwortete: »Lösegeldverhandlungen erfolgen selten direkt und geradlinig. Jede Seite versucht zu bluffen, die andere Seite blufft dagegen, Angebote werden gemacht und abgelehnt. Manchmal werden auch unmögliche Forderungen gestellt. Das Wichtigste ist aber, dass die Geisel freikam, und zwar unverletzt.«

»Und wie geht es Emily heute?«, fragte Connor.

»Überraschend gut«, sagte Charley und rief einen ärztlichen Untersuchungsbericht auf. »Physisch ist sie gesund und fit; es zeigen sich keinerlei dauerhafte Nachwirkungen. In ihrem psychologischen Befund wird auf gelegentliche Stimmungsschwankungen hingewiesen: Sie zeigt Rückzugssymptome und hat Angst vor dunklen und engen Räumen. Emily erhält Medikamente gegen ihre Angstanfälle, die Nebenwirkungen sind allerdings Benommenheit, Verwirrung und eingeschränkte Reaktionsfähigkeit. Aber das ist auch schon alles, was ihre Leidenszeit angeht. Das Alpha-Team soll nun verhindern, dass einer der Sterling-Schwestern so etwas noch einmal geschieht.«

Charley rief eine Karte auf, die das Gebiet des Indischen Ozeans zeigte. »Wir sollen für die beiden Mädchen einen unauffälligen Schutz bereitstellen, während sie ihren Urlaub in den Seychellen und den Malediven verbringen.« Sie deutete auf die beiden Gruppen von winzigen tropischen Inseln inmitten der riesigen blauen Fläche des Ozeans zwischen Afrika und Indien. »Die Operation dauert einen Monat. Der Einsatzort ist Mr Sterlings Privatjacht.«

Eine schlanke, elegante Fünfzig-Meter-Jacht mit mehreren Decks erschien auf dem Monitor.

»*Wow!*«, stieß Amir hervor und riss die kaffeebraunen Augen weit auf. »Das ist ja nun wirklich ein echt cooles Schiffchen.«

»Ein Schiffchen? Das ist ein schwimmender Palast«, verbesserte ihn Marc, der angestrengt auf das Oberdeck spähte. »Und dort auf dem Oberdeck … das sieht tatsächlich aus wie ein Whirlpool!«

Jason warf Connor einen neidischen Blick zu. »Du hast da wirklich eine Faulenzermission an Land gezogen, Mann«, sagte er. »Bestimmt als Belohnung dafür, dass du die Präsidententochter aus dem Schlamassel geholt hast.«

»Meinst du wirklich?«, antwortete Connor, der sich nur zu gut an die Probleme erinnerte, die er gehabt hatte, auch nur eine einzige Fünfzehnjährige zu schützen. »Ich glaube eher, Zwillinge sind doppelter Ärger.«

KAPITEL 6

»Es sind weibliche Klienten – du weißt, wie du dich zu verhalten hast, nicht wahr, Connor?«, sagte Charley mit einem bedeutungsvollen Seitenblick in seine Richtung.

Die anderen verstanden die Bemerkung nicht, weil sie den Hintergrund nicht kannten, aber Connor wusste genau, was Charley meinte: den Kuss, bei dem sie ihn und Alicia überrascht hatte. Als Alicias Buddyguard hätte er diese Linie nicht überschreiten dürfen – obwohl er streng genommen bei diesem kleinen, intimen Ereignis von seinen Pflichten als Buddyguard bereits entbunden gewesen war. Aber Charley hatte offenbar nicht vor, ihn diesen Zwischenfall vergessen zu lassen.

»Und weil es zwei Klienten sind«, fuhr Charley fort, ohne auf die verwunderten Blicke der anderen zu achten, »hat Colonel Black beschlossen, bei dieser Mission *zwei* Bodyguards einzusetzen.«

Im Raum wurde es absolut still, während das Team diese Information verdaute. Niemand hatte damit gerechnet, dass es notwendig würde, einen zweiten Buddyguard einzusetzen. Obwohl es bei zwei Klienten natürlich nur logisch erschien, wenn man effektiv für ihre Sicherheit sorgen wollte.

Alle Blicke richteten sich auf den Colonel. Jason setzte sich erwartungsvoll aufrecht. Marc, der genauso gierig auf den Auftrag war, lehnte sich im Gegensatz zu Jason lässig zurück, als interessierte ihn die Sache nicht besonders. Ling nagte voller Spannung an der Unterlippe, während sich Amir mit seinem Stuhl so weit nach vorn lehnte, dass er jeden Augenblick umzukippen drohte. Nur Richie kaute gelangweilt auf den Fingernägeln herum; ihm war klar, dass er nicht in Betracht kam, weil er gerade erst von einer Mission zurückgekehrt war. So sehr Connor auch die anderen Teammitglieder schätzte, er hoffte doch, dass der Colonel Amir einsetzen würde. Er wusste, dass sich sein Freund verzweifelt nach dem ersten Auftrag sehnte, damit auch er endlich das geflügelte Ehrenabzeichen verliehen bekam.

Colonel Black ließ sie nicht lange im Unklaren. »Ling, du bist Buddyguard Nummer zwei.«

»Ja!«, rief Ling und stieß triumphierend die Faust in die Höhe.

Jason und Ling tauschten einen freundschaftlichen Faustst0ß. »Gratuliere. Hol schon mal den scharfen Bikini raus.«

»Dachte, ich könnte mir deinen ausleihen«, witzelte Ling und zwinkerte ihm zu.

Mittlerweise hatte Amir still ausgeatmet und war in seinen Stuhl zurückgesunken wie ein Ballon, aus dem die Luft abgelassen wurde.

Connor lächelte seinem Freund aufmunternd zu. »Keine Angst, es gibt immer ein nächstes Mal«, flüsterte er ihm zu.

Amir nickte ohne rechte Überzeugung.

Aber inzwischen war auch der zweite Teil dessen, was der Colonel gesagt hatte, bei Ling angekommen. Ihre freudige Miene ging in Stirnrunzeln über. »Sir … *Nummer zwei?*«

Der Colonel hob eine Augenbraue. »Hast du ein Problem damit?«

»Ähm … natürlich nicht«, antwortete Ling und lächelte Connor entschuldigend zu. »Aber das ist jetzt schon meine dritte Mission, und ich dachte …«

»Ihr habt genau die gleiche Verantwortung für den Schutz der beiden Klientinnen«, fiel ihr der Colonel ins Wort. »Aber bei einer Mission muss es immer eine eindeutige Befehlshierarchie geben. Amir, bitte informiere das Team über die Gefahrenlage … Amir?«

Amir blickte leicht verwirrt auf. Offenbar hatte er die Enttäuschung noch nicht verkraftet. Er ging zum Rednerpult und verband sein Tablet mit dem Beamer, wobei er sich ein bisschen mehr Zeit als nötig nahm, vermutlich um seine Enttäuschung zu verbergen. Schließlich räusperte er sich und las, fast ohne aufzublicken, von seinen Notizen ab.

»Ich fange mit dem Vater der Klientinnen an: Maddox Sterling. Fünfzig Jahre alt, Gründer und Vorstandsvorsitzender der Fourth Estate Corporation, des größten Medienkonzerns in Australien.«

Ein silberhaariger Mann in perfekt geschnittenem Maßanzug erschien auf dem Monitor.

»Das Unternehmen umfasst Zeitungen und Magazine, ist aber auch im Internet aktiv, ferner gehören Sterling ein Pay-TV-Sender und mehrere TV-Produktionsgesellschaften. Im Grunde beherrscht Fourth Estate die gesamte nationale Medienlandschaft Australiens.«

Amir klickte durch eine Reihe von Bildern, die verschiedene Zeitungen, Magazine, Filmposter und Fernsehkanäle zeigten.

»Wegen seiner dominanten Stellung in der Medienwelt hat Sterling viele mächtige Verbündete, sowohl in der Politik als auch in der Wirtschaft. Aber er hat sich auch viele Feinde gemacht – wegen seiner aggressiven Geschäftsmethoden, aber auch wegen der Berichterstattung in seinen Medien. Seine Journalisten betreiben nämlich einen knallharten Enthüllungsjournalismus, der in Australien regelmäßig für große Skandale sorgt und sehr umstritten ist. Hier ist ein Beispiel.« Amir rief das Foto einer schlanken dunkelhaarigen Frau auf. »Das ist die frühere Oppositionsführerin Kelly Brocker. Nachdem in Sterlings Zeitungen ziemlich peinliche Berichte über ihr Privatleben erschienen waren, musste sie zurücktreten.«

»Noch ein Beispiel.« Amir rief ein weiteres Foto auf. Es zeigte einen sonnengebräunten Mann mit rotbraunem Haar. »Das ist Joseph Ward, der frühere Hauptgeschäftsführer von Ward Enterprises. Er wurde wegen Betrugs zu zehn Jahren Haft verurteilt. Der Finanzskandal wurde von *Insider* aufgedeckt, einem Politmagazin, das von Sterlings TV-Sender ausgestrahlt wird. Das Ergebnis war, dass Mr Ward bankrott ging. Mr Ward war einer von Sterlings schärfsten Konkurrenten. Als Ward infolge des Skandals seine Medienfirmen verkaufen musste, wurden sie alle von Sterlings Fourth Estate erworben.« Amir hob die Augenbrauen. »Was für ein schöner Zufall! Als Mr Ward verhaftet wurde, schwor er, sich an Sterling bitter zu rächen. Aber derzeit sitzt Mr Ward noch im Gefängnis.«

Amir räusperte sich. »Der jüngste Vorfall betrifft einen hochrangigen Politiker namens Harry Gibb, seines Zeichens australischer Minister für Ressourcen und Energie. Sterlings Zeitungen warfen ihm vor, er habe sich bei der Vergabe von Schürfrechten in den Bergbaugebieten bestechen lassen.«

Die Titelseite der *Australian Daily* erschien; die Schlagzeile schrie: GIERIGER GIBBS MUSS GEHEN! Daneben war ein wenig schmeichelhaftes Foto eines dickbäuchigen Anzugträgers mit schütterem Haar und rötlich-feistem Gesicht zu sehen, der gerade in einen doppelten Cheeseburger biss.

»Von diesen Leuten können wir zwar niemanden als direkte Bedrohung für unsere Klientinnen ansehen«, erklärte Amir, »aber im Grundsatz gilt, dass jeder Feind des Vaters potenziell auch ein Feind der Töchter sein könnte. Deshalb habe ich Hintergrundinfos über diese Leute in eurem Missionsordner abgespeichert.«

»Und was ist mit der Mutter?«, fragte Ling. »Gibt es nichts über sie zu berichten?«

»Sie ist schon früh bei einem Autounfall ums Leben gekommen«, antwortete Amir. »Die Zwillinge waren damals grade mal acht Jahre alt.«

Connor verspürte einen Stich, als er das hörte. Er war im selben Alter gewesen, als er seinen Vater verloren hatte, und das brachte ihm die Mädchen irgendwie näher.

»Aber vor Kurzem hat sich ihr Vater wieder verlobt«, fuhr Amir fort. Ein neues Foto erschien. Es zeigte Sterlings Verlobte, eine glamouröse, sehr viel jüngere Frau in eng anliegendem rotem Kleid. »Amanda Ryder ist neunundzwanzig; sie arbeitet als Model für Bademode und ist eines der bekanntesten Society-Girls der Schickeria von Sydney. Als zukünftiges Familienmitglied wird sie ebenfalls auf der Jacht sein.«

»Das dürfte nun wirklich eine höchst unterhaltsame Mission werden«, flachste Marc und grinste Connor listig an. »Zumindest hast du immer was zum Anglotzen in der Nähe.«

Connor unterdrückte ein Kichern.

»Vielleicht können wir uns darauf verständigen, die Gossenwitze endlich mal bleiben zu lassen?«, sagte Colonel Black in scharfem Ton.

Das wischte sofort das Grinsen von den Gesichtern der Jungen.

Amir setzte schnell seine Präsentation fort. »Was die Bedrohungsszenarien angeht, hat Miss Ryder vermutlich mehr Bewunderer als Feinde. Es dürfte wohl Mr Sterlings immenser Reichtum sein, der ihn und seine Familie ganz generell zu einem lohnenden Ziel für Kidnapper macht. Schließlich wird sein Vermögen auf eineinhalb Milliarden Dollar geschätzt. Emilys Entführung hat ja bewiesen, dass die Töchter für eine kriminelle Organisation oder irgendeine Verbrecherbande eine große Versuchung darstellen. Die korsische Mafia wird zwar im Indischen Ozean nicht auf eurem Radar auftauchen, aber dort, wo ihr herumkreuzen werdet, ist das Risiko einer Entführung durch Terroristen definitiv sehr hoch, zum Beispiel durch Gruppierungen wie die Sieben Säbel von Somalia, oder sogar durch internationale Verbrechersyndikate wie die russische Bratva oder die chinesischen Triaden.«

»Gibt es andere potenzielle Bedrohungen?«, fragte Connor, ohne auf die eisigen Blicke zu achten, mit denen der Colonel ihn und Marc immer noch betrachtete.

Amir nickte. »Wie überall in Touristenorten sind auch auf den Seychellen und den Malediven Straßenüberfälle und Diebstähle weit verbreitet, vor allem in der Nähe der Häfen. Meistens handelt es sich um ungeplante, spontane Aktionen; ihr müsst also ständig damit rechnen. Außerdem sind die Sterling-Zwillinge in der australischen Öffentlichkeit sehr bekannt; Paparazzi sind ständig hinter ihnen her, und seit Emilys Entführung sogar noch mehr als vorher. Aber Mr Sterlings Wunsch, sein Privatleben nicht zu stören, wurde überraschenderweise im Großen und Ganzen befolgt. Bisher jedenfalls.«

Amir legte eine Pause ein. Er schaute seine Kollegen einen – Augenblick lang ernst an. »Aber im Indischen Ozean gibt es eine noch viel größere Gefahr«, sagte er dann und legte eine kleine Pause ein, um die Spannung zu steigern. »Piraten.«

KAPITEL 7

»Du meinst so wie in *Piraten der Karibik?*«, fragte Jason grinsend.

»Nein, er meint *echte* Piraten«, antwortete Colonel Black. »Somalische Piraten, um genau zu sein. Und das Grinsen würde dir schon vergehen, wenn du es mit ihnen zu tun bekämest. Mit der üblichen romantischen Vorstellung von Piraten haben sie nicht viel zu tun. Johnny Depp mit Augenbinde, Säbel und einem Papagei auf der Schulter kannst du vergessen. Die modernen Piraten benutzen Boote mit sehr starken Motoren und sind bis an die Zähne bewaffnet, mit Kalaschnikows und sogar mit Granatwerfern.«

Amir bestätigte das mit einem Nicken und rief ein Video auf. Es war ziemlich verwackelt aufgenommen, offenbar war es von einem Schiff aus gefilmt worden. Es zeigte ein schmales weiß-blaues Motorboot, das mit hoher Geschwindigkeit durch die Wellen schnitt und direkt auf das Schiff, von dem aus das Video aufgenommen worden war, zufuhr. An Bord kauerten sieben junge Afrikaner mit Automatikwaffen. Durch das wütende Heulen des Außenbordmotors hörte man das harte Knattern von Schüssen. Ein Pirat am Bug des Bootes feuerte auf ein unsichtbares Ziel. Connor und dem Team stockte unwillkürlich der Atem, als vom Boot aus eine Granate abgefeuert wurde, die genau auf die Kamera zuflog. Das Bild wirbelte wild herum, als der Kameramann in panischer Angst in Deckung ging. Einen Sekundenbruchteil später kam die Granate wohl durch Zufall noch einmal ins Bild, als sie die Brücke knapp verfehlte und weiter auf die Kamera zuraste.

Das Video endete abrupt.

Niemand sprach. Die Vorstellung von den bösen, aber doch irgendwie liebenswerten Schurken auf ihren Schiffen mit Totenkopfflagge, Bandana und Holzbein, das sie aus den Hollywoodfilmen kannten, wurde von der harten Realität zerschmettert.

»Glücklicherweise war in diesem Fall ein Kriegsschiff in der Nähe und kam dem angegriffenen Frachter zu Hilfe«, fuhr der Colonel fort. Alle atmeten erleichtert auf. »Aber nur allzu oft ist das eben nicht der Fall. Dann gelingt es den Piraten, ein Schiff zu entern, die Besatzung gefangen zu nehmen und Lösegeldforderungen für die Freilassung ihrer Geiseln zu erpressen.«

Amir rief nun eine Grafik auf. Sie zeigte eine Reihe von senkrechten Balken in unterschiedlichen Farben, unter denen die letzten zehn Jahreszahlen standen. Die Balken wurden von Jahr zu Jahr höher und sahen damit fast wie eine steil ansteigende Treppe aus. Nur die Balken für die letzten beiden Jahre waren wieder deutlich kleiner. »Wie ihr hier sehen könnt, stieg die Zahl der Überfälle in den letzten zehn Jahren von ungefähr fünfunddreißig auf fast dreihundert pro Jahr an. Das war der Höhepunkt; seither ist die Zahl der Überfälle in dieser Meeresregion rückläufig. Im selben Zeitraum sind auch die Lösegeldforderungen ständig gestiegen. Vor zehn Jahren lagen sie bei etwa dreihunderttausend Dollar. Jetzt werden bis zu zwanzig Millionen Dollar gefordert, manchmal sogar noch mehr.«

Richie pfiff leise durch die Zähne. »Wir haben offenbar den falschen Beruf.«

»Das Problem ist«, fuhr Amir fort, »dass die Piraten ziemlich erfolgreich sind. Das Piratengeschäft begann zu wuchern. Die Banden fingen an, die Überfälle besser und effektiver zu organisieren. Am Anfang lief alles unprofessionell und chaotisch ab; heutzutage ist es ein durchorganisiertes Geschäft. Dieses Jahr zum Beispiel hat es zweiundvierzig Entführungsversuche gegeben; sechs Schiffe wurden mit ihrer Besatzung tatsächlich als Geiseln genommen. Das ist ein Rückgang im Vergleich zum letzten Jahr, aber immer noch sehr besorgniserregend.«

»Warum lassen wir die Schiffe überhaupt noch dort durchfahren, wenn es so schlimm ist?«, fragte Ling.

»Gute Frage«, antwortete der Colonel. »Die Gefahr ist zwar vorhanden, aber insgesamt ist das Risiko nicht sehr hoch. Amir wird das gleich erklären.«

Amir rief wieder Charleys Karte des Indischen Ozeans auf. »Inzwischen finden Angriffe auch in einer Entfernung von bis zu tausend Seemeilen vor der somalischen Küste statt. Aber die Mehrzahl konzentriert sich auf den sogenannten ›International empfohlenen Transitkorridor‹ durch den Golf von Aden.« Er wies mit dem Laserpointer auf eine breite Schifffahrtsstraße, die zwischen Somalia im Süden und dem Jemen im Norden verlief. Dann deutete er auf einen weiter im Südwesten liegenden Abschnitt des Ozeans. »Für Mr Sterlings Jacht ist eine Route in diesem Gebiet geplant – sie kommt also nicht mal in die Nähe der Gefahrenzone.«

»Aber wurde nicht vor ein paar Jahren ein älteres britisches Ehepaar in der Nähe der Seychellen als Geiseln genommen?«, fragte Connor, der sich vage an den Zwischenfall erinnerte, über den die Zeitungen intensiv berichtet hatten.

»Du meinst die Chandlers«, nickte Colonel Black. »Sie hatten einfach Pech: falscher Zeitpunkt, falscher Ort. Seit damals konnte die Sicherheit in dem Gebiet stark verbessert werden. Zum Beispiel durch die NATO, deren Operation *Ocean Shield* zum Ziel hat, die Piraterie zu bekämpfen. Ferner haben die Seychellen selbst ein Regionales Piraterie-Bekämpfungszentrum eingerichtet. Diese Maßnahmen haben zu einem beträchtlichen Rückgang der Piratenaktivitäten geführt. Außerdem kommt es ausgesprochen selten vor, dass Piraten eine Privatjacht angreifen. Für die Somalier ist das ganz große Geld nur mit den großen Frachtern zu machen, weil diese in der Regel gegen Lösegeldforderungen versichert sind.«

Amir nickte. »Das stimmt. Von den zwanzigtausend Schiffen, die jedes Jahr durch den Transitkorridor fahren, werden nur dreihundert tatsächlich angegriffen – und weniger als ein Viertel davon werden geentert. Und unter diesen Schiffen befanden sich nur eine Handvoll Privatjachten. Ich habe den Risikofaktor ausgerechnet.« Er blätterte in seinen Notizen. »Eure Chance, geentert zu werden, ist eins zu zehntausend.«

»Würdest du darauf wetten?«, fragte Ling herausfordernd.

Amir zuckte die Schultern. »Warum nicht?«

KAPITEL 8

»Glauben Sie wirklich, dass wir Ihnen noch vertrauen können?«

Harry Gibb saß allein in einer Tischnische in einer der dunkelsten Ecken des Restaurants. Die Stimme klang irgendwie körperlos, auf jeden Fall aber düster und drohend. Der Politiker wagte es nicht, einen Blick in die Nachbarnische zu werfen, aus der die Stimme kam. Er fürchtete sich vor den Folgen.

»Der Feind meines Feindes ist mein Freund«, verkündete Harry im Brustton der Überzeugung. Auch wenn es ihm selbst reichlich salbungsvoll vorkam.

»Na schön. Aber wären Sie auch tatsächlich bereit, alles Notwendige zu tun?«

»Ja, ja! Ich will Sterling vernichten. Genauso, wie er mich zu vernichten versucht!«, stieß Harry durch zusammengebissene Zähne hervor und ballte die Fäuste.

»Dann müssen wir ihn dort treffen, wo es ihm am meisten wehtut: seine Familie.«

Harry lief ein eiskalter Schauder über den Rücken. Sekundenlang blickte er auf seine Fäuste hinunter und dachte an seine Karriere, die kurz vor dem Zusammenbruch stand. »M… meinen Sie?«, fragte er mit leicht bebender Stimme.

Das war ein Aspekt, über den er noch gar nicht nachgedacht hatte. »Aber Sie erwarten doch nicht, dass *ich* das mache, oder? So etwas würde ich nicht fertigbringen.«

»Ach, Harry. Sie sind ja nun wirklich kein Engel. Als Politiker haben Sie auf dem Weg nach oben doch schon eine hübsche Menge unschuldiger Leute niedergetrampelt.«

»Ja, schon möglich ... aber das war etwas anderes.«

Ein hohles Lachen war zu hören. »Nein, Harry, das war es nicht. Politik ist genau so rücksichtslos wie Rache. Der Unterschied ist nur der Zeitpunkt. In der Politik fügt man dem Gegner Schaden zu, *bevor* er einem gefährlich werden kann. Dagegen findet ein Racheakt erst *danach* statt, also wenn einem der Gegner schon etwas angetan hat. So betrachtet, scheint mir die Rache doch sehr viel ehrenhafter zu sein.«

»Ich bin nicht sicher, ob ich damit hundertprozentig einverstanden bin«, sagte Harry, der das Gefühl hatte, dass ihm die Situation ziemlich schnell aus den Händen glitt. Er wollte eigentlich nur Sterlings Glaubwürdigkeit beschädigen und ihn so weit bringen, dass er seine Schnüffelhunde, die Journalisten, zurückpfiff. Sie sollten ihn gefälligst in Ruhe lassen.

»Zu spät, Harry. Sie stecken bis zum Hals drin. Und ich darf Ihnen versichern: Mr Sterling hat nicht die geringsten Skrupel, Sie zu vernichten, Harry. Aber keine Angst, Harry – die, äh, *schmutzigeren* Arbeiten erledigen meine Leute. Die Frage ist nur: Haben Sie überhaupt die Mittel, um die Sache durchzuziehen?«

»Ja ... schon«, sagte Harry zögernd und zog einen dicken braunen Umschlag aus der Tasche, in dem fünfhundert knisternde Hundertdollarnoten steckten.

Ein Kellner tauchte wie aus dem Nichts auf – oder vielmehr ein Mann, der mit einem Tablett an Harrys Tisch trat. Mit seinen großen, tätowierten Gorillahänden wäre der Riese als Kellner in einem Restaurant dieser Klasse ziemlich fehl am Platz gewesen. Vermutlich war er eher an robustere Arbeiten gewöhnt als an das Servieren von Kaviarhäppchen und Champagnerflöten. Harry legte den Umschlag auf das Tablett und der »Kellner« entfernte sich ohne ein Wort.

»Wann wird die … die Kampagne beginnen?«, erkundigte sich Harry.

Aus der Nachbarnische kam keine Antwort.

»Ich habe gefragt, wann die Kampagne anfängt?«, wiederholte Harry etwas lauter.

Wieder keine Antwort. Misstrauisch stand Harry auf und spähte über die halbhohe Zwischenwand in das nächste Abteil. Es war leer. Nur ein drahtloser Lautsprecher stand mitten auf dem Tisch. Harrys Kontaktperson war nie anwesend gewesen.

Plötzlich hatte Harry es sehr eilig – er lief an der Garderobe vorbei zum Hinterausgang, wo ihm ein kahlköpfiger Türsteher mit Wrap-around-Sonnenbrille höflich die Tür öffnete. Sonnenstrahlen fielen in den dunklen Korridor und blendeten Harry, als hätte ihn ein Polizeischeinwerfer mitten in einer kriminellen Handlung erwischt. Harrys Puls raste, als er aus dem Gebäude auf die Straße trat. Hinter ihm fiel die Tür mit einem Donnerschlag ins Schloss, der ihm klarmachte, dass es kein Zurück mehr gab.

KAPITEL 9

Connor rang um jeden Atemzug, als er auf der Laufbahn in der Sporthalle in den Schlusssprint überging. Sein Herz raste und sämtliche Muskeln brannten wie Feuer. Jason lag gleichauf. Elsa vom Bravo-Team war ihnen auf den Fersen, dicht hinter ihr wiederum Sean vom Delta-Team. Die anderen waren zurückgefallen, ein paar hatten Probleme, den Lauf überhaupt bis zum Ende durchzuhalten.

»Komm schon, Amir! Du willst doch nicht als Erster aufgeben, oder? Ein Bodyguard muss fit sein!«, bellte Steve, der offensichtlich mühelos neben ihnen herlief.

Steve war ein ehemaliger Soldat der britischen Spezialkräfte gewesen – ein Riese, der offenbar nur aus durchtrainierten Muskeln bestand. Er war der Trainer für unbewaffneten Kampf. Heute hatte er für die drei Buddyguard-Teams Alpha, Bravo und Delta in der Sporthalle eine seiner berüchtigten Trainingseinheiten anberaumt. Und damit alle sich voll einsetzten, ließ er die Teams gegeneinander antreten. Jetzt ging es um den Teamstolz; keine Gruppe wollte verlieren.

»Ohne Schweiß kein Preis«, verkündete Steve, was wohl als Ansporn gedacht war.

Connor erreichte das Ende der Sprintstrecke und warf sich auf den Boden, um fünfzig Liegestütze auf der Faust durchzuführen. Neben ihm pumpte Jason wie ein Presslufthammer, anscheinend schaffte er locker einen Liegestütz pro Sekunde. Connors Trizeps brannte wie Feuer. Aber nach der mentalen Überlastung während der Einsatzbesprechung war die körperliche Übung die reinste Erleichterung.

Amir ließ sich neben ihm auf den Boden fallen und japste nach Luft. Er war als Letzter des Alpha-Teams ins Ziel gekommen. »Ich glaube … ich … sterbe«, keuchte er.

»Das höre ich gern«, kommentierte Steve und grinste auf seine Schüler hinab, die sich durch die Liegestütze quälten. »Denn das heißt, dass ihr wirklich das Äußerste gegeben habt.«

Er passte genau auf, dass niemand bei der Zahl der Liegestütze mogelte.

»Ein untrainierter Bodyguard ist ein Sicherheitsrisiko«, erklärte er ihnen. »Nicht nur für sich selbst, sondern auch für die anderen Teammitglieder und vor allem für den Klienten.«

Jason brachte seine Liegestütze zuerst zu Ende und machte sofort mit der nächsten Übung weiter – fünfzig Rumpfbeugen.

»In einer Notsituation werdet ihr die letzten Kraftreserven brauchen, um euren Klienten aus der Gefahrenzone zu schaffen«, fuhr Steve gelassen fort, während sich seine Schüler vor ihm auf dem Boden schwitzend und keuchend abrackerten. »Aber Müdigkeit und Erschöpfung hindern euch auch daran, klare und schnelle Entscheidungen zu treffen und die richtige Strategie zu wählen.«

»Aber wir … sind … doch erst … gestern … zehn Meilen gelaufen!«, keuchte Luciana, eine dunkelhaarige Brasilianerin vom Delta-Team.

»Das war gestern. Was jetzt zählt, ist eure *heutige* Fitness«, belehrte sie Steve. »Ihr müsst eure Fitness wie einen Reifen ansehen, der ein winziges Loch hat – jeden Tag muss man ihn wieder ein wenig aufpumpen.«

Er ging zu einem Jungen vom Bravo-Team hinüber, der nach nicht einmal der Hälfte der Liegestütze aufgegeben hatte.

»Würdest du deine Sicherheit einem übergewichtigen Fettkloß anvertrauen?«

Der Junge war zu sehr außer Atem und konnte nur den Kopf schütteln.

»Ich auch nicht. Lass mich doch mal sehen, aus welchem Holz du geschnitzt bist. Mach weiter!«

Die Arme des Jungen zitterten zwar vor Anstrengung, aber er folgte dem Befehl, ohne zu murren. Mittlerweile hatte seine Teamkameradin Elsa ihre Rumpfbeugen beendet und jagte über die Laufbahn, um vor Jason beim Reck anzukommen. Connor war knapp hinter ihnen. Charley hatte statt der Liegestütze und Rumpfbeugen an der Brustpresse und mit einem Medizinball trainiert und raste nun mit ihrem speziellen Sportrollstuhl zu einer niedrigen Reckstange hinüber. Sie brachte zwanzig Klimmzüge zustande, bevor die anderen auch nur zehn geschafft hatten. Dann ließ sie sich wieder auf den Stuhl zurückfallen und jagte über die Laufbahn – jetzt an der Spitze des Felds.

Als alle das Ziel erreichte hatten und nach Atem rangen, rief Steve fröhlich: »Huckepack-Sprint!«

Das wurde mit fassungslosem Aufstöhnen der erschöpften Teams quittiert. Trotzdem stürzten sich alle in die neue Übung, in der Hoffnung, dass es nun wirklich die letzte sein würde. Im Alpha-Team nahm Connor Amir auf den Rücken, Jason lief mit Richie, und Charley zog sich auf Lings Rücken.

Die Teams traten gegeneinander im Staffellauf an. Jeder

Träger lief eine Hallenlänge hin und zurück, dann wurde gewechselt. Ling konnte einen leichten Vorsprung herausholen; Jason baute den Vorsprung weiter aus, aber sein Partner Richie brach unter dem Gewicht seines kräftigen Teamkameraden fast zusammen.

»Reiner Mord!«, keuchte er und musste wütend mitansehen, wie das Paar vom Delta-Team an ihm vorbeizog.

»Sieger jubeln, Verlierer jammern«, knurrte Steve. »Wenn etwas schiefläuft und du mit dem Klienten auf dem Rücken um euer Leben rennen musst, wirst du für diese Übung noch dankbar sein.«

»Ich bin jetzt schon dankbar – wenn ich aufhören kann.«

Als Amir mit Connor auf dem Rücken loslief, war das Alpha-Team auf den letzten Platz zurückgefallen. Amir gab sein Bestes, um wieder aufzuholen, aber er war schon von den vorangegangenen Übungen völlig erschöpft und hatte keine Kraftreserven mehr. Erstaunlich genug, dass er Connor überhaupt noch über die Linie brachte. Jetzt lagen sie hinter dem führenden Team fast zehn Sekunden zurück.

»Alles liegt jetzt an dir«, sagte Marc, als der ausgebrannte Amir auf Connors Rücken stieg.

Nach sechs Jahren Kampfsporttraining war Connor außerordentlich fit. Er rief seine letzten Energiereserven auf und raste den beiden gegnerischen Teams hinterher. Tatsächlich zog er schon bald am Bravo-Team vorbei, aber nur weil Elsa stolperte und mit ihrem Partner stürzte. Aber das Delta-Team lag immer noch gut in Führung. Auf den letzten dreißig Metern musste Connor sein Äußerstes geben.

»LAUF! LAUF! LAUF!«, feuerte ihn Amir an. Connor kam sich vor wie ein Rennpferd, nur die Reitgerte fehlte.

Aber Connor sah, dass Luciana mit Sean auf dem Rücken

immer langsamer wurde. Er holte das Letzte aus sich heraus und jagte hinterher.

»Schneller!«, brüllte Amir.

Sie zogen gleich. Den Sieg fast vor Augen, mobilisierte Connor seine letzten Kräfte.

Aber Luciana sah, dass er an ihr vorbeiziehen würde. Sie warf sich wie ein Jockey auf den letzten Schritten vorwärts … und siegte tatsächlich um eine Nasenlänge.

Das Delta-Team jubelte und klatschte Luciana begeistert ab. Knapper hätte ihr Sieg nicht ausfallen können. Erschöpft und niedergeschlagen brach Connor laut keuchend auf Hände und Knie. Amir rollte von ihm herunter und blieb auf dem Rücken liegen.

»Super Job, Leute«, lobte Steve. »Kleine Pause. Zehn Minuten, dann treffen wir uns wieder hier zum Kampftraining.«

Als Steve an Connor vorbeiging, klopfte er ihm mit der mächtigen Pranke auf die Schulter. »Du hast knapp verloren, aber dein Kampfgeist ist enorm.«

Connor brachte ein schwaches Grinsen zustande. »Aber jetzt«, keuchte er, »hat er sich davongemacht.«

KAPITEL 10

Connor ließ sich auf die Bank sinken und fischte die Wasserflasche aus der Trainingstasche. In nur einem Zug leerte er sie fast völlig. Amir saß zusammengekrümmt und keuchend neben ihm, den Kopf auf die Arme gelegt.

»Den Witz … hätte ich … nicht machen sollen«, keuchte Amir, »dass sie uns … zu spät angeheuert haben.«

Connor warf seinem Freund einen erstaunten Blick zu. Er konnte nicht fassen, dass Amir noch die Energie aufbrachte, nach diesem grausamen Training an die Mission zu denken. »Aber die Entscheidung des Colonels hat doch bestimmt nichts mit deinem Scherz zu tun, Amir! Die hatte er schon lange vor der Besprechung getroffen.«

Amir hob den Kopf. Sein Gesicht war schweißüberströmt. »Warum hat er dann mich nicht ausgewählt? Ich bin jetzt der Einzige im Team, der noch keine Mission hatte!«

»Ich glaube, das hat damit zu tun, dass du mit den technischen Dingen so gut bist.« Marc warf Amir ein Handtuch zu. Amir wischte sich damit das Gesicht ab, doch seine niedergeschlagene Miene konnte er nicht wegwischen.

»Das ist es bestimmt!«, meinte Connor. »Der Colonel nutzt immer unsere Stärken aus. Während einer Mission wirst du hier im Hauptquartier gebraucht. Du bist für die Kommunikation und den gesamten IT-Zirkus zuständig. Denk doch nur an meinen Einsatz, als du und Bugsy die Sache mit dem Cell-Finity-Bug herausgefunden habt!«

»Na super«, murrte Amir ohne große Begeisterung. »Während du dich auf den Seychellen mit Miss Bikini am Strand rekelst, darf ich mich hier in Wales mit der Computermaus vergnügen!«

»Hör mal, Amir«, unternahm Connor einen letzten Versuch, seinen Freund zu trösten. »Es ist doch klar, warum Ling ausgewählt wurde!«

»Warum?«

»Na, weil sie ein Mädchen ist!«

»Ach so – *nur* weil ich ein Mädchen bin!«, warf Ling ein und schoss Connor einen mörderischen Blick zu. Sie lehnte lässig an den Seilen des Boxrings.

»N… nein. So hab ich es nicht gemeint«, stotterte Connor verlegen.

»Egal, *Boss!*«, antwortete sie sarkastisch und mit übertriebener Betonung.

Connor seufzte. Das war kein guter Anfang für ihre Zusammenarbeit bei der Mission. »Ich kann dir das erklären …«

»Aber gern!«, sagte sie und hob die Seile des Boxrings einladend an.

»Aber wir haben gerade ein Training hinter uns!«, rief Connor entsetzt.

»Tolle Ausrede!« Ling schaute ihn verächtlich an; sie selbst wirkte so frisch wie ein Maiglöckchen. »Oder hat es damit zu tun, dass ich ein *Mädchen* bin und du edler Ritter nicht gegen *Mädchen* kämpfen willst?«

Connor schüttelte frustriert den Kopf. Wie konnte er dieser Herausforderung ausweichen? Er hatte zwar einen Schwarzen Gürtel im Jiu-Jitsu und war britischer Juniormeister im Kickboxen, aber das hieß nicht, dass er einen Kampf mit Ling auf die leichte Schulter nehmen durfte. Schon bei ihrem ersten Kampf hatte sie bewiesen, dass sie eine außerordentlich zähe Gegnerin sein konnte. Oder wie Amir sagte: »Ling gewinnt ihre Kämpfe *immer.*«

Als ob sie ihm etwas beweisen musste! Sie ließ es sich nicht ausreden. Tänzelte im Ring hin und her und zog bereits die Sparring-Boxhandschuhe an, die Jason ihr hinhielt.

»Ich glaube nicht, dass Connor noch genug Power draufhat«, bemerkte Jason laut und beäugte Connor kritisch, während er Ling den Mundschutz gab. »Man kann nur hoffen, dass er bei eurer Mission für dich nicht zu einer zusätzlichen Belastung wird.«

Auch die beiden anderen Teams ließen sich von den Kampfvorbereitungen anlocken. Eine Herausforderung war immer sehenswert.

»Ich dachte, du warst mal der britische Juniormeister im Kickboxen?«, bemerkte Luciana, die sich immer noch im Glanz ihres Sieges sonnte. »Jetzt hast du eine Chance, es zu beweisen.«

»Komm schon, Connor«, ermunterte ihn Sean. »Du weißt doch, Ling der Blitz kommt nur im Ring richtig auf Touren.«

Connor warf Amir einen Blick zu – vielleicht hatte der eine Idee, wie er sich aus diesem idiotischen Kampf herausreden konnte. Aber sein Freund zuckte nur die Schultern. »Bleibt dir ja wohl nichts anderes übrig«, meinte er lakonisch. »Du musst dich einfach auf deine Stärken verlassen.«

Trotz seiner Erschöpfung bückte sich Connor unter dem Seil durch, zog die Boxhandschuhe an, drehte sich zu seiner Gegnerin um und …

… eine Faust schoss heran. Nur blinder Instinkt bewahrte ihn davor, bereits nach dem ersten Schlag auf die Matte zu gehen. Schon folgte ein rechter Haken; Connor wich blitzschnell aus. Ling hatte offenbar nicht die Absicht, auf die offizielle Freigabe des Kampfes zu warten.

»Die Entscheidung des Colonels«, sagte Ling und lancierte einen Roundhouse-Kick gegen seinen Schenkel, »hat also nichts mit meiner Erfahrung zu tun?«

»Doch, natürlich!«, knurrte Connor und blockte den Kick mit dem Schienbein ab, setzte aber sofort mit einem Frontkick nach.

Aber Ling war schon außer Reichweite gehüpft und kam mit einem Körperhaken in seine Rippen zurück. »Oder mit meinem Talent in Überwachungstechniken?«

Connor verzog das Gesicht, als der Hieb gegen seine Rippen krachte. Ling mochte klein sein, aber sie war blitzschnell.

»Oder mit meiner Kampffertigkeit?«

Wie ein Derwisch wirbelte sie mit einer Serie von Kicks und Schlägen um ihn herum. Connor musste hart kämpfen, um sich zu verteidigen. Er duckte unter ihrer Rückfaust durch, blockte ihren Haken ab und wich ihrem Fußkantenkick aus. Während er immer weiter vor Lings erbarmungslosen Angriffen zurückweichen musste, hörte er Lucianas höhnische Stimme: »Du bist mir vielleicht ein Champion, Connor!«

Der verächtliche Ruf reizte Connor. Er ging zum Angriff über.

»Ling, du … hast den … Job bekommen«, stieß er hervor, während er sie mit einer massiven Geraden und einem Front-Kick, sofort gefolgt von einem Aufwärtshaken, in die Seile drängte, »weil … die Klienten … Mädchen sind. Ein weiblicher … Bodyguard … ist da … viel … geeigneter!« Und mit dem letzten Wort ließ er einen so mächtigen Haken gegen ihr Kinn krachen, dass sie beinahe zu Boden ging.

Ein weiterer heftiger Halbkreiskick gegen ihren Körper ließ Ling in die Ringecke taumeln. Sie versuchte sich freizukämpfen, aber Connor ließ nicht locker. Er war noch nicht mit ihr fertig: »Und weil der Schutz … der beiden … unauffällig sein soll, fällt eben ein Mädchen … als Bodyguard weniger auf als ein Junge!«

Ling konterte mit einem Frontkick in seinen Bauch, sodass Connor zurückweichen musste.

Sie schien den Kampf zu genießen. »Ist das unauffällig genug?«, fragte sie und versetzte ihm einen Aufwärtshaken.

Connor wich aus und reagierte mit einem Frontkick, der Ling wieder in die Ringecke zurückschleuderte.

»Und weil du genug Erfahrung hast und außerdem ein Mädchen bist, warst du die nächstliegende Wahl«, erklärte Connor und griff wieder an, um die Sache mit einer Serie von Geraden und Aufwärtshaken zu Ende zu bringen.

Aber Lings Fußarbeit war hervorragend; sie sprang aus der Ecke. »Kapiert«, sagte sie mit ihrem entwaffnenden Lächeln. »Mein Fehler. Bitte entschuldige.«

Sie trat zurück und Connor ließ erleichtert seine Deckung sinken. Endlich hatte er Ling klargemacht, was er wirklich dachte. »Genau. Wir gehören schließlich zum selben Team. Ich wollte dich wirklich nicht belei…«

Ling wirbelte auf dem Absatz herum, ihr Fuß schoss hervor und sie erwischte ihn mit einem Hakenkick aus der Drehung genau am Kinn. »Das ist meine Entschuldigung.«

Connor ging wie ein Sack Kartoffeln zu Boden.

Ling gewinnt ihre Kämpfe immer, war sein letzter Gedanke.

KAPITEL 11

Harry Gibb eilte durch das menschenleere Großraumbüro. Er wusste, dass nicht einmal die eifrigsten Beamten seines Ministeriums vor acht Uhr auftauchen würden. Das gab ihm noch rund zwei Stunden, in denen er ungestört bleiben würde. Trotzdem blickte er sich nervös um, als er die Tür zum Archiv aufschloss und schnell hineinschlüpfte.

Er schaltete das Licht ein und wartete einen Augenblick, bis alle Neonlampen angesprungen waren und ihr kaltes weißes Licht über die langen Reihen grauer Aktenschränke ergossen. Ein Schrank glich dem anderen, man konnte sie unmöglich auseinanderhalten, aber Harry wusste genau, wonach er suchte. Ohne auch nur einen Moment zu zögern, ging er zum sechsten Schrank in der dritten Reihe, zog die mittlere Schublade der Hängeregistratur auf und entnahm ihr eine dicke Akte mit der Aufschrift SCHÜRFRECHTE, GOLDFIELDS, WA.

Obwohl alles digital gespeichert wurde, gab es im staatlichen Bereich *immer* auch eine Papierspur. Er hatte sorgsam darauf geachtet, alle verräterischen Daten auf seinem Computer zu löschen; nun blieben nur noch die papierenen Dokumente übrig, die bei einer Ermittlung zu ihm und den Geschäften führen konnten, die er sozusagen unter der Hand betrieb.

Aber er hatte nicht vor, die Dokumente zu vernichten. Ganz im Gegenteil: Der Inhalt dieses Ordners war gewissermaßen seine Lebensversicherung. Harry Gibbs wusste, dass die Leute, die von seinen zwielichtigen Unternehmungen profitiert hatten, auch größtes Interesse daran haben mussten, seinen Ruf als Politiker mit blütenreiner Weste zu schützen. Denn wenn er fiel, würden sie mit ihm fallen. Und es würde ein tiefer Fall sein.

Harry lächelte in sich hinein, als er die breite Schublade der Registratur wieder zuschob. Er schaltete das Licht aus und schloss die Archivtür ab. Den Hängeordner an die Brust gepresst, eilte er in sein Büro und kickte die Tür hinter sich zu. Erst als er den Schlüssel umgedreht hatte, fühlte er sich sicher.

Er wandte sich zu seinem Schreibtisch – und fuhr fast aus der Haut, als er entdeckte, dass ein Mann in grauem Anzug auf seinem Schreibtischsessel saß.

»M… meine Sekretärin hat nichts von einer Besprechung heute Morgen erwähnt!«, brauste er auf.

»Verständlich. Von *dieser* Besprechung hat sie keine Ahnung«, sagte der Mann gelassen. »*Niemand* weiß davon.«

Das klang leicht drohend, zumal der Mann weder aufstand noch sich vorstellte. Er betrachtete Harry nur gleichmütig, ohne auch nur zu blinzeln. Seine Augen wirkten, als seien sie aus Eis gemacht.

»W… wer sind Sie?«, fragte Harry, der sich inzwischen wieder halbwegs gefangen hatte und von Sekunde zu Sekunde immer wütender wurde. »Ein Reporter? Raus aus meinem Sessel! Verschwinden Sie!«

Noch immer zeigte der Mann keinerlei Regung; Harrys Wut schien an ihm abzuprallen. »Ich repräsentiere einen gewissen … Investor.«

»Und wer könnte das wohl sein?«, fragte Harry höhnisch.

»Ihr Hauptinvestor.«

»Ich habe keine Ahnung, wovon Sie reden!«, sagte Harry aufgebracht. Die Sache machte ihn zunehmend nervös. Der Mann hatte etwas an sich, das ihn zutiefst beunruhigte. Wie eine Spinne, die über seine Haut kroch …

Er musste ihn loswerden, auf der Stelle. »Wenn Sie nicht sofort verschwinden, rufe ich den Wachdienst.«

»Davon würde ich Ihnen abraten.«

»Drohen Sie mir etwa?«

Der Mann betrachtete ihn völlig unbewegt; er saß still wie eine steinerne Statue. Sein Schweigen verstörte Harry noch mehr, als es jede Antwort vermocht hätte. Schließlich sagte er: »Equilibrium.«

»*Was?*«, blaffte Harry und runzelte ungläubig die Stirn.

»Sie haben mich ganz gut verstanden.«

»Ahhh«, machte Harry gedehnt und entspannte sich ein wenig. Der Mann hier musste wirklich von Harrys wichtigstem Investor geschickt worden sein. Die Organisation war so geheim, dass nur sehr wenige Leute ihren Namen kannten. Harry hatte selbst Wochen gebraucht, um ihn herauszufinden – *Equilibrium*, die Mutterorganisation, die hinter all den vielen falschen »Briefkastenfirmen« und »Mantelgesellschaften« steckte, die in Schürfrechte investiert hatten.

Harry spürte, dass er jetzt allmählich wieder die Kontrolle über die Situation gewann. Er ging zum Schreibtisch und ließ die Akte mit lautem Knall auf die Platte fallen.

»Ich kümmere mich bereits um das Problem«, sagte er und machte eine wegwerfende Handbewegung in Richtung des Fremden. »Equilibrium braucht sich darüber keine Sorgen zu machen. Weder ihre Existenz noch ihre Verwicklung in die Angelegenheit werden an die Öffentlichkeit gelangen. Und ich habe auch entsprechende Vorkehrungen eingeleitet, um Mr Sterling und seine Schnüffeljournalisten loszuwerden.«

»Aber Sie wissen über Equilibrium Bescheid.«

»Natürlich«, sagte Harry. »Ich habe meine Investoren sehr gründlich ausgesucht.«

»Und sie sind hinsichtlich der derzeitigen Krise vollkommen abgesichert?«

»Aber ja«, versicherte Harry. »Ich habe jeden Hinweis auf sie von meinem Computer gelöscht.«

»Gut, genau das habe ich nämlich auch getan«, sagte der Mann und zog einen kleinen USB-Stick aus der Rückseite von Harrys Computer. »Ein Malware-Virus löscht gerade Ihre gesamte Festplatte.«

»Das … das können Sie doch nicht machen!«, rief Harry entsetzt.

Der Mann ignorierte Harrys Protest und nickte zu der Akte auf dem Schreibtisch. »Und was ist mit der Akte hier?«

»Das? Das ist nur meine … meine Lebensversicherung.«

»Hm. Dann haben wir da aber ein kleines Problem«, meinte der Mann und zupfte die blütenweißen Hemdmanschetten ein wenig vor, sodass sie elegant aus den Anzugärmeln hervorragten. »Sie kennen nicht nur den Namen der Organisation, sondern besitzen offenbar auch Dokumente, die ihre Existenz beweisen.«

»Ich … äh … Natürlich werde ich die Verwicklung von Equilibrium nicht öffentlich machen! Der Ordner dient nur zu meinem eigenen Schutz gegenüber den anderen Parteien. Sie wissen nichts über Equilibrium.« Harry spürte plötzlich einen kalten Schauder über den Rücken laufen. Der Mann kam ihm finster und bedrohlich vor. »Sie können mir vertrauen. Ich stehe zu meinem Wort.«

»Sie sind Politiker«, sagte der andere scharf und bedachte

Harry mit einem eiskalten und zugleich verächtlichen Blick. »Aber ich nehme Sie trotzdem beim Wort … was immer es wert sein mag.«

Ohne weitere Bemerkungen stand der Mann auf und verließ das Büro. Als sich die Tür hinter ihm schloss, schien der ganze Raum geradezu aufzuatmen.

Harry zog die oberste Schublade auf und nahm den silbernen Flachmann heraus. Mit bebender Hand schraubte er den Verschluss auf und nahm einen kräftigen Schluck. Der Whiskey verschaffte ihm sofort den vertrauten, wärmenden, leicht brennenden Kick, den er so schätzte – aber dann wollte das Brennen nicht mehr aufhören, es nahm zu, als der Whiskey durch die Kehle rann … bis in den Magen … Und es wurde stärker.

Seine Brust schien sich zusammenzuziehen, die Kehle schnürte sich zu, das Atmen fiel ihm immer schwerer und schmerzte immer mehr.

Harry wühlte nach seinen Tabletten, fummelte mit zitternden Fingern die Pillen heraus, die aus der Packung über den Schreibtisch auf den Boden kullerten, während ihn ein unglaublicher Schmerz in der Brust packte, als würde sein Herz von einer mächtigen Riesenfaust zerquetscht. Harry rollte vom Stuhl auf den Boden, aus seinem Mund quoll blutiger Schaum. Verzweifelt griff er nach den kleinen Tabletten. Aber der ungeheure Schmerz schüttelte ihn, tobte in seinem Innern wie flüssiges, glühendes Eisen, das ihm durch die Adern schoss.

»Hi… Hil… Hilfe!«, stöhnte er. »Hiiilfe!«

Der Mann im grauen Anzug trat wieder ein.

»Bi… bitte!«, bettelte Harry und tastete verzweifelt nach weiteren Tabletten.

Aber der Mann blieb unbeweglich stehen und beobachtete

Harry, der sich mit zuckenden, fast übernatürlichen Verrenkungen vor Schmerzen auf dem dicken Teppich wand. Harrys Augen traten aus den Höhlen; er war unfähig zu begreifen, warum ihm der Mann nicht helfen wollte. Dann verspürte er einen scharfen, schmerzenden Stich im Herzen. Er zuckte noch einmal, dann lag er still.

Der Mann im grauen Anzug überprüfte Harrys Leiche auf Lebenszeichen, aber da war nichts mehr. Befriedigt nahm er den Aktenordner vom Tisch und hob die Flasche mit dem vergifteten Whiskey vom Boden auf. Leise zog er die Bürotür hinter sich zu und ging zum Notausgang. Die erste Phase seiner Mission war vollendet.

KAPITEL 12

»Herein!«, bellte Colonel Black.

Connor holte tief Luft und betrat das Büro. Es war ein ziemlich altmodischer Raum mit dunklen Holzpaneelen an den Wänden, roten Ledersesseln mit hohen Lehnen und einem schweren Mahagonischreibtisch von der Größe eines mittleren Öltankers. Das Zimmer erinnerte Connor immer an das Büro von M, dem Boss des britischen Geheimdienstes in den älteren James-Bond-Filmen. Aber die altmodische Einrichtung täuschte: Der Raum war mit der modernsten Technologie ausgestattet. In den Schreibtisch war ein Computer mit Mehrkernprozessor eingebaut, dessen dünner Flachbildschirm sich vollständig in der Schreibtischplatte versenken ließ. An der Wand war ein ebenfalls superflacher LED-Monitor befestigt, auf dem sich Nachrichtensender aus der ganzen Welt und aktuelle nachrichtendienstliche Informationen aufrufen ließen. Ein HD-Video-Konferenzsystem ermöglichte es dem Colonel, die Buddyguard-Operationen weltweit zu managen, und gut getarnte Überwachungskameras sorgten für vollkommene Sicherheit im Raum.

Als Connor zum Schreibtisch kam, versenkte der Colonel den Monitor und betrachtete ihn aufmerksam.

»Eindrucksvoll, das blaue Auge«, bemerkte er schließlich.

Connor brachte ein schmerzliches Grinsen zustande. »Lings *Entschuldigung* während eines Trainingskampfs.«

Der Colonel grunzte amüsiert. »Freut mich, dass ihr so gut miteinander auskommt. Hoffen wir, dass es nicht mehr zu sehen ist, wenn ihr abreist. Sähe nicht sehr professionell aus, wenn du mit einem Gesicht wie ein Straßenrowdy auftauchst.«

Connor nickte. »Ich behandle es mit Eis. Aber es war wirklich nicht meine Schuld. Ling mag mich einfach nicht.«

Der Colonel schaute ihn überrascht an. »Wie kommst du denn darauf?«

»Sie …« Connor war nicht sicher, wie er dem Colonel die Sache klarmachen sollte. Er wollte nicht wie ein Jammerlappen erscheinen. »Sie ist zickig und gereizt, wann immer wir miteinander zu tun haben. Jedenfalls seit ich aus den USA zurück bin.«

»Hm, Ling ist manchmal so«, stimmte der Colonel zu, wischte aber Connors Besorgnis mit einer Handbewegung beiseite. »Mir ist vollkommen klar, dass ihre Umgangsformen noch ein bisschen verfeinert werden müssen. Aber sie stammt eben aus einem harten Umfeld.«

Connor runzelte die Stirn. »Was meinen Sie damit?«

Colonel Black schüttelte den Kopf. »Es steht mir nicht zu, dir das zu erzählen. Aber du solltest dir keine großen Gedanken darüber machen, ob Ling dich mag oder nicht. Ich bin sicher, dass sie dich respektiert. Und das ist es, worauf es bei einer Mission ankommt.«

»Ich bin mir nicht so sicher, dass sie mich respektiert.«

Der Colonel lächelte. »Wenn sie keinen Respekt vor dir hätte, würde sie gar nicht erst gegen dich kämpfen.«

Er deutete auf einen Stuhl. »So. Und jetzt sag mir, warum du mit mir sprechen wolltest. Bestimmt nicht, um mir dein blaues Auge vorzuführen.«

Connor setzte sich auf die Kante eines der roten Lederstühle. Er nahm seinen Mut zusammen, schaffte es aber nicht, dem Colonel in die Augen zu blicken, als er sagte: »Ich … ich glaube nicht, dass ich für diese Mission schon gut genug bin.«

»Unsinn«, schnaubte der Colonel. »Gerade vorhin habe ich deine Fortschritte noch einmal überprüft. Das Video von deiner Aktion mit dem Müllcontainer war … nun ja, es war sehr aufschlussreich. Ich überlege, ob ich es den anderen Teams als Lernbeispiel zeige.«

»Aber ich habe meinen Klienten nicht geschützt!«

»Nein«, berichtigte er Connor sofort, »aber du hast dabei gelernt, was du nächstes Mal machen musst, damit das nicht noch einmal passiert. Der Fehlschlag ist der Schlüssel zum Erfolg: Aus unseren Fehlern lernen wir. Und wenn du dann draußen im Feld bist, wirken all diese Übungen zusammen, sodass dir im Ernstfall eben kein solcher Fehler passiert.«

»Aber ich habe das Gefühl, dass ich viel zu schnell zu meiner nächsten Mission aufbrechen muss«, klagte Connor. »Meine Verletzung ist gerade erst verheilt.« Er rieb sich die Narbe am Schenkel, wo die Kugel des Attentäters eingedrungen war. »Außerdem habe ich noch nicht einmal richtig mit dem Fortgeschrittenentraining angefangen.«

»Keine Sorge. Du bekommst dein Training dort draußen, beim Job. Der Sicherheitsmann der Jacht ist ein ehemaliger australischer SAS-Soldat. Ich habe seinen Hintergrund überprüft. Brad Harding ist ein guter Mann. Er wird dich unterstützen und er hat sich auch bereit erklärt, dir und Ling die nötigen maritimen Sicherheitskenntnisse beizubringen.«

»Aber …« Connor unterbrach sich. Ihm wurde plötzlich klar, dass er sein eigentliches Problem aus den Augen verlor.

Deshalb kam er direkt zur Sache. »Ich mache mir Sorgen, dass meine erste Mission vielleicht nur Anfängerglück war.«

Der Colonel blickte Connor ungläubig an. »Wenn das der Fall wäre, hättest du geradezu unverschämt viel Glück gehabt, denn du hast deine Klientin in drei verschiedenen Gefahrensituationen erfolgreich beschützt. Die Operation *Hidden Shield* wäre für jeden Bodyguard eine echte Herausforderung gewesen, das darfst du mir glauben. Zweifle nicht an deinen Fähigkeiten. Du hast bewiesen, dass du dich mit deiner Reaktionsfähigkeit hinter niemandem verstecken musst. Ganz ohne Frage: Du bist aus demselben Holz geschnitzt wie dein Vater.«

»Aber ich bin nicht mein Vater«, sagte Connor voller Überzeugung. »Ich wette, er hat nie an sich selbst gezweifelt.«

Colonel Black lehnte sich in seinem Sessel zurück, stützte die Ellbogen auf die Armlehnen und legte die Finger aneinander. Nachdenklich schaute er Connor an. »Ich erzähle dir jetzt mal etwas über deinen Vater.«

Connor spitzte die Ohren. Das war einer der Gründe, warum er überhaupt zu den Buddyguards gegangen war: um mehr über seinen Vater und dessen geheimes Leben als SAS-Agent zu erfahren. Denn Colonel Black hatte in derselben Einheit gedient und war der Schlüssel zu dieser geheimen Vergangenheit.

»Wir waren damals in Afghanistan stationiert«, begann der Colonel. »Die Taliban hatten die afghanische Polizei infiltriert, und eines Tages entführten sie zwei SAS-Soldaten. Der Kommandant unserer Einheit ordnete eine sofortige Befreiungsaktion an. Wir wussten, dass die Geiseln noch in der Polizeistation gefangen gehalten wurden, dass sie aber jeden Augenblick irgendwo anders hingebracht werden konnten. Unsere Einheit stand bereit, aber dann kam vom Kommando für Spezialoperationen die Nachricht, dass das Verteidigungsministerium kein grünes Licht für die Befreiungsaktion gegeben habe. Offensichtlich standen wichtigere Dinge auf dem Spiel als das Leben von zwei Soldaten … *diplomatische* Angelegenheiten.«

Bei der Erinnerung wurde Colonel Blacks Miene finster.

»Die Männer waren außer sich vor Wut, und ganz besonders wütend war Justin, dein Vater. ›Kein Mann darf auf dem Schlachtfeld zurückgelassen werden‹ – so lautete sein Motto. Und als Anführer der Einheit beschloss er, die Rettungsaktion trotzdem durchzuführen.«

»Er hat einen *direkten* Befehl missachtet?«, fragte Connor geschockt.

Der Colonel nickte. »Ich wusste, dass Justin von seinen Zweifeln förmlich zerrissen wurde. Er war alles andere als sicher, ob er die Sache wirklich durchziehen sollte. Schließlich war das gleichbedeutend mit Meuterei. Ein Fehlschlag würde katastrophale Folgen haben, nicht nur militärisch, sondern auch diplomatisch und für ihn persönlich. Aber seine Priorität waren die gekidnappten Soldaten.«

Connor nickte lächelnd. »Das klingt ganz nach Dad. Meine Mum sagte oft, dass er immer zuerst an andere gedacht hätte.«

»Das hat er auch. Dein Vater und der Rest der Einheit sprengten sich einen Weg in die Polizeistation. Die Soldaten verteilten sich, warfen Blendgranaten und sicherten nacheinander sämtliche Räume. Als dein Vater in die letzte Zelle stürmte, fand er sich plötzlich mit einem Taliban konfrontiert, der einer der Geiseln das Messer über die Kehle zog.«

Connor schluckte; er sah die Szene so lebhaft vor sich, dass er sich instinktiv an die Kehle fasste.

»Aber dein Vater hatte ein enorm schnelles Reaktionsvermögen. Er erschoss den Taliban mit einem einzigen Kopfschuss.«

»Und der Soldat?«, fragte Connor atemlos.

Colonel Black öffnete den obersten Knopf seines Hemds und entblößte eine lange weiße Narbe, die sich quer über seine Kehle zog.

»Er hat überlebt«, sagte er lächelnd. »Deshalb habe ich so großes Vertrauen in dich, Connor, dass es dir gelingt, andere zu beschützen – genau wie damals dein Vater.«

KAPITEL 13

Connor zog seine Schwimmhose an und stopfte seine Kleider in das Schließfach. Als er durch den leeren Umkleideraum zum Pool ging, unterdrückte er ein Gähnen. Noch nie im Leben war er so früh aufgestanden, nur um zu schwimmen. Eigentlich hätte er sogar einen frühen Jogginglauf dem Schwimmen vorgezogen – und an einem Sonntagmorgen wäre es sowieso angenehmer gewesen, noch ein oder zwei Stunden im Bett zu bleiben. Aber weil ihm eine Mission auf dem Meer bevorstand, schien es Connor besser, seine Leistungen im Schwimmen ein wenig auf Vordermann zu bringen.

Als er aus dem Umkleideraum kam, entdeckte er einen Rollstuhl, der umgekippt direkt am Beckenrand lag. Er blickte sich um, sah aber niemanden.

»Charley?«, rief er. Seine Stimme hallte von den weiß gekachelten Wänden zurück.

Keine Antwort. Seine Besorgnis wuchs. Die frühe Morgensonne fiel durch die hohen Glaswände und die gläserne Decke und verwandelte die Wasseroberfläche in einen riesigen Spiegel; erst als er ein paar Schritte am Beckenrand entlanggelaufen war, konnte er bis auf den Grund sehen. Und dort entdeckte er Charley, bewegungslos, im Tiefbeckenbereich. Er ließ sein Handtuch fallen und sprang mit einem Kopfsprung ins Becken. Das Wasser war so kalt, dass es sich anfühlte, als habe er einen mächtigen Schlag erhalten. Connor öffnete die Augen – unter Wasser war alles nur noch ein einziger Wirbel von blauen Schatten und wirr gebrochenen Sonnenstrahlen. Charleys schwarzer Badeanzug bildete einen scharfen Kontrast vor den weißen Kacheln. Connor stieß mit kräftigen Schwimmstößen zu ihr hinunter, packte einen ihrer seitwärts ausgestreckten Arme und zog sie mit aller Kraft nach oben.

Ihre Köpfe stießen gleichzeitig durch die Wasseroberfläche.

»Hey!«, prustete sie und riss sich von ihm los, »was zum Teufel soll das?«

Connor blinzelte das Wasser aus den Augen und schaute sie verblüfft an. »Ich dachte … ich dachte, du bist …?«

»Natürlich bin ich *nicht!*«, gab sie zurück und ließ sich leicht neben ihm treiben. »Ich mache nur meine Atemübungen. Luftanhalten – so lange wie möglich. Absolut nützlich, wenn man beim Surfen unter eine Welle gerät.«

»A… aber ich dachte, du wärst ertrunken!«

Charley zog verblüfft die Stirn kraus. »Wie kommst du denn darauf?«

»Weil …« Connor machte eine vage Bewegung zu dem umgekippten Rollstuhl am Beckenrand.

Charley bedachte ihn mit einem Blick, der alles Mögliche bedeuten mochte, und *nichts* davon war besonders freundlich. *Beurteile mich nicht nach dem Rollstuhl. Unterschätz mich nicht. Komm mir nicht zu nahe …*

»Tut mir leid«, murmelte Connor. »Mein Fehler. Denken setzt bei mir erst nach dem Frühstück ein.«

Das brachte ihm wenigstens ein halbes Lächeln ein. »Vergiss es. Ist ja irgendwie sogar ganz nett, dass du mich retten wolltest. Echte Bodyguard-Reaktion. Der Stuhl ist umgekippt, als ich ins Wasser ging. Hab wahrscheinlich vergessen, die Bremse zu ziehen. Aber im Wasser musst du dir um mich ganz bestimmt keine Sorgen machen.«

»Ja, ist mir klar.« Jetzt ärgerte er sich sogar über seine Reaktion – er hätte doch wissen müssen, dass sie als ehemaliger Surfchampion der sprichwörtliche Fisch im Wasser war. »Trotzdem – ist es nicht ein bisschen gefährlich, ganz allein schwimmen zu gehen?«

»Könnte ich doch auch von dir sagen, oder?«, gab sie zurück und bedachte ihn schon wieder mit einem ihrer stahlharten Blicke. »Seit ich im Rollstuhl sitze, muss ich mir ständig Ratschläge von allen möglichen Leuten anhören: ›Tu dies nicht, lass das sein, das ist zu gefährlich für dich …‹ Alle sehen meine Behinderung als Unfähigkeit. Aber mir wurde schon bald klar, dass es nur eine Person gibt, die bestimmen darf, wozu ich fähig oder nicht fähig bin. Und das bin ich selbst.«

»Du hast recht.« Connor hob entschuldigend die Hand. »Ich hab mir nur Sorgen gemacht.«

Ihre harte Miene wurde ein wenig weicher. »Na gut. Und was hast du eigentlich hier zu suchen? Ich sehe dich sonst nie im Pool, schon gar nicht so früh am Morgen.«

»Ich versuche, mich auf Mission Gemini vorzubereiten. Und du?«

»Ich? Schwimmen natürlich!«, gab sie zurück und lachte. Ihr Ärger schien zu verfliegen, als sie sich im Wasser zurücklegte und sich treiben ließ. Sie wedelte ein wenig mit den Armen, hielt sich völlig mühelos an der Wasseroberfläche. »Das ist er einzige Zustand, in dem ich meine Behinderung vergessen kann. Den ganzen Tag lang bin ich wie eine Gefangene an den Stuhl gebunden. Der Pool ist meine Freiheit.

Hier kann ich vergessen, dass ich meine Beine nicht mehr benutzen kann.«

Connor wusste nicht, was er darauf antworten sollte. Er hatte immer noch keine Ahnung, was Charley bei ihrer schicksalhaften Mission vor einem Jahr zugestoßen war. Aber er fragte nicht nach den Einzelheiten. Charley würde ihm schon selbst davon erzählen, wenn sie sich dazu bereit fühlte – wenn das jemals der Fall war.

»Ich bin buchstäblich im Meer aufgewachsen«, sagte sie. »Für mich ist Schwimmen so etwas wie eine zweite Lebensform. Das war schon immer so. Und jetzt ist es die einzige Art von Bewegung, bei der ich meinen Stuhl nicht brauche.« Sie wandte sich plötzlich um und schaute Connor direkt an, mit einem Blick, in dem nichts als harte Entschlossenheit lag. »Aber mein größter Traum ist es, eines Tages wieder surfen zu können.«

Sie grinste flüchtig, weil ihr völlig klar war, wie unerreichbar dieses Ziel für sie war. »Und wenn es eines Tages so weit ist, dann will ich darauf vorbereitet sein.«

Damit tauchte sie ab und schwamm durch den gesamten Pool. Connor beobachtete sie – graziös und leicht wie ein Delfin schoss sie durch das Wasser. Er bewunderte ihre Entschlossenheit. Charley, das wusste er inzwischen, war eine Person, die nicht anhalten und umkehren würde, wenn sich ihr ein Hindernis in den Weg stellte. Sie würde es einfach zerschmettern und weitergehen. Ihr Beispiel ermutigte ihn. Wie konnte er an seinen eigenen Fähigkeiten zweifeln, wenn Charley trotz ihrer Behinderung solche Zweifel niemals zuließ?

Mit neuer Entschlossenheit stieß sich Connor vom Beckenrand ab und schwamm ihr nach.

Er schaffte acht Poollängen, dann stellte er fest, dass er

vollkommen außer Atem war. Sein Puls raste. Er schnappte nach Luft, ließ sich die letzten paar Meter treiben und hängte sich an den Beckenrand, um wieder zu Atem zu kommen.

»Dein Problem ist die Atemtechnik«, rief Charley ihm zu, als sie neben ihrem Rollstuhl auftauchte. Sie schwang sich auf den Beckenrand und begann sich abzutrocknen.

Connor beobachtete sie unauffällig. Sie war schlank und mit gebräunter, fast golden schimmernder Haut und sandblondem Haar gesegnet – das typische »Californian Beach Girl« aus einer TV-Serie. So, wie sie auf dem Beckenrand saß und die Beine ins Wasser baumeln ließ, konnte man kaum glauben, dass sie eine Behinderung hatte.

»Dein Schwimmstil ist im Großen und Ganzen okay«, fuhr Charley fort, »aber du versuchst, ein- und auszuatmen, wenn dein Kopf über Wasser ist. Gewöhne dir an, *unter* Wasser auszuatmen, dann bleibt dir *über* Wasser mehr Zeit, um Luft zu holen.«

»Okay«, sagte Connor dankbar.

Charley legte ihr Handtuch weg, richtete den Rollstuhl auf und zog sich hinauf. »Nächstes Mal zeige ich dir die *bilaterale* Atemtechnik. Ich schwöre dir, sie wird deine Schwimmleistung gewaltig verbessern. Du wirst dann durch das Wasser schneiden wie ein Pfeil.«

»Nächstes Mal?«, fragte Connor und fragte sich, ob er sie richtig verstanden hatte.

»Ja, klar«, strahlte Charley, warf sich das Handtuch über die Schulter und rollte zum Ausgang. »Ich mache keine halben Sachen. Wir treffen uns morgen wieder hier am Pool.«

»Wann genau?«, rief ihr Connor nach, als sie in den Umkleideraum der Frauen rollte.

»Selbe Zeit natürlich«, rief sie zurück.

Connor stöhnte. So dankbar er für ihr Trainingsangebot war, bedeutete es doch, dass er in den nächsten Tagen zwei Stunden früher als die anderen aufstehen musste.

Warum muss meine nächste Mission ausgerechnet mitten auf dem Meer sein?, dachte er.

KAPITEL 14

Staub wirbelte hoch auf, als der weiße, mit Chromleisten verzierte Toyota Land Cruiser über die ungeteerten Straßen von Hobyo holperte. Wie menschenleer lag die kleine somalische Hafenstadt in der Bruthitze des Nachmittags. Nur ein paar magere Kinder lieferten sich mit einem aus zusammengeknüllten Plastiktüten bestehenden Fußball ein Straßenmatch.

Sharif, ein dickbäuchiger Somalier mit dünnem Schnurrbart, blickte durch die dunkel getönten Seitenfenster auf die baufälligen Betongebäude entlang der Straße. Manche mochten irgendwann einmal weiß verputzt gewesen sein, andere waren wohl schon immer so schmutzig braun wie die Straße gewesen. Aber alle Dächer bestanden aus grünem Wellblech, das sich unter der erbarmungslosen afrikanischen Sonne aufgewölbt und verformt hatte.

Der Fahrer drückte auf die Hupe. Eine Ziege meckerte verärgert, machte dann aber doch dem SUV den Weg frei. Der Wagen bog um eine Ecke und fuhr auf den Hauptplatz, der trotz der brütenden Hitze überraschend belebt war. Eine Menge Somalier hatte sich vor einem zweistöckigen Gebäude versammelt, von dessen Fassade die gelbe Farbe an manchen Stellen stark abgeblättert war. Die Mauern waren von Einschüssen durchlöchert wie Schweizer Käse.

Der SUV hielt neben drei weiteren Geländewagen an, die völlig willkürlich mitten auf dem Platz geparkt waren, mit voll aufgedrehten Radios, aus denen Reggaemusik plärrte. Mehrere junge Männer in T-Shirts und lose um die Hüften gebundenen, bunt gemusterten Macawiis – einer Art traditioneller Männerrock oder Sarong – lagerten lässig unter einem Baum, kauten Khatblätter und streichelten zärtlich die Kalaschnikows, die auf ihrem Schoß lagen. Den Land Cruiser beäugten sie leicht misstrauisch, ließen sich aber nicht stören.

Schwerfällig kletterte Sharif aus dem klimatisierten Kokon in die drückende Hitze hinaus. Schon nach ein paar Schritten klebte das blaue Baumwollhemd an seinem Körper. Er ging direkt auf den versammelten Mob zu.

»Ii warran?«, sagte er im Vorbeigehen zu einer Frau mit schwarzem Kopftuch.

Eigentlich war es nur eine Höflichkeitsfloskel im Stil von »Wie geht's?«, aber die junge Frau grinste ihn breit an. In ihrem dunklen, ebenholzglatten Gesicht leuchteten die Zähne weiß auf. »Lösegeld!«, antwortete sie auf Somalisch und hielt einen Zeitungsausschnitt in die Höhe. »Ich warte auf meinen Anteil! Ich hab die Panzerfaust in das Unternehmen investiert, die mein Ex-Mann im Haus zurückgelassen hat.«

Auch andere glückliche Investoren, die Geld, Waffen oder sonstige Gegenstände bei der erfolgreichen Piratengang investiert hatten, schoben und drängelten sich vor dem Eingang, um ihre Ansprüche anzumelden. Aber nicht alle waren in Feierlaune. Eine ältere Frau in einem langen blauen Dschilbab kauerte mit rot verweinten Augen im Straßendreck.

»Hat denn niemand etwas von meinem Sohn gehört?«, rief sie immer wieder schluchzend und streckte flehend die Hände zum Himmel.

Eine andere Frau kniete neben ihr nieder und versuchte sie zu trösten. »Er ist bestimmt noch irgendwo draußen auf dem Meer ...«

Sharif ignorierte den Kummer der Alten und drängte sich grob durch die Menge in das ehemalige Büro des Bürgermeisters, das jetzt die »Börse« der Piraten beherbergte. Hier wurden die Investitionen für die nächsten Piratenaktionen eingesammelt und die Gewinne ausbezahlt. Sechs Makler waren mit den unzähligen Ansprüchen der Investoren beschäftigt, nahmen aber auch neue Investitionen entgegen.

Sharif schob sich zu einem der Makler durch, der hinter einem wackeligen Holztisch saß. Der Mann hatte ein rundes Gesicht und trug eine Goldrandbrille.

»Soo dhowow!«, begrüßte er Sharif. »Willkommen. Bitte nehmen Sie Platz!« Er wies auf einen ebenso wackeligen Plastikstuhl. »Was kann ich für Sie tun?«

Sharif kam sofort zur Sache. »Ich repräsentiere einen wichtigen Klienten. Er möchte in eine Piratengang investieren.«

»Sie meinen ein ›Seefahrtsprojekt‹«, verbesserte ihn der Makler mit verschwörerischem Augenzwinkern.

»Äh ... ja, natürlich«, stimmte Sharif leutselig zu, wobei beiden Männern vollkommen klar war, was gemeint war. »Aber er will nur die besten, die zuverlässigsten Leute.«

Der Makler musste keine Sekunde lang überlegen. »Das wären dann Oracle und seine Männer.«

Er schlug eine neue Seite in seiner verschmutzten Kladde auf, leckte die Bleistiftspitze, notierte das Datum und zog eine Linie von oben nach unten: die Buchhaltung des neuen Projekts. Dann blickte er den Kunden fragend an. »Was möchte Ihr Klient investieren? Waffen, Ausrüstung? Bargeld?«

»Bargeld. Außerdem besteht er darauf, der *einzige* Investor in der Operation zu sein.«

Der Makler riss die Augen auf. »Dann braucht Ihr Klient aber ziemlich tiefe Taschen. Schon die Vorleistungen kommen auf mindestens dreißigtausend Dollar …«

Sharif nickte gelassen und stellte eine blaue Sporttasche auf den Tisch. »Hier drin sind fünfzigtausend. Mein Klient wünscht, dass das ›Seefahrtsteam‹ für den Job mit den besten Ressourcen ausgestattet wird.«

Der Makler zog den Reißverschluss auf und blickte in die Tasche. Er leckte sich die Lippen, als er fünf dicke Bündel mit knisternden Hundertdollarnoten sah.

»Ich werde mich sofort mit Oracle in Verbindung setzen«, versicherte er und zog den Reißverschluss wieder zu. Doch als er aufstehen wollte, packte ihn Sharif am Handgelenk und schaute ihn drohend an.

»Mein Klient erwartet Ergebnisse.«

Der Makler setzte ein bedauerndes Lächeln auf. »Natürlich bemühe ich mich immer, den Erwartungen zu entsprechen, aber in diesem Geschäft, wissen Sie, können wir eben keine Garantie geben. Ein Schiff zu hijacken ist ein ziemlich riskantes Geschäft.«

»Dann hilft das hier vielleicht, um das Risiko zu verringern«, sagte Sharif und reichte ihm einen großen braunen Umschlag.

Der Makler wollte den Umschlag öffnen, aber Sharif hielt erneut seine Hand fest.

»Nein. Der ist nur für Oracle bestimmt.«

Der Makler hob entschuldigend die Hand. »Ich wollte nur den Inhalt feststellen. Der Profit aus einer erfolgreichen Hijack-Operation mit Lösegeldzahlung ist normalerweise zehnmal so hoch wie die ursprüngliche Investition.« Er legte den ungeöffneten Umschlag in die Sporttasche und notierte den Geldbetrag und den Umschlag sorgfältig in seiner Kladde.

»Wen darf ich als offiziellen Investor eintragen? Sie selbst, Sharif?«

»Nein, ich bin nur der Mittelsmann. Keine Namen. Das Datum reicht.«

Der Makler hob zwar die Augenbrauen, tat aber, wie Sharif gewünscht hatte. »Ist ihr Klient vertrauenswürdig?«

Sharif zuckte die Schultern. »Er ist reich. Und er zahlt im Voraus.«

»Wer braucht dann schon Vertrauen?«, grinste der Makler. Er griff wieder nach seiner Kladde, riss einen Papierstreifen von der unteren Hälfte der Seite ab und reichte ihn über den Tisch. »Die Empfangsbestätigung.«

Sharif nahm den Papierfetzen und betrachtete ihn. »Danke, Bruder. Nabadeey«, grüßte er zum Abschied und ging.

Draußen musste er sich erneut durch das Gedränge vor der »Börse« schieben und stieg erleichtert in den klimatisierten Geländewagen.

»Erledigt«, sagte er und reichte seinem Klienten die Quittung.

Der Mann auf dem Rücksitz nahm sie wortlos entgegen.

KAPITEL 15

»Mayday, Mayday, Mayday! This is motor yacht Athena, Athena, Athena. Mayday Athena. Unsere Position ist 3°52’23” Süd, 55°34’42” Ost, ungefähr fünf Meilen südwestlich von Denis Island. Wir haben ein Unterwasserobjekt gerammt und sinken. Ich habe vier Personen an Bord. Wir benötigen sofortige Hilfe. Verlassen das Schiff auf Rettungsboot. Over.«

Danach gab das UKW-Funkgerät nur noch ein laut knisterndes statisches Geräusch von sich.

Niemand antwortete auf den Notruf.

Und niemand erwartete eine Antwort.

Ling, die den Notruf abgesetzt hatte, saß sicher und trocken im Unterrichtsraum des Alpha-Teams im Buddyguard-Trainingscenter, weit vom Meer, geschweige denn von irgendeinem sinkenden Schiff entfernt. Das Funkmikrofon in der Hand drehte sie sich zu Bugsy um. »Es nervt, alles dreimal zu wiederholen. Warum eigentlich?«

Ihr Trainer für Überwachungstechniken und Kommunikation war ein kahlköpfiger Mann mit dem Körperbau eines Ringers. Er hielt zwei kräftige Finger in die Höhe. »Erstens um sicherzustellen, dass die Botschaft richtig verstanden wird. Zweitens um sie deutlicher vom übrigen Funkgeplapper unterscheiden zu können.«

Das Gerät rauschte immer noch; Bugsy drehte es leiser und wandte sich an das ganze Team.

»Zu wissen, wie man einen Notruf absetzt, ist für jedes Bordmitglied lebenswichtig, egal ob auf einem Boot, einer Jacht oder einem großen Frachter. Auf hoher See kann es den Unterschied zwischen Leben und Tod ausmachen.« Sein scharfer Blick strich über das Team und blieb an Connor hängen. »Fasse noch einmal das Verfahren kurz und bündig zusammen, Connor.«

Der blickte auf seine Notizen.

»UKW-Seefunkgerät einschalten; Sendebereitschaft prüfen; rote Notruftaste drücken und fünf Sekunden lang festhalten …«

»Gut. Amir: Was passiert dann?«

Bei diesem Thema war Amir sofort in seinem Element. »Es wird ein digitaler Alarm ausgesendet, und zwar nicht nur an alle Schiffe, die mit dem im Seefunk verwendeten DSC, also dem Digitalen Selektivruf ausgerüstet sind, sondern auch an die nächste zuständige Küstenwache. Das Signal umfasst auch das eigene MMSI – das ist die Identifikationsnummer des eigenen Schiffs – und die genaue Position und Zeit.«

Bugsy zeigte dem technischen Primus des Teams den erhobenen Daumen. Amir strahlte. »Jason, was passiert, wenn innerhalb von fünfzehn Sekunden niemand reagiert?«

»Äh … dann muss der Notruf wiederholt werden.«

»Richtig. Aber dieses Mal nicht digital, sondern direkt gesprochen, wie es uns Ling gerade gezeigt hat, und zwar immer auf Englisch.« Bugsy wandte sich an Richie, der geistesabwesend aus dem Fenster blickte. »Richie, auf welchem UKW-Kanal musst du senden?«

Richie zuckte zusammen und suchte verlegen nach einer Antwort. »Äh … zehn?«, riet er.

»Nein, Kanal sechzehn!«, sagte Bugsy scharf und tippte auf die Anzeige des Funkgeräts, auf der die Zahl klar und deutlich zu lesen stand. »Pass gefälligst besser auf! Nur weil du bei dieser Mission nicht mitmachst, heißt das noch lange nicht, dass du dieses Wissen in der Zukunft nicht brauchen wirst. Ihr alle, merkt es euch: Sämtliche Notrufe werden nach einer internationalen Vereinbarung auf UKW-Kanal sechzehn gesendet. Schreibt euch das ein für alle Mal hinter die Ohren!«

Mürrisch klappte Richie seinen Laptop auf und gab die Information ein.

Bugsy betrachtete seinen Schüler noch eine Sekunde lang kopfschüttelnd, dann machte er mit der Befragung der anderen weiter. »Marc: Was musst du überprüfen, bevor du einen verbalen Mayday-Notruf absetzt?«

Marc rieb sich die Schläfen, offenbar hatte er Schwierigkeiten, sich an die Information zu erinnern. Doch plötzlich schnippte er die Finger. »Das Funkgerät muss auf die höchste Leistung geschaltet werden, bevor man sendet.«

Bugsy nickte. »Connor: Wie sieht das offizielle Format eines Mayday-Notrufs aus?«

Connor musste nicht erst in seine Aufzeichnungen blicken, um die Frage zu beantworten. »Das Wort Mayday und der Name des Schiffs werden dreimal wiederholt, dann gibt man die genaue Position, den Grund des Notrufs, die Zahl der Personen an Bord und die Art der benötigten Hilfeleistung an und beendet den Notruf mit ›over‹.«

Bugsy feuerte noch weitere Fragen auf das Team ab, sodass niemand mehr eine Gelegenheit fand, sich innerlich aus dem Unterricht zu verabschieden. Als er sicher war, dass das Alpha-Team das Verfahren des Notrufs in- und auswendig kannte, fuhr er fort: »Es gibt allerdings eine wichtige Einschränkung bei der Benutzung von UKW-Geräten: Ultrakurzwellen haben nur eine begrenzte Reichweite. Konkret beträgt sie etwa vierzig Meilen von einer Küstenstation, aber nur ungefähr zehn Meilen zwischen zwei Schiffen. Wenn man sich überlegt, wie groß die Ozeane sind, wird einem klar, dass das alles andere als ein idiotensicheres Notrufsystem ist.«

»Kann man nicht auch ein Mobiltelefon benutzen?«, fragte Amir.

Ling lachte spöttisch. »Mitten auf dem Meer, du Hirni? Woher willst du denn das Netz nehmen?«

»Die Frage ist nicht dumm«, wies Bugsy sie zurecht. »Tatsächlich kann man Mobiltelefone für Hilferufe benutzen. Auch in Gegenden mit schwachem oder völlig fehlendem Netz hat man manchmal mit einer SMS noch eine gute Chance.«

Amir warf Ling einen triumphierenden Blick zu und wedelte mit seinem Handy vor ihrem Gesicht herum. »Siehst du? Es funktioniert.«

Lings Augen wurden schmal. »Alter Schleimer«, murmelte sie.

»Schlechte Verliererin«, gab Amir zurück.

Ling versuchte, ihm das Handy zu entreißen. »Pass bloß auf, sonst ramme ich es dir irgendwo rein, wo es *ganz bestimmt* kein Netz gibt!«

»Werdet nicht kindisch«, sagte Bugsy scharf. »Auch Ling hat nicht unrecht. Meistens gibt es nur in den Küstenregionen ein Netz für Mobiltelefone. Außerdem wird dann nur eine Person die SMS mit dem Notruf empfangen. Und ein Mobiltelefon lässt sich nicht so leicht orten wie ein UKW-Notruf.«

Ling streckte Amir triumphierend die Zunge heraus.

Bugsy warf ihr einen strengen Blick zu, fuhr aber mit

seiner Lektion fort. »Deshalb sind heutzutage die meisten Schiffe mit Satellitensystemen für Voice, Daten und Fax ausgestattet, die sogar GMDSS erlauben.«

»Was ist GMDSS?«, fragte Jason.

»GMDSS ist die Abkürzung für ›Global Maritime Distress and Safety System‹. »Das ist ein hoch entwickeltes globales Notrufsystem«, erklärte Bugsy. »Über GMDSS lassen sich alle Rufe abwickeln, die Seenotfälle oder Sicherheit betreffen, außerdem auch sonstige Kommunikationen, zum Beispiel auch Wetterwarnungen und Mitteilungen für Such- und Rettungsaktionen.«

Die Glocke läutete zum Mittagessen, und wie alle Schüler weltweit packte auch das Alpha-Team sofort ungeduldig seine Sachen zusammen.

»Nur noch eins«, sagte Bugsy und hob einen gelben Plastikzylinder in die Höhe, an dessen oberem Teil ein Notlicht und eine kurze Antenne angebracht waren. »Das hier ist eine ›Emergency Position-Indicating Radio Beacon‹, kurz EPIRB genannt. Es handelt sich um eine Notfunkbake. Darin befindet sich ein kleiner Sender, der Notsignale an Satelliten senden kann und die Information auch an ein Such- und Rettungsteam schickt. Diese EPIRBs sind ziemlich coole Dinger, weil sie sich automatisch aktivieren, sobald sie ins Wasser geworfen werden. Für den Fall, dass das Schiff sinkt, sind sie mit einem Schwimmkörper ausgerüstet.«

Bugsy stellte die Bake auf den Tisch, damit das Team sie genauer betrachten konnte. Dann verstaute er seinen Laptop, schob sich einen neuen Kaugummi in den Mund und verließ den Raum.

Das Alpha-Team packte seine Sachen. Auf dem Weg zur Tür nahm jeder die Bake kurz in die Hand, um sie zu betrachten.

Jason warf Connor einen kritischen Blick zu. »Hoffen wir mal, dass es bei eurer Mission keine Maydays gibt.«

»Das hoffe ich auch.« Doch dann sah Connor das verräterische Funkeln in Jasons Augen. »He – was meinst du damit?«

»Na ja, letztes Mal haben sie dich doch fast umgeballert, oder nicht?«

Die gemeine Bemerkung ärgerte Connor. Er starrte seinen Rivalen an. »Soviel ich weiß, hast du dir bei deiner Karibikmission einen Sonnenbrand zweiten Grades geholt!«

Einen Moment lang hing die Spannung fast greifbar zwischen ihnen, doch dann verzog Jason den Mund zu einem breiten Grinsen.

»Gute Antwort, Kumpel«, lachte er, stellte die Bake auf den Tisch zurück und legte Connor den Arm um die Schultern. »Das war eine ziemlich blöde Bemerkung, stimmt's?« Er blickte Ling hinterher, die gerade mit Amir durch die Tür ging. Die beiden lachten sich über irgendetwas halbtot. Leise sagte Jason: »Hör mal, pass gut für mich auf Ling auf. Mehr verlange ich nicht.«

»Ich glaube, sie kann ganz gut auf sich selbst aufpassen«, sagte Connor und deutete auf den schwachen Schatten, den Lings Boxhieb letzte Woche auf seinem Auge hinterlassen hatte.

»Das stimmt wohl«, nickte Jason, »aber wenn da etwas aus dem Ruder läuft … dann müsst ihr euch aufeinander verlassen können.« Seine braunen Augen blickten Connor forschend an, als suchte er nach einer schwachen Stelle in Connors Charakter. Doch dann drückte er ihm ermutigend den Arm, ließ ihn los und warf sich die Tasche über die Schulter. »Du und Ling, ihr fliegt doch schon bald nach Australien, um die Mädchen schon mal kennenzulernen, bevor ihr auf die Jacht geht?«

Connor nickte. »Ja, auf besonderen Wunsch von Mr Sterling.«

»Na gut, hoffentlich gefällt es dir in meiner Heimat«, sagte Jason mit überraschender Wärme. An der Tür wandte er sich noch einmal kurz um. »Ach so, noch etwas: Pass auf die Dropbears auf.«

»Auf die was?«

»Auf die Dropbears. Total bösartige kleine Biester. Sehen aus wie Koalas, haben aber extrem scharfe Zähne. Mein Onkel wurde letztes Jahr von einem angefallen und böse zugerichtet«, erklärte Jason. »Sie hängen in den Ästen und lassen sich auf den Kopf ihrer Beute fallen. Sei vorsichtig, das wollte ich dir nur sagen.«

»Danke für den Ratschlag«, sagte Connor.

»Nichts zu danken«, sagte Jason lächelnd.

KAPITEL 16

Amir war schon da, als Connor und Ling in das Logistikmagazin kamen. Er stand an einem Tisch und blickte ihnen so aufgeregt entgegen, als ob Weihnachten dieses Jahr in den Sommer fallen würde.

»Den ganzen Morgen warte ich schon auf euch! Ich will euch eure Ausrüstung übergeben!«, verkündete er.

Er konnte es offenbar kaum erwarten, ihnen die neuesten Ausrüstungstricks vorzuführen. Mit großem Getue stellte er zwei Rucksäcke auf den Tisch – schwarz mit breiten grellgelben Streifen und Schulterriemen. »Ich habe sie speziell für die Operation Gemini umgearbeitet«, erklärte er stolz.

»Na ja, auffälliger ging's wohl gar nicht?«, mäkelte Ling und beäugte die grellgelben Streifen mit unverhohlener Abscheu.

»Sie *müssen* auffällig sein! Darum geht es doch!«, sagte Amir. »Das sind besonders reflektierende Streifen an der Vorderseite und an den Schulterriemen. Sie verschaffen euch maximale Sichtbarkeit auf See. Und wir haben hier noch eine LED-Notbake mit extragroßer Reichweite eingebaut.« Amir deutete auf die kleine Plastikkuppel neben dem oberen Tragegriff. »Außerdem haben die Rucksäcke auch jeweils einen eingenähten Mini-SART im Innenfutter!«

Er schaute erwartungsvoll von Connor zu Ling und wieder zurück und wartete offenbar auf ihre begeisterten Jubelrufe. Connor und Ling blickten sich leicht verwirrt an. Amir verdrehte frustriert die Augen.

»Hallo? Habt ihr beide denn von rein gar nichts eine Ahnung? SART? Search-and-Rescue-Transponder, nie gehört?« Er deutete auf eine Stelle, an der ein Saum ein wenig stärker vernäht worden war; darüber befand sich eine kleine Aktivierungstaste. »Hier ist ein dünnes Röhrchen eingenäht. Es enthält einen kleinen batteriebetriebenen Sender und Empfänger und sendet auf der Neun-Gigahertz-Frequenz.«

»Amir, bis jetzt können wir dir folgen, glaube ich«, sagte Connor.

»Prima. Der Transponder reagiert nur auf X-Band-Radarstrahlen, die auf neun Gigahertz gesendet werden.«

»Aha.«

Amir seufzte gequält. »Diese neun Gigahertz, das ist die Frequenz, die der Radar auf einem Schiff hat«, erklärte er so übertrieben langsam, als redete er mit Kindergartenkindern. »Wenn ihr auf See Probleme bekommt und so ein Radarstrahl über euch wegstreicht, sendet der SART ein Signal an den Radar zurück, mit dem ihr geortet werden könnt. Diese Dinger werden normalerweise auf Rettungsbooten installiert, sind dann aber so groß wie eine Zweiliterflasche. Aber Bugsy hat es geschafft, das Ding zu miniaturisieren. Der Nachteil ist natürlich, dass die Batterie nur eine Lebensdauer von ungefähr acht Stunden hat und dass die Reichweite weniger als fünf Meilen beträgt. Trotzdem könnte es bei einer Rettungsaktion entscheidend sein.«

Amir öffnete die Clips im oberen Teil des Rucksacks und rollte den Deckel zurück.

»Keine Reißverschlüsse, das bedeutet keine undichten

Stellen«, sagte er, womit das ungewöhnliche Design des Rucksacks erklärt war. »Und das wiederum bedeutet, dass die Rucksäcke hundertprozentig wasserdicht sind. Man kann damit tauchen. Und solange ihr keine Steine hineinpackt, treiben sie sogar auf der Wasseroberfläche!«

Amir tätschelte die beiden Rucksäcke, als seien sie seine Schoßhündchen.

»Haben sie auch einen ausfaltbaren Gel-Körperschutz wie bei meinem letzten Einsatz?«

Amir schüttelte bedauernd den Kopf. »Leider nicht«, gab er zu. »Für eine zusätzliche Schutzdecke war einfach kein Platz mehr. Aber sie sind auf jeden Fall kugelsicher.«

»Das ist gut«, sagte Connor. Er wollte Amirs Begeisterung nicht dämpfen, aber die ausfaltbare zusätzliche, mit Gel und harten Partikeln gefüllte kugelsichere Decke war nicht nur leicht gewesen, sondern hatte ihm und seiner Klientin bei der letzten Mission das Leben gerettet. Die kugelsichere Rückseite des Rucksacks mochte zwar nützlich sein, aber wenn man sie nicht ausklappen und vergrößern konnte, würde sie wohl nicht einmal ausreichen, um ihn selbst zu schützen, von seiner Klientin ganz zu schweigen.

Amir griff in die Rucksäcke und holte zwei Smartphones heraus, beide in grellorangenen Neoprenhüllen.

»Eure Smartphones. Wir haben sie mit dem neuesten Betriebssystem und dem aktuellsten Virenschutzprogramm ausgestattet.« Er warf Connor einen Seitenblick zu. »Dieses Mal besteht keine Gefahr, dass du dir damit einen Cell-Finity-Bug einfängst.«

»Super«, sagte Connor und wog das neue Telefon in der Hand. »Aber ein bisschen klobig, was meinst du?«

Amir zuckte entschuldigend die Schultern. »Die Dinger sind ein Kompromiss. Wir haben sie mit einer Mikroschicht überzogen, um sie wasserdicht zu machen, aber um sie auch noch unsinkbar zu machen, mussten wir die Größe und das höhere Gewicht in Kauf nehmen.«

»Gut zu wissen, dass wenigstens mein Handy überlebt, wenn ich auf dem Grund des Meeres liege«, grinste Ling.

Connor berührte das Display und legte den Finger auf den Fingerabdruckscanner. Er betrachtete die Apps: Karten, GPS-Ortung, Gesichtserkennung, Status der Mission, Bedrohungslevel, SOS …

»He! Ich sehe, deine SOS-App ist auch wieder drauf!«

»Aber klar doch!«, strahlte Amir. »Version 2.0. Es übermittelt jetzt nicht mehr nur die Positionsdaten, sondern du kannst damit auch kurze SMS senden.«

Amir holte die restliche Ausrüstung aus dem Rucksack.

»Natürlich habt ihr auch das Übliche dabei: Erste-Hilfe-Kit, Ohrhörer mit eingebauten Mikrofonen für verdeckte Kommunikation miteinander, vorausbezahlte Kreditkarten …«

»Ah, cool, endlich mal was Nützliches«, seufzte Ling erleichtert und schnappte sich gierig die erste Karte, die Amir auf den Tisch legte. »Shoppingtime!«

»Du müsstest schon ein besonderes Detektivtalent sein, um mitten im Indischen Ozean ein paar Shops ausfindig zu machen«, lachte Amir.

»Du vergisst die Duty-free-Shops in den Flughäfen«, antwortete Ling mit boshaftem Augenzwinkern und boxte Connor den Ellbogen in die Rippen.

Amir überreichte beiden einen Stapel Kleider: »Das sind eure Buddyguard-Klamotten. Baseballmütze, T-Shirts, Polohemden … alle feuerfest, stichfest und natürlich auch kugelsicher«, fügte er mit einem Seitenblick auf Connor hinzu.

»Keine Sorge, das hier werde ich definitiv anziehen«, sagte Connor und nahm das blaue Polohemd mit der kleinen

Brusttasche in die Hand. Er staunte noch immer, wie ein so weicher, dünner Stoff den Träger vor einer Pistolenkugel oder einer scharfen Messerspitze schützen konnte.

»Und wo ist mein kugelsicherer Bikini?«, wollte Ling wissen.

Amir durchsuchte ihren Kleiderstapel. »Äh, sorry, so was ist leider nicht dabei ...«

»Amir«, sagte Ling übertrieben geduldig. »Das war ein Witz!«

Amir wurde rot. »Ach so. Irre komisch.« Er zog eine schlanke schwarze Taschenlampe aus einem der Rucksäcke. »Übrigens hat Bugsy jedem von euch eine neue Taschenlampe spendiert.«

Er drückte auf den Knopf und ein greller grüner Laserstrahl leuchtete auf.

»He, pass doch auf!«, schimpfte Ling und schlug die Hände vor die Augen. »Du bist schuld, wenn ich blind werde!«

»Das ist genau die Absicht«, sagte Amir und grinste wie die Katze aus *Alice im Wunderland*. »Das Ding ist nämlich ein Blender.«

»Ein was?«

»Eine Waffe, die den Gegner für eine gewisse Zeit blendet oder desorientiert, aber nicht tödlich ist.«

»Kommt mir aber ziemlich tödlich vor«, murrte Ling, während sie die Tränen aus den Augen blinzelte.

»Nein, der Blender bringt niemanden um. Außerdem funktioniert er auch wie eine ganz gewöhnliche Taschenlampe.« Amir schob den Blender in den Rucksack zurück. »Und dann hätten wir hier noch etwas – sozusagen das Gegenteil zur Lampe. Eure Sonnenbrillen.«

»Brauch ich nicht, ich hab noch die vom letzten Einsatz«, sagte Connor.

»Nein, hast du nicht«, widersprach Amir aufgeregt und reichte ihnen die Brillen. »Setzt sie mal auf.«

Als beide die Brillen aufgesetzt hatten, ließ Amir die Jalousien herab und schaltete das Licht aus. Sie standen im Dunkeln.

»He, jetzt sehe ich überhaupt nichts mehr!«, rief Ling.

»Am rechten Bügel des Brillengestells befindet sich eine Taste«, sagte Amir. »Drückt mal drauf.«

Connor tastete nach dem Schalter, der so winzig war, dass er ihn nur mit dem Fingernagel anschalten konnte. Erstaunt schnappte er nach Luft, als Amir und Ling plötzlich in silbern schimmerndem Licht vor ihm auftauchten. »Diese Brille ist echt cool!«

»Nachtsicht-Sonnenbrille«, erklärte Amir und weidete sich an ihren überraschten Ausrufen. »Absolut neueste Nanotechnologie auf den Brillengläsern. Ermöglicht eine Nachtsicht wie bei Vollmond. Die Gläser sind mit einem speziellen nano-optischen Film beschichtet, der infrarotes Licht in sichtbares Licht verwandelt. Normale Nachtsichtgeräte können nur bereits sichtbares Licht verstärken, während diese Brillen den Vorteil haben, dass sie nicht extrem grell werden, wenn plötzlich ein sehr helles Licht aufleuchtet.«

Zum Beweis schaltete Amir das Licht ein. Connor konnte noch recht gut sehen, auch wenn ihm der Raum nun überbelichtet vorkam. Er schaltete die Nachtsicht aus und alles sah wieder normal aus.

»Was hast du sonst noch in deiner Trickkiste?«, wollte Ling wissen, die jetzt offenbar Gefallen an den cleveren technischen Spielzeugen gefunden hatte.

»Na ja, nur noch das hier.« Amir reichte Ling eine weiße Plastikflasche.

»Und was ist das?«, fragte sie begierig. »Ein aufblasbares Minirettungsboot? Eine Rauchbombe? Eine …«

»Nein, nein. Aber der Inhalt kann euch vor der größten Gefahr bewahren, die euch bei dieser Mission droht.«

Ling schaute ihn erwartungsvoll an. »Nun sag schon, was ist drin?«

Amir konnte sein Grinsen kaum noch unterdrücken. »Sonnenmilch.«

KAPITEL 17

»Wie läuft es in Mathe? Du hast Zweien und Dreien in den anderen Fächern, aber in Mathe stehst du nicht so gut da.«

Connor stöhnte ins Telefon. »*Mum* … ich hatte in letzter Zeit grad ein bisschen viel um die Ohren …«

»Was zum Beispiel?«

Darauf fiel Connor keine schnelle Antwort ein. Seine Mutter hatte keine Ahnung, dass er sich zum Profi-Bodyguard ausbilden ließ. Sie wusste nur, dass er ein »spezielles Internat für besonders begabte Sportschüler« besuchte und dass die Kosten von einem »speziellen staatlichen Stipendienprogramm« getragen würden. Deshalb hatte seine Mutter eine Zeugniskopie zugeschickt bekommen, auf der nur seine Leistungen in den Standardfächern ausgewiesen waren. Seine Noten in den anderen Fächern, vom weltweiten Terrorismus über unbewaffneten Kampf bis hin zur Abwehr von Anschlägen, wurden nur Colonel Black vorgelegt.

»Das ist ein bisschen schwer zu erklären«, sagte er zögernd.

»Oh … ach so …« Jetzt hörte er plötzlich einen verständnisvollen Ton in ihrer Stimme. »Es geht also um ein Mädchen?«

Connor trat unruhig von einem Bein aufs andere. Bei diesem Kreuzverhör stieg ihm das Blut ins Gesicht. »Nein, nein, so ist es nicht …«, sagte er schnell.

Seine Mutter achtete nicht auf sein Protestgemurmel. »Hör mal, du darfst nicht zulassen, dass Mädchen dich von deiner Arbeit ablenken!« Natürlich wusste sie wieder einmal alles besser. »Die machen dir noch genug Probleme, wenn du erst mal ein paar Jahre älter bist.«

Connor fielen spontan zwei Mädchen ein, die ihm schon vorher eine Menge Probleme machen könnten – Emily und Chloe.

»Können wir mal von was anderem reden?«, fragte er. »Von dir zum Beispiel. Wie geht es dir, Mum?«

»Oh, eigentlich ganz gut, danke«, sagte sie fröhlich. »Mit Sallys Hilfe geht's mir von Tag zu Tag besser.«

Seine Mutter erzählte ihm, dass die Pflegerin sie ermuntert habe, Vitamin-D-Tabletten zu nehmen und jeden Tag leichte Yogaübungen zu machen. Und seit sie auch regelmäßig mit Akupunktur behandelt würde, hätten sich die Symptome wirklich gebessert. Aber Connor kannte seine Mutter und wusste, dass ihr fröhliches Geplauder nur dazu diente, zu überdecken, wie viel Kraft es sie kostete, die Fassade der tapferen Frau aufrechtzuerhalten. Seine Mutter litt an Multipler Sklerose, hatte Probleme mit der körperlichen Koordination und dem Gleichgewicht, ermüdete leicht, war oft benommen und verspürte immer wieder hartnäckige Schmerzen.

Ihr Zustand und auch die Tatsache, dass seine Großmutter immer mehr Betreuung benötigte, hatten Connor mit dazu bewogen, sich der Buddyguard-Organisation anzuschließen. Als Gegenleistung hatte ihm Colonel Black ein umfassendes Pflegepaket für seine Mutter und seine Großmutter angeboten. Solche Pflegeleistungen hätte sich seine Mutter als arbeitsunfähige Witwe eines Soldaten niemals leisten können. Der kleinen Familie war es ohnehin schwergefallen, den täglichen Lebensunterhalt zu bestreiten. Das Angebot des Colonels war deshalb wie ein Geschenk des Himmels gewesen. Aber zur Vereinbarung gehört auch, dass Connor sich verpflichten musste, niemandem seine wahre Rolle zu verraten. Buddyguard war eine streng geheime Organisation; ihr Erfolg hing davon ab, dass nur sehr wenige Leute überhaupt von ihrer Existenz wussten. Nur so konnten Teenager wie Connor als unauffällige Schutzschilde für gefährdete Berühmtheiten oder ihre Kinder agieren. Außerdem wäre Connors Mutter wahrscheinlich vor Wut ausgerastet, wenn sie erfahren hätte, dass Connor in die Fußstapfen seines Vaters getreten war und sich genau wie er in lebensgefährliche Situationen begab. Connor gefiel es überhaupt nicht, sie täuschen zu müssen, aber andererseits gefiel es ihm sehr, dass sie besser als je zuvor gepflegt und versorgt wurde. Er hatte sich auf einen Handel eingelassen, aber er war überzeugt, dass die Vorteile schwerer wogen als die Nachteile.

»Freut mich echt, dass es dir besser geht«, sagte Connor, obwohl er ihr das nicht abnahm. »Hör mal, ich rufe auch an, weil ich dir sagen wollte, dass ich nächsten Monat für eine Weile an einem Segeltörn teilnehme. Ich werde also eine Zeitlang nicht anrufen können.«

Während des normalen Schulbetriebs rief Connor einmal in der Woche zu Hause an, um sich zu erkundigen, wie es Mum und Gran ging. Er wusste, wie sehr die beiden sich immer auf dieses Telefonat freuten.

»Ein *Segeltörn?* Du führst wirklich ein aufregendes Leben an dieser neuen Schule«, erwiderte Mum. Connor hörte, dass sie die Nachricht sofort an Gran und Sally, die Pflegerin, weitergab. »Aber versprich mir eins, mein Junge: Bitte pass auf dich auf. Ich will nicht, dass du dir wieder eine Verletzung zuziehst wie letztes Mal.«

»Versprochen!«, sagte Connor aufrichtig, da er selbst inständig hoffte, dass ihm dieses Mal nichts passieren würde. Als er angeschossen worden war, hatte man seiner Mum nur erklärt, er hätte sich bei einem Sturz mit dem Mountainbike eine Prellung zugezogen. Auch das war nötig gewesen, um die Existenz von Buddyguard nicht verraten zu müssen.

»Bleib noch dran, mein Junge, Sally ruft nach mir, aber Gran will noch ein Wörtchen mit dir reden. Ruf an, sobald du wieder zurück bist, ja?«

Es knisterte in der Leitung, während seine Mum den Hörer an Gran weiterreichte.

»Na, wie geht's meinem großen Mann?«, hörte er dann die Stimme seiner Großmutter.

»Super, Gran. Und dir?«

»Fit wie ein Turnschuh«, antwortete sie fröhlich.

Connor lachte; das sagte sie immer.

Doch dann senkte Gran die Stimme. »Sie würde es dir nie erzählen, Connor, aber sie muss vielleicht bald in einen Rollstuhl.«

»Was?«, fragte Connor geschockt. »Sie hat doch gesagt, es geht ihr besser?«

»Unterschiedlich – manche Dinge schafft sie jetzt besser, aber ihr allgemeiner Zustand … Jedenfalls will sie nicht, dass du dir Sorgen machst. Sally hat ihr den Rollstuhl empfohlen, wenn sie aus dem Haus geht. Sie steht nicht mehr so sicher auf den Beinen wie früher.«

»Aber Mum ging es doch prima, als ich letzten Monat zu Hause war.«

Gran seufzte. »Inzwischen hat es einen Schub gegeben.«

Connor schwieg betroffen. Die Krankheit war grausam; sie nahm seiner Mutter langsam jede Lebensfreude. Jedes Mal, wenn er sie anrief oder nach Hause zurückkam, schien es ihm, als sei wieder ein kleines Stück von ihr weggenommen worden. Und es gab nichts, was er oder sonst irgendjemand dagegen tun konnte. Er ballte die Faust und presste die Augen zu, um die Tränen zurückzudrängen.

»Du kannst dir ja vorstellen, dass sie davon nicht besonders begeistert ist«, fuhr Gran fort, »aber Sally sagt, dein … ›Stipendienprogramm‹ würde für die Kosten aufkommen.«

Connor brachte ein trauriges Lächeln zustande. Er konnte zwar den weiteren Verfall nicht aufhalten, aber wenigstens konnte er dafür sorgen, dass Mum gut versorgt und gepflegt wurde – und Gran ebenfalls. Sein Vertrag mit Buddyguard bedeutete, dass beide in guten Händen waren, auch wenn er selbst viel weniger Zeit mit ihnen verbringen konnte und sich in große Gefahren begeben musste. Jetzt begriff er erst richtig, in welchem Dilemma sich sein Vater damals befunden hatte.

»Geht es dir gut, mein Lieber?«, fragte Gran sanft.

»Ja«, antwortete er und wischte sich mit dem Ärmel über die geröteten Augen.

»Wie ich höre, gehst du auf einen Segeltörn«, sagte sie, um das Thema zu wechseln. »In einer schönen Gegend?«

Connor war klar, dass die Frage doppelbödig war – Gran war die Einzige in seiner Familie, die über Buddyguard Bescheid wusste, und sie war schließlich nicht auf den Kopf gefallen. »In den Seychellen.«

»Oh, wie schön!«, rief sie. »Und – kannst du mir noch mehr über deinen ›Trip‹ erzählen?«

»Eigentlich nicht, Gran.« Connor war klar, dass er schon jetzt seine Geheimhaltungspflicht verletzt hatte, weil er ihr den Zielort genannt hatte.

Charley rollte um die Ecke und nickte ihm kurz zu.

»Sorry, Gran, ich muss los«, sagte Connor. »Bitte sag Mum, dass ich ihr alles Gute wünsche und dass ich euch bald wieder besuchen komme.«

»Versprochen?«

Connor zögerte einen winzigen Moment. Die Frage war keine Plattitüde, sondern ernst gemeint. Eine Verpflichtung. »Versprochen, Gran.«

»Gut. Dann … pass auf dich auf, mein Lieber … pass *bitte* auf dich auf.«

Connor hörte, dass ihre Stimme fast brach, als sie das sagte. Bedrückt legte er auf.

Er hasste es, seiner Gran diese Sorgen aufzubürden. Schon oft hatte er darüber nachgedacht, ob es richtig gewesen war, ihr überhaupt von Buddyguard zu erzählen. Aber Gran hätte eine Halblüge in kürzester Zeit durchschaut; in solchen Dingen war sie gewitzter als ein Priester im Beichtstuhl. Sie hatte zu viel Lebenserfahrung, um sich von irgendjemandem täuschen zu lassen, und von ihrem Enkel erst recht nicht. Connor vertraute ihr und brauchte sie. Sie war der Fels, auf den er sich stützen konnte, und die einzige Person, an die er sich immer wenden konnte, wenn er Probleme hatte und einen Rat brauchte.

»Alles okay zu Hause?«, fragte Charley.

Connor blickte auf; erst jetzt merkte er, dass er eine ganze Weile gedankenverloren vor sich hingestarrt hatte. »Ja. bei Gran jedenfalls. Aber meine Mum wird wohl bald einen Rollstuhl brauchen. Sie freut sich nicht besonders darauf.«

»Kenn ich, das Gefühl«, sagte Charley und klopfte auf die Armlehne ihres Rollstuhls. »Wenn sie mal jemanden braucht, mit dem sie darüber reden will, rufe ich sie gern mal an.«

Connor lächelte ihr dankbar zu. »Danke. Ich sag's ihr beim nächsten Mal.«

»Und jetzt komm«, befahl Charley und wendete ihren Rollstuhl. »Das Auto wartet, aber der Flieger nicht.«

Connor folgte ihr zu dem schwarzen Range Rover hinaus,

der auf der langen, gewundenen Zufahrt zum Buddyguard-Hauptquartier wartete. Der Rest des Alpha-Teams hatte sich versammelt, um sich von Ling und Connor zu verabschieden. Jody saß bereits hinter dem Steuer und checkte Staus und Behinderungen auf dem Navi, während Ling angeschnallt auf dem Rücksitz saß.

»Los, beeil dich, Partner!«, schrie sie und schlug auf den Sitz neben sich. »Bringen wir die Show hinter uns.«

Connor warf sein Gepäck in den Kofferraum. Amir brüllte empört: »Sei doch vorsichtig! Das ist mein Einsatzpack, Mann! Hat mich viel Arbeit gekostet!«

»Gehört jetzt aber mir«, gab Connor grinsend zurück. »Aber ich bring dir den Krempel wieder zurück, versprochen.«

»Will ich dir auch geraten haben«, murrte Amir und schüttelte voller Verzweiflung über die miserable Behandlung seiner Kostbarkeiten den Kopf.

»Viel Glück«, wünschte Marc und winkte. Richie salutierte ironisch.

»Lass dir bloß von Connor nicht die Show stehlen, Ling«, sagte Jason, als Connor einstieg.

»Mach dir darüber keinen Kopf.« Sie blies ihm einen Kuss zu. »Der darf höchstens mein Gepäck tragen.«

Connor zeigte seinen Teamkameraden den erhobenen Daumen, aber als er die Tür schließen wollte, streckte Charley die Hand herein und legte sie kurz auf seinen Arm.

»Versuche dieses Mal wenigstens, keine Kugeln einzufangen.«

Er lächelte ihr ein wenig schief zu. »Sind Bodyguards nicht genau dafür da?«

Charley blickte ihm fest in die Augen. »Nur wenn sonst absolut nichts mehr hilft.«

KAPITEL 18

»Wacht auf, ihr Fischfresser!«

Die verlotterte Piratenbande ließ sich von dem auf Somalisch gebrüllten Befehl kaum stören. Wie dösende Löwen lagen sie im Schatten unter der mächtigen Akazie im Hof. Die erbarmungslose Sonne hatte die Erde ringsum braun, knochentrocken und hart gebacken; die Hitze wurde von den geweißten Mauern wie von einem langen Spiegel reflektiert. Selbst den Fliegen, die lustlos in der stillen Luft summten, war es zu heiß.

»Ich hab gesagt: WACHT AUF!«, brüllte der riesige Somalier noch einmal, der aus dem Hauptgebäude gekommen war und nun eilig zu der Gruppe hinüberlief. »Oracle will uns sehen. JETZT SOFORT!«

Mit seinen breiten Schultern und den Muskelpaketen auf Armen, Beinen und Brust wirkte der Mann wie ein wütendes schwarzes Nashorn, als er durch die schimmernde Hitze heranstürmte. An der Schulter hing eine abgenutzte AK47.

»He, Spearhead, bleib cool, Mann«, sagte einer der Piraten lässig und spuckte einen Teil der zerkauten Khatblätter auf den Boden.

Spearhead fauchte, knirschte hörbar mit den mächtigen Zähnen und kickte den Piraten in die Rippen.

»AU!«, schrie der Pirat und rollte sich außer Reichweite.

»Wenn ich sage, beweg deinen Arsch, dann MACHST DU DAS GEFÄLLIGST AUCH, Big Mouth!«

Das überzeugte nun auch die anderen. Sie standen schnell auf, nahmen ihre Waffen und folgten Spearhead durch die sengende Hitze mürrisch zum Hauptgebäude hinüber. In der Eingangshalle herrschte ein angenehm kühles Halbdunkel. Sie stellten ihre Waffen an der Tür ab und traten in ein geräumiges Wohnzimmer. Ein reich verzierter roter Teppich diente als Blickfang, auf einer Seite begrenzt von einem eleganten beigen Diwan. Dichte rotbraune Vorhänge blockten das hartnäckige Sonnenlicht aus, das sich durch die verschlossenen Fensterläden stehlen wollte. Den Männern lief instinktiv das Wasser im Mund zusammen, als sie den verführerischen Duft von Ziegenfleischeintopf rochen.

Oracle lag auf dem Teppich, den Oberkörper an ein mit Goldfransen verziertes großes Sitzkissen gelehnt und eine große Holzschale mit kräftig gewürzten Ziegenrippen in einer Hand. In der anderen hielt er einen dünnen Knochen, von dem er genüsslich die letzten Fleischfasern nagte. Er trug ein olivfarbenes Hemd; ein roter Schal hing lässig über eine Schulter. Statt einer Hose trug er einen mit schwarzem Rautenmuster bedruckten Macawiis, einen somalischen Männerrock. Im Vergleich mit der verlotterten Piratenbande war Oracle eine geradezu königliche Erscheinung. Er hatte seine verspiegelte, silbrig glänzende Pilotensonnbrille nach oben geschoben, sodass sie nun auf seinem fast kahl geschorenen Kopf ruhte. Hinter ihm auf dem Diwan und in Reichweite lag eine geladene halbautomatische Browning-Pistole.

»Setzt euch«, sagte Oracle und fischte mit dem Fingernagel eine Fleischfaser, die sich zwischen seinen Zähnen verfangen hatte, heraus.

Die Piraten nahmen auf dem luxuriösen Teppich Platz, zogen die Beine unter den Leib und warteten, bis der Boss seine Mahlzeit beendet hatte.

Schließlich stellte Oracle die leere Schale beiseite, leckte sich die Finger sauber und wischte sie an einem weißen Baumwolltuch ab. »Ihr werdet in spätestens einer Woche wieder in See stechen«, verkündete er.

Die Piraten blickten sich mit einer Mischung aus Aufregung und banger Erwartung an.

»Hast du wieder eine Vision gehabt?«, fragte ein stockdünner Mann mit stark abstehenden Henkelohren.

Oracle setzte ein geheimnisvolles Lächeln auf. »Na ja, sagen wir mal, ich habe gesehen, dass uns großes Glück winkt.« Er tätschelte eine blaue Sporttasche, die eng neben ihm lag. »Wir haben einen neuen Investor.«

»Aber was passiert mit dem Frachter, den wir schon haben?«, wollte Spearhead wissen.

»Wir müssen noch mit monatelangen Verhandlungen rechnen«, antwortete Oracle. »Red Claw und seine Männer bleiben weiter als Babysitter auf dem Kahn und halten die Stellung. *Euch* brauche ich für eine härtere und wichtigere Arbeit.«

»Aber was ist mit den Booten?«, fragte Big Mouth. »Beim letzten Hijack haben wir zwei verloren.«

»Habe ich schon geregelt«, versicherte ihm Oracle. »Sechs brandneue Boote mit 350 PS starken Außenbordern sind bereits auf dem Weg von Dubai hierher.«

»Wow!«, strahlte ein magerer junger Pirat mit vorstehenden Zähnen. »Dann darf ich jetzt endlich auch mal eins steuern?«

»Lass dir erst mal einen Bart wachsen«, lachte Spearhead.

Die anderen Piraten grölten zustimmend, bis ein Mobiltelefon laut zu zirpen anfing.

»Nicht meins«, sagte Big Mouth schnell, weil er wusste, dass es dem Boss nicht gefiel, wenn seine Besprechungen unterbrochen wurden.

Aber das Zirpen ging weiter; alle Piraten checkten ihre Handys, und alle schworen, dass es nicht ihr eigenes sei. Irgendwann richteten sich alle Blicke auf die unscheinbare blaue Sporttasche.

Oracle runzelte leicht die Stirn. Mit einer Kopfbewegung befahl er Spearhead, der Sache nachzugehen. Der Riese bückte sich, zog den Reißverschluss auf, tastete in der Tasche herum und nahm schließlich einen großen braunen Umschlag heraus. Im Umschlag zirpte und vibrierte etwas. Spearhead riss die Umschlagsklappe auf und förderte ein schlankes Mobiltelefon zutage.

Oracle wies ihn mit einer Kinnbewegung an, den Anruf entgegenzunehmen.

»Iska warran?« Spearhead hörte ein paar Sekunden lang zu, dann reichte er das Telefon an den Boss weiter. »Für dich, Chef.«

Oracle musterte das Handy misstrauisch, doch dann hielt er es sich ans Ohr.

»Iska … Ja, ich spreche Englisch«, sagte er und wechselte ohne Probleme in die andere Sprache. »Überhaupt nicht. Ich habe gerade mein Mittagessen beendet. Es ist immer ein Vergnügen, von einem Investor zu hören.« Doch seine höflichen Worte standen im Widerspruch zu seiner versteinerten Miene. »Ja, ich habe den vollen Betrag erhalten.«

Die Piraten verfolgten die Szene verständnislos. Die fremde Sprache verwirrte sie. Nur Spearhead sprach gut genug Englisch, um dem Gespräch folgen zu können, und hörte mit wachsender Neugier zu.

»Ihre Bitte ist sehr ungewöhnlich. Was soll das heißen, es

ist keine Bitte?« Oracles Miene wurde noch finsterer, als er der Antwort lauschte. »Ich lasse mir von niemandem etwas befehlen!«, brüllte er plötzlich in das Telefon, beruhigte sich aber gleich wieder. »Der braune Umschlag? Nein, ich habe mir den Inhalt noch nicht angeschaut. Warum?«

Oracle hörte kurz zu, dann winkte er Spearhead ungeduldig, ihm den Umschlag zu reichen. Er schüttelte ihn mit einer Hand aus. Mehrere eng bedruckte Papiere flatterten heraus und ein großformatiges Foto einer eleganten Jacht landete auf dem Teppich. »Ja, ich sehe das Ziel, das Sie vorschlagen. Aber warum wollen Sie dieses ... Schiffchen haben, wenn ich Ihnen doch einen riesigen Öltanker liefern könnte?«

Wieder lauschte Oracle ins Telefon. Dann trat ein helles Leuchten in seine Augen. »*Wie viel* haben Sie gesagt?«

Als die Zahl wiederholt wurde, glitt ein Lächeln über sein Gesicht. »Dann sind wir im Geschäft, mein Freund. Ich melde mich, sobald meine Leute bereit sind.«

Oracle drückte mit grandioser Geste den fettigen Finger auf das rote Hörersymbol und legte das Telefon geradezu zärtlich neben seine Pistole.

»Holt Mr WiFi«, verlangte er.

Spearhead gab den Befehl mit einer knappen Kopfbewegung an Big Mouth weiter, der sofort aufsprang und den Raum verließ.

Wenige Augenblicke später kehrte er mit einem bebrillten jungen Mann zurück. Der Neuankömmling hatte einen sauber getrimmten Ziegenbart, trug Bermudashorts und ein blaues T-Shirt mit dem Aufdruck »New York Yankees«. Mr WiFi glich eher einem Universitätsstudenten als einem hartgesottenen Piraten. Unter dem Arm trug er ein stark lädiertes Notebook.

»Wir müssen einen neuen Hijack planen«, verkündete Oracle.

»Wird auch Zeit«, grinste Mr WiFi, öffnete das Notebook und drehte den Monitor so, dass Oracle das Live-Satellitenbild des Golfs von Aden sehen konnte. »Ich hab bereits mehrere Frachter mit wertvoller Ladung als mögliche Objekte ausgemacht«, sagte Mr WiFi mit selbstzufriedenem Grinsen.

»Die kannst du vergessen«, erklärte Oracle. Mr WiFis Grinsen verschwand. Oracle reichte ihm das Foto der Jacht und die Beschreibung. »*Das* ist unser nächstes Objekt!«

Mr WiFi setzte sich auf die Diwankante und beugte sich über das surrende Notebook. Die Piraten reckten die Hälse, um zu sehen, was auf dem Monitor geschah, während seine Finger über die Tastatur flogen. Mr WiFi hackte sich in die Webseite eines Marine-Nachrichtendienstes ein. Dann suchte er nach dem Stichwort »Motorjacht *Orchid*«.

KAPITEL 19

Maddox Sterlings Büro war ein Wunder aus Glas. Eine Kapsel mit Rundumsicht: Alle vier Wände bestanden aus elektrochromem Glas, das vom Boden bis zur Decke reichte. Es passte seine Transparenz dem jeweiligen Stand und der Stärke der Sonnenstrahlen an. Jetzt war es mitten am Vormittag und die östliche Fensterfront hatte sich bereits bernsteinfarben verdunkelt, da die Sonne Sydneys Geschäftsbezirk mit goldenem Licht übergoss.

Maddox Sterling saß mit dem Rücken zur abgedunkelten Scheibe, als seine Assistentin Colonel Black, Ling und Connor in das Büro führte. Wer das Büro zum ersten Mal betrat, hatte die eigenartige Empfindung, über die Dachkante eines Wolkenkratzers zu treten und fünfzig Stockwerke bis hinunter auf den Gehweg zu stürzen.

Die Inneneinrichtung des Büros war so minimalistisch wie die Wände. Es gab keine Möbel außer einem großen Schreibtisch mit dicker Glasplatte, einem wuchtigen Ledersessel hinter dem Schreibtisch und drei Besuchersesseln aus Chrom und Leder. Für einen Mann, der einen milliardenschweren Konzern leitete, war der Schreibtisch bemerkenswert aufgeräumt. Es gab keinerlei Papiere, Dokumente, Ordner; kein großer Computermonitor war zu sehen, keinerlei persönliche

Dinge. Nicht einmal ein Foto seiner Töchter stand auf Maddox Sterlings Schreibtisch. Nur ein papierdünner Laptop und ein schnurloses Telefon.

»Willkommen in Sydney«, sagte Maddox Sterling, begrüßte sie nacheinander mit festem Händedruck und einem unverbindlichen Lächeln und bedeutete ihnen, sich zu setzen.

»Danke, Mr Sterling«, antwortete Colonel Black und ließ sich in den mittleren der drei Besuchersessel sinken. Auch Connor und Ling setzten sich.

Maddox Sterling drehte seinen Sessel zu dem Rundumpanorama der Stadt, das sämtliche Sehenswürdigkeiten umfasste. Mit einer großartigen Handbewegung, als ob ihm die ganze Stadt gehörte, erklärte er: »Sydney hat ohne jeden Zweifel den schönsten Naturhafen der Welt. Und diese Schönheit wird durch unser eindrucksvolles Opernhaus und die Sydney Harbour Bridge noch gesteigert. Es ist wahrhaftig ein einmaliger Anblick.«

Connor blickte hinaus – auf die funkelnde Oberfläche des Hafens, auf die sich überlappenden Dachelemente der Oper und schließlich zur Harbour Bridge mit ihren massiven Brückenträgern und den dramatisch geschwungenen Bögen. Die Aussicht war in der Tat eindrucksvoll.

»Im Volksmund wird die Brücke wegen ihrer Architektur ›Kleiderbügel‹ genannt«, erklärte Sterling, wobei er leicht missbilligend klang. »Aber damit tut man der Brücke großes Unrecht. Aus der Nähe betrachtet, ist sie wahrhaft majestätisch. Die Bögen sind an ihrem Scheitelpunkt so hoch, dass man ein zehnstöckiges Gebäude darunterstellen könnte. Und das Gewicht der Brücke ist enorm: Rund dreiundfünfzigtausend Tonnen Stahl und Millionen von Nieten wurden für ihren Bau benötigt.«

Sterling warf einen Seitenblick zu Connor und Ling hinüber, wahrscheinlich wollte er sehen, ob sie angemessen beeindruckt waren. Das schien der Fall zu sein, denn er fuhr fort: »Die Oberfläche der Brücke ist größer als sechzig Fußballfelder. Das bedeutet, dass ein fünfzigköpfiges Arbeiterteam an dreihundertfünfundsechzig Tagen im Jahr nur damit beschäftig ist, die Brücke zu reinigen und den Farbanstrich zu erneuern. Es liegt auf der Hand, dass das eine furchtbar gefährliche Arbeit ist. Aus diesem Grund werden seit Kurzem für die gefährlichsten Arbeiten zwei völlig selbstständig arbeitende Roboter eingesetzt. Eine angemessene Risikobegrenzung.«

Mr Sterling schwang sich herum, sodass er ihnen wieder das Gesicht zuwandte. Seine kobaltblauen Augen musterten erst Ling, dann Connor so durchdringend, dass sie glaubten, sie würden seziert.

»In ähnlicher Weise habe ich euch beide angeheuert, um die Risiken in meinem Familienleben zu begrenzen.«

Connor gefiel es nicht besonders, mit zwei mechanischen und gefühllosen Robotern verglichen zu werden, aber Mr Sterling schien das nicht als Beleidigung gemeint zu haben.

»Ich selbst habe natürlich einen Personenschutz-Profi, der mich auch in den Ferien begleitet. Meine Jacht hat ferner einen eigenen Wachmann, und es sind weitere Sicherheitsvorkehrungen getroffen worden, sowohl hier als auch zu Hause. Aber wie euch beiden schon bekannt sein dürfte, hat das alles nicht ausgereicht. Ich habe zwei wunderschöne Töchter, die mir sehr lieb und teuer sind. Gott bewahre mich davor, dass ich noch einmal so etwas wie im vergangenen Jahr erleben muss.«

»Sie können versichert sein, Mr Sterling, dass meine Buddyguards Ihre Töchter beschützen werden«, warf Colonel Black ein. »Da es sich um einen Familienurlaub handelt, wird ihre

Anwesenheit kaum auffallen. Aber ich kann Ihnen garantieren, dass sie ständig nach Gefahren Ausschau halten und mögliche Bedrohungen abwenden werden.«

»Ihre Organisation wurde mir ausdrücklich empfohlen, Colonel Black; daher erwarte ich nichts weniger als das.«

Colonel Black wich Maddox' stahlhartem Blick nicht aus. Eine Antwort erübrigte sich, schließlich glaubte er fest an die Fähigkeiten seiner Buddyguards.

Mr Sterling wedelte mit der Hand in Connors Richtung. »Ist das der Junge, der der Präsidententochter das Leben gerettet hat?«

Colonel Black nickte.

»Dann möchte ich, dass *er* Emily beschützt.«

Connor schoss einen kurzen Seitenblick zu Ling hinüber. Sie presste die Lippen zusammen; offensichtlich glaubte sie, dass Sterling mit dieser Rollenverteilung ihre Fähigkeiten anzweifelte. Aber sie sagte nichts.

»Das ist kein Problem«, stimmte der Colonel zu. »Ich wurde informiert, dass Sie …«

Es klopfte an der Tür und Sterlings Assistent trat ein. »Es tut mir leid, Sie unterbrechen zu müssen, aber die Chefredakteurin sagt, diese Angelegenheit sei sehr dringend.«

Mr Sterling nickte zustimmend und eine rothaarige Frau in maßgeschneidertem Nadelstreifenkostüm trat ein.

»Was gibt's, Ruth?«

Sie warf einen zweifelnden Blick auf den Colonel und die beiden Teenager. »Das würde ich gerne unter vier Augen mit Ihnen besprechen.«

»Ich muss mich entschuldigen, Colonel Black«, sagte Mr Sterling mit bedauerndem Lächeln, »aber in meinem Geschäft bleibt die Welt eben niemals stehen.«

»Das verstehen wir vollkommen«, antwortete der Colonel

und erhob sich. »Die noch offenen Fragen kann ich mit Ihrem Assistenten per E-Mail klären.«

»Dann verabschiede ich mich von Ihnen und freue mich, die beiden hier auf den Seychellen wiederzusehen«, sagte Mr Sterling und nickte Connor und Ling freundlich zu. »Aber vorher sollen sie meine Töchter kennenlernen. Ich habe ein erstes Treffen beim Mittagessen in einem meiner Restaurants arrangiert. Mein Assistent gibt Ihnen die Einzelheiten.«

Ruth trat zur Seite, als Colonel Black und die beiden Buddyguards den Raum verließen. Im Hinausgehen hörte Connor einen Namen, der ihm bekannt vorkam.

»Hinter Harry Gibbs Herzanfall steckt vielleicht mehr, als wir denken«, fing die Chefredakteurin sofort zu sprechen an. »Man spekuliert bereits, dass er ermordet worden sein könnte …«

»Gibt es dafür Beweise?«, hörte Connor Mr Sterling fragen.

»Bisher noch nichts Schlüssiges. Aber ich habe vielleicht eine Quelle.«

»Okay, bleiben Sie an der Story dran. Wenn das stimmt, hört vielleicht die Kritik am *Daily* auf, dass wir seinen Tod mitverursacht hätten, weil wir ihn unter Druck gesetzt haben. Und unsere Auflage steigt noch weiter, wenn wir …«

Dann glitt die Glastür zu.

KAPITEL 20

»Das ist doch wohl ein Witz, oder?«, rief Emily. Sie setzte ihr Glas so hart ab, dass das Eis in der Limonade ratterte, und starrte Connor und Ling an, als wartete sie auf die Pointe.

Sie saßen in einem Dachrestaurant, von dem aus man einen prächtigen Blick über den golden glänzenden langen Bogen des Manly Beach hatte. Connor nahm seine Sonnenbrille ab und schüttelte den Kopf. »Nein, kein Witz. Wir wurden als eure Buddyguards angeheuert.«

Er blickte von Emily zu Chloe. Jede der Schwestern sah aus wie das Spiegelbild der anderen. Connor lächelte beiden zu und hoffte, dass sein Lächeln vertrauenswürdig und überzeugend wirkte. Die Zwillinge trugen hellgelbe Sommerkleider und genau gleiche Designer-Sonnenbrillen. Beide hatten die Angewohnheit, lose Strähnen ihrer strohblonden Haare immer wieder mit einer knappen Kopfbewegung zurückzuwerfen. Beide hatten Thunfischsalat und Limonade mit Eis bestellt.

Chloe blieb äußerlich gleichgültig, aber Emily schnaubte ungläubig. »*Buddy*guards?«, lachte sie höhnisch.

Da ihre Schwester nicht in das Gelächter einstimmte, fuhr Emily zu ihr herum und schaute sie mit schmalen

Augen misstrauisch an. »Hast du darüber Bescheid gewusst?«

Chloe wollte etwas sagen, aber Emily hatte die Antwort schon in ihrem Gesicht gelesen. »Typisch!«, rief sie und fuchtelte mit ihrer Gabel drohend vor dem Gesicht ihrer Schwester herum. »*Dir* erzählt er alles, unser Vater!«

Chloe seufzte. »Er wollte nur nicht, dass du ausflippst, dass du ihm wieder vorwirfst, dass er überfürsorglich sei, wenn es um deinen Schutz geht.«

»*Überfürsorglich?* Er? Ich lach mich tot. Wann hätte er sich denn *überhaupt* um uns gesorgt?« Emily spießte wütend ein Stück Thunfisch auf. »Es ist doch glasklar, dass wir unserem Daddy nicht mal das Geld wert sind, das ein *echter* Bodyguard kosten würde!«

Chloe lächelte Connor und Ling entschuldigend zu. »Sorry«, sagte sie und hob vielsagend eine Augenbraue.

Connor, dem die Stimmungsschwankungen wieder einfielen, die in Emilys psychologischem Bericht erwähnt wurden, nickte verständnisvoll.

»Aber«, fuhr Chloe fort, jetzt jedoch mit harter, sachlicher Stimme, »ich muss meiner Schwester zustimmen: Wir haben was anderes erwartet. Wie richtige Bodyguards seht ihr beide nämlich wirklich nicht aus.«

»Sollen wir auch nicht«, sagte Connor. »Wir agieren als unauffällige, praktisch unsichtbare Begleiter. Dadurch verringert sich auch für euch das Risiko, wenn ihr ausgeht.«

Chloe betrachtete Ling kritisch. Offenbar war sie nicht sonderlich beeindruckt. »Du bist nicht gerade groß und siehst auch nicht besonders stark aus. Wie willst *du* uns denn beschützen?«

»Ich habe den Schwarzen Gürtel im Jiu-Jitsu«, gab Ling kühl zurück. »Und Connor auch.«

»Nein, *wirklich?*«, rief Emily mit vor Sarkasmus triefender Stimme. »Dann kannst du also eine Fliege mit Essstäbchen einfangen, ohne ihr wehzutun, so wie Karate Kid?«

Connor bemerkte, dass sich Lings Hand fest um ihren Eistee schloss; anscheinend fiel es ihr immer schwerer, ihren Ärger über das Mädchen zu unterdrücken. Er warf ihr einen warnenden Blick zu, sich bloß wieder einzukriegen. Ling holte tief Luft und brachte ein gezwungenes Lächeln zustande. »Nein, kann ich nicht. Aber ich kann einen ausgewachsenen Typen umlegen – ich kicke ihn einfach in die …«

»Ich glaube, sie wissen, was du meinst«, unterbrach Connor sie schnell. Plötzlich wünschte er sich, Colonel Black wäre nicht schon so früh ins Hotel zurückgegangen. Er wandte sich wieder an die Zwillinge. »Hört mal, mir ist klar, dass wir nicht wie typische Bodyguards aussehen. Aber wir haben eine gute Ausbildung – in unbewaffnetem Kampf, Überwachung, Risikoabschätzung und so weiter.«

»Hach! Ich fühl mich jetzt schon total sicher«, murmelte Emily spöttisch.

»Und wir haben Erfahrung, Leute wie euch zu schützen«, ließ Connor nicht locker.

Chloe hob zweifelnd die Augenbrauen. »Ach ja? Und wen zum Beispiel hast du denn schon gerettet?«

Connor hob bedauernd die Schultern. »Dürfen wir dir leider nicht sagen. Das wäre ein Vertrauensbruch gegenüber den Klienten.«

»Ach sooo«, machte Chloe gedehnt. Offenbar glaubte sie ihm kein Wort. Nachdem sie ein paar Augenblicke nachgedacht hatte, fragte sie: »Du meinst also, wir sollten *dir* unser Leben anvertrauen?«

»Absolut«, antwortete Connor mit so viel Zuversicht, wie er nur zeigen konnte.

»Ich denke ja gar nicht dran«, sagte Emily und richtete die Gabel auf ihn wie eine Waffe. »Das letzte Mal, als ich jemandem vertraut habe, haben sie mich monatelang in ein stinkendes Höllenloch gesperrt!«

KAPITEL 21

Verlegenes Schweigen hing über dem Tisch. Chloe suchte vergeblich Blickkontakt mit ihrer Schwester, die wütend vor sich hinstarrte; Ling und Connor spielten verlegen mit ihren Gläsern. Connor hätte gern etwas Tröstendes gesagt, aber nach Emilys Gefühlsausbruch hätte wahrscheinlich alles nur banal oder gefühllos geklungen.

Nachdem Chloe eine Weile den Salat auf ihrem Teller hin und her geschoben hatte, seufzte sie tief. »Hör mal, Emily, Dad hat es eben so entschieden. Die beiden hier kommen mit uns auf die Jacht, ob es dir passt oder nicht. Wird wohl besser sein, wenn wir mitspielen. Und wer hindert uns, die ganze Sache mit dem angeblichen Schutz einfach auszunützen? Zum Beispiel könnten wir jetzt gleich mal ganz spontan an den Strand gehen! So viel Freiheit hat er uns seit Monaten nicht mehr gegeben!«

Emily schob ihren Teller weg und legte die Serviette daneben. »Prima.« Ein wenig gezwungen lächelte sie Connor und Ling an. »Wenigstens hat Dad jetzt jemanden, dem er die Schuld zuschieben kann, wenn etwas schiefläuft.«

Connor ließ sich von ihrer zynischen Bemerkung nicht provozieren. Er erwiderte ihr Lächeln und meinte nur gutmütig: »Mit uns an Bord sollte es eigentlich ein harmloser Segeltörn werden.«

»Ha, ha«, machte Emily ohne jeden Anflug von Humor, schnappte ihre Gucci-Tasche und marschierte davon.

Chloe warf sich schnell ihre eigene, genau gleiche Tasche über die Schulter und lief hinter ihr her zur Treppe.

»Na, das war doch mal ein richtig angenehmes Mittagessen«, sagte Ling mit gezwungenem Grinsen und schob den Stuhl zurück. »Kann's gar nicht erwarten, bis die Ferien richtig losgehen.«

Connor seufzte. »Sie brauchen einfach noch ein bisschen Zeit, dann werden sie sich schon damit abfinden.«

»Na, jedenfalls bin ich heilfroh, dass *du* für Emily zuständig bist!«

»Womit hab ich so viel Teamgeist verdient?«, fragte Connor grinsend.

Sie boxte ihn kumpelhaft in den Oberarm. »He, du bist doch der Super-Bodyguard! Du wirst sie schon in den Griff kriegen.«

Das konnte Connor nur hoffen. Er wusste, es war fast unmöglich, eine Klientin effektiv zu schützen, wenn die nicht bereit war zu kooperieren. »Wir müssen die beiden eben überzeugen, dass wir unsern Job gut machen.«

Sie holten die Zwillinge kurz vor dem Ausgang ein. Connor ging rasch an ihnen vorbei und trat als Erster durch die gläserne Doppeltür. Er hielt ihnen die Tür auf, während er schnell die Straße scannte. Offiziell hatte Operation Gemini zwar noch nicht begonnen, aber er war bereits in seine Rolle als Bodyguard geschlüpft. Ebenso Ling, die der kleinen Gruppe automatisch den Rücken sicherte.

Bei seinem schnellen Rundblick bemerkte Connor ein paar Autos, die aber alle vorbeifuhren, und einen weißen

Pick-up, der auf der gegenüberliegenden Straßenseite geparkt war. Weiter unten schob eine Frau einen Kinderwagen, in dem ein quengelndes Baby lag, und ganz in der Nähe betrat ein junges Paar soeben eine Boutique. Nichts davon stellte eine Gefahr dar. Connor trat zur Seite und ließ Emily und Chloe herauskommen.

»Danke.« Chloe hatte den schnellen Sicherheitscheck nicht bemerkt, sondern glaubte, dass Connor ihr die Tür aus Höflichkeit aufgehalten habe.

»Wollte nur schauen, ob alles klar ist«, sagte Connor.

Sie warf einen Blick über die Straße hinweg auf die schaumgekrönten Wellen des türkisblauen Meers, die gemächlich auf dem Strand ausliefen. »Natürlich ist alles klar!«, lachte sie und schob die Sonnenbrille auf die Nase. »Keine einzige Wolke am Himmel!«

»Das hast du falsch verstanden«, sagte Ling. »Connor hat einen Sicherheitscheck gemacht, bevor er euch aus dem Restaurant ließ.«

Chloe hob spöttisch eine Augenbraue. »Manly Beach kann man wohl kaum als Risikogebiet bezeichnen, oder?«

»Du wärst überrascht, was hier alles abgeht«, sagte Connor, während sie über die Straße gingen und auf die breite, von Bäumen gesäumte Promenade einbogen, die sich am Strand entlangzog. Auf einer Bank saßen vier Jugendliche, offenbar Surfer, deren Blicke ihnen interessiert folgten. Doch darüber machte er sich nicht allzu viele Gedanken – Emily und Chloe sahen absolut identisch aus; es war völlig natürlich, dass sie Aufmerksamkeit erregten. Aber Connor war klar, dass sie irgendwann auch *unerwünschte* Aufmerksamkeit erregen würden.

»Es gibt hier vielleicht keine Pistolen oder Autobomben«, sagte er, »aber ihr seid trotzdem gefährdet.«

»Durch *das* hier?«, fragte Chloe mit einer grandiosen Geste, die die gesamte friedliche Szene umfasste – die Promenade und den breiten Sandstrand voll lachender Teenager, Sonnenanbeter, rot verbrannter Touristen und gebräunter Surfer. Auf dem Radweg glitt ein ständiger Strom von Radfahrern vorbei, während sich Inlineskater mit hoher Geschwindigkeit slalomartig ihren Weg suchten.

»Ihr seid nicht nur den bekannten Gefahren ausgesetzt«, erklärte Ling mit einem vielsagenden Seitenblick auf Emily, »wie zum Beispiel professionellen Kidnappern oder Leuten, die sich euer Vater zu Feinden gemacht hat und die sich an ihm rächen wollen, indem sie euch etwas antun. Euch könnte auch auf einer ganz normalen Straße etwas zustoßen – Straßendiebstahl, Raubüberfälle, Autounfälle, Stolperfallen, Sexualverbrechen …«

Chloe seufzte frustriert. »Ihr klingt wie Dad. Wir wollen doch nur am Strand entlangspazieren.«

»Genau dann sind die Klienten am meisten gefährdet«, stellte Connor fest. »Schau dir mal die Frau dort drüben an.« Er deutete auf eine Frau in rotem Bikini, die auf ihrem Strandtuch lag, mit ihrem Handy telefonierte und dabei aufs Meer hinausblickte. »Sie befindet sich in Code Weiß.«

»Code was?«, fragte Emily und zeigte damit zum ersten Mal ein wenig Interesse an dem Gespräch.

»Code Weiß. Die Farbencodes beziehen sich auf die Wachsamkeit einer Person. Die Frau dort befindet sich eben in Code Weiß. Das heißt, dass sie die Umwelt völlig ausblendet und sich nur in ihrer eigenen Gedankenwelt bewegt – wie in einer Blase. Die meisten Menschen leben in diesem Zustand: Sie bemerken keine einzige der potenziellen Gefahren, von denen sie umgeben sind. Die Strandtasche liegt offen neben ihr, jeder, der vorbeigeht, sieht sofort, was sich darin befindet: Geldbörse, Autoschlüssel, ein iPad. Er könnte ihr alles klauen und sie würde es nicht einmal bemerken.«

»Bist du da nicht ein bisschen paranoid?«, meinte Chloe skeptisch.

»Nein, ist er nicht«, antwortete Ling, »nur hyperaufmerksam. Als eure Buddyguards können wir es uns nicht erlauben, so abzuschalten wie die Frau dort am Strand. Wir müssen immer in Code Gelb bleiben – entspannt, aber aufmerksam. Das ist die Normalbereitschaft eines qualifizierten Bodyguards.«

»Ihr seid also ständig in einer Art Alarmzustand?«, fragte Emily. Die Neugier hatte jetzt endlich ihre Laune überwunden.

»Kann man so nicht sagen«, antwortete Connor. »Das würde kein Mensch durchhalten. Wir nehmen einfach die Menschen um uns herum bewusster wahr, auch die Umgebung und irgendwelche potenziellen Gefahren. Nur als Beispiel: Hat eine von euch den weißen Pick-up bemerkt, der auf der anderen Straßenseite geparkt war, als wir aus dem Restaurant kamen?«

»Nein«, sagte Chloe und warf einen Blick über die Schulter zurück.

»Dann habt ihr auch die beiden Typen nicht gesehen, die darin saßen.«

Nun drehten sich Chloe und Emily gleichzeitig um und blickten zurück.

»Na und?«, fragte Chloe. »Die hängen nur einfach ab.«

»Wenn das der Fall wäre, warum liegt dann ein superstarkes Fernglas auf dem Armaturenbrett?«, wollte Connor wissen.

Chloe zuckte die Schultern. »Vielleicht wollten sie nur checken, wie gut heute der Surf ist?«

»Oder sie beobachten Vögel«, meinte Emily mit einer Kopfbewegung zu den Bäumen hinauf, auf denen ein paar weiße Kakadus laut krächzten.

»Sie tragen Bandanas und Sonnenbrillen. Damit kommen sie mir wirklich nicht wie Leute vor, die sich für Vögel interessieren. Und auf der Pritsche liegen auch keine Surfbretter – zum Surfen sind sie also auch nicht hergekommen.«

»Okay – was machen sie denn dann?«, fragte Chloe. Ihre Stimme klang ein wenig aufgeregt.

»Ich habe keinen Beweis dafür, dass sie eine Gefahr darstellen«, sagte Connor. »Sie könnten alles Mögliche sein – verdeckte Ermittler der Polizei, oder einfach Arbeiter, die Mittagspause machen. Und ich habe auch nur einen ganz vagen Verdacht, dass sie Taschendiebe sein könnten. Wichtig ist nur, dass sie mir aufgefallen sind. Das heißt, dass sie mich nicht völlig unvorbereitet erwischen, wie das bei der Frau dort am Strand der Fall wäre.«

»Wow! Wusste gar nicht, dass der Bodyguard-Job so interessant sein kann«, sagte Chloe und betrachtete Connor und Ling mit ganz neuen Augen.

»Das ist noch lange nicht alles, was wir machen«, sagte Ling und warf Connor einen listigen Seitenblick zu, froh, dass Chloe endlich ein wenig Interesse zeigte. »Aber wenn die Leute ein wenig aufmerksamer wären, würden sie nicht so leicht in Schwierigkeiten geraten. Wer weiß, wenn ihr selbst oder euer Vater ein wenig besser aufgepasst hättet, hätte die Entführung letztes Jahr vielleicht sogar vermieden werden können.«

Connor verzog das Gesicht, als er Lings taktlose Bemerkung hörte.

»Wurde sie aber nicht«, sagte Chloe und blickte Ling verärgert an, während Emilys Miene wieder verschlossen und missmutig wurde. »Und ihr habt sowieso keine Ahnung, was da passiert ist, also könnt ihr das auch nicht beurteilen.«

»Ich wollte ja nur sagen … dass es nächstes Mal nicht mehr passieren wird, weil wir jetzt auf euch aufpassen«, plapperte Ling in ihrer Verlegenheit weiter, um die Bemerkung wiedergutzumachen, machte damit aber alles nur noch schlimmer.

Glücklicherweise wurde die unangenehme Situation in diesem Augenblick durch Chloes Smartphone unterbrochen, das einen fröhlichen Popsong dudelte. Sie zog das Phone heraus und meldete sich. »Hi, Josie … Yeah, okay … Laufen grad am Manly entlang … Stimmt, schon eine Ewigkeit her … yeah, würde ich total gern, aber du weißt ja, wie mein Dad ist. Warum kommst du nicht zu uns rüber?«

Während Chloe weiter mit ihrer Freundin telefonierte, fiel sie allmählich zurück; Emily ging weiter. Die Gruppe teilte sich. Ling blieb bei Chloe, aber so, dass diese ungestört telefonieren konnte. Connor ging mit Emily weiter, wobei er absichtlich auf ihre rechte Seite wechselte. Bei den Übungen zum Personenschutz hatte er gelernt, dass diese Position für einen rechtshändigen Bodyguard die geeignetste war. Im Falle eines Angriffs würde er so die Klientin mit der linken Hand hinter sich ziehen und hätte den stärkeren rechten Arm frei, um den Angreifer abzuwehren oder eine Waffe zu zücken.

Er warf einen kurzen Blick zurück – Ling winkte ihm kurz zu, eine verlegene Geste der Entschuldigung für ihre dumme Bemerkung. Connor winkte nur kurz zurück. So was passierte eben manchmal.

Zum ersten Mal war Connor mit Emily allein; er beschloss, die Gelegenheit zu nutzen. »Tut mir leid, was Ling da eben gesagt hat. Sie kann manchmal ziemlich … direkt sein.«

»Hm«, machte Emily, ging aber nicht darauf ein und schaute ihn auch nicht an. Sie wirkte geistesabwesend.

»Möchtest du mir nicht davon erzählen? Das könnte vielleicht helfen ...«

»Ich will nicht darüber reden«, unterbrach sie ihn brüsk.

»Okay«, sagte Connor.

Er versuchte noch ein paarmal, ein Gespräch zu beginnen, erhielt aber nur einsilbige Antworten. Also gab er schließlich auf und ging schweigend neben ihr her. Sinnlos, sie noch mehr zu verärgern. Außerdem gehörte es nicht zu seinem Job, sich mit Emily anzufreunden. Er sollte sie nur beschützen.

Er behielt die Umgebung scharf im Auge. Ein paar Inlineskater rasten auf der Promenade heran und an ihnen vorbei. Über ihnen kreischten Allfarbloris in den Zweigen. Ein blonder Surfer, der mit dem Board unter dem Arm auf dem Weg zum Strand war, kreuzte vor ihnen die Promenade. Er beäugte Emily, bis er bemerkte, dass Connor ihn anstarrte.

Während sie im Schatten der riesigen Kiefern weiterschlenderten, betrachtete Emily Connor aus den Augenwinkeln.

»Warum schaust du eigentlich dauernd nach oben?«, fragte sie schließlich.

Connor hatte gar nicht gemerkt, dass er das so offensichtlich getan hatte. »Dropbears.«

Emily fuhr zu ihm herum, starrte ihn buchstäblich mit offenem Mund an, dann brach sie in lautes Gelächter aus – der erste Beweis, dass sie ihren Humor nicht völlig verloren hatte.

Connor runzelte die Stirn. »Was ist daran so komisch?«

»Du!« Sie verschluckte sich fast vor Lachen. »Ausgerechnet *du* hast Angst vor Dropbears!«

»Aber Jason hat mich vor ihnen gewarnt. Er ist Aussie, er muss es wissen. Er sagte, sie sind wirklich bösartig.«

Emily hörte auf zu lachen und schaute ihn aufmerksam an. Sie sah, dass er sich wirklich Sorgen machte, aber das löste nur wieder einen neuen Kicheranfall aus. »Du glaubst also *allen Ernstes*, dass es sie gibt?«, prustete sie. »Connor, das ist nur ein Scherz, den sich die Aussies mit den Touristen erlauben, um ihnen ein bisschen Angst einzujagen. Ihr Engländer seid so was von naiv!«

Connor wurde rot. Mit der Dropbear-Story hatte Jason ihn prächtig geleimt. Jetzt stand er vor seiner Klientin wie der totale Depp da. Kein guter Anfang für die Operation. Emily würde ihn nun für alle Zeiten für einen kompletten Idioten …

Plötzlich wurde er aus seinen Gedanken gerissen. Emilys Gelächter war plötzlich in einen entsetzten Aufschrei übergegangen.

KAPITEL 22

Der Angriff kam so plötzlich und so unerwartet, dass Connor einen Augenblick lang überhaupt nicht reagierte.

Aber dann schaltete sich ruckartig sein Bodyguard-Training ein. Mit der linken Hand packte er Emilys Oberarm, zog sie hinter sich und stellte sich schützend zwischen sie und den Angreifer.

Der Inlineskater kollidierte mit Connor, griff aber gleichzeitig nach Emilys Gucci-Tasche und versuchte, sie ihr von der Schulter zu reißen. Der Aufprall war so heftig, dass Connor und Emily beinahe umgestoßen wurden.

Connor sah nur eine Chance, den starken Griff des Skaters um Emilys Schulterriemen zu brechen: Er rammte die Faust mit aller Kraft gegen das Handgelenk des Angreifers. Der stöhnte zwar vor Schmerz auf, ließ aber nicht locker. Im Gegenteil: Der Skater – ein Brutalo mit nacktem Oberkörper und dem Tattoo eines brüllenden Löwen auf dem mächtigen Bizeps – riss Connor und Emily fast mühelos wieder zu sich herum und erwischte gleichzeitig Connors Kinnspitze mit einem kräftigen Ellbogenstoß. Connors Kopf wurde heftig nach hinten gestoßen; er schmeckte Blut auf den Lippen. Der Skater zerrte nun noch heftiger an der Tasche und der Riemen riss. Emily fiel zu Boden, Connor warf sich schützend über sie.

»Alles in Ordnung?«, keuchte er, während er dem Skater nachschaute, der mit seiner Beute davonjagte.

Sie nickte geschockt und stotterte: »M... meine Tasche ...«

Der Dieb war schnell, kam aber trotzdem nicht weit.

Ling hatte den Angriff aus etwa fünfzig Metern Entfernung beobachtet, blickte sich kurz nach einer Waffe um und entriss einem gerade vorübergehenden Surfer das Board. Als der Skater herankam, holte sie aus und ließ es mit der Kante mit voller Gewalt gegen den Bauch des Fliehenden krachen. Dem Mann wurde buchstäblich die Luft aus den Lungen gepresst. Er ließ die Tasche fallen, verlor die Kontrolle über die Skates, schleuderte quer über den Weg und prallte gegen den nächsten Baumstamm.

Kaum hatte Ling den Angreifer ausgeschaltet, als schon ein zweiter Skater auf Chloe zuraste.

»Pass auf!«, brüllte Connor so laut er nur konnte. Aber Chloe reagierte nicht. Sie stand mit weit aufgerissenen Augen geschockt da, wie ein Kaninchen im Scheinwerferkegel eines heranrasenden Autos.

Der Skater, ein kahlköpfiger Schwarzer mit Wrap-around-Sonnenbrille, raste auf sie zu wie ein wütender Bulle. Nur Sekunden blieben für die Abwehr. Ling ließ das Surfboard fallen und warf sich in seine Bahn. So klein sie auch sein mochte, prallte sie doch hart genug mit ihm zusammen, um ihn aus der Bahn zu werfen. Beide taumelten gegen die niedrige Betonmauer, die die Promenade vom Sandstrand trennte, und stürzten darüber hinweg in den Sand. Ein heftiges Gerangel begann, als sie versuchten, sich voneinander zu lösen, wobei sie die Sandburg eines kleinen Jungen zerstörten, der voller Entsetzen die Flucht ergriff.

Mittlerweile waren Connor und Emily zu Chloe gerannt, sodass Connor nun beide beschützen konnte, falls Ling ausfiel.

»Bleibt dicht bei mir«, befahl er den Mädchen, während Ling und der Skater noch immer im Sand miteinander rangen.

Ling war es noch nicht gelungen, sich völlig aus seinem Griff zu befreien. Sie rammte dem Angreifer den Kopf gegen die Kinnspitze. Seine Zähne krachten aufeinander und er brüllte auf vor Wut. Er stieß ihr die Hand ins Gesicht, sodass sie zurückfuhr; dabei gelang es ihm, sie weit genug von sich zu stoßen, dass er sich auf sie rollen und mit seinem gewaltigen Körpergewicht in den Sand pressen konnte. Ling steckte in der Klemme, aber Connor konnte ihr nicht helfen, denn er durfte die beiden Mädchen nicht unbeschützt zurücklassen.

Er brauchte sich keine Sorgen zu machen. Als der Mann versuchte, Ling endgültig kampfunfähig zu machen, griff diese nach unten und kniff mit aller Kraft einen bestimmten Nerv an seinem Innenschenkel zusammen. Der Mann schrie auf wie ein getretener Hund und sprang hoch, als habe sie ihm einen Elektroschock durch den Körper gejagt.

»Lass mich in Ruhe, du Wildkatze!«, brüllte er, offensichtlich geschockt, dass sich ein so schmächtiges Ding gegen ihn wehren konnte.

Ling sprang sofort auf und rückte gegen ihn vor. Er bückte sich blitzschnell und schleuderte ihr eine Handvoll Sand ins Gesicht. Ling war bereits zu nahe, um auszuweichen, und taumelte halb blind zurück. Während sie sich noch den Sand aus den Augen wischte, sprang der Skater über die Mauer auf die Promenade, half seinem noch immer benommen am Baumstamm kauernden Kumpel auf die Füße und zog ihn mit sich. Sie flohen über die kurze Treppe zur Straße hinauf.

Geschockte Strandbesucher und Spaziergänger starrten

die vier Teenager an und versuchten zu begreifen, was da gerade passiert war.

»Alles okay bei dir?«, rief Connor Ling zu.

»Yep«, gab sie zurück und spuckte den Rest Sand aus. »Und die Zwillinge?«

Connor, immer noch vollgepumpt mit Adrenalin, scannte die Promenade und den Strand in beiden Richtungen. Keine weiteren Gefahren zu sehen. Aber nur weil sie diesen Angriff abgewehrt hatten, hieß das noch lange nicht, dass keine Gefahr mehr drohte.

»Ja, scheint alles klar zu sein.«

Ein Strandbademeister kam herübergesprintet, das Handy am Ohr. Offenbar rief er die Polizei. Eine Gruppe Strandgammler applaudierte Ling, als sie über die niedrige Mauer auf die Promenade stieg. Ein paar Schritte von Chloe entfernt kniete der blonde Surfer auf dem Boden und untersuchte sein Surfboard auf Schäden.

Die beiden Skater waren verschwunden.

Sekunden später raste der weiße Pick-up mit quietschenden Reifen davon.

KAPITEL 23

»Das war kein zufälliger Überfall«, sagte Connor, während er einen Eisbeutel aus der Minibar des Hotelzimmers auf die Lippe drückte. Sie hatten Mr Sterlings Chauffeur angerufen und die Mädchen nach Hause begleitet. Die Sterlings lebten in einer herrschaftlichen Residenz im Stadtteil Point Piper. Das Anwesen war von einer hohen Mauer umgeben; ein großes Tor versperrte die Zufahrt. Dann waren die beiden Buddyguards zu ihrem Hotel am Circular Quay zurückgefahren worden.

»Diebe arbeiten oft im Team«, meinte Ling, setzte sich bequem auf ihrem Bett zurecht und zappte durch die Fernsehkanäle.

»Aber kommt es dir nicht verdächtig vor, dass *beide* Mädchen angegriffen wurden?«

Ling zuckte die Schultern. »Eigentlich nicht. Die Girls tragen Edelklamotten und hatten beide sehr teure Designertaschen umhängen. Ist doch klar, dass so etwas die Straßendiebe anlockt ... He, cool, ein Bruce Lee-Film!« Sie warf die Fernbedienung auf das Bett.

Connor ließ den Eisbeutel sinken. »Sag mal, ist dir die Sache wirklich völlig egal?«

»Wir haben den Angriff abgewehrt. Job erledigt«, sagte

Ling gelassen, verschränkte die Arme hinter dem Kopf und konzentrierte sich voll auf den Bildschirm. »Und jetzt hör endlich auf, ständig darüber zu quatschen. Schau dir lieber den Film an.«

»Ich denke nicht daran! Wir haben jeden Grund, uns darüber Sorgen zu machen. Die Sache war kein Zufall! Der Angriff muss geplant gewesen sein. Was ist mit den beiden Typen im Pick-up? Vielleicht war mein erster Instinkt doch richtig. Vielleicht haben sie uns observiert?«

Ling warf ihm einen kurzen Blick zu. »Und wozu?«

»Sie wollten checken, wie wir reagieren.«

Jetzt setzte sie sich aufrecht und schaltete den Ton auf stumm. »Willst du damit behaupten, Mr Sterling hätte *seine eigenen Töchter* überfallen lassen?«

Connor zuckte die Schultern. »Entweder das oder jemand wollte irgendeine Rechnung mit den Mädchen begleichen. Wenn es tatsächlich so wäre, hätten wir ein Problem.«

Es klopfte an der Tür. Connor blickte durch den Türspion und öffnete.

Colonel Black marschierte herein und schaltete als Erstes den Fernseher aus. »Ich habe eben mit Mr Sterling telefoniert.«

Connor wappnete sich für eine Strafpredigt. Obwohl sie die Mädchen beschützt hatten, hatte er selbst doch ziemlich langsam reagiert. Jasons blöder Dropbear-Witz hatte ihn im entscheidenden Moment abgelenkt. Wenn er auf seine Aufgabe fokussiert und in Code Gelb gewesen wäre, hätte er den Skater schon früher bemerken müssen. Dann hätte er sich bestimmt gewundert, warum der Skater vom Fahrradweg auf den Fußgängerweg gewechselt war, und hätte Emily aus der Gefahrenzone bringen können, bevor der Angriff stattfinden konnte. Nur Lings schnelles Eingreifen hatte verhindert, dass der Skater mit der Tasche entkommen konnte.

»Und – was hat er gesagt?«, fragte Ling.

Um Colonel Blacks Mund spielte ein seltenes Lächeln. »Er war von eurer Reaktion heute sehr angetan.«

Erleichtert schlug sich Connor mit der Faust in die Hand. »Na bitte! Das hab ich mir doch gedacht!«

Der Colonel runzelte die Stirn. »Wovon redest du?«

Connor schilderte ihm seinen Verdacht, dass der Überfall arrangiert gewesen war.

Colonel Black blickte aus dem Fenster zum Opernhaus hinüber und rieb sich nachdenklich das Kinn. »Dafür hast du keinen Beweis. Und nach meinem Gespräch mit Mr Sterling würde mich das doch sehr wundern. Wir müssen also annehmen, dass es tatsächlich echte Angreifer waren. Und wenn dein Verdacht stimmt, dass der Überfall geplant war, könnte möglicherweise eine feindliche Gruppe mit im Spiel sein. Habt ihr die beiden Männer identifizieren können?«

»Die beiden Skater, ja. Meiner hatte eine auffällige Tätowierung am Oberarm, einen Löwen.«

»Und den Mundgeruch von meinem Angreifer werde ich nicht so schnell vergessen«, sagte Ling und hielt sich die Nase zu.

»Aber die beiden Männer im Pick-up – nein«, gab Connor zu. »Sie trugen Bandanas und Sonnenbrillen. Ihre Gesichter waren fast völlig bedeckt.«

»Dann nehmen wir das als Ausgangspunkt«, sagte Colonel Black und fixierte beide mit seinen stahlgrauen Augen. »Die Operation Gemini muss wirklich wasserdicht ablaufen. In den Seychellen werdet ihr eine ständig Ferienatmosphäre erleben. Aber ihr dürft euch von Sonnenmilch, Bikinis und durchtrainierten Typen mit Waschbrettbauch nicht ablenken lassen. Konzentriert euch auf euren Job. Und vergesst nicht: Ihr seid hier nicht im Urlaub.«

KAPITEL 24

Mr WiFi pfiff bewundernd durch die Zähne, als er im Internet die Daten der Motorjacht *Orchid* aufrief. »Eine Superjacht«, murmelte er. »Fünfzig Meter edelster französischer Stil und beste Handwerkskunst.«

Er scrollte die Seite hinunter, während seine Augen hinter den runden Brillengläsern die Informationen förmlich aufsaugten.

»Vier Decks, Kabinen für die Familie plus sechs Gästekabinen, Reichweite viertausend Seemeilen, eine Reisegeschwindigkeit von sagenhaften vierundzwanzig Knoten!« Über den Brillenrand warf er dem riesigen Spearhead einen vielsagenden Blick zu. »Für ihre Größe ist die Jacht sehr schnell! Der Rumpf und die meisten Bauteile sind aus kohlenstofffaserverstärktem Kunststoff. Die Jacht hat einen Whirlpool, eine Sauna, einen Fitnessraum, eine Garage für das Beiboot, das übrigens ein richtiges Speedboot ist, und zwei Jetski ...«, las er voller Begeisterung weiter.

»Interessiert mich alles nicht«, knurrte der riesige Pirat, der im Schneidersitz neben dem Computerfreak in Oracles primitivem »Einsatzraum« hockte. »Gib mir nur die Schwachpunkte.«

Der Einsatzraum war eigentlich nicht mehr als eine weiß

verputzte Kammer mit kahlen Betonwänden, rot gefliestem Boden und zwei vergitterten Fenstern. Eine nackte Glühlampe hing wie eine verdorrte Frucht von der rissigen Decke. Die Birne flackerte ständig, was der unregelmäßigen Stromversorgung durch den Generator hinter dem Haus zuzuschreiben war. Ihr schwaches Licht warf einen blassen Schimmer über die beiden Männer vor dem Monitor.

Mr WiFi nagte nachdenklich an seiner Unterlippe. »Na ja, sie schafft eine Höchstgeschwindigkeit von achtundzwanzig Knoten. Das bedeutet, dass deine Boote Probleme haben werden, sie einzuholen. Ihr müsst euch also vom blinden Fleck ihres Radars her anschleichen.« Er tippte auf den Bereich hinter dem Heck der Jacht. »Nur dann könntet ihr es schaffen, sie zu entern.«

»Die Angriffstaktik kannst du getrost mir überlassen«, knurrte Spearhead. »Wie hoch ist das Deck?«

Mr WiFi scrollte zu den Schiffsmaßen und runzelte die Stirn. »Der Freibord ist ziemlich hoch für eine Jacht, über fünf Meter. Das könnte euch Probleme mach …«

»Pah!«, schnaubte Spearhead verächtlich und klatschte einen Moskito auf seinem Arm platt. »Ich hab schon viel höhere Kähne geentert. Kein Problem.«

»Kann sein, aber ich rate dir trotzdem, die *Orchid* am Heck zu entern«, sagte Mr WiFi und drehte den Monitor so, dass der Pirat die Abbildung besser sehen konnte. »Siehst du, hier, wo das Heck über die Beibootgarage ragt. Das ist ihr größter Schwachpunkt.«

Spearhead nickte. Seine marmorglatte Stirn glänzte im Schein der summenden Glühbirne. »Die Crew. Wie viele Leute?«, wollte er wissen.

»Zehn.« Mr WiFi klickte auf den Bauplan der Jacht. »Ihre Kajüten sind unter dem Unterdeck. Die Brücke befindet sich auf dem Oberdeck. Auf dem Plan ist keine Zitadelle markiert, aber ich denke, der sicherste Raum wird entweder eine der Mannschaftskajüten hier unten sein« – er deutete auf die Stelle im Bug – »oder die Hauptkajüte auf dem Oberdeck. Die Jacht ist mit allen nötigen Systemen für GMDSS ausgerüstet – das ist das weltweite Seenot- und Sicherheitsfunksystem. Sie hat DSC-Funk und EPIRB an Bord; du wirst also sämtliche Geräte zerstören müssen, sobald ihr an Bord seid.«

Spearhead schnaubte. »Schade, dass wir sie nicht schon vorher sabotieren können. Und womit können sie sich verteidigen?«

Mr WiFi lachte. »Das ist kein Kriegsschiff und kein Frachter, Spearhead, sondern eine *Vergnügungsjacht!* Sie hat weder Stacheldraht noch Wasserwerfer an Bord. Dieses Mal wirst du uns keine Märchen über deine Heldentaten auftischen können!«

»Was ist dann der Nervenkitzel bei der Sache, Mann?«, fragte Spearhead grinsend, wobei seine Zähne wie ein Halbmond im düsteren Licht glommen.

Mr WiFi blickte ihn über den Brillenrand an. »Kein Nervenkitzel. Verglichen mit einem Frachter ist die *Orchid* für euch ein Kinderspiel.«

KAPITEL 25

Ein stämmiger Herr in kurzärmeligem, makellos weißem Hemd mit goldenen Abzeichen, marineblauer Hose und weißer Kapitänsmütze hieß Connor und Ling an der Gangway der Superjacht willkommen.

»Willkommen an Bord der *Orchid*. Ich bin Kapitän Thomas Locke«, stellte er sich vor und hob die Hand grüßend an die Mütze. »Das hier ist mein Erster Offizier, Danny Fielding.«

Fielding, ein groß gewachsener, bärtiger Seemann, dessen Gesicht von der Sonne gebräunt und von Wind und Salzwasser gegerbt war, salutierte. »Ist mir ein Vergnügen, euch kennenzulernen.« Seine Stimme klang rau und tief.

Der Kapitän wies auf den dritten Mann des kleinen Empfangskomitees. »Und das ist Brad Harding, unser Sicherheitschef.«

Brad Harding war groß und trug einen militärischen Kurzhaarschnitt. Mit seiner durchtrainierten, muskulösen Gestalt schien er fast die Nähte seines weißen Poloshirts zu sprengen – ein Sicherheitsmann wie aus dem Lehrbuch. Sein Gesicht war hart und der kantige Kiefer sah aus, als könnte er Stahl durchbeißen. Connor spürte die schiere Kraft des Mannes, als er ihm die schwielige Hand schüttelte.

»Hab noch nie mit Knirpsen zusammengearbeitet«, bekannte Brad mit ausgeprägtem australischen Akzent und grinste sie ein wenig schief an. »Aber ich denke, wir werden schon miteinander zurechtkommen.«

Connor und Ling grinsten zurück, von der schieren physischen Präsenz des Mannes ein wenig eingeschüchtert. »Ja, das glaube ich auch«, sagte Ling.

»Solange ihr hier an Bord seid, ist Brad euer Boss«, sagte Kapitän Locke. »Er hat mich bereits voll über euren ›Sonderstatus‹ auf meinem Schiff informiert.« Sein Ton wurde ein wenig härter, als er fortfuhr: »Aber als Kapitän habe ich die oberste Befehlsgewalt in allen Angelegenheiten, vor allem auch, was die Sicherheit angeht. Wenn ihr irgendetwas bemerkt oder wenn euch etwas verdächtig vorkommt, werdet ihr das sofort melden, entweder Brad oder mir. Ich will nicht, dass ihr in irgendeiner Weise allein operiert. Habt ihr das verstanden?«

Connor und Ling warfen sich schnell einen Blick zu. Beiden war klar, dass sie auch Colonel Black und das Alpha-Team über solche Vorfälle unterrichten müssten.

»Jawohl, Kapitän.« Die formell korrekte Anrede schien Kapitän Lockes Besorgnis zu zerstreuen.

»Gut. Dann können wir wohl annehmen, dass Mr Sterlings Urlaub völlig reibungslos verläuft.« Er nickte befriedigt. »Den Rest der Crew werdet ihr morgen kennenlernen. Außer uns dreien hier weiß niemand von der Crew über euren Auftrag Bescheid. Für die Crew seid ihr einfach Gäste der Familie Sterling. Ich hielt es für besser, eure Sicherheitsfunktionen geheim zu halten.«

»Das ist ganz in unserem Sinn«, sagte Ling.

Kapitän Locke tippte sich wieder an die Mütze. »Dann übergebe ich euch jetzt in Brads kompetente Hände.«

Der Kapitän und sein Erster Offizier gingen zu einer Treppe, die zur Brücke hinaufführte.

»Ich denke, ihr werdet müde sein nach dem langen Flug«, sagte Brad mit einem Blick auf ihre zerknitterten Kleider und ihre nicht weniger zerknitterten Gesichter.

»Siebenundzwanzig Stunden und dreimal umsteigen, um genau zu sein«, sagte Ling müde. Dunkle Schatten lagen um ihre Augen, aber das war kaum verwunderlich, da sie sich einen Film nach dem anderen reingezogen und nur dazwischen kurz geschlafen hatte. Auch Connor hatte nur sehr unruhig geschlafen, weil ihm der mysteriöse Überfall immer noch nicht aus dem Kopf gehen wollte.

»Na gut, ich denke, ich führe euch mal kurz durch das Schiff und dann zu euren Kajüten.«

Sie nahmen ihr Gepäck und folgten Brad über das breite Achterdeck. Der Security-Mann schob die beiden Hälften einer großen Glastür auseinander und ließ Connor und Ling aus der schwülen tropischen Hitze in einen großen klimatisierten Salon treten.

»Das ist die Lounge, sozusagen das Hauptwohnzimmer«, erklärte Brad. Connor und Ling blickten sich mit offenen Mündern in dem luxuriös eingerichteten Raum um. Weiße Ledersofas mit zitronengelben, genau arrangierten Kissen waren mitten im Raum um einen großen Couchtisch gruppiert; die Sitzgruppe beherrschte den gesamten Raum. Am hinteren Ende stand ein weißer Esstisch aus Eichenholz, daneben befand sich eine verspiegelte Cocktailbar. Auf beiden Seiten ließen Fenster, die vom Boden bis zur Decke reichten, das Tageslicht ungehindert in den Raum strömen und boten zugleich eine uneingeschränkte, fantastische Aussicht – nach Steuerbord auf den Indischen Ozean, nach Backbord auf den belebten Hafen.

»Was für eine Aussicht!«, rief Ling begeistert und schaute zu den dunstverhangenen Berggipfeln Mahés hinauf, deren dicht bewaldete Abhänge sich bis zum glasklaren Wasser der Bucht erstreckten.

»Aber ist die Lounge von außen nicht ein bisschen … zu gut einsehbar?«, fragte Connor, der als Bodyguard immer zuerst an die Sicherheit dachte.

Brad zog eine seiner buschigen Augenbrauen hoch. »Nicht schlecht beobachtet für einen Knirps, vor allem wenn man deinen Jetlag berücksichtigt. Aber die Scheiben sind elektrochromatisch. Mr Sterling ist ganz versessen auf solche Glasscheiben.«

Brad berührte ein Icon auf einem kleinen Touchscreen an der Wand. Prompt wurden die Fenster milchig weiß.

»Cool«, meinte Ling.

Brad führte Connor und Ling in einen großen Vorraum, von dem geschwungene Treppen nach oben und nach unten führten.

»Wir sind hier auf dem Hauptdeck, auf dem sich auch die Bordküche, Mr Sterlings Arbeitszimmer und die Kabine seines persönlichen Bodyguards befinden. Und das hier« – Brad öffnete eine matt glänzende Holztür – »ist Mr Sterlings Schlafzimmer.«

Er trat zur Seite, damit sie einen Blick in das riesige Schlafzimmer werfen konnten: ein großes Doppelbett, Ledermöbel und ein breites Panoramafenster. Ling und Connor konnten kaum fassen, welchen Luxus diese Jacht bot.

Gemeinsam stiegen sie nach oben. »Auf dem Oberdeck befinden sich die Sky Lounge, das Schlafzimmer für VIP-Gäste, die Kapitänskajüte und die Brücke«, erklärte Brad. »Und darüber gibt es dann noch das Sonnendeck mit einer weiteren Bar, Liegestühlen und einem Whirlpool.«

»Das ist wie ein Fünfsternehotel!«, sagte Ling atemlos, die kaum glauben konnte, was sie sah und hörte.

»Richtig – jedenfalls für Mr Sterling und seine Gäste«, nickte Brad und zwinkerte ihr zu. »Aber dafür sind natürlich die Kabinen der Crew umso bescheidener.«

»Wo auch wir untergebracht sind?«, fragte Connor.

Brad lachte. »Nein, ihr Kids habt mehr Glück als wir übrigen! Aus Gründen der Sicherheit hab ich euch in der Nähe der Mädchen untergebracht. Außerdem soll ja niemand wissen, dass ihr keine Gäste der Familie seid, sondern angestellte Bodyguards.«

Er führte sie zu der geschwungenen Treppe zurück und in das Unterdeck hinunter. »Emilys und Chloes Kabinen sind nicht weit von euren Kabinen entfernt. Und das hier sind eure Kabinen.«

Er öffnete zwei benachbarte Türen – beide Kabinen waren geräumig, schön eingerichtet und hatten niedrige Futonbetten. Ein Zimmer war in olivgrünen Farbtönen gehalten, im anderen dominierten erdbraune Farben.

»Ich lasse euch jetzt allein, damit ihr auspacken, duschen und ein wenig Schlaf nachholen könnt«, sagte Brad. »Morgen früh beginnen wir mit dem MARSEC-Training.«

»MARSEC?«, fragte Connor.

»Die Abkürzung für das Maritime Security-System. Das ist ein System für die Seeverkehrssicherheit, das in den USA entwickelt wurde. Mehr darüber morgen früh. Wir treffen uns um 0700 auf dem Oberdeck.«

Er nickte ihnen freundlich zu und sprang leichtfüßig die Treppe hinauf.

»Diese Kabine ist hiermit beschlagnahmt«, erklärte Ling, warf ihren Rucksack auf die perfekt gebügelte olivgrüne Tagesdecke und unternahm eine Besichtigungstour durch den

Raum. Die Kabine verfügte über ein eigenes Badezimmer mit Dusche, das fast nur aus Glas und Spiegeln zu bestehen schien. Der Designer-Einbauschrank war riesig, und hinter einem der Wandpaneele entdeckte sie zu ihrer Freude einen verdeckten TV-Bildschirm. Sie warf sich auf das Bett und blickte durch das große Bullauge. Topasblau glitzerte das tropische Meer im goldenen Sonnenlicht; Palmwedel schwangen sanft über dem weißen Sandstrand.

»Das ist das Paradies«, sagte Ling verträumt. Ohne den Blick vom Meer abzuwenden, fügte sie hinzu: »Ich weiß, was der Colonel sagte, aber kann diese Mission überhaupt etwas anderes als ein Luxusurlaub werden?«

KAPITEL 26

»Das Meer ist nicht einfach blaues Land«, sagte Brad und wies auf den Ozean. »Deshalb ist auch für uns Security-Leute die Arbeit auf dem Meer anders als auf dem Land. Dazu braucht man besondere Fähigkeiten und eine völlig andersartige geistige Einstellung.«

Connor und Ling hörten aufmerksam zu, während sie frühstückten. Sie saßen in der Sky Lounge. Der Koch, ein freundlicher Mann mit beruhigend stattlichem Leibesumfang, hatte ihnen eine köstliche Platte mit Früchten serviert: Wassermelone, Ananas, Kiwi und Erdbeeren, dazu Joghurt, Müsli und frisch gepressten Orangensaft.

Die Morgensonne stand bereits hoch am wolkenlosen Himmel. Ihre Strahlen wärmten Connors Rücken; er fühlte sich so ruhig und entspannt wie schon lange nicht mehr. Vielleicht lag es auch an allem zusammen – an dem guten, langen Schlaf, der idyllischen Umgebung, Brads Freundlichkeit und seiner ruhigen Zuversicht – jedenfalls glaubte selbst Connor allmählich, dass diese Mission reibungslos und angenehm verlaufen würde.

Ling wirkte sogar noch entspannter und war offensichtlich drauf und dran, sich an den Lebensstil auf einer Luxusjacht zu gewöhnen. Mit ihrer Sonnenbrille, nur mit Bikinioberteil und Shorts bekleidet, sah sie aus, als könnte sie es kaum erwarten, sich auf dem Sonnendeck rösten zu lassen. Aber die Ferienstimmung verflog, als ihnen Brad nun den Trainingsplan erläuterte.

»Wir haben nur noch eine Woche, bis Mr Sterling mit seiner Familie eintrifft. In dieser kurzen Zeit müsst ihr noch eine Menge lernen.« Er deutete auf das, was er in seinem Plan für den ersten Ausbildungstag notiert hatte. »Ihr müsst lernen, wie man ein Schnellboot steuert, wie man mit dem Radar umgeht und wie man Seekarten liest. Außerdem müsst ihr den Sicherheitsplan der Jacht praktisch auswendig herbeten können, müsst euch mit den Überlebenstechniken auf offenem Meer vertraut machen und den Umgang mit dem VHF-Funk beherrschen …«

»Das können wir schon«, unterbrach ihn Ling und warf sich eine Erdbeere in den Mund.

»Na super!«, grinste er. »Das darfst du mir dann nachher gleich mal zeigen, Lightning Ling.«

Ling richtete sich plötzlich auf. »Woher kennst du meinen Spitznamen?«

Brad tippte sich verschwörerisch an die Nase. »Ich hab gewisse Nachforschungen angestellt. Und jetzt esst endlich fertig und kommt mit.«

Er führte sie auf das Sonnendeck hinauf, trat an die Reling und machte eine Armbewegung, die fast die gesamte Umgebung umfasste. Wieder musste Connor die majestätische Schönheit der Insel bewundern: die tiefgrünen, bewaldeten Berghänge, die Kokospalmen und die wunderbar farbenprächtigen tropischen Vögel, deren munteres Zwitschern und Schnattern die angenehm duftende Luft erfüllte. Nach der Anzahl der Jachten und Segelboote zu urteilen, die im Hafen vertäut waren, wurden die Superreichen von diesem paradiesischen Stückchen Erde angezogen wie Fliegen vom Honigtopf.

»Auf einem Schiff darf man nie in seiner Wachsamkeit nachlassen«, erklärte Brad. »Nicht nur auf See, sondern auch, wenn man vor Anker liegt. Verlasst euch nie darauf, dass die Crew sämtliche Sicherheitsbestimmungen einhält; die Männer haben schon mit ihren normalen Pflichten genug zu tun.«

Er beugte sich ein wenig über die Reling und deutete auf einen der Matrosen, der das Hauptdeck nass abwischte, ein schlaksiger Südafrikaner namens Jordan, der bei der Arbeit einen Kopfhörer trug und Musik hörte.

»Solange wir im sicheren Hafen liegen, ist die Crew normalerweise entspannt und unaufmerksam. Wir als Sicherheitsleute können uns genau das nicht leisten.« Brad wies mit einer Kopfbewegung auf ein Schlauchboot mit Motor, das gerade in der Nähe vorbeituckerte. »Hier im Hafen kreuzen so viele kleine Boote wie das dort drüben herum, dass die Annäherung eines einzelnen Bootes vielleicht gar nicht bemerkt werden würde. In einem belebten Hafen wie diesem hier findet ein Mensch, der ein Verbrechen plant, viele Möglichkeiten, seine Absichten zu verschleiern. Und bei Nacht sind solche Leute noch viel schwerer auszumachen. Deshalb sollte das Fallreep immer hochgezogen sein, wenn es nicht benötigt wird.«

Er blickte auf das Fallreep hinunter, das auf die Kaimauer gesenkt war, und ließ ein verärgertes »Ts-ts« hören. Dann redete er weiter: »In der Praxis wird es allerdings oft nur nachts hochgezogen, weil tagsüber immer wieder jemand an Land oder zurück an Bord muss. Das Problem ist aber, dass ein Hafen und seine Umgebung immer auch eine Menge Diebe und Kleinkriminelle anlocken. Deshalb müsst ihr grundsätzlich jeden für verdächtig halten, sogar Beamte in

Uniform. Zögert nicht, sie zu fragen, was sie hier zu suchen haben. Kriminelle sind gewöhnlich Meister im Vortäuschen falscher Tatsachen. Ich habe schon alle möglichen Tricks erlebt – von Typen, die sich als Pizzaboten ausgeben, bis hin zu Bikinischönheiten, die an der Gangway herumhängen, um arglose Sicherheitsleute abzulenken. Aber natürlich fallen wir auf so etwas nicht herein, nicht wahr?« Er grinste und zwinkerte Connor zu.

»Kommt mit.« Er führte sie die Treppe hinunter, durch einen kurzen Korridor und klopfte dann an eine offen stehende Schotttür.

»Bitte um Erlaubnis, die Brücke betreten zu dürfen, Kapitän.«

»Erlaubnis erteilt«, antwortete Kapitän Locke.

Der Kapitän nickte ihnen zur Begrüßung kurz zu, wandte sich aber gleich wieder den Monitoren zu, an denen er und der Erste Offizier Fielding die Systeme der Jacht überprüften.

Die Brücke war ganz anders, als Connor sich eine Schiffsbrücke vorgestellt hatte. In seiner Fantasie hatte er immer ein traditionelles Steuerrad gesehen, hinter dem ein bärtiger Seebär den Stürmen trotzte. Doch hier war nichts von alledem zu sehen. Es gab auch weder eine große Kompasssäule noch einen Maschinentelegrafen aus blitzendem Messing oder einen mit Seekarten bedeckten Tisch. Stattdessen befanden sich hier überall Computermonitore, dynamische Navigationssysteme sowie Funk- und Kommunikationseinheiten, elektronische Radarschirme. Und das Steuerrad sah fast so aus wie das Lenkrad in einem Ferrari oder Porsche. Natürlich durfte auch ein ledergepolsterter Kapitänssessel nicht fehlen.

»Sieht aus wie im Raumschiff Enterprise«, meinte Connor staunend.

Der Erste Offizier ließ ein tiefes Lachen hören. »Deshalb

braucht man auch ein Informatikstudium, um so eine Jacht zu steuern.«

»Kommt mir auch so vor«, sagte Ling, die ratlos einen Monitor betrachtete, auf dem lauter konzentrische Ringe, Koordinaten und eine Menge anderer Angaben zu sehen waren.

»Das ist der Radarschirm«, erklärte Brad. »Ich werde euch später noch zeigen, wie man ihn liest. Jetzt nur so viel dazu: Die Hauptfunktion des Radars ist es, Land oder andere Schiffe zu zeigen. Mit Blick auf die Sicherheit sind wir vor allem an anderen Schiffen interessiert. Wenn das Radar richtig eingestellt ist, kann es uns frühzeitig vor einem Angriff warnen. Seht ihr zum Beispiel diesen kleinen grünen Punkt hier auf dem Bildschirm? So etwas nennt man Blip. Und dieser Blip hier ist das Fischerboot dort draußen, das gerade in den Hafen einläuft.« Er deutete aus dem Fenster.

Connor und Ling sahen den Fischkutter, vor dessen Bug gerade ein kleineres Motorboot vorbeikreuzte.

Connor blickte wieder auf den Radarschirm. »Und wo ist das kleine Boot?«

»Ah, das ist das Problem mit Radar«, antwortete Brad. »Kleinere Boote werden oft nicht erfasst oder erscheinen nur als zufällige kleine Blips. Eine bewegte See schränkt die Funktionsfähigkeit sogar noch weiter ein. Und wenn das Boot im Zickzackkurs gesteuert wird, fällt es dem Radar noch schwerer, es zu entdecken. Außerdem gibt es noch den berühmten Blinden Bereich, einen Sektor direkt hinter dem Heck, den das Radar nicht erfassen kann. Aus diesen Gründen muss auf See rund um die Uhr Wache geschoben werden.

Brad blickte beide ernst an. »Denkt immer daran: Wenn es darum geht, Gefahren auf See zu entdecken, ist Klein-Adlerauge immer noch das beste Instrument.«

KAPITEL 27

Das Beiboot der *Orchid* war ein sieben Meter langes Luxussportboot mit einem 260 PS starken Heckmotor. Es schoss durch die Bucht, eine weiße Gischtwelle hinter sich herziehend. Als Ling voll aufdrehte und der Wind durch Connors lockiges braunes Haar fegte, packte er unwillkürlich die Armlehnen fester.

»Nimm ein bisschen Saft weg, Ling«, mahnte Brad. »Das ist ein Boot und kein Rennwagen!«

Aber genau das schien Ling zu glauben, denn sie grinste über das ganze Gesicht. Sie lernte, wie man das Beiboot startete, steuerte und andockte. Connor hatte seine Lektion bereits hinter sich. Nun war Ling an der Reihe. Als sie jetzt das Boot in eine enge Wende zog, krachte es in eine unerwartet hohe Welle. Der Schlag war so stark, dass Connor aus dem Sitz gehoben und über Bord geschleudert wurde. Er rutschte praktisch über den Rücken der Welle ins Wellental und verschwand.

»MANN ÜBER BORD!«, brüllte Brad.

So warm das Meer auch war, es wirkte auf Connor doch wie ein Schock. Wasser drang ihm in Ohren und Augen und er verlor für einen Moment die Orientierung. Brad hatte sie gewarnt, dass jede Mann-über-Bord-Situation lebensgefährlich sein konnte. Kälteschock, Stress, Unterkühlung, Ertrinken oder Verletzungen waren einige der Risiken, vor allem wenn die über Bord gegangene Person keine Schwimmweste trug. Connor trug zum Glück eine, sodass er rasch wieder an die Oberfläche getrieben wurde. Ling hatte inzwischen den Motor gedrosselt und fuhr eine weitere Wende, um Connor wieder aufzunehmen.

Mittlerweile war Connor von der recht starken Strömung bereits ein Stück in Richtung offenes Meer getrieben worden. Ling behielt ihn genau im Auge, während sie das Boot zurücklenkte. Selbst bei geringem Seegang war es schwierig, einen in den Wellen auf und ab hüpfenden Menschenkopf im Blick zu behalten.

»Langsamer«, mahnte Brad. »Für die Annäherung bist du immer noch zu schnell.«

Ling drosselte den Motor noch mehr, aber es war schon zu spät.

»Vorsicht!«, rief Brad. »Du überfährst ihn sonst!«

Ling versuchte gegenzusteuern, aber für eine wirksame Kurskorrektur fehlte der Antrieb; das Boot reagierte zu langsam. Der Bug schnitt in direktem Kollisionskurs mit Connors Kopf durch das Wasser.

»Achteraus!«, bellte Brad.

Connor, den die Schwimmweste am Abtauchen hinderte, hob schützend die Arme vor den Kopf.

»ACHTERAUS? Was ist achteraus?«, schrie Ling, deren Stimme nun deutlich schriller klang, während das Boot immer noch auf Connor zurauschte.

»RÜCKWÄRTS!«

Connor konnte nicht mehr sehen, was auf dem Boot geschah, aber er hörte, wie die Gänge knackten und der Motor wütend aufheulte. Rasante Vorwärtsfahrt lag Ling eindeutig mehr im Blut als Feinsteuerung. Mit immer noch heulendem Motor kam der Bug ein paar Handbreit vor Connors Kopf zum Stillstand.

»Motor abschalten!«, befahl Brad. »Sonst zerhackt ihn die Schraube zu Sushi.«

Er lehnte sich über die Bordwand und grinste zu Connor hinunter. »Das war knapp! In Zukunft sagst du vorher Bescheid, wenn du schwimmen gehen willst!«

Bis Ling herbeikam, um zu helfen, Connor an Bord zu ziehen, war er bereits wieder außer Reichweite getrieben worden.

»Du musst noch mal ansteuern«, sagte Brad.

Ling stöhnte entnervt auf. Sie ging zum Heck zurück, startete den Motor und legte den Rückwärtsgang ein.

»Nein!«, sagte Brad. »Wenn du achtern fährst, kann es passieren, dass du ihn zerhackst.«

»Warum schwimmt er nicht einfach zu uns?«, fragte Ling mit verbissener Miene.

Wieder knirschten die Gänge hörbar. Brad verdrehte die Augen zum Himmel.

Ling bemerkte, wie er das Gesicht verzog, und fauchte: »Sag nur ein Wort über Frauen am Steuer …« Wütend rammte sie den Gang hinein.

»Ich doch nicht!«, protestierte Brad mit Unschuldsmiene. »Frauen können praktisch alles über den Haufen fahren. Dazu braucht man eine Menge Geschick …«

Nach drei weiteren Versuchen schaffte Ling es endlich, das Boot so zu steuern, dass Connor an Bord genommen werden konnte. Sie half ihm sogar ganz allein in das Boot.

»Na prima, wir haben es geschafft«, kommentierte Brad und klopfte der wutschnaubenden Ling auf die Schulter. »Aber ich denke, das Mann-über-Bord-Manöver müssen wir noch ein bisschen üben, meinst du nicht auch?«

Er warf Connor, der platschnass auf dem Deck stand, einen fragenden Blick zu. »Du bist ja sowieso schon nass – wärst du bereit, die Übung noch mal zu machen?«

»Klar«, sagte Connor. »Aber nur, wenn Ling nicht mehr versucht, mich zu ermorden.«

Lings Augen wurden schmal. »Sei bloß vorsichtig, sonst überlasse ich dich beim nächsten Mal den Haien!«

KAPITEL 28

»Piraten haben immer die besseren Karten«, erklärte Brad, stützte die Ellbogen auf den Tisch in der Sky Lounge und schaute die beiden Buddyguards ernst an. »Sie sind die Jäger, deshalb können sie Zeit und Ort selbst bestimmen. Und natürlich ist ihnen klar, dass eine Jacht wie diese hier praktisch wehrlos ist.«

»Aber was ist mit der Piratenabwehr der NATO?«, fragte Connor.

»Ja, genau«, sagte Ling, den Mund voller Thunfischsalat. »Die haben doch Kriegsschiffe und so, mit denen sie uns verteidigen können.«

Brad lachte tief und dröhnend wie ein Nebelhorn. »Die NATO-Taskforce ist so gut wie nutzlos! Allerdings ist das nicht ihre Schuld. Mit einer winzigen Flotte ein Meer von dieser Größe überwachen zu wollen, das ist ungefähr so, als würde man ganz Frankreich mit einem einzigen Streifenwagen patrouillieren. Völlig unmöglich. Deshalb sind wir auf uns selbst angewiesen. Und wir müssen auch darauf vorbereitet sein, uns selbst zu verteidigen.«

Eine Woche intensiven MARSEC-Trainings war wie im Flug vergangen. Die beiden Buddyguards konnten jetzt Radar und Seekarten lesen und die Kommunikationsmittel der Jacht benutzen. Brad hatte ihnen gezeigt, wie sie sich im Fall eines Feuers verhalten mussten, wie sie ein Rettungsfloß aussetzen und eine Signalpistole abfeuern konnten und welche Notmaßnahmen durchgeführt werden mussten, wenn sie gezwungen waren, das Schiff zu verlassen und aufzugeben. Jetzt, beim Mittagessen, erklärte ihnen ihr Mentor den Sicherheitsplan, der auf der Jacht im Falle eines Piratenangriffs galt.

»Unsere Verteidigungsstrategie ist Entdecken, Verhindern, Zerstören«, sagte er und schlug bei jedem Wort zur Betonung auf den Tisch. »Ihr wisst ja bereits, das Wichtigste ist, die angreifenden Piraten so frühzeitig wie möglich zu entdecken – also *bevor* sie längsseits gehen und uns entern können. Sobald ihnen klar ist, dass sie entdeckt wurden und das Überraschungsmoment verloren haben, werden die meisten nach meiner Erfahrung wieder abdrehen und darauf warten, dass ein Schiff vorbeikommt, dessen Besatzung weniger aufmerksam ist. Bei unserer Wachsamkeit helfen uns Radar und Nachtsichtgeräte. Natürlich muss rund um die Uhr jemand Wache halten.«

»Werden auch wir für eine Wachschicht eingeteilt?«, fragte Connor.

Brad schüttelte den Kopf. »Nein, denn dann würde sich die Crew wundern, ob ihr wirklich Gäste der Familie Sterling seid. Die Wachschichten werden zwischen mir, dem Ersten Offizier, Mr Sterlings Bodyguard und einem der Matrosen aufgeteilt. Aber ihr beide müsst trotzdem Augen und Ohren offenhalten. Das Meer ist groß; je mehr Augen, desto besser.«

Brad nahm einen Schluck Eiswasser und aß einen Bissen Sandwich.

»Sollten wir tatsächlich Piraten begegnen«, fuhr er fort, nachdem er sich den Mund mit der Serviette abgewischt hatte,

»ist unser erster Schritt, sie aufzuhalten. Auf einem kommerziellen Schiff würden wir dafür Stacheldraht, Elektrozäune und Wasserwerfer einsetzen. Aber ich glaube nicht, dass es Mr Sterling gutheißen würde, wenn seine teure Luxusjacht in ein Schlachtschiff verwandelt würde.« Er grinste kurz bei dieser Vorstellung. »Zuerst einmal müssen wir deshalb darauf setzen, dass es Kapitän Locke gelingt, die Piraten abzuhängen oder ihnen zumindest für eine gewisse Zeit auszuweichen. Den Zeitgewinn nutzen wir, um Aufmerksamkeit zu erregen – durch Notsignale, Suchscheinwerfer, Sirenen und natürlich über Funk.«

Ling schob den leeren Teller von sich. »Alles schön und gut, aber wir haben einen Videoclip von einem Piratenangriff gesehen. Die Boote der Piraten sind verdammt schnell. Und sie greifen mit Granatwerfern an. Ich kann mir nicht vorstellen, dass sie sich durch ein paar Leuchtraketen oder durch Kurswechsel von einem Angriff abhalten lassen.«

»Guter Einwand«, gab Brad zu. »Aber die meisten Piraten ziehen leichte Ziele vor, deshalb kann die Strategie durchaus funktionieren. Doch natürlich hast du recht – manche sind zum Äußersten entschlossen. Wenn das der Fall ist, müssen wir sie vernichten.«

»Welche Waffen haben wir denn an Bord?«, fragte Ling eifrig.

Brad grinste ein wenig schief. »Das ist eine schwierige Frage. Das internationale Seerecht erlaubt zwar, dass Handelsschiffe Waffen mitführen und zur Selbstverteidigung auch einsetzen dürfen, aber in den meisten Häfen ist das Mitführen von Waffen illegal. Das ist eine ziemlich absurde Situation.«

»Was werden wir denn überhaupt einsetzen können?«, wollte Connor wissen.

Brad zeigte ihnen die offenen Handflächen. »So ziemlich

jedes Mittel ist recht. Obwohl die *Orchid* sein ganzer Stolz ist, würde ich im Notfall den Kapitän dazu überreden, die Piraten zu rammen. Das wäre wohl die wirksamste Methode. Aber sie wäre natürlich riskant, denn dabei könnte auch unsere Schiffsschraube beschädigt oder ein Leck in den Rumpf geschlagen werden. Wir könnten auch die Frachtsicherungsnetze aus dem Laderaum über Bord werfen, damit sich die Schrauben ihrer Außenborder darin verwickeln. Oder wir sprühen mit den Feuerlöschern das Deck und die Treppen an allen Stellen ein, an denen sie entern könnten, und machen sie glitschig. Und natürlich können wir auch Leuchtraketen direkt auf ihre Boote feuern.«

Er aß sein Sandwich zu Ende und schob den Teller von sich.

»Ich war einmal dabei, als ein Schiff angegriffen wurde. Die Piraten warfen einen Wurfanker über die Bordwand. Wir haben eine ganze Kühlschrankladung Cola in ihr Boot gekippt!« Brad lachte bei der Erinnerung. »Es lief so voll, dass sie das Enterseil kappen mussten!«

Er wies mit einer Handbewegung auf die Jacht.

»Unser wichtigstes Ziel ist es, die Piraten am Entern zu hindern. Ihr müsst euch den Rumpf und das Schandeck wie eine Burgmauer vorstellen. Solange die Mauer hält, die Piraten also das Hauptdeck nicht erreichen können, sind wir in einer starken Position.«

Connor blickte zum Heck hinunter, wo sich die Garage für das in der Seemannssprache »Tender« genannte Beiboot befand. Die Klappe stand offen. Der Schiffsingenieur, ein silberbärtiger Mann namens Geoff, überwachte gerade die Lieferung zweier nagelneuer Jetski. Die Tendergarage war der niedrigste Zugangspunkt zur Jacht und kam Connor als ganz besonders leicht angreifbar vor.

»Und was ist, wenn uns die Piraten tatsächlich entern?«, fragte er.

»Dann ist die Zitadelle unsere letzte Bastion«, antwortete Brad.

Ling und Connor schauten ihn verwundert an. »Die Zitadelle?«

»Unser Sicherheitsraum«, erklärte er, stand auf und winkte ihnen, ihm zu folgen. Sie stiegen die Treppe zum Hauptdeck hinunter und gingen durch die Bordküche. Vor einer großen Schotttür blieb Brad stehen.

»Hier geht es zu den Quartieren der Mannschaft – und sie haben wir zu unserer Zitadelle bestimmt«, erklärte Brad und schlug mit der flachen Hand gegen die Tür. »Die Schotttür lässt sich von innen doppelt sichern. Sie ist aus Stahl und somit kugelfest. Und direkt unter den Quartieren befindet sich ein Frachtraum, in dem so ziemlich alles gelagert wird, was wir brauchen, um mehrere Tage überleben zu können: Verpflegung, Wasser, sanitäre Anlagen und, was besonders wichtig ist, auch ein Funkgerät. Wenn wir angegriffen werden, ist es eure erste Priorität, die Mädchen in die Zitadelle zu schaffen. Sollten die Piraten unsere Abwehrmaßnahmen überwinden, was der Himmel verhüten möge, werden wir uns mit dem ganzen Rest der Mannschaft ebenfalls hierher zurückziehen.«

»Aber dann sitzen wir doch in der Falle?«, fragte Ling.

Brad nickte. »Genau darum geht es. In der Falle – aber in Sicherheit. Sobald wir alle in der Zitadelle sind, kann zum Beispiel auch ein NATO-Sturmtrupp das Schiff stürmen, ohne dass unser Leben über Gebühr gefährdet wird. Aber natürlich ist die Zitadelle nur dann sicher, wenn wirklich *alle* rechtzeitig hineinkommen.«

»Brad, hör endlich auf, den jungen Leuten solche Angst

einzujagen!«, sagte eine blonde junge Frau, die aus den Mannschaftsquartieren kam.

»Hi, Soph.« Brad setzte sein charmantestes Lächeln auf. »Ich erkläre Mr Sterlings Gästen gerade die Vorkehrungen für Notfälle.«

Sophie, eine junge englische Stewardess aus Southampton, lächelte Connor und Ling mitfühlend zu. »Lasst euch von ihm bloß keine Angst machen. Brad hält jeden Fischkutter für einen Freibeuter. Es macht ihm Spaß, alle in Panik zu versetzen, wenn wir in See stechen.«

»Aber nur weil ich will, dass sich alle sicher fühlen können ... auch du, Süße.«

Sophie hob vielsagend eine Augenbraue, verzog einen Mundwinkel zu einem koketten Lächeln und schlenderte den Korridor entlang. Brads Blick folgte ihr einen Moment lang, dann riss er sich von dem Anblick los.

»Gut – damit haben wir unser Sicherheitstraining abgeschlossen«, sagte er plötzlich und klatschte in die Hände. »Arbeit allein macht auch nicht glücklich. Deshalb habt ihr heute Nachmittag frei.«

»Danke«, sagte Connor erfreut. Er musste nicht lange überlegen, was – oder vielmehr *wer* – Brads unerwartete Großzügigkeit ausgelöst hatte.

»Wird aber auch Zeit«, murmelte Ling leise.

Brad war schon halb durch den Korridor, als er sich noch einmal umdrehte.

»Sophie hat natürlich recht – vor einem Trip bin ich immer ein bisschen angespannt. Aber es ist besser, auf das Schlimmste gefasst zu sein, damit man nicht unvorbereitet erwischt wird. Das ist so viel wert wie ein Rettungsboot, aber natürlich nützt es nur etwas, wenn es absolut wasserdicht ist.«

KAPITEL 29

Ein alter Fischer in einem kleinen, halb morschen Holzkutter warf sein vielfach geflicktes Netz ins blassblaue Wasser. Dann setzte er sich und wartete. Er schaute mit seinen von grauem Star trüb gewordenen Augen über die trostlose Küste, die von Kalkschichten durchzogenen Klippen und den knochenbleichen Strand. Als sein Blick auf die Landspitze fiel, hielt er inne. Sie ragte wie der Finger einer Skeletthand in den Indischen Ozean hinaus. Hinter seinem kleinen Fischerboot ragte der langsam vor sich hin rostende Koloss eines vor langer Zeit auf einem zerklüfteten Felsen aufgelaufenen Frachters in die Höhe. Und weit hinter dem Frachter, fast schon am Horizont, lagen drei weitere Containerschiffe vor Anker, so fremdartige Gebilde wie aus einer anderen Welt, dass man sie fast für eine optische Täuschung halten konnte.

Doch der Fischer wusste: Diese Schiffe waren nicht auf Grund gelaufen; Piraten hatten sie geentert und hielten ihre Besatzungen als Geiseln auf den Schiffen gefangen, um von den Reedereien Lösegeld zu erpressen.

Langsam und mit größter Mühe holte der alte Fischer sein Netz ein, bedächtig eine Hand vor die andere setzend, mit schmerzenden Muskeln und Knochen, bis er für seine Arbeit belohnt wurde – mit einem fast leeren Netz. Er begann zu schimpfen, immer heftiger, bis sich seine Stimme vor Wut überschlug – auf die fremden Trawler, die mit ihren riesigen Schleppnetzen die Gewässer vor seiner heimatlichen Küste leerfischten – ohne Rücksicht, ohne Erlaubnis und völlig gewissenlos. Er warf das Netz wieder ins Meer zurück und wartete.

Während der alte Mann vergeblich auf einen guten Fang hoffte, rasten sechs glänzende Toyota-Geländewagen über den menschenleeren Strand. Sandfontänen wirbelten von den Reifen auf, sie schienen miteinander Katz und Maus zu spielen und kamen sich dabei immer wieder gefährlich nahe. Einer der Wagen kippte beinahe um, konnte sich aber wie durch ein Wunder in letzter Sekunde wieder aufrichten. Ein anderer Wagen raste durch die auslaufenden Wellen und jagte Fontänen in die Luft. Der sechste Wagen folgte den anderen etwas gemächlicher, da er einen großen Pritschenanhänger zog. Hinter sechs neuen, am Strand kieloben aufgebockten Booten legten sie angeberische Vollbremsungen hin.

Spearhead stieg aus dem führenden Allradwagen und brüllte ein paar Befehle. Die Männer rissen die Hecktüren der Autos auf und begannen abzuladen. Sie zogen Holzkisten und Plastikkanister heraus und stapelten sie auf dem Strand auf. Vom Anhänger wuchteten sie einen enormen Außenbordmotor herab, den ersten der sechs brandneuen, völlig identischen, 350 PS starken Motoren, die auf dem Anhänger lagen.

Unter dem Gewicht einer der Holzkisten geriet der schlaksige Jungpirat mit den vorstehenden Zähnen ins Stolpern; die Kiste entglitt ihm, krachte in den Sand und splitterte auf. Ein Sturmgewehr fiel heraus, das immer noch in seiner Schutzhülle steckte.

»Cool!«, rief er und bückte sich nach der Waffe. »Oracle hat uns neue Waffen geschickt!«

»Hände weg, Bucktooth, bevor du dich selbst abknallst!«, sagte der Pirat mit den abstehenden Ohren. Er stieß den Jungen mit dem Ellbogen weg, hob selbst das Gewehr auf und zog es aus der Schutzhülle. Bewundernd betrachtete er die glänzende, gut geölte Waffe. »AK47. Chinesisches Produkt. Sehr zuverlässig.«

»Lass mich doch mal schießen, Juggs«, bettelte Bucktooth.

Juggs schüttelte verächtlich den Kopf. »Die sind für große Männer, nicht für kleine Jungs. Hier, den kannst du haben.«

Er warf Bucktooth einen alten Revolver zu. Der fing die Waffe auf und betrachtete sie grinsend.

Juggs griff in eine andere Kiste, holte ein Magazin heraus und schob es in das Sturmgewehr. Dann zielte er auf die Klippe.

RATTATATTATTATT!

»Wuuuuu!«, versuchte Juggs den Lärm zu überbrüllen. Steinbrocken, Lehm und Sand sprühten aus der Klippe.

»FEUER EINSTELLEN!«, brüllte Spearhead.

»Aber wir haben doch eine Menge davon, ganze Kisten voll!«, protestierte Juggs. Stolz und breit grinsend deutete er darauf.

»Das ist kein Spielzeug!«, schrie ihn Spearhead an und entriss ihm die AK47. »Hilf endlich beim Ausladen! Alle Kisten kommen in die Boote!«

Juggs murrte, befolgte aber den Befehl und zerrte die Munitionskiste hinter sich durch den Sand.

Die Arbeit ging nur langsam voran. Es herrschte eine Hitze wie in einem Hochofen; auch der raue auflandige Wind brachte keine große Erleichterung. Doch allmählich füllten sich die Boote mit Waffen, Munition, Wasser- und Treibstoffkanistern, Navigationsgeräten und Verpflegung.

»Und was haben wir denn da?«, murmelte Big Mouth vor sich hin, als er im letzten Allradwagen eine lange Holzkiste entdeckte. Er stemmte den Deckel auf und hob einen brandneuen Granatwerfer heraus. Schnell durchwühlte er das Packmaterial und entdeckte mehrere Granaten. »Ich hab mich gerade verliebt«, sagte er und streichelte zärtlich eine der Granaten.

Vor Aufregung zitterten seine Hände, als er sorgfältig die Granate lud, den Werfer auf die Schulter legte und auf den verrosteten Frachter in der Bucht zielte.

»Pass auf den alten Fischer auf!«, warnte ihn Bucktooth, der die Furcht einflößende Waffe mit einer Mischung aus Scheu und Furcht betrachtete.

»Ich? Der soll selber aufpassen!« Big Mouth grinste verschlagen und drückte auf den Abzug.

Die Granate heulte aus dem Werfer und raste dicht über den Wellen auf das Meer hinaus. Sie entfernte sich schnell, doch selbst aus der Entfernung konnten die Piraten sehen, wie der Fischer entsetzt aufsprang und dann mit einem gewaltigen Satz ins Meer hechtete – gerade als die Granate dicht über sein kleines Boot hinwegflog und in das dahinter aufragende Wrack des Frachters einschlug. Ein ungeheurer Donnerschlag war zu hören; Eisen verbog sich kreischend, als eine gewaltige Explosion das Heck zerfetzte. Die Treibstofftanks, in denen sich noch ein Rest Diesel befunden hatte, explodierten in einem riesigen Feuerball, in dem das gesamte Heck für ein paar Sekunden verschwand. Der kleine Fischkutter wurde ebenfalls von der Explosion erfasst und ging in einem Regen von flammenden Holzsplittern und Metallfetzen auf das Wasser nieder.

»Hast du das gesehen?!«, schrie Big Mouth begeistert und tanzte aufgeregt im Sand herum. »Mit diesen Babys hier können wir ganze Frachter in die Luft blasen!«

Die anderen Piraten jubelten und bogen sich vor Lachen, als der Kopf des Fischers zwischen den Trümmern seines Kutters wieder auftauchte. Er schwamm verzweifelt auf die Küste zu, während hinter ihm die kläglichen Reste seines Kutters, mit dem er seinen kümmerlichen Lebensunterhalt gefristet hatte, von der Strömung aufs Meer hinausgetrieben wurden.

Spearhead, der sich mit den Außenbordmotoren beschäftigt hatte, stürmte über den Strand heran. »BIST DU VERRÜCKT GEWORDEN? WARUM HAST DU DAS GEMACHT?«, brüllte er, außer sich vor Wut.

Der Pirat wischte sich die Lachtränen aus den Augen und reckte den Granatwerfer in die Höhe. »Wollte nur schauen, wie gut man damit zielen kann!«

Spearheads mächtige Pranke krachte gegen Big Mouth's Kopf. Der Schlag war fast so laut, wie die Granatenexplosion gewesen war.

»Aua!«, schrie Big Mouth und wich vor dem Kommandanten zurück. Den anderen Piraten blieb das Gelächter im Hals stecken.

»Du kaufst dem Alten einen neuen Kutter – von *deinem* Anteil, du Vollidiot!«, bellte Spearhead. »Sonst nehme ich dich auseinander wie einen Thunfisch!«

»Reg dich ab, Spearhead!«, gab Big Mouth zurück und hob abwehrend die Hand. »Von der Knete, die ich bald kriege, kauf ich dem Fischkopf *zwei* Kutter.«

KAPITEL 30

»Der weiße Pick-up vor dem Restaurant war geklaut«, sagte Charley.

»Und – konnte man den Besitzer feststellen?«, fragte Connor und hielt das Smartphone so, dass auch Ling auf das Display schauen konnte. Sie saßen in einem stillen Bereich des Internationalen Flughafens der Seychellen und warteten auf die Ankunft von Mr Sterlings Privatjet.

»Nein. Die Diebe hatten die Kennzeichen ausgetauscht.«

»Und was ist mit den beiden Straßenräubern?«, fragte Ling.

»Bei denen hatten wir ein bisschen mehr Glück. Amir hat eine Überwachungskamera in der näheren Umgebung ausfindig gemacht, die zwei Burschen auf Inlinern aufgenommen hat. Die Aufnahmen sind ziemlich körnig, aber über die australische Kriminaldatenbank konnten wir einen gewissen Todd Logan identifizieren. Das ist der Mann mit der Tätowierung. Sein Komplize heißt Doug Carter.«

Zwei Steckbriefaufnahmen erschienen – ein muskulöser, bulliger Weißer und ein kahlköpfiger Schwarzer.

»Beide lassen sich als Schläger anheuern«, fuhr Charley fort. »Sie haben Verbindungen zu zahlreichen Straßengangs und ein ellenlanges Vorstrafenregister: Überfall, Drogenhandel, Erpressung, Brandstiftung, schwere Körperverletzung und sogar Mord. Da gibt es nichts, was sie noch nicht getan haben. Sie wurden erst letzten Monat aus dem Gefängnis entlassen, vermutlich waren sie scharf darauf, schnell ein bisschen Kohle zu scheffeln.«

Connor und Ling blickten sich völlig überrascht an. Beiden wurde plötzlich klar, wie viel Glück sie bei diesem Überfall gehabt hatten.

»Und wo sind die beiden Gangster jetzt?«, fragte Ling.

Die Fotos verschwanden und Charley war wieder zu sehen. »Die Polizei hat sie noch nicht aufspüren können, aber sie bleiben dran. Sobald ich etwas erfahre, lasse ich es euch wissen. Wir versuchen auch von hier aus, mehr über sie herauszufinden.«

»Danke«, sagte Connor. »Zumindest haben wir jetzt ordentliche Fotos von den beiden.«

»Gehört zum Kundendienst«, sagte Amir und drängte sich ins Bild. »Und wie ist so das Wetter bei euch?«

»Regnerisch, kalt, stürmisch«, seufzte Ling und schaute so bedrückt in die Kamera, wie sie nur konnte.

»Echt jetzt?«, rief Amir und begann vor lauter Schadenfreude zu strahlen.

Connor lachte laut los. »Natürlich nicht! Achtundzwanzig Grad im Schatten, türkisblaues Meer, blauer Himmel, Sonne satt …«

Amir verzog säuerlich das Gesicht. »Ja klar, haben wir auch, nur ist es ein bisschen kühler und die Sonne fehlt auch. Wollte mich nur davon überzeugen, dass meine Ausrüstung noch funktioniert!«

Connor wackelte mit der Sonnenbrille, die er sich auf die Haare geschoben hatte. »Funktioniert bestens.«

»Connor!«, schallte Brads Stimme durch die Halle. Er stand vor dem Ankunftsgate und winkte sie zu sich.

»Wir müssen leider los«, sagte Connor zu Amir. »Mr Sterlings Maschine ist gerade gelandet.«

»Tja, das Leben ist so schwer für manche Leute«, grinste Amir ironisch. »Melde dich, wenn du was Technisches brauchst.«

»Passt auf euch auf«, sagte Charley zum Abschied.

Connor schob das Smartphone in die Brusttasche seines Polohemds, weil es für die Shorts zu klobig war, und folgte Ling.

»Okay, Leute, ab jetzt müssen wir professionell aussehen«, sagte Brad mit breitem Lachen. »Jetzt beginnt die harte Arbeit.«

Brad hatte mit Unterstützung von Connor und Ling bereits die Sicherheitslage im Ankunftsterminal geprüft und nichts Bedenkliches entdeckt. Sie beobachteten durch die riesigen Fenster, wie der schnittige Gulfstream-Jet auf den Terminal zurollte und zum Stillstand kam. Nach etwa einer Minute ging die Tür auf und eine Alutreppe entfaltete sich. Mr Sterling kam heraus, gefolgt von einer schlanken blonden Frau in einem recht gewagten kurzen Kleid und High Heels; beides brachte ihre langen, gebräunten Beine perfekt zur Geltung. Mit der Haltung eines professionellen Models stieg sie elegant und anmutig die Treppe herab.

»Kriegst du den Mund auch wieder mal zu?«, zischte Ling mit einem Seitenblick auf Connor.

Dem war gar nicht bewusst gewesen, dass er die Frau mit offenem Mund angestarrt hatte. Aber er war nicht der Einzige. Als Amanda Ryder in die Ankunftshalle stakste, als gehe sie auf dem Catwalk, drehten sich die Köpfe aller Männer nach ihr um. Mr Sterling war offenbar keineswegs eifersüchtig; im Gegenteil: Er schien die Aufmerksamkeit zu genießen, die seine glamouröse Verlobte erregte.

Mr Sterling lächelte, als er sich dem kleinen Empfangskomitee näherte. Die Anspannung in seinem Gesicht, die Connor bei dem ersten Gespräch in Sydney aufgefallen war, war verschwunden, als habe er die Bürde seiner Arbeit weit hinter sich gelassen. Aber in den Augen lag immer noch der stählerne Blick des Medienmoguls.

»Schön, euch beide wiederzusehen«, begrüßte er Connor und Ling. »Brad, ist alles in Ordnung?«

»Ja, Sir«, antwortete Brad. »Willkommen auf den Seychellen, Miss Ryder.«

»Danke«, antwortete sie. Ihre Stimme klang sanft und weich. Sie hängte sich bei Sterling ein und drückte liebevoll seinen Arm. »Mit *dem* Namen werden Sie mich hoffentlich schon bald nicht mehr ansprechen müssen.«

Mr Sterling lächelte und küsste sie genauso liebevoll auf die Wange.

In respektvollem Abstand hinter Sterling stand sein Bodyguard, im ganzen Terminal vielleicht der einzige Mann, der Miss Ryder nicht mit Blicken verschlang. Er war voll auf die Umgebung fokussiert und nickte Brad nur kurz und professionell zu. In seinem kurzärmeligen Hemd und der Chinohose sah er aus wie ein ganz normaler Tourist. Da er eine verspiegelte Sonnenbrille trug, konnte Connor den Ausdruck in seinen Augen nicht sehen, als er Connor und Ling kaum merklich zunickte. Aus den Unterlagen der Operation Gemini wusste Connor, dass der Bodyguard Dan hieß und erst nach Emilys Entführung eingestellt worden war – Dans Vorgänger war von Sterling fristlos gefeuert worden.

»Wann werden Ihre Töchter zu uns stoßen, Sir?«, fragte Brad.

Wie auf das Stichwort glitten die Glastüren wieder auseinander und die Zwillinge kamen in die Halle. Beide trugen leichte Tops mit Blumenmuster und weiße Shorts.

Brad nickte Connor zu, der vortrat und sie begrüßte. »Hi, Emily! Willkommen auf…«

»Ich bin *Chloe!«*, sagte das Mädchen, das er angesprochen hatte. Sie schob ihr Haar hinter ein Ohr zurück. »Ich habe ein Muttermal am Ohrläppchen, Emily nicht. Vielleicht hilft dir das?«

»Tut mir leid«, murmelte Connor verlegen.

»Wie war der Flug?«, fragte Ling, um Connor aus der peinlichen Situation zu helfen. Währenddessen informierte Mr Sterling Brad über die Pläne für die Ferienwochen.

»Gut«, antwortete Emily, »aber im Flugzeug kann ich nie einschlafen.« Plötzlich wirkte sie ein wenig verlegen und lächelte Connor und Ling schüchtern an. »Hört mal, ich möchte mich für mein Benehmen bei unserem ersten Treffen entschuldigen.«

»Du brauchst dich nicht zu entschuldigen«, sagte Connor diplomatisch.

»Doch. Ich war gemein und hab mich schlecht benommen.« Sie warf einen Blick zu ihrem Vater hinüber, der mit Brad und Miss Ryder zum Ausgang ging. »Eigentlich war ich auf meinen Vater wütend, nicht auf euch. Aber ihr habt ja bei der Sache am Manly Beach bewiesen, dass es nicht schlecht ist, euch dabeizuhaben. Ich hoffe… Vielleicht können wir einfach noch mal neu anfangen?« Sie streckte Connor die Hand hin.

»Klar«, nickte Connor und schüttelte ihre Hand. »Vergessen wir die Sache einfach.«

»Danke.« Emily versuchte vergeblich, ein Gähnen zu unterdrücken. »Sorry. Langer Flug.«

»Komm, gehen wir. Auf der Jacht kannst du dich ausruhen.«

Emily lächelte und nickte.

Chloe tänzelte bereits auf die Tür zu. »Nichts wie raus hier. Wir wollen keine Minute Sonnenbad verpassen.«

»Du hast deinen Koffer vergessen«, rief Ling ihr nach und deutete auf einen kleinen Bordkoffer mit Rädern.

Chloe warf nur einen kurzen Blick zurück und zuckte die Schultern. »Nein, ich glaube, *du* hast meinen Koffer vergessen.«

Ling runzelte die Stirn und warf Connor einen fragenden Blick zu. Ihre Trainerin Jody hatte ihnen immer wieder eingeschärft, dass ein Bodyguard die Hände immer freihaben sollte, um im Fall eines plötzlichen Angriffs sofort reagieren zu können. Wenn ein Bodyguard die Einkaufstüten, Taschen oder sonstige Dinge seines Klienten tragen musste, würde seine Reaktionszeit verlängert.

Connor zuckte nur die Schultern. Ling blieb keine andere Wahl, als Chloes Anweisung schnell zu befolgen, denn diese war schon fast durch die Tür und Ling würde sie in ein paar Sekunden aus dem Blick verlieren. Damit würde Ling eine riskante Situation in Kauf nehmen. Vor Wut schnaubend, packte sie den Koffergriff und lief ihrer Klientin hinterher.

KAPITEL 31

»Unter die Palme würde ich mich nicht legen«, sagte Connor, als Chloe und Emily ihre Strandtücher auf dem blütenweißen Sandstrand ausbreiteten.

»Warum nicht?«, fragte Emily und grinste ihn spöttisch an. »Angst vor den Dropbears?«

»Dieses Mal nicht«, sagte er mit einem Blick nach oben. »Eher vor Kokosnüssen.«

Wie zum Beweis plumpste eine große braune Nuss von einer anderen Palme ganz in der Nähe schwer in den Sand. Brad hatte ihn davor gewarnt und ihm bei dieser Gelegenheit die Story eines alten Rockstars erzählt, der durch eine herabfallende Kokosnuss einen Schädelbruch erlitten hatte.

Emily und Chloe hoben schnell ihre Strandtücher wieder auf.

»Habt ihr einen *besseren* Vorschlag?«, fragte Chloe.

»Nehmt den hier«, sagte Ling und klopfte auf den Stamm eines hohen Baumes mit dicken, gummibaumähnlichen grünen Blättern. »Das ist ein Takamaka-Baum – der wirft keine Nüsse ab.«

Auf Anweisung von Mr Sterling war Kapitän Locke um die Südspitze der Insel Mahé gefahren und hatte einen der schönsten Strände, die Anse Takamaka, angesteuert, einen abgeschieden liegenden Strand, der nach der hier im Überfluss wachsenden Baumart benannt war. Die idyllische hufeisenförmige Bucht hätte als Schauplatz für die Verfilmung von Robinson Crusoe herhalten können – reiner weißer Sand, umrahmt von Palmen und kristallklaren blauen Wellen.

Chloe breitete ihr Strandtuch aus und streckte sich darauf aus. »Das ist das wahre Leben«, seufzte sie und nahm ein Hochglanzmagazin, Sonnenmilch, Kopfhörer und Smartphone aus der Strandtasche.

Auch Emily hatte eine ähnliche Ausrüstung mitgebracht, zog es aber vor, die Vögel und Insekten zu beobachten, die ringsum in den dicht stehenden Büschen und Bäumen herumflatterten: Vögel mit weißen Schwänzen und vielfarbig schillernde Schmetterlinge. Der Strand zeigte keine der sonst üblichen Hinterlassenschaften der menschlichen »Zivilisation«. Mr Sterling und Miss Ryder lagen auf Sonnenliegen, die von der Jacht an Land geschafft worden waren; Sophie und eine weitere Stewardess servierten ihnen Getränke und sorgten dafür, dass ihnen jeder Wunsch sofort erfüllt wurde. Die Mädchen hatten sich einen Platz in einiger Entfernung von dem turtelnden Paar gesucht und Mr Sterling hatte keine Einwände gehabt, sofern Connor und Ling in ihrer Nähe blieben.

Die beiden Buddyguards breiteten ebenfalls ihre Strandtücher aus und freuten sich auf einen Tag mit Sand und Sonne. Als Ling sich auf ihr Strandtuch legte, grinste sie zufrieden und flüsterte Connor zu: »Das wird ein Kinderspiel, wenn wir uns nur um Kokosnüsse Sorgen machen müssen.«

Connor nickte zustimmend. Keine Probleme in Sicht, so

weit das Auge reichte, war niemand zu sehen, der die Zwillinge belästigen oder bedrohen konnte. Nichts als Sonne, Sand und Meer – das Rezept für perfekte Ferien.

Er wühlte in seinem Rucksack nach der Sonnenmilch und dem Taschenbuch, das er am Flughafen gekauft hatte. Dann setzte er sich und scannte kurz die Umgebung. Der Strand war menschenleer und auf dem Meer waren außer der *Orchid*, die weiter draußen in der Bucht vor Anker lag, keine Boote zu sehen.

»Du darfst die erste Schicht übernehmen«, sagte Ling, ließ sich zurücksinken und schloss die Augen.

Kaum hatte sie es sich bequem gemacht, als Chloe sagte: »Ling, hol mir einen Drink.«

Ling setzte sich auf, verzog verärgert das Gesicht, schluckte aber ihre Wut hinunter. »Was hättest du denn gern?«

Chloe machte eine vage Handbewegung zum Beiboot hinüber. »Der Koch hat bestimmt einen Krug mit frischer Limonade eingepackt.«

»Oh, das klingt super«, sagte Emily. »Kann ich auch ein Glas haben?«

»Klar«, sagte Ling und stand auf. »Ich bringe den ganzen Krug.« Sie ging zum Beiboot hinüber, das am Strand vertäut lag. Sophie, Brad und Dan saßen in der Nähe des Boots und unterhielten sich.

Während Ling die Getränke holte, drehte sich Emily zu Connor um. »Könntest du meine Luftmatratze aufblasen? Ich möchte gern auf dem Wasser sonnenbaden.«

»Mach ich.« Connor holte eine silberne Luftmatratze aus der Strandtasche und machte sich an die mühsame Arbeit, sie mit dem Mund aufzublasen.

Ling kehrte mit einem Tablett zurück, auf dem vier Gläser mit Limonade und ein Krug standen. Eiswürfel klirrten in den Gläsern. Chloe trank ihr Glas in einem Zug aus, ließ es gleich noch einmal auffüllen, steckte sich die Ohrstöpsel in die Ohren und legte sich auf den Bauch. Als auch Emily versorgt war, bot Ling auch Connor ein Glas an, der immer noch in die Matratze pustete.

»Danke«, keuchte er und trank einen großen Schluck. Es wirkte erfrischend, und nach einem Dutzend kräftiger Atemstöße war die Matratze endlich prall gefüllt.

»Fertig.«

»Oh, super!« Emily sprang auf und lief mit der Matratze zum Meer.

Während Emily in der seichten Bucht herumpaddelte und Chloe in der Sonne lag und Musik hörte, konnten sich Connor und Ling endlich ebenfalls entspannen. Ling streckte sich auf ihrem Strandtuch aus; Connor schlug das Buch auf.

Nach einer Weile kam Brad herübergeschlendert. »Ich bringe Mr Sterling und Miss Ryder zur Jacht zurück und hole euch dann später ab. Alles klar hier bei euch?«

Connor nickte. Chloe lag immer noch mit geschlossenen Augen und summte einen Popsong, der aus dem Kopfhörer dröhnte, und Emily lag auf ihrer Luftmatratze und schaukelte sanft auf den Wellen.

»Na, überarbeitet euch bloß nicht!«, sagte Brad und zwinkerte ihnen zu.

Connor sah zu, wie das Beiboot ablegte, dann ließ er sich wieder zurücksinken und las weiter.

Er hatte kaum zwei Kapitel gelesen, als Ling sich aufsetzte und ihn mit dem Ellbogen anstieß.

»Ist bei Emily alles okay?«

Connor blickte zum Wasser. Emily lag immer noch auf der Matratze, jetzt ungefähr dreißig Meter vom Strand entfernt. Als er das letzte Mal hingeschaut hatte, war sie nur zehn Meter entfernt gewesen.

Er legte das Buch weg und joggte zum Wasser hinunter. »Emily!«, rief er.

Aber sie reagierte nicht. Anscheinend war sie eingeschlafen. Connor wurde plötzlich klar, dass ihre Luftmatratze von der Strömung ins Meer hinausgetrieben wurde.

KAPITEL 32

»Emily!«, brüllte Connor noch einmal. Sie wachte immer noch nicht auf. Entweder war sie schon so weit draußen, dass sie ihn nicht hören konnte, oder sie konnte nicht aufwachen. Der Zeitunterschied zwischen Sydney und den Seychellen betrug sechs Stunden. Wenn zur Übermüdung auch noch die Nebenwirkungen ihrer Medikamente hinzukamen, konnte es durchaus sein, dass sie das Bewusstsein verloren hatte.

Connor warf einen Blick zur *Orchid* hinüber, die am anderen Ende der Bucht vor Anker lag. Das Beiboot war am Heck vertäut und auf den Decks war niemand zu sehen. Und an diesem abgelegenen Strand gab es natürlich auch keine Strandwächter und Rettungsboote. Schon in den paar Sekunden, in denen sich Connor nach Hilfe umgeblickt hatte, war Emily noch weiter abgedriftet. Wenn er nicht sofort etwas unternahm, würde sie ins offene Meer hinausgetrieben werden.

»Ich hole sie zurück«, rief er Ling zu, zog das T-Shirt aus und rannte ins Meer. »Ruf Brad an.«

Kaum war er tief genug, als er auch schon ins Wasser tauchte und losschwamm. Kraftvoll pflügte er durch die Wellen, jetzt sehr dankbar für das morgendliche Schwimmtraining mit Charley.

Aber im Meer zu schwimmen, war etwas völlig anderes als in einem Schwimmbecken. Zwar war das Meer in der Bucht ruhig, doch selbst der leichte Wellengang schränkte sein Blickfeld stark ein. Emily und ihre silberne Luftmatratze kamen zwar immer wieder kurz in Sicht, trotzdem musste er ab und zu anhalten, um seine Schwimmrichtung zu überprüfen.

Emily war inzwischen gut achtzig Meter hinausgetrieben worden; in wenigen Augenblicken würde sie die Landspitze passieren. Connor schwamm mit äußerster Kraft. Die Arme holten weit aus, die Beine stießen ihn vorwärts. Er schwamm um Emilys Leben.

Dann war er plötzlich neben ihr. Er klammerte sich mit beiden Händen an die Luftmatratze. »Emily!«, keuchte er.

Aber sie lag nur da, ein friedliches Lächeln auf dem Gesicht, ohne die leiseste Ahnung, wo sie sich befand.

Connor wusste, dass er sie nicht plötzlich aus dem Tiefschlaf reißen durfte. Er drehte die Matratze in Richtung Ufer und stieß sich mit den Beinen vorwärts. Nach ungefähr einer Minute blickte er auf. Das Ufer schien genauso weit weg zu sein wie zuvor.

Er senkte den Kopf und kickte noch heftiger vorwärts. Nach einer Weile hob er den Kopf erneut. Sie waren immer noch jenseits der Landspitze. Offensichtlich war er nicht vorwärtsgekommen. Er kämpfte gegen die Strömung.

Verzweiflung packte ihn, als ihm klarwurde, dass er gegen den Sog des Ozeans keine Chance hatte. Sein Herz hämmerte gegen die Rippen; schon zu Emily hinauszuschwimmen, hatte ihm fast alles abverlangt.

Wo bleibt Brad mit dem Beiboot?, dachte er verzweifelt.

Er sah ein, dass er allein Emily nicht würde retten können. Dann fiel ihm ein, was ihm Charley einmal erzählt hatte: Sie war beim Surfen in eine Kabbelung geraten, einen Wellengang, der durch das Zusammentreffen unterschiedlicher Strömungen erzeugt wird. Diese Strömungen, hatte sie ihm erklärt, waren selten mehr als dreißig Meter breit; Surfer benutzten sie manchmal als Schnellweg, um zu den Wellen zu gelangen. Um solchen Strömungen zu entkommen, musste man einfach nur ein Stück parallel zum Ufer und dann in diagonaler Richtung zum Land schwimmen.

Connor lenkte die Luftmatratze zur Landspitze. Als er das Gefühl hatte, die Kabbelung hinter sich zu haben, steuerte er einen diagonalen Kurs zum Ufer. Dort stand Ling und winkte.

Mit einem Blick zur Landspitze stellte Connor fest, dass er nun endlich vorwärtskam. Aber es war langsam und mühsam. Seine Lungen gierten nach Luft, und um alles noch schlimmer zu machen, sorgte seine Erschöpfung dafür, dass er aus dem Rhythmus kam. Seine Beine wurden schwer wie Blei. Er sah sich bereits wie einen Stein auf den Grund des Meeres sinken.

Aus der Ferne hörte er den Lärm eines aufheulenden Motors.

Doch dann, urplötzlich, stieß sein Fuß in den Sand. Verwirrt blickte er auf.

»Geht's noch?«, fragte Ling, packte die Luftmatratze und zog sie mit der immer noch schlafenden Emily ans Ufer. Weiter oben am Strand lag Chloe mit dem Kopfhörer auf den Ohren. Sie hatte von der Beinahe-Tragödie nichts mitbekommen. Dann kam auch Brad mit dem Beiboot heran und sprang an Land.

Connor schleppte sich durch das seichte Wasser zum Strand und ließ sich in den warmen Sand fallen. »Grade noch«, keuchte er.

Eine weiße Gischtwelle rollte auf den Sand und überspülte die Luftmatratze. Emily schreckte hoch.

»Oh … ich muss eingeschlafen sein«, sagte sie, setzte sich auf und schob ein paar nasse Haarsträhnen aus dem Gesicht. Dann entdeckte sie Connor, der wie ein gestrandeter Fisch auf dem Sand lag und nach Luft schnappte. »Warst du schwimmen?«

Connor öffnete den Mund, brachte aber vor Erschöpfung kein einziges Wort heraus. Er ließ den Kopf wieder in den Sand fallen.

Emily lachte. »Du musst lernen, dich ein wenig zu entspannen, Connor. Wir sind hier nämlich im Urlaub.«

KAPITEL 33

Oracle betrachtete seine verlotterte Piratenbande durch das dunkel getönte Fenster seines Geländewagens. Die Männer fläzten sich im schmalen Schatten einer baufälligen Fischerhütte, gelangweilt und lustlos, während die Sonne erbarmungslos auf die Landschaft herabbrannte. Nur der junge Pirat Bucktooth hockte in der prallen Sonne, um die Boote zu bewachen. Ein völlig unnötiger Befehl, zu dem ihn die anderen Piraten verdonnert hatten, ein grausamer Scherz, weil es ohnehin kein Dörfler oder Fischer wagen würde, sich mit Oracles Bande anzulegen oder sich an ihren Booten zu vergreifen. Aber der Junge war trotzdem glücklich, weil er als Wachposten einen Revolver tragen durfte.

Oracle nahm das schlanke Smartphone vom Beifahrersitz und tippte auf eine Schnellwahlnummer. Nach ein paar Klingeltönen meldete sich der Investor. »Was gibt's?«

»Meine Männer sind bereit«, sagte Oracle.

Die Verbindung knisterte; der Empfang hier unten an den Klippen war nicht besonders gut, aber trotz der gelegentlichen Aussetzer konnte er die Antwort verstehen. »Ist … Ausrüstung gekommen?«

»Ja«, antwortete Oracle. »Und Mr WiFi hat das Ziel lokalisiert, es liegt zurzeit im Victoria Harbour. Wir werden dort …«

»Ihre Information … veraltet … ist die Jacht jetzt am Anse Takamaka … morgen … nach Bel Ombre, danach … Praslin Island.«

Oracle runzelte leicht die Stirn. »Woher kennen Sie die Route so genau?«

Als er die Antwort hörte, verzog er den Mund zu einem erstaunten Grinsen. »Das ist ja ein Hammer! Ja, ich halte Sie auf dem Laufenden … selbstverständlich.«

Er beendete das Gespräch und ließ die Scheibe auf der Beifahrerseite herab. Ein Schwall heißer, trockener Luft drang in das klimatisierte Wageninnere. Spearheads schweißbedeckter Schädel füllte das Fenster.

»Alle Mann in die Boote«, befahl Oracle.

»Jawohl, Boss. Wir nehmen immer noch Kurs auf die Seychellen?«

Oracle nickte. »Ja, vorerst. Mr WiFi wird dir über Satellitentelefon die Updates schicken.«

Spearhead schnaubte verächtlich und wedelte eine summende Fliege vom Gesicht weg. »Schön und gut, Boss, aber die Koordinaten, die er uns schickt, sind wegen der Sicherheitsverzögerung immer um ein paar Stunden veraltet. Manchmal sind die Schiffe schon hinter dem Horizont, bis wir dort ankommen, wohin er uns dirigiert.«

Oracle gönnte sich ein schlaues Grinsen. »Dieses Mal nicht. Der Investor schickt uns jeweils die *Echtzeit*-Koordinaten der *Orchid*.«

Spearhead riss erstaunt die Augen auf und stieß ein ungläubiges Lachen aus. »Na, dann ist die Sache ja wohl ein Kinderspiel.«

»Genau, und ihr fangt jetzt mit dem Spiel an«, befahl

Oracle, ließ die Scheibe wieder hochfahren und sperrte die aufdringliche Hitze aus.

Während Oracle in seinem Land Cruiser über den hartgebackenen Sand davonraste, bellte Spearhead den Männern seine Befehle zu. Die Piraten, die den ganzen Morgen Khat gekaut hatten, rappelten sich benommen auf die Beine und schlurften träge zu den Booten. Sie warfen ein paar Netze über die Waffen und Ausrüstungskisten, damit es aussah, als seien sie harmlose Fischer. Dann schoben sie die Boote ins Meer, kletterten an Bord und starteten die Motoren. Die mächtigen Außenborder brüllten auf, die Schrauben wirbelten weiß schäumende Gischt auf und die kleine Piratenarmada schoss durch die Bucht ins offene Meer hinaus.

KAPITEL 34

»Piraten!«, schrie Chloe. »Piraten ahoi!«

Connor fuhr herum und starrte auf das Meer hinaus. Sein Puls begann zu rasen. Das gläserne Meer lag wie ein Spiegel des blauen Himmels in der Sonne, die Horizontlinie, die Himmel und Erde trennte, war im fernen Dunst verschwunden. Von der *Orchid* abgesehen, ankerten nur fünf weitere Jachten vor der malerischen Bucht von Bel Ombre an der nordwestlichen Küste der Insel.

Weiter draußen auf dem Meer schaukelten ein paar Fischerboote auf den Wellen. Aber Connor sah weit und breit keine Außenborder mit schwer bewaffneten Piraten auf die *Orchid* zurasen.

Chloe prustete los. »Ich krieg mich nicht mehr ein!«, keuchte sie. »Connor: Das war ein Witz!« Sie deutete mit dem Daumen über die Schulter. »Aber wer weiß, vielleicht finden wir hier drin einen Piratenschatz?«

Sie bückte sich und zwängte sich in eine große dunkle Felsspalte in den Klippen. Die vier hatten zur Abwechslung einen Ausflug auf die Insel unternommen und standen auf einer Landzunge der Bucht. Der Weg über die großen Granitblöcke und durch warme, von Napfschnecken dicht bevölkerte Felstümpel war mühsam gewesen, doch sie hatten es bis zur vordersten Spitze der Landzunge geschafft.

»Warte«, rief Ling, die ebenfalls auf Chloes Piratenscherz hereingefallen war. »Dort drin könnte es gefährlich sein.«

»Ihr beide braucht wirklich einen Schnellkurs im Entspannen«, tönte Chloes Stimme dumpf aus der Höhle.

Ling verschwand ebenfalls in dem Felsspalt, aber Emily blieb vor dem Eingang stehen und spähte misstrauisch in die dunkle Höhle.

»Bist du sicher?«, sagte Connor.

»Warum denn nicht?«, gab sie scharf zurück, schluckte aber unsicher und verriet damit ihre wahren Gefühle.

Connor versuchte, ihren Blick aufzufangen. »Du musst nicht unbedingt da rein.«

»Komm schon, Emily!«, rief Chloe, deren Stimme nun bereits recht weit entfernt klang. »Das musst du dir ansehen!«

Emily holte tief Luft und drang in die Dunkelheit ein.

Connor blieb dicht hinter ihr. Nach dem Zwischenfall mit der Luftmatratze hatte er beschlossen, sich nicht einen Augenblick mehr von der entspannten Urlaubsstimmung einlullen zu lassen. Von nun an würde er permanent wachsam bleiben. Er musste auf alles gefasst sein; auch hinter den harmlosesten Aktivitäten konnten Gefahren lauern.

Die Höhle verengte sich zu einer Art Gang, der tief in den Fels hineinführte. Zuerst herrschte nichts als absolute Dunkelheit, aber als sich Connors Augen daran gewöhnt hatten, konnte er unzählige Napfschnecken ausmachen, die sich auf den feuchten Felsen festgesaugt hatten. Nach ungefähr zehn Schritten weitete sich der Gang zu einer größeren Kaverne; ein Spalt in der Decke ließ einen schmalen, schwachen Lichtstrahl durch. Die Luft war kühl und feucht wie in einer

Grabkammer und der plötzliche Temperaturabfall schickte ihm einen Kälteschauder über den Rücken.

»Hier sind wir!«, rief Chloe und winkte sie zu sich. Sie und Ling standen an der hinteren Felswand. Ihre Gesichter befanden sich im Dunkeln. Beide schienen etwas auf den schwach schimmernden Felsen zu betrachten.

Connor folgte Emily, die vorsichtig zu ihrer Schwester hinüberging. Rauer Sand und Muschelscherben knirschten unter ihren Füßen.

»Schau dir bloß mal das hier an«, sagte Chloe aufgeregt und deutete auf ein paar Symbole auf der Felswand. Ein Hund, eine Schlange, zwei verbundene Herzen, ein Schlüsselloch, ein starres Auge, eine weibliche Gestalt und der Kopf eines Mannes waren in den Felsen geritzt worden.

»Unheimlich«, sagte Ling.

Eine Welle krachte draußen gegen die Klippen und echote durch die Felsenkammer. Emily war ungewöhnlich still geworden; Connor konnte ihr Gesicht im schwachen Licht nur undeutlich ausmachen, hatte aber den Eindruck, dass sie zitterte und Schweißperlen auf ihrer Stirn erschienen waren.

»Emily?«, fragte er besorgt. Sie gab keine Antwort.

Chloe fuhr mit dem Finger über das Auge auf der Wand. »In einem Reiseführer steht, dass irgendein Pirat auf dieser Insel einen Schatz vergraben haben soll. Er wurde gehängt, aber er hinterließ eine Schatzkarte, aus der niemand so richtig schlau wurde. Das hier könnten Hinweise sein …«

Emily schien nach Luft zu schnappen.

»Ich glaube, wir sollten umkehren«, schlug Connor vor, nahm Emily am Arm und machte sich auf den Rückweg.

»Nur noch eine Minute«, sagte Chloe, die viel zu sehr mit den Symbolen beschäftigt war, um den Zustand ihrer

Schwester zu bemerken. »Vielleicht können wir herausfinden, was die Symbole bedeuten …«

Emily stieß ein Wimmern aus, es klang wie ein kleiner, verängstigter Hund.

Erst jetzt wurde Chloe aufmerksam. Sie drehte sich um. »Alles okay, Em?«

Aber Emilys Augen waren weit aufgerissen; sie starrte zum Höhleneingang. Ein großer Schatten glitt über die von Weichtieren übersäten Felswände, still und bedrohlich.

»Ich tue, was du willst«, flüsterte Emily so leise, dass Connor die Worte kaum verstehen konnte. »Ich tue, was du willst … Ich tue, was du willst …«

Connor zog Emily enger an sich, während sie die Worte immer wieder wie einen Gebetsspruch wiederholte. Ein muskulöser Mann war in der Höhle aufgetaucht und versperrte den Weg zum Ausgang.

»Ich hab euch hoffentlich nicht erschreckt«, rief Brad. »Aber die Flut setzt bald ein. Könnte sein, dass die Höhlen hier völlig überflutet werden.«

KAPITEL 35

»Vergiss nicht, die Notstoppleine anzulegen«, mahnte Ling, während sie den Gurt ihrer Schwimmweste zuzog.

»Weiß ich doch!«, gab Chloe gereizt zurück. Sie schwang ein Bein über den Sitz des Jetskis. »Ich sitze nicht zum ersten Mal auf so einem Ding.«

»Sorry. Ich mache nur die üblichen Sicherheitschecks«, gab Ling ein wenig beleidigt zurück und schwang sich auf den zweiten Jetski. »Nicht dass er dir abhaut.«

Chloe hatte ihr Haar zu einem Pferdeschwanz zusammengebunden. Sie warf einen Blick über die Schulter. »Bist du sicher, dass du nicht mitkommen willst?«, fragte sie Emily.

»Vielleicht später.« Emily lächelte gezwungen.

»Und du, Connor? Du kannst bei mir mitfahren, wenn du willst.«

Connor schaute den schnittigen Jetski sehnsüchtig an. Die Maschine sah unglaublich verlockend aus, aber er durfte seine Klientin nicht allein zurücklassen. »Würde ich gerne, aber ich bleibe hier bei Emily am Strand.«

»Selbst schuld«, seufzte Chloe und drückte auf den Startknopf.

Über dem Lärm der beiden Motoren hörten sie Amanda herüberrufen: »Viel Spaß!«

Sie winkte ihnen fröhlich zu. In ihrer bauchfreien Bluse, dem Sarong und einem Strohhut sah sie absolut glamourös aus. Mr Sterling hatte ihr den Arm um die Taille gelegt und hob die Hand, während beide zur Strandbar hinübergingen, wo ihnen Dan einen Tisch reserviert hatte.

»Sie spielen wieder Turteltäubchen«, murmelte Chloe, machte sich aber nicht die Mühe zurückzuwinken. Sie drehte den Griff und schoss durch das Wasser davon. Ling startete ihren Jetski ebenfalls. Der Motor spuckte kurz, sprang dann aber an und Ling raste Chloe hinterher.

Connor beobachtete die beiden, wie sie in der Bucht hin und her kreuzten. Schließlich schlug er Emily vor, ein wenig am Strand entlangzulaufen.

»Fühlst du dich wieder besser?«, fragte er.

Sie warf ihm einen kurzen Seitenblick zu. »Du hast es also bemerkt.«

Connor nickte. »Das gehört zu unserer Ausbildung«, sagte er nur. Sie sollte nicht darüber nachgrübeln, wie offenkundig ihre Panikattacke in der Höhle gewesen war.

Emily seufzte tief auf. »Ja, das kann ich mir denken. Seit dem, was letztes Jahr passiert ist, gerate ich in engen Räumen immer wieder in Panik. Mir wird schwindelig und es ist, als hätte ich einen Blackout.«

»Warum bist du dann überhaupt in die Höhle gegangen?«

Emily blickte zu Boden und bohrte den großen Zeh in den Sand. »Ich versuche immer wieder, meine Angst zu bekämpfen.«

Connor nickte lächelnd. Er bewunderte Emilys innere Stärke. »Kann ich gut verstehen. Ich war selber mal in so einer Situation.«

Emily blickte ihn überrascht an. »Echt? Wann?«

»Gerade erst in diesem Jahr«, gestand Connor. »Aber ich

darf nicht über die Einzelheiten reden. Ich wurde mehrere Tage lang gefangen gehalten.«

Emily blickte ihn forschend an und runzelte besorgt die Stirn. »Das wusste ich nicht. Wie wirst du damit fertig?«

Connor zuckte die Schultern. »Das ist eigentlich kein Problem. Ich hab damals nicht viel darüber nachgedacht, ich hatte alle Hände voll zu tun, meine Klientin zu schützen.«

Emily nickte. »Das kann hilfreich sein, nehme ich an. Wenn noch jemand dabei ist, auf den man sich konzentrieren kann, meine ich.« Sie schaute aufs Meer hinaus, aber auf ihrem Gesicht lag ein gehetzter Ausdruck. »Ich war die ganze Zeit völlig allein.«

Draußen auf dem Meer summten die beiden Jetski wie gereizte Hornissen durch die leichten Wellen.

»Ja, das muss sehr schwer für dich gewesen sein«, nickte Connor.

»Schwer? Das ist gar kein Ausdruck für das, was ich durchgemacht habe«, sagte sie mit bebender Stimme. »Die Einsamkeit war eine Qual, eine richtige Folter. Mein ganzes Leben lang war ich mit meiner Schwester zusammen. Ich sehnte mich verzweifelt nach ihr, überhaupt nach einem Freund, einer Freundin, nach irgendjemandem …« Sie wandte sich zu ihm, als wollte sie noch mehr sagen. In diesem Augenblick ging der Motorenlärm in ein schrilles Kreischen über, gefolgt von einem gewaltigen Knall.

Connor wirbelte herum. Ling wurde hoch durch die Luft geschleudert und platschte ins Wasser. Ihr Jetski ging in Flammen auf. Connor rannte bereits durch das seichte Uferwasser und warf sich in die Wellen, sobald er schwimmtiefes Wasser erreicht hatte. Chloe hatte ihren Jetski herumgerissen, kam längsseits, nahm Connor auf und gab wieder Gas. Sie rasten zu Ling hinüber.

Diese lag leblos im smaragdgrünen Wasser. Der prächtige Jetski war zu einem hässlichen Klumpen aus verkohltem Plastik verschmort; eine gewaltige schwarze Rauchwolke stieg auf. Connor sprang ab und packte Lings Rettungsweste.

»Ling! Sag was!«

Ihre Augenlider flatterten; langsam fokussierte sie den Blick auf Connor. »Was … wow … das war … irre.«

»Bist du verletzt?«, fragte Connor.

Ling schaute benommen an sich hinunter, dann ins Wasser ringsum. »Ich sehe kein … Blut … Glaube nicht …«

»Wie konnte das passieren?«, fragte er, während er ihr auf den Rücksitz von Chloes Jetski half.

»Der Gasgriff blockierte … und plötzlich ist das Ding explodiert.«

KAPITEL 36

»Connor, ich brauche deinen Schutz!«, sagte Chloe.

Connor schaute zu ihr hinüber. Chloe lag in ihrem zitronengelben Bikini und mit einer großen Sonnenbrille vor den Augen auf dem Sonnendeck der *Orchid* und wedelte lässig mit ihrer Sonnenmilchflasche. »Sonnenschutz, meine ich natürlich«, grinste sie.

Ling, die gerade das Berichtsformular für den Unfall ausfüllte, das Brad ihr gegeben hatte, blickte auf und verdrehte mit ironischem Grinsen die Augen. Connor zögerte – würde er die Grenze des angemessenen Umgangs mit der Klientin überschreiten, wenn er ihr den Rücken eincremte?

»Kommst du, bitte?«, drängte Chloe, schob die Sonnenbrille auf die Nasenspitze und schaute ihn mit ihrem unschuldigsten Blick an. »Ich kann mir schließlich den Rücken nicht selbst eincremen!«

Ling ließ ein leises, mahnendes »Ts-ts-ts« hören, als Connor aufstand und zu Chloe hinüberging. Im Weggehen zuckte er nur die Schultern, was so viel wie »Was soll ich machen?« heißen sollte. Schließlich war Chloes Bitte unter diesen Umständen nicht ungewöhnlich.

»Danke«, sagte Chloe und ließ den Kopf wieder auf den gepolsterten Rand des Whirlpools sinken.

Während Connor seinen »Dienstpflichten« nachkam, schrieb Ling ihren Bericht zu Ende. Sie wusste, dass sie ungewöhnliches Glück gehabt hatte, den Unfall mit nur ein paar Kratzern und Schürfwunden überlebt zu haben. Ihre schlimmste Verletzung war eine leichte Verbrennung an der Innenseite ihres linken Schenkels. Das Wasser hatte zwar ihren Fall abgefangen und die Flammen ziemlich schnell gelöscht, aber dass sie durch die Explosion nicht stärker verletzt worden war, hatte sie ihrer feuerhemmenden Kleidung, dem T-Shirt und den Shorts zu verdanken.

Die Überreste des Jetskis waren inzwischen zur Küstenwache der Seychellen gebracht worden, wo man sie genau auf die Ursache der Explosion untersuchen würde. Geoff, der Schiffsingenieur, hatte sich überschwänglich bei Ling entschuldigt, konnte aber nicht erklären, wie so etwas überhaupt hatte passieren können, zumal die beiden Jetski brandneu gewesen waren. Ling selbst nahm die Sache nicht so tragisch. Aber sie war doch dankbar gewesen, als ihr Brad den Nachmittag freigab, damit sie sich erholen konnte.

»Kannst du auch meinen Nacken eincremen?«, fragte Chloe und hob ihr Haar hoch.

Emily tauchte auf der Treppe auf und hob ironisch eine Augenbraue, als sie die Szene sah. »Geht's dir gut, Chloe?«

»Supi«, schnurrte ihre Schwester zufrieden.

»Und wie geht's dir, Ling?«

»Prima, danke. Die Brandcreme wirkt fantastisch«, antwortete Ling.

Emily trat an die Reling. Bewundernd blickte sie zur Insel hinüber, während die *Orchid* langsam abdrehte und Kurs auf das nächste Reiseziel nahm. Sie hob das Smartphone und machte ein Foto von der traumhaft schönen Bucht.

Eine Weile herrschte Stille. Emily tippte auf ihrem Smartphone. Plötzlich schaute Ling neugierig zu ihr hinüber. »Hast du das Foto gerade gepostet?«

Emily blickte verwundert auf. »Äh, Verzeihung – was hast du gesagt?«

»Ich hab gefragt, ob du das Foto im Internet gepostet hast.«

Emily nickte lächelnd. »Klar – die Bucht ist wirklich einmalig.«

»Bitte mach das nicht noch einmal.«

»Warum denn nicht?«, fragte Chloe, stützte sich auf die Ellbogen und blickte Ling gereizt an. »Als wir am Strand waren, hab ich auch ein paar Fotos gepostet. Wo ist das Problem?«

Ling legte ihren Kugelschreiber weg. »Das Problem ist, dass eure Smartphones automatisch auch eure Ortungsdaten mit dem Foto verknüpfen. Jeder, der die Fotos sieht, kann auch sofort sehen, wo ihr seid, und wann.«

Chloe blickte sie an, als sei sie geistig zurückgeblieben. »Oh! Was du nicht sagst! Darum geht's doch!«

»Es gefährdet eure Sicherheit«, sagte Ling stur, ohne Chloes Blick auszuweichen.

Chloe stöhnte. »Meine Güte, du bist wirklich paranoid. Wahrscheinlich haben wir das dem Unfall zu verdanken. Aber auf jeden Fall will ich, dass meine Freunde wissen, wo ich bin. Also bitte, hör auf, uns zu sagen, was wir tun oder nicht tun dürfen.«

Connor spürte, dass die Spannungen zwischen den Mädchen immer schärfer wurden, und mischte sich schnell ein. »Um eure Freunde machen wir uns keine Sorgen. Sondern um alle anderen, die sich für euer Profil interessieren könnten.«

»Wer denn, zum Beispiel?«

»Zum Beispiel Typen wie die, die euch in Sydney überfallen wollten.«

»Ach du großer Gott. Wir sind meilenweit von ihnen entfernt!«

»Okay, ich werde vorsichtiger sein«, lenkte Emily ein. Sie lächelte Ling friedfertig an. »Allerdings kann ich mir nicht vorstellen, dass sich jemand für unsere Urlaubsfotos interessiert.«

KAPITEL 37

Die ersten Sterne stachen wie winzige Silbernadeln durch den purpurfarbenen Abendhimmel. Die Dämmerung setzte schnell ein. Die kleine Piratenflotte mit ihren kraftvollen, gleichmäßig brummenden Motoren jagte über die Wellen. Spearhead hockte im Bug des vorderen Bootes. Seine Augen hatten sich längst an die zunehmende Dunkelheit gewöhnt, genau wie sein Körper an das ständige Auf und Ab der Wellen. Er saß unbeweglich und schonte seine Kräfte für den bevorstehenden Angriff.

Wie versprochen, hatte Mr WiFi die aktuellen Koordinaten nachgeliefert: Die *Orchid* nahm Kurs auf Praslin Island. Spearhead war felsenfest davon überzeugt, dass er dem leichtesten Hijacking seiner erst vierjährigen Karriere als Pirat entgegensah. Wenn die Beute wirklich so groß war, wie Oracle angedeutet hatte, würde er sich für den Rest seines Lebens zur Ruhe setzen, seinen Reichtum genießen und sich von schönen Frauen umsorgen lassen. Doch trotz dieser paradiesischen Fantasien wusste er schon jetzt, dass er das Piratenleben niemals aufgeben könnte. Die intensive Anspannung vor einem Überfall wirkte auf ihn wie eine Droge, nach der er fast ebenso süchtig war wie nach der ungeheuren Macht, die er über ein gekapertes Schiff und seine jämmerliche Besatzung ausüben konnte.

»He!«, brüllte Big Mouth vom zweiten Boot herüber.

Spearhead blickte in die südöstliche Richtung, in die Big Mouth deutete. Weit draußen am Horizont war in der Dämmerung gerade noch die Silhouette einer weißen Luxusjacht zu erkennen, die wie ein funkelndes Juwel auf einem leichten Dunstschleier zu schweben schien. Spearhead studierte die Jacht ein paar Augenblicke lang, dann machte er mit der Hand eine schlangenartige Bewegung und deutete auf die Jacht. Mit einem weiteren Handzeichen signalisierte er Big Mouth, das Ziel in weitem Bogen zu umrunden und sich ihm von der entgegengesetzten Seite her zu nähern.

Sie waren noch über drei Seemeilen entfernt. In diesem Stadium war die einzig vernünftige Strategie, so lange wie möglich unentdeckt zu bleiben. Die Außenborder pflügten im Zickzackkurs durch die Wellen und näherten sich dem Ziel von achtern, um nicht in den Radar der Jacht zu geraten.

Rasch senkte sich die Nacht über das Meer; nur der silberne Schein des Halbmonds bot den Piraten ein wenig Licht. Doch die Jachtbesatzung hatte freundlicherweise ihre Positionslichter nicht abgeschaltet – und davon wurden die Piraten angezogen wie Nachtfalter von einer Lampe. Immer näher kamen sie der ahnungslosen Jacht.

Als sie nahe genug für den Angriff herangekommen waren, schoss Adrenalin durch Spearheads Adern. Die Piraten verhielten sich absolut still. Sie warteten mit größter Begeisterung, aber zugleich auch mit äußerster Spannung auf den Angriff.

Als sie nur noch rund eine Viertelmeile von der Jacht entfernt waren, entdeckte jemand auf der Jacht Big Mouth's

Boot. Ein Alarmruf war zu hören, dann leuchtete ein Suchscheinwerfer auf und schwenkte zu dem Boot hinüber. Das Funkgerät knarzte; der Kapitän der Jacht verlangte, dass sich Big Mouth's Boot identifizierte. Als Antwort feuerte Big Mouth einen Kugelhagel auf den Bug der Jacht ab.

So weit lief alles nach Plan. Big Mouth war nur ein Ablenkungsmanöver.

Starke Motoren sprangen an; die Jacht unternahm einen Fluchtversuch. Spearhead brüllte: »LOS! LOS! LOS!«

Der Bug des Bootes stieg hoch aus dem Wasser, als der mächtige Motor das Boot durch die Wellen trieb. Auch die anderen Boote nahmen sofort die Verfolgungsjagd auf und schwärmten auf die wehrlose Jacht zu. Diese war deutlich langsamer als die Angreifer. In weniger als einer Minute war sie von allen Seiten eingekreist.

Doch kampflos wollte sich die Besatzung nicht ergeben. Eine Leuchtrakete wurde direkt vor den Bug eines der Boote geschossen; die Jacht begann heftig mit dem Heck zu schlenkern, um die Piraten bei der Annäherung zu rammen und ihnen das Entern unmöglich zu machen.

Trotz der Gefahr schaffte es Spearheads Steuermann, das Boot ans Heck der Jacht zu steuern. Es krachte heftig gegen den Rumpf der Jacht; im selben Moment schleuderte Spearhead einen Enterhaken über die Reling. Er verfing sich sofort, aber plötzlich drehte die Jacht ab und die Lücke zwischen den beiden Booten verbreiterte sich gefährlich. Genau das war die Situation, der Spearhead seinen Spitznamen zu verdanken hatte: unerschrocken, rücksichtslos und zugegebenermaßen ein wenig wahnsinnig bildete er bei jedem Angriff die Speerspitze. Immer war er es, der das größte Risiko einging und als Erster ein angegriffenes Schiff enterte. Deshalb kassierte er auch immer die größte Belohnung.

Mit der AK47 über dem Rücken packte er das Seil mit beiden Händen und sprang mit einem gewaltigen Satz auf das Heck der Jacht. Er schaffte es nicht. Mit den Beinen im Wasser hängend, wurde er von der Jacht mitgeschleppt, die nun plötzlich mit voller Kraft vorwärtsschoss. Er versuchte, sich am Rumpf festzuklammern, aber der Glasfiberkorpus war zu glitschig und so glatt wie Eis. Die von der Jacht aufgewirbelte Gischt drang ihm in Mund, Nase, Augen; blind hing er am Seil, und als die Jacht gnadenlos eine extrem scharfe Wende fuhr, krachte er mit voller Gewalt gegen den Rumpf.

Spearhead biss die Zähne zusammen und klammerte sich wie eine Napfschnecke am Rumpf fest. Nach ein paar Sekunden zog er sich mit einer ungeheuren Kraftanstrengung hoch, eine Hand nach der anderen, bis er das unterste Deck erreichte.

Wieder ruhte er sich ein paar Augenblicke lang aus, dann schwang er sich über die Sicherheitsreling. Er nahm die AK47 von der Schulter und machte sich daran, die Jacht zu stürmen. Plötzlich trat ein Mann hinter einem Schott hervor, der eine Signalrakete in der Hand hielt. Geschockt blieb er stehen, als er sich plötzlich dem Piraten gegenübersah, und hob die Hände. Spearhead rammte ihm den Gewehrkolben ans Kinn. Der Matrose brach stumm zusammen.

Mit dem stillen Instinkt eines Pumas auf Beutejagd schlich Spearhead über das Hauptdeck und suchte den Aufgang zur Brücke.

Ein weiterer Matrose kam aus einer Tür und Spearhead richtete die AK47 auf ihn.

»Brücke?«

Der Mann duckte sich in die Tür zurück und deutete verängstigt auf eine Treppe. Spearhead sprang leichtfüßig die

Stufen hinauf und kickte eine Holztür auf. Ein paar Schritte entfernt brüllte der Kapitän hektisch in das Funkgerät. »Mayday! Mayday! Mayday! Hier ist Motorjacht *Sunriser* …«

Spearhead war mit drei großen Schritten bei ihm. »STOPP!«, bellte er und stieß ihm brutal den Lauf der AK 47 gegen die Schläfe.

Der Mann riss voller Angst die Augen auf und ließ das Funkgerät fallen. »Bitte nicht töten …«

Spearheads Zähne leuchteten im Widerschein der Instrumente auf, als er den Mann wie ein Irrer angrinste. »Mach ich nicht. Jedenfalls nicht, wenn du genau das tust, was ich dir sage.«

KAPITEL 38

»Bist du sicher, dass du nicht mitkommen willst?«, fragte Emily.

Chloe rümpfte die Nase. »Ich hab null Bock darauf, im sumpfigen Regenwald herumzustiefeln.«

Emily zuckte die Schultern. »Ist mal eine Abwechslung. Vallée de Mai ist schließlich ein Weltnaturerbe.«

»Nein, danke. Ich fühle mich hier super.« Chloe saugte an einer frisch geöffneten Kokosnuss und ließ sich auf ihrer Sonnenliege an der mit getrockneten Palmwedeln beschatteten Strandbar am Anse Volbert zurücksinken. Sie schloss die Augen und seufzte zufrieden.

Der wunderbare Strand erstreckte sich über die gesamte Länge der Bucht, eine einzige, ununterbrochene Linie von seidenweißem Sand, begrenzt von tiefgrünen Takamaka-Bäumen. Die *Orchid* lag draußen im kristallklaren Wasser vor Anker, eine Königin unter den übrigen Motor- und Segeljachten und Katamaranen, die vor Praslin Island Anker geworfen hatten. Brad fuhr gerade mit dem Tenderboot zur Jacht zurück, nachdem er Mr Sterling und seine Verlobte zu einem exklusiven Golfclub mit Hotelanlage an der nordwestlichen Spitze der Insel gebracht hatte. Das bedeutete, dass die Mädchen den ganzen Tag für sich selbst hatten –

aber Emily war zu unternehmungslustig, um den Tag nur am Strand zu verbringen.

»Verirrt euch nicht«, sagte Ling, winkte Connor weg und grinste zufrieden, während sie sich auf ihrer Sonnenliege bequem zurücklehnte.

Connor und Emily stiegen in ein kleines gelbes Taxi und ließen sich zum Eingang des Nationalparks fahren, wo sie schon nach fünf Minuten ankamen. Eine Touristengruppe drängte sich an dem kleinen, aus rustikalem Holz gebauten Kassenschalter vorbei, hinter dem der Waldpfad begann. Connor bezahlte den Eintritt. Emily war bereits auf den aus festgetretenem Sand bestehenden Pfad eingebogen. Er folgte ihr und wenig später tauchten sie in den paradiesischen Schatten der Bäume ein.

»Vallée de Mai ist der einzige Ort auf der Welt, an dem man die seltene Seychellenpalme zu sehen bekommt«, las Emily aus einem Infoflyer vor, den sie am Eingang bekommen hatten. »Die Palme bringt die größten Samen des gesamten Pflanzenreichs hervor.«

»Das glaube ich aufs Wort«, staunte Connor. »Schau dir nur mal an, wie groß sie sind!«

Auf einer Holzbank am Rand des Pfads lagen drei große, herzförmige Nüsse. »Sie werden Coco de Mer genannt«, erklärte Emily und nahm die kleinste in die Hand, ging aber unter dem Gewicht fast in die Knie. Connor lachte und versuchte ebenfalls, eine der Nüsse – natürlich die größte – anzuheben. Sie war so groß wie sein Oberkörper und schwerer als ein Medizinball; selbst er hatte Mühe, sie hochzuheben.

»Angeblich haben sie aphrodisierende Wirkung«, sagte Emily nach einem Blick auf den Flyer.

»Aphro… was?«

»Du weißt schon …«, sagte Emily und wurde ein wenig rot. »Äh … *romantische* Wirkung.«

»Echt?«, sagte Connor und legte die aus zwei Halbschalen bestehende Nuss schnell wieder auf die Bank zurück.

Emily lachte. »Nur wenn man ein bisschen davon isst.«

Connor betrachtete staunend die Riesennuss. »Und was passiert, wenn man die ganze Nuss isst?«

Sie witzelten noch eine Weile darüber, bis ein älteres Ehepaar hinter ihnen vorbeikam. Immer tiefer führte der Pfad in das smaragdgrüne Unterholz hinein. Die Atmosphäre wurde unwirklich, fast unheimlich. Das Sonnenlicht drang nur noch in unregelmäßigem Fleckenmuster durch die gewaltigen Palmwedel und Blätter. Wie riesige Schirme ragten die Palmen und Bäume dreißig Meter hoch auf und bildeten einen fast geschlossenen Baldachin, unter dem unzählige Lebewesen von Ast zu Ast sprangen oder flogen.

»Ich komme mir fast so vor wie im Film *Jurassic Park*«, sagte Connor und schaute sich staunend in dem prähistorischen Wald um.

Das lebhafte Zwitschern der Bülbüls und das Pfeifen des seltenen schwarzen Papageis tönte von den Bäumen herab. Die Luft war schwer und drückend, geschwängert vom Geruch verwesender Pflanzen und dem süßlichen Duft blühender Orchideen. Connor rechnete fast damit, dass sich jeden Augenblick ein Rudel Velociraptoren aus dem dichten Unterholz auf sie stürzen würde.

Eine Weile gingen sie schweigend den Pfad entlang. Doch plötzlich schien sich Emily einen Ruck zu geben. Verlegen schaute sie Connor an. »Weißt du … ich habe noch nie einen Jungen wie dich kennengelernt«, sagte sie zögernd.

Connor warf ihr einen schnellen Seitenblick zu und fragte sich, was sie damit sagen wollte.

»Ich meine«, fügte sie schnell hinzu, »jemanden, der meine ... meine Erfahrungen wirklich versteht.«

Connor lächelte. »Na ja, eigentlich habe ich ja nur eine schwache Vorstellung davon, was du durchgemacht hast. Ich wurde ja nur ein paar Tage als Geisel gefangen gehalten. Bei dir hat das Monate gedauert.«

»Ja, und die kamen mir wie Jahre vor.« Sie blieb stehen und strich leicht mit den Fingern über ein Farnblatt. »Dabei hätte die Sache doch gar nicht so lange dauern müssen ...«

»Wie meinst du das?«

»Schau mal, da!« Emily wies auf ein großes Blatt, auf dem ein leuchtend grüner Frosch bewegungslos saß. »Mein Vater«, fuhr sie zögernd fort, »wollte das Lösegeld nicht zahlen. Er ... er hat mich im Stich gelassen.«

Connor schaute sie schockiert an. »Das meinst du doch nicht im Ernst, oder? Vielleicht hat er darauf bestanden, ein Lebenszeichen zu bekommen, bevor er zahlte?«, meinte er schließlich, was ihm die einzige logische Erklärung zu sein schien.

Emily schüttelte bedrückt den Kopf. »Mein Vater war schon immer ein völlig rücksichtsloser Geschäftsmann. Deshalb ist er auch so erfolgreich. Die Kidnapper wollten ursprünglich fünf Millionen Dollar haben. Das hat er rundweg abgelehnt. Dann begann er zu verhandeln. Und handelte und handelte ... bis sie immer weiter nachgaben.«

Kein Wunder, dass er so reich ist, dachte Connor, wenn er auch dann noch kaltblütig und mit härtesten Bandagen kämpft, obwohl das Leben seiner Tochter auf dem Spiel steht.

»Aber ist das bei solchen Verhandlungen nicht normal?«

»Kann sein, aber er hat sie tatsächlich auf fünfhunderttausend heruntergehandelt«, sagte sie bitter. Ihre Augen schwammen in Tränen. »Dabei kassiert er in einer einzigen

Woche weit mehr Gewinn! Das zeigt doch, wie viel ich ihm wert bin!«

Connor wippte verlegen auf den Füßen vor und zurück. Er war nicht sicher, wie er reagieren sollte. Eine Gruppe Touristen kam den Pfad entlang. »Ich kann das schlecht beurteilen. Aber dein Vater hat mich und Ling angeheuert, damit wir dich und deine Schwester schützen. Das beweist doch, dass er sich um euch sorgt.«

Emilys Blick kehrte wieder zu dem Frosch zurück, der sich immer noch nicht von der Stelle gerührt hatte. »Um meine Schwester jedenfalls«, murmelte sie, drehte sich um und ging weiter.

»Chloe und ich sehen uns sehr ähnlich«, fuhr sie fort, als Connor zu ihr aufgeschlossen hatte. »Aber nur äußerlich, im Innern sind wir wie Yin und Yang. Ich habe absolut kein Interesse an Geschäften, an den Medien oder an der Schickeria von Sydney. Deshalb war Chloe schon immer sein besonderer Liebling. Er will, dass sie später einmal seine Nachfolgerin wird und sein Imperium übernimmt.«

»Aber im Moment scheint sich deine Schwester über ihn zu ärgern«, meinte Connor.

»Nur wegen Amanda«, sagte Emily, wobei sie den Namen fast verächtlich betonte. »Eigentlich soll das hier ein Familienurlaub sein, aber tatsächlich bekommen wir unseren Vater kaum zu sehen.«

Urplötzlich lief Connor ein Schauder über den Rücken – eine Art instinktive Warnung, dass sie beobachtet wurden. Sein Bereitschaftslevel sprang auf Code Orange. Er tat so, als blickte er sich rechts und links im Wald um, tatsächlich aber ließ er den Blick unauffällig über die Touristengruppe schweifen, die sie inzwischen fast eingeholt hatte.

»Ist ja auch irgendwie verständlich«, sagte er, während er

einen der Männer in der Gruppe, einen Schwarzen, bemerkte, der eine Wrap-around-Sonnenbrille trug und eingehend die Informationsbroschüre studierte. Connor glaubte, dass er ganz bewusst nicht in ihre Richtung schaute. »Sie scheinen völlig verliebt zu sein.«

»Genau das ist doch das Problem! Und Amanda macht die Sache noch schwieriger, weil sie so…« Emily suchte nach dem passenden Wort. »…weil sie so selbstsüchtig ist. Alles muss sich um sie drehen! Für uns interessiert sie sich nur dann, wenn Dad dabei ist. Zumindest tut sie dann so. Chloe fühlt sich inzwischen von Dad vernachlässigt, und daran ist sie überhaupt nicht gewohnt!«

Connor zog sein Smartphone aus der Tasche und lud das Polizeifoto des Kriminellen Doug Carter auf das Display. Er versuchte, die Gesichter zu vergleichen, aber das war schwierig, weil das Gesicht des Touristen von Sonnenbrille und Baseballmütze halb verdeckt wurde. Aber Connors sechster Sinn meldete sich immer lauter.

»Ja, das verstehe ich, dass Amanda für euch beide ein Problem ist«, sagte er, ohne den Touristen aus dem Auge zu lassen. »Was meinst du – sollen wir an den Strand zurückgehen? Ich hab dort einen Eisstand entdeckt – sah cool aus. Sie haben Mango- und Kokoseis.«

»Haben sie auch Coco-de-Mer-Geschmack?«, fragte Emily lachend.

Connor brauchte eine Sekunde, bis er die Anzüglichkeit begriff, dann grinste er. »Das werden wir gleich mal herausfinden.«

Sie folgten dem Rundweg bis zurück zum Eingang, wobei Connor immer wieder unauffällig über die Schulter blickte. Der verdächtige Mann hatte sich tatsächlich von der Gruppe getrennt und folgte ihnen mit einigem Abstand. Connors

Alarmzustand stieg auf Code Orange. Er beschleunigte den Schritt und führte Emily rasch aus dem Nationalpark zum Taxi, das auf sie gewartet hatte.

»Du kannst es wohl gar nicht erwarten, eine Eiskrem zu bekommen«, lachte Emily, als er ihr die Tür öffnete und hinter ihr einstieg. Jetzt war er froh, dass er die Ausgabe nicht gescheut und den Fahrer gebeten hatte, auf sie zu warten. Als das Taxi davonfuhr, blickte er durch die Heckscheibe. Der Mann mit der Sonnenbrille war verschwunden.

»Alles okay?«, fragte Emily.

»Ja, ich dachte, ich hätte jemanden gesehen, den ich kenne«, antwortete Connor, »aber ich hab mich wohl getäuscht.« Er entspannte sich und ging wieder auf Code Gelb.

Als sie am Strand ankamen, entdeckten sie, dass Chloe und Ling von einer Gruppe Jugendlicher umringt waren. Ling unterhielt sich mit einem der Jungen, behielt aber offenbar die Szene aufmerksam im Auge. Chloe lag voll ausgestreckt auf ihrer Sonnenliege, kringelte verführerisch eine Haarlocke um ihren Finger und flirtete mit zwei Jungen, die auf dem Fußende ihrer Liege hockten. Sie winkte Emily und Connor aufgeregt zu. »Die Jungs hier haben uns zu einer Strandparty eingeladen!«

KAPITEL 39

»Bist du sicher, dass es derselbe Mann war?«, fragte Ling.

Sie und Connor saßen im Sand, ein kleines Stück vom Strandfeuer entfernt. Ling grub ihre Zehen in den weichen Sand. Die Flammen knackten wie Schüsse und sprühten immer wieder einen Funkenregen in den Nachthimmel. Die beiden Buddyguards behielten Chloe und Emily im Auge. Die Schwestern waren im Feuerschein gut zu sehen. Sie tanzten oder unterhielten sich mit den anderen Partygästen. Mr Sterling hatte es ursprünglich gar nicht gefallen, dass seine Töchter an der Strandparty teilnehmen wollten, aber Amanda hatte ihn schließlich überredet – entweder weil sie sich bei den Zwillingen beliebt machen wollte, oder, was den Mädchen wahrscheinlicher vorkam, weil sie ihren zukünftigen Ehemann gerne für sich allein haben wollte.

Connor zuckte die Schultern. »Fifty-fifty. Es war eher ein Bauchgefühl.«

»Dir ist aber klar, wie unwahrscheinlich das ist?«, fragte sie und nahm einen Schluck aus der Dose Diätcola, die sie gerade von der Strandbar geholt hatte. »Wir sind hier Tausende Kilometer von Sydney entfernt!«

»Ist mir klar.« Connor hatte inzwischen selbst große

Zweifel, ob er sich nicht getäuscht hatte. »Ich wünschte, du wärst dabei gewesen. Vielleicht hättest du ihn identifizieren können.«

Ling hob beide Hände. »Hallo – ich hatte weiß Gott genug zu tun. Musste die Boys abwehren, die ständig um Chloe herumschwirrten wie ein Schwarm Fliegen.«

»Du hattest deine eigenen Schwärmer«, bemerkte Connor und boxte sie leicht mit dem Ellbogen.

Ling blickte ihn aus zusammengekniffenen Augen an. »Daran war ich nicht schuld, der Typ hat mich angebaggert! Ich war immer in Code Gelb. Und überhaupt: Hast du Brad oder den Kapitän über die Sache im Park informiert?«

»Nein«, gab Connor zu. »Du weißt doch, was Bugsy immer sagt: ›Einmal ist Zufall, zweimal ist ein Vorfall.‹ Wenn ich diesen Mann nicht noch einmal zu sehen bekomme, war es wohl ein Irrtum.«

Ling schürzte die Lippen. »Na gut. Schau mal – Chloe scheint sich allmählich warmzulaufen.«

Aus den Boxen an der Bar dröhnte Bob Marleys *Could You Be Loved?* über den dunklen, sommerlichen Strand. Chloe tanzte wie berauscht mit einem Jungen in Bermudashorts und ließ die Hüften kreisen. Connor wollte ihr zwar nicht den Spaß verderben, doch ihm war klar, dass Ling und er Chloe ständig im Auge behalten mussten. Es ging einfach nicht, dass ihre Klientin mit irgendeinem Jungen am Strand oder zwischen den Palmen verschwand. Emily saß am Feuer und unterhielt sich mit zwei Mädchen und einem rothaarigen Jungen, der eindeutig sehr an ihr interessiert war. Aber Connor hielt ihn nicht für eine Bedrohung. Er war klein und schmächtig. Soweit Connor es erkennen konnte, hatte er bei Emily ohnehin keine Chance.

Während Connor die Szene am Strandfeuer im Auge behielt, schlenderte ein großer Junge mit lockigen, von der Sonne gebleichten blonden Haaren herbei.

»Hi!«, sagte er lässig.

»Hi, Dave«, antwortete Ling mit freundlichem, aber deutlich zurückhaltendem Lächeln. Connor erkannte ihn sofort wieder – er hatte sich schon am Nachmittag mit Ling unterhalten.

»Warum sitzt du hier herum? Die Party geht dort drüben ab.« Dave wies mit einer Kopfbewegung zum Strandfeuer hinüber.

»Bessere Aussicht von hier aus«, gab Ling zurück.

»Echt jetzt?« Dave runzelte die Stirn und schaute zum Feuer hinüber.

Ling verdrehte die Augen, was aber nur Connor sah. Der Knabe hatte natürlich keinen blassen Schimmer, was damit wirklich gemeint war. Aber es stimmte: Hier hatten sie den besten Standort, um die gesamte Party im Auge behalten zu können. Sie überblickten den Strand, das Lagerfeuer und die Bar. Vor allem befanden sich ihre beiden Klientinnen immer in ihrem Blickfeld. Auf diese Weise konnten die Schwestern die Party genießen, ohne dass Ling und Connor ständig in ihrer Nähe lauerten. Und die kleine Distanz zum Feuer hatte noch einen Vorteil: Ihre Nachtsicht blieb zum größten Teil erhalten, sodass sie eine bessere Chance hatten, Leute zu bemerken, die plötzlich aus dem Dunkeln auftauchten.

»Also, ich find die Aussicht auch am Feuer ziemlich super«, erklärte Dave und schaute Ling auffordernd an. »Vor allem, wenn ich zu dir rüberschaue.«

Er warf sich neben ihr in den Sand und bot ihr eine geöffnete Kokosnuss an, aus der ein Trinkhalm ragte.

»Nein, danke«, lehnte Ling ab. Selbst Connor roch die Alkoholfahne, die Dave verströmte. Mr Sterling hatte seine

Erlaubnis für die Party davon abhängig gemacht, dass seine Töchter keinen Tropfen Alkohol tranken. Und das hatte er auch den beiden Buddyguards noch einmal eigens eingeschärft. Er würde Ling und Connor persönlich dafür verantwortlich machen, wenn die Mädchen nicht in absolut nüchternem Zustand zurückkämen.

»Zu jung für einen Drink?«, fragte Dave, nahm einen Schluck und lachte. »Ich eigentlich auch!« Er reckte kurz sein Kinn in Connors Richtung. »Der Typ da, ist das dein Boyfriend?«

Ling warf einen Blick zu Connor hinüber und grinste. »Nö. Ich hab einen besseren Geschmack.«

Dave strahlte. »Hab ich mir schon gedacht.« Er beugte sich ein wenig zu Connor hinüber. »Nicht persönlich gemeint, Kumpel.«

»Wäre mir auch egal«, sagte Connor. Allmählich fragte er sich, wann der Typ endlich merken würde, dass er hier nicht willkommen war.

Aber so schnell gab Dave seinen Versuch nicht auf, Ling anzubaggern. Er prahlte mit den Heldentaten, die er heute auf dem Surfbrett vollbracht hatte. Connor blendete sich bald aus dem Gespräch aus und behielt die Party im Auge. Chloe hüpfte im Takt von Shaggys Coverversion von *In the Summertime* im Sand herum, Emily sprang nach ein paar Takten auf und tanzte mit, und der Rothaarige vom Strandfeuer versuchte sich als Tanzpartner für alle beide.

Connors Blick schweifte weiter. Als das Feuer plötzlich aufloderte, sah er für einen Sekundenbruchteil einen tätowierten Arm. Sein Bereitschaftscode schnellte schlagartig auf Orange hoch: erhöhter Alarmzustand. Konzentriert studierte er sämtliche Partygäste und hoffte, das Tattoo noch einmal zu sehen zu bekommen. Aber außerhalb des Feuerscheins herrschte zu tiefe Dunkelheit, um außer Silhouetten etwas genauer ausmachen zu können. Und die nächste Lichtquelle, die Bar mit ihren schwachen Öllampen, war nicht nahe genug.

Doch dann sah Connor noch einmal ganz kurz einen muskulösen Oberarm im Feuerschein aufleuchten. Der Arm war mit einem brüllenden Löwenkopf tätowiert.

KAPITEL 40

»Ling, ich glaube, ich habe gerade Todd gesehen«, sagte Connor und unterbrach damit Dave mitten in seinem Monolog.

Ling runzelte die Stirn. »Todd?«

»Ja, Todd Logan«, antwortete Connor und blickte sie bedeutungsvoll an. »Du weißt doch – der Inlineskater.«

»Und plötzlich zieht mich die Welle runter, ich dachte schon, jetzt bist du Fischfutter …«, redete Dave schnell weiter, ein verzweifelter Versuch, Lings Aufmerksamkeit zurückzugewinnen. Aber als Ling begriffen hatte, was der Name bedeutete, ignorierte sie ihn einfach.

»Wo?«, fragte sie und schaute angestrengt in die Dunkelheit.

»Dort drüben, bei den Tänzern.«

Sie hob den Kopf höher. »Ich sehe ihn nirgends. Bist du sicher?«

»Ich hab sein Gesicht nicht gesehen, nur ein Löwenkopftattoo.«

Ling beugte sich näher zu ihm und flüsterte: »Wir können die Mädchen nicht einfach mitten aus einer Party reißen, nur weil du *glaubst*, dass du ein Tattoo gesehen hast. Hier gibt's jede Menge Typen mit Tattoos, sogar Dave hat eins.«

Connor warf einen Blick zu ihrem neuen Freund hinüber,

der sich ein Surfboard auf das Bein hatte tätowieren lassen, darüber den Slogan »Surf or Die«.

»Aber das ist ein bisschen zu viel Zufall! Das kann ich nicht einfach ignorieren«, beharrte Connor. »Das Risiko wäre zu groß.«

»Okay«, gab Ling schließlich nach, »aber zuerst müssen wir sicher sein, dass er es wirklich ist. Also müssen wir ihn zuerst einmal finden.« Sie stand auf.

Dave blickte beleidigt zu ihr auf. »Hör mal, Ling – vergiss diesen Todd! Halt dich lieber an Dave!«

»Im nächsten Leben vielleicht«, gab Ling über die Schulter zurück.

Dave versuchte, sich aufzurappeln, war aber zu betrunken und ließ sich stöhnend wieder in den Sand zurückfallen. »Dann bis … schpäter, Li… Ling …!«, rief er ihr nach.

»Wir teilen uns auf«, schlug Connor vor, »bleiben aber in Kontakt.«

Ling nickte nur; beide steckten die Ohrstöpsel in die Ohren.

»Alpha One an Alpha Two, Frage Verständigung«, flüsterte Connor.

»Ich steh direkt neben dir, du Idiot!«, zischte Ling. »Und ich hör dich laut und deutlich. Du nimmst die rechte Flanke, ich geh nach links.«

Die beiden gingen in großem Bogen um die ausgelassen feiernden Jugendlichen herum. Die zuckenden Flammen verwandelten die nun zu pulsierender Technomusik tanzende Gruppe in ein einziges Gewirr von nackten Armen und Beinen, Gesichter leuchteten für Sekundenbruchteile auf und verschwanden wieder. Es war schwer, jemanden zu erkennen, aber Connor gelang es wenigstens, Emilys und Chloes Positionen im Auge zu behalten, während er sich zwischen den Jugendlichen am äußeren Rand der Party hindurchdrängte.

»Hast du ihn noch nicht entdeckt?«, kam Lings Stimme aus dem Ohrstöpsel.

»Negativ«, antwortete Connor.

Ein hübsches Mädchen trat ihm tanzend in den Weg und warf ihm auffordernde Blicke zu. Zu jedem anderen Zeitpunkt hätte er der Versuchung nicht widerstehen können, aber in diesem Moment hatte er Wichtigeres zu tun. Er lächelte kurz zurück, schob sich aber an ihr vorbei und steuerte auf die Strandbar zu.

Über der Musik hörte er plötzlich Chloes Schrei: »CONNOR!«

Er zuckte zusammen und wirbelte herum, erwartete schon, sehen zu müssen, wie sie in die Dunkelheit geschleppt wurde. Aber sie hüpfte nur munter im Takt der Musik auf und ab und winkte ihm, mit ihr zu tanzen. Connor atmete erleichtert auf und deutete auf die Toiletten. Chloe reckte den Daumen hoch, um zu signalisieren, dass sie verstanden hatte, und tanzte weiter. Auch auf der gegenüberliegenden Seite des Tanzareals verlief die Suche nicht erfolgreich.

»Wie sieht es bei dir aus?«, kam Lings Stimme aus dem Ohrstöpsel.

»Nichts.«

»Vielleicht hast du dich geirrt?«

»Nein, ich bin sicher, dass ich …« Im selben Augenblick bemerkte Connor eine Bewegung hinter der mit Palmwedeln bedeckten Bar – eine Gestalt, die außer Sicht der Partygäste im Dunklen lauerte.

»Ich sehe ihn«, flüsterte er. »Hinter der Bar.«

»Bist du sicher?«, fragte Ling, änderte aber bereits ihren Kurs und lief auf die Hütte zu.

Connor benutzte die Palmen als Deckung und schlich sich von hinten an. Solange er nur den Rücken des Mannes sah, konnte er nicht sicher sein. Erst als er auf wenige Meter herangekommen war, ließen sich im Schein der Öllampen in der Bar Einzelheiten ausmachen.

Der Mann hatte eine Tätowierung am Arm.

»Es ist Todd!«, flüsterte er in das Mikrofon.

Doch der Mann hatte etwas gehört und drehte sich um.

»Vorsicht!«, flüsterte Ling alarmiert. »Er hat eine Machete!«

Die tödlich scharfe Stahlklinge blitzte im Lampenlicht auf; Connor warf sich instinktiv zur Seite. Ling tauchte aus dem Dunkeln auf und griff den Mann mit einem Flying Sidekick an. Der Seitwärtstritt krachte mit brutaler Gewalt in seinen Rücken und schleuderte den Mann in den Sand, wobei ihm die Machete aus der Hand flog. Connor kickte sie außer Reichweite und nahm den Mann in den Fesselgriff, während Ling den anderen Arm packte und ihn verdrehte, bis die Gelenke fast ausgerenkt wurden.

»Au! Hilfe!«, brüllte der Mann auf und wand sich vor Schmerzen.

»Hör auf, dich zu wehren, sonst breche ich dir das Handgelenk!«, zischte Ling.

»Was zum Teufel geht hier ab?«, donnerte plötzlich eine wütende Stimme hinter ihnen. »Lasst sofort meinen Barmann los!«

Der Barbesitzer stürmte heran. Und Connor und Ling starrten sprachlos auf ihren Gefangenen. Er mochte dunkelhaarig und tätowiert sein, aber er war definitiv nicht Todd Logan. Und jetzt, aus der Nähe, konnte Connor sehen, dass das Tattoo auch keinen brüllenden Löwen zeigte. Sondern einen brüllenden Tiger.

KAPITEL 41

»Das war ja vielleicht eine Superleistung, 007«, sagte Ling mit vor Sarkasmus triefender Stimme, als sich die beiden Buddyguards hastig davonmachten. Zuvor hatten sie sich kleinlaut bei dem Barkeeper entschuldigt.

»Sorry, ich konnte eben in der Dunkelheit sein Gesicht nicht richtig erkennen«, murmelte Connor. »Und er fuchtelte schließlich mit einer Machete herum!«

»Um damit Kokosnüsse aufzuhacken!«

»Aber du hast ihn zuerst angegriffen!«

Ling wirbelte zu ihm herum und rammte ihm den Zeigefinger gegen die Brust. »Mach mich bloß nicht für deine Fehler verantwortlich! Immer muss ich bei dieser Mission *deine* Fehler ausbügeln!«

»Sag mal, spinnst du! Was meinst du damit?«

Ling schnaubte verächtlich und fixierte ihn mit hartem Blick. »Wenn du es genau wissen willst: Am Manly Beach hast du den ersten Skater viel zu spät bemerkt. Und ich musste dann eingreifen, damit er nicht fliehen konnte – mit der Handtasche *deiner* Klientin!«

»Daran war Jason schuld«, versuchte Connor zu erklären, »wenn er nicht …«

»Jason – auf der anderen Seite der Welt? Komm mir bloß

nicht damit!«, schnitt ihm Ling das Wort ab. »Deine Reaktion war miserabel langsam, und das weißt du auch. Und wie war das neulich? Da hab *ich* zuerst bemerkt, dass *deine* Klientin auf der Luftmatratze abtrieb. Du bist doch angeblich der Buddyguard mit dem goldenen Abzeichen! Und jetzt siehst du sogar schon Gefahren, die es gar nicht gibt!«

Connor hob beide Hände. »Okay, okay, du hast recht. Ich habe ein paar Fehler gemacht. Das ist wahrscheinlich der Grund dafür, dass ich so nervös reagiere, aber ich weiß, was ich …«

»Warte mal!«, unterbrach ihn Ling. »Wo ist Emily?«

Zum zweiten Mal an diesem Abend schnürte die Angst Connors Kehle zu. Sein Blick glitt über die Gesichter der Tanzenden, aber die Menge bewegte sich im Takt der Musik, zuckende Lichter und aufleuchtende Flammen wechselten ständig mit dem Dunkel und sorgten für ein Chaos von Eindrücken. Mit wachsender Verzweiflung suchte Connor nach Emilys Gesicht. Er entdeckte den rothaarigen Jungen, der ausgelassen tanzte. Seine Partnerin war …

»Chloe fehlt«, sagte er, »nicht Emily.«

»Bist du sicher?« Ling schaute angestrengt zu dem tanzenden Zwilling hinüber.

»Ja – der Rothaarige klebt schon den ganzen Abend wie eine Klette an Emily.«

Ling fluchte. »Na super. Chloe könnte inzwischen überall sein«, murrte sie, während sie den dunklen Strand entlangblickte.

Connor gefiel die Situation ebenso wenig. Auf beiden Seiten der Party erstreckten sich jeweils zwei Kilometer Strand, die nur von den Sternen beschienen wurden. Es würde buchstäblich unmöglich sein, Chloe zu finden, schon gar nicht vor oder zwischen den Bäumen, die den Strand säumten – dort herrschte völlige Dunkelheit.

Sie durchkämmten die Party, bis hinunter zum Strandfeuer, aber ohne Ergebnis. Connor warf einen Blick auf die Uhr – Chloe war seit mindestens fünf Minuten verschwunden, lang genug, um sich allmählich Sorgen zu machen. Er schob sich zwischen den Tanzenden zu Emily durch. Sie begrüßte ihn mit einem völlig unerwarteten Kuss auf die Wange.

»Rettest du mich endlich vor dem Knaben hier?«, flüsterte sie ihm ins Ohr, wobei sie mit den Augen auf ihren Tanzpartner wies. Der Junge starrte Connor mit gerunzelter Stirn an. Offensichtlich fragte er sich, wer da »sein Girl« anbaggerte.

»Sorry, Kumpel«, sagte Connor und grinste ihn entschuldigend an. »Wir müssen los.«

Connor nahm Emily an der Hand und führte sie aus dem Gewühl. Der Junge schaute ihnen buchstäblich mit offenem Mund enttäuscht nach.

»Danke«, sagte Emily. »Der war zwar nett, aber ein totaler Langweiler.«

Connor ging nicht darauf ein. »Weißt du, wo deine Schwester ist?«, fragte er gepresst.

Emily zuckte die Schultern. »Sie hat gesagt, dass sie zur Toilette wollte.«

Connor gab die Information an Ling weiter.

»Hab ich schon gecheckt. Dort ist sie auch nicht«, kam die Antwort.

Sie trafen sich am Rand der Party. Connor erlaubte Emily nicht, wieder zu den Tanzenden zurückzukehren. Wenn ihre Schwester vermisst wurde, durfte er nicht zulassen, dass auch Emily aus seinem Blickfeld geriet. Natürlich konnte es für Chloes Verschwinden auch eine völlig harmlose Erklärung geben, aber das wurde immer unwahrscheinlicher, je länger sie verschwunden blieb. Vielleicht hing sie irgendwo mit einem Jungen ab, dessen Absichten alles andere als ehrenhaft waren? Oder vielleicht war sie ein Stück hinausgeschwommen und von einer Strömung erfasst worden? Womöglich war sie irgendwo am Strand gestolpert und hatte sich verletzt? Oder vielleicht hatte er am Nachmittag im Wald tatsächlich Todd gesehen, und nun hatte er gemeinsam mit seinem Komplizen Chloe entführt? Alles war möglich und ein Szenario war schlimmer als das andere.

»Was machen wir?«, fragte Ling. Zum ersten Mal waren Anzeichen von Verzweiflung in ihrer Stimme zu hören.

Connor wurde klar, dass er die Situation unter Kontrolle bekommen musste. Das war eine Notlage; entschlossenes Handeln war angesagt.

»Wir rufen Brad. Er soll das Tenderboot herüberbringen.« Schon zog er sein Handy heraus. »Wir können nicht den Strand absuchen und gleichzeitig auch Emily beschützen.« Rasch erklärte er Brad die Lage.

»Was meint ihr – ist meine Schwester okay?«, fragte Emily, während sie ängstlich zu der dunklen Baumreihe hinüberblickte, als würden sich plötzlich unsichtbare Arme nach ihr ausstrecken. Connor setzte ein beruhigendes Lächeln auf, obwohl ihm nicht danach zumute war. »Ganz bestimmt. Aber wir dürfen eben kein Risiko eingehen. Wir lassen dich auf die *Orchid* zurückbringen, während wir nach ihr suchen.«

»He! Ich dachte, du wolltest gehen?«

Der Rothaarige kam herbeigelaufen, offensichtlich immer noch leicht beleidigt.

Emily nickte. »Wollen wir auch. Aber wir müssen erst noch meine Schwester finden.«

»Ich hab sie gerade noch gesehen«, sagte der Junge und deutete den Strand entlang. »Sie ist mit Matt zusammen – in der Bar.«

»Was?«, rief Ling. »Dann muss ich direkt an ihr vorbeigelaufen sein!«

Die drei rannten zur Strandbar und ließen Emilys Verehrer zum zweiten Mal an diesem Abend frustriert zurück.

»Heißt das, dass du jetzt doch noch eine Weile bleiben kannst?«, rief er ihr hoffnungsvoll nach, erhielt aber keine Antwort.

Sie fanden Chloe – auf einem Barhocker, das Kinn in die Hand gestützt, während sie einem Jungen in Bermudashorts tief in die dunklen Augen blickte. Matt war breitschultrig, stellte einen prächtigen Sixpack zur Schau und hatte ein offenes, freundliches Lächeln. Offensichtlich war er ein paar Jahre älter als Chloe, und genau so offensichtlich hatte er sie verzaubert. Der Bartender servierte ihnen gerade zwei Kokosnüsse mit kleinen Cocktailschirmen und Trinkhalmen.

»Na super. Ende der Panik«, seufzte Emily erleichtert.

»Ich denke trotzdem, dass wir gehen sollten«, sagte Ling zu Connor mit einer Kopfbewegung zu den Drinks hinüber. Sie wartete seine Antwort gar nicht erst ab, sondern ging entschlossen zu den beiden hinüber und informierte Chloe, dass sie jetzt sofort gehen würden.

Chloes Mund blieb buchstäblich offen stehen. »He … Aber die Party ist noch lange nicht vorbei!«

»Brad ist schon unterwegs. Außerdem hat dein Vater Alkohol verboten.«

»Ach, sei keine Spaßbremse!« Chloe wedelte Ling wie eine lästige Fliege weg und griff nach der Kokosnuss. »Du brauchst ihm ja nicht *alles* zu erzählen, oder?«

Doch bevor Chloe auch nur einen Schluck trinken konnte, hatte Ling bereits den Strohhalm aus der Kokosnuss gezogen. Chloes Miene verwandelte sich blitzschnell von Schuldbewusstsein und Verlegenheit in blanke Wut.

»Lass uns in Ruhe!«, fauchte sie.

Ling blieb unnachgiebig. »Darf ich nicht. Kann ich nicht.«

»Hör mal, du brauchst dir um meine Sicherheit keine Sorgen zu machen – Matt ist bei mir, der kann mich beschützen.«

»Klar kann ich das«, sagte Matt und legte ihr beruhigend die Hand auf das Knie, während er Ling charmant und selbstsicher anlächelte.

Ling ließ sich davon nicht beeindrucken. »Ja klar – so gut eben ein hungriger Wolf ein Lamm beschützt.«

»Wie war das?«, fragte Matt verwirrt.

»Vergiss es.« Ling verlor allmählich die Geduld. »Wir müssen gehen.«

Chloe starrte sie wütend an, weigerte sich aber aufzustehen. Ein paar Augenblicke lang herrschte angespanntes Schweigen, dann hob Matt ergeben die Hände. »Okay, okay, ich sehe, du hast ein Problem mit mir.« Er wandte sich an Chloe. »Ich ruf dich an. Vielleicht können wir uns morgen treffen?«

»Morgen sind wir vielleicht schon zu einer anderen Insel unterwegs!«, protestierte Chloe.

Matt betrachtete unsicher das kleine, aber durchtrainierte chinesische Mädchen, das vor ihm stand, und zog die richtige Schlussfolgerung. »Wird wohl besser sein, wenn du tust, was sie sagt«, meinte er.

Chloe schäumte fast vor Wut. »Dann gib mir wenigstens noch Zeit, mich zu verabschieden!«, zischte sie Ling an.

»Kein Problem.« Ling drehte sich abrupt um und ging zu Connor und Emily zurück.

Sie warf Connor einen bedeutungsvollen Blick zu und

hob die Augenbrauen. Connor zuckte mitfühlend die Schultern, obwohl er fand, dass Ling sich in dieser Situation ein bisschen taktvoller hätte verhalten können.

Sie warteten, während Chloe Matt eng umarmte und auf beide Wangen küsste. Als sie ihn endlich wieder freigab, lächelte er sie kurz an und zwinkerte ihr verschwörerisch zu. Sie schwang sich vom Hocker und verließ die Bar.

Wütend stürmte sie an Ling vorbei und fauchte: »Danke *vielmals!* Kaum hat man ein bisschen Spaß ...«

»Hätte auch anders sein können«, sagte Ling bissig. »Vielleicht waren K.-o.-Tropfen in dem Drink?«

»Was faselst du da? Matt ist doch gar nicht der Typ für so was!«

»Woher willst du das wissen?«

Chloe starrte sie fassungslos an. »Du traust wohl keinem Jungen über den Weg, wie?«

»Nein«, gab Ling kühl zurück, »schon gar nicht solchen, die ich nicht kenne.«

KAPITEL 42

»Was für ein Abend!«, sagte Ling und ließ sich in einen Liegestuhl auf dem Vordeck der *Orchid* fallen. Das Vordeck war vom Rest der Jacht abgetrennt und wurde von der Sterling-Familie kaum benutzt, da sie den geräumigeren und besser gegen den Wind geschützten Wohnbereich im Heck bevorzugte.

Connor legte sich in den benachbarten Liegestuhl und bewunderte den herrlichen Sternenhimmel. Noch nie hatte er die Milchstraße so klar und deutlich gesehen. Hier wurde der Himmel noch nicht von den Dunstwolken der Luftverschmutzung verschleiert; der Nachthimmel schien wie mit Abertausenden von glitzernden Diamanten übersät.

»Ja, aber wir haben die Party überlebt und die beiden Klientinnen sind wieder wohlbehalten und nüchtern auf der Jacht«, sagte Connor und legte sich bequem zurecht.

»Stimmt, aber Chloe haben wir das ganz bestimmt nicht zu verdanken«, murrte Ling. Nach einer kurzen Pause fügte sie hinzu: »Hör mal, es tut mir leid, dass ich dich angeblafft habe.«

»Kein Problem. Ich hatte es verdient.« Er schaute zu ihr hinüber. »Aber Chloe wollte nur ein bisschen Spaß haben.«

»Ts, ts!«, machte Ling. »Du musst sie natürlich sofort in Schutz nehmen.«

»Was soll denn *das* nun wieder heißen?«

Ling verdrehte die Augen. »Boys! Die Prinzessin wickelt dich doch um den kleinen Finger!« Sie äffte Chloes verführerischen Tonfall nach: »Oh, Connor, ich brauche deinen Schutz!« Dabei wedelte sie mit einer imaginären Sonnenmilchflasche vor seinem Gesicht herum.

Connor winkte ab. »Ach, komm schon! Du musst doch zugeben, dass du heute Abend ein bisschen zu hart mit ihr warst!«

Ling schnaubte. »Sie hätte gar nicht zur Bar gehen dürfen. Aber das ist noch nicht alles. Sie ist eine echte Nervensäge. Behandelt mich wie ihre Sklavin. Sie erwartet von mir, dass ich ihre Drinks hole, ihre Taschen trage, ihre Designerklamotten wegräume. Und sie hört mir nie zu, wenn ich ihr einen Sicherheitsratschlag gebe. Kapiert sie denn nicht, dass es mein Job ist, sie zu schützen, und nicht, sie zu bedienen?«

Connor sah eine Sternschnuppe, die über den Nachthimmel zog. »Du solltest ihr ein bisschen mehr Freiheit lassen. Sie hatte noch nie einen eigenen Bodyguard, wahrscheinlich hat sie noch gar nicht begriffen, was unsere eigentliche Aufgabe ist.«

»Kann sein, aber Emily begreift das offenbar. Und außerdem gibt das Chloe noch lange kein Recht, sich so ungezogen und arrogant zu verhalten. Tut mir leid, aber ich kann nun mal Leute nicht ausstehen, die mit einem goldenen Löffel im Mund auf die Welt gekommen sind und andere wie Dreck behandeln.«

»Vergiss nicht, dass ihre Mutter bei einem Autounfall ums Leben kam, dass ihre Zwillingsschwester gekidnappt und monatelang gefangen gehalten wurde und dass ihr Vater ständig mit seiner Arbeit oder seiner Verlobten beschäftigt ist und keine Zeit für sie hat. Ein leichtes Leben haben die beiden bestimmt nicht.«

»Na ja, aber hart kann man es nun wirklich auch nicht nennen«, erwiderte Ling mit einer Geste auf die prächtige Superjacht, die viele Millionen gekostet haben musste.

Connor dachte an sein eigenes Leben. Seine Großmutter sagte immer: »Nicht Reichtum, sondern die Familie füllt das Herz.«

»Geld allein macht nicht glücklich«, versuchte er Ling zu beruhigen.

»Kann sein, aber es hilft«, gab Ling zurück. Nach kurzem Schweigen schaute sie zu ihm herüber. »Soll ich dir mal erzählen, was ein hartes Leben ist? Ich bin auf der Straße aufgewachsen. In Schanghai. Dort überlebst du nur, wenn du stärker und brutaler bist als die anderen. Und als *Mädchen* bist du erst recht im Keller. Ich hatte nichts außer meinem Verstand, um zu überleben. Ich hauste in einem großen Karton unter einer Überführung.«

Geschockt von dieser Enthüllung, hörte Connor ihr schweigend zu.

»Aber es gab auch etwas Gutes an der ganzen Sache: den Kung-Fu-Klub in einem Kellergeschoss nicht weit von meiner … Behausung. Jeden Tag schlich ich mich an eines der vergitterten Fenster und beobachtete sie beim Training. Danach brachte ich mir die Techniken und Griffe selbst bei. Das Leben damals war nicht gerade leicht, kann ich dir sagen. An manchen Tagen, wenn ich nicht genug zu essen klauen konnte, bekam ich Magenkrämpfe. Aber sobald ich mich mit Kung-Fu beschäftigte, vergaß ich den Hunger. Der Chef des Klubs sagte immer: ›Einen Menschen, der nicht aufgibt, kann man nicht besiegen.‹ Das war mein Mantra –

und daran habe ich mich an jedem Tag meines elenden Straßenlebens gehalten.«

Connor hatte es buchstäblich die Sprache verschlagen. Von Lings schwieriger Vergangenheit hatte er nichts geahnt. Wusste überhaupt jemand im Alpha-Team darüber Bescheid? Wenigstens verstand er jetzt, was der Colonel gemeint hatte, als er sagte, Ling habe eine »harte« Kindheit gehabt. Und es erklärte teilweise auch, warum Ling ständig zu beweisen versuchte, wie gut sie war.

»Und wie bist du ein Buddyguard geworden?«, fragte er.

Sie lachte leise. »Colonel Black erwischte mich, als ich seine Taschen ausräumen wollte.«

Connor setzte sich überrascht aufrecht. »*Was* hast du gemacht?«

Ling verschränkte die Hände hinter dem Kopf, schaute in den Nachthimmel und grinste bei der Erinnerung. »Ich hätte es sogar beinahe geschafft. Aber in allerletzter Sekunde packte der Colonel mein Handgelenk und drehte mir den Arm auf den Rücken. Doch damit konnte er mich nicht aufhalten. Ich hatte meine Kung-Fu-Tricks gelernt, wand mich aus seinem Griff, kickte ihn ans Knie und raste davon. Aber er war nicht allein, sondern Steve war bei ihm. Und du kennst ja unseren verehrten Kampfsportlehrer. Mein Gott, war der Mann schnell! Jagte mir nach und stellte mich in einer Gasse. Ich war absolut sicher, dass er mich halb tot prügeln würde, aber ich wurde nicht bestraft und auch nicht der Polizei überstellt. Stattdessen wollte mich der Colonel rekrutieren!«

Connor schüttelte verwundert den Kopf. »Tolle Geschichte. Hat er gesagt, warum er dich haben wollte?«

Ling zuckte die Schultern. »Er sagte, er sei von mir beeindruckt gewesen, weil er es beinahe nicht bemerkt hätte, dass ich ihn beklaute. Und von meinem Kampfgeist. Er hielt mich für besonders zäh, weil ich von der Straße kam, glaube ich. Genau der Stoff, aus dem Bodyguards gemacht werden.« Sie lachte. »Er besorgte mir einen Pass und ein Visum, und ein paar Wochen später fand ich mich im Buddyguard-Hauptquartier wieder. Dach überm Kopf, regelmäßiges Essen, den Rest der Story kennst du.«

Sie warf ihm einen nachdenklichen Blick zu. »Aber manchmal frage ich mich, ob er vielleicht *absichtlich* zugelassen hat, dass ich ihn beklaute?«

Connor grinste, als er daran dachte, wie er selbst für Buddyguard rekrutiert worden war. »Das sähe ihm ähnlich.«

KAPITEL 43

Connor blickte auf die Uhr. »Es wird Zeit für unseren letzten Sicherheitscheck.«

»Klar, schauen wir nach, ob die Prinzessinnen sicher in ihren goldenen Bettchen schlummern!«, witzelte Ling und stemmte sich widerwillig aus dem bequemen Liegestuhl hoch.

Connor schaltete die Taschenlampe ein. Der helle Lichtstrahl spiegelte sich auf dem polierten Holzdeck. Sie gingen auf der Backbordseite um die Aufbauten herum. Die Crew hatte sich längst in ihre Kabinen zurückgezogen, nur Scott, einer der Matrosen, hatte Wachdienst auf der Brücke. Für einen weiteren Sicherheitscheck gab es eigentlich keinen Anlass, aber Connor dachte, er könne nicht schaden. Und Brad hatte ja auch gesagt, je mehr Augen, desto besser.

Die Mädchen waren in ihren Kabinen; Mr Sterling und seine Verlobte hatten sich in ihre Suite zurückgezogen. An Deck war alles ruhig. Nur das leise Plätschern der Wellen gegen den Rumpf war zu hören – und rhythmische Musik, die vom fernen Strand gedämpft durch die tropische Nacht drang. Das Strandfeuer loderte immer noch; sein Schein spiegelte sich in den kleinen Wellen.

Die beiden Buddyguards gingen bis zum Heck und von

dort auf der Steuerbordseite wieder zurück. Connor fragte sich, ob sie bei Chloes »Verschwinden« nicht überreagiert hatten. Schließlich war sie erst ein paar Minuten verschwunden gewesen und hatte sich auch nicht weit von der Party entfernt. Im Rückblick dachte er, sie hätten sich vielleicht ein bisschen mehr Zeit nehmen und sich gründlicher umschauen müssen, bevor sie die falschen Schlussfolgerungen gezogen hatten. Natürlich konnte man das ihrer Unerfahrenheit als Bodyguards zuschreiben und Brad hatte auch sehr verständnisvoll reagiert. Insgesamt hatte er es für die richtige Entscheidung gehalten – lieber sollten sie auf potenzielle Bedrohungen reagieren, auch wenn sie sich dann als Irrtum erwiesen, als einen Verdacht zu ignorieren, der sich später als reale Gefahr herausstellen konnte.

»Schau mal! Die Crew hat schon wieder vergessen, das Fallreep einzuholen!«, sagte Ling und deutete auf die Aluminiumtreppe, die bis zur Wasseroberfläche hinabragte. »Brad hat den Leuten doch eingeschärft, es immer hochzuziehen!«

Sie drückte auf den Schalter, mit dem sich die Gangway hochziehen ließ. Mit leisem Surren schob diese sich in ihren Schacht zurück. Als Connor den Lichtstrahl seiner Taschenlampe über das Deck schwenkte, entdeckte er etwas auf den Holzplanken. Er ging näher heran und schaute genauer hin. Ein nasser Fußabdruck. Frisch.

Er stellte den Strahl breiter ein. Weitere Fußabdrücke waren zu sehen, die in die Dunkelheit führten.

»Einer der Matrosen?«, vermutete Ling.

»Der nachts noch ein bisschen schwimmen wollte?«, fragte Connor und schüttelte zweifelnd den Kopf.

Sie folgten den Spuren bis zur ersten Treppe, die außen an den Aufbauten hinaufführten. Leise stiegen sie auf das Oberdeck hinauf. Connor verspürte wachsendes Unbehagen, als er sich vorstellte, dass ein Eindringling an Bord sein könnte. Brad hatte erwähnt, dass es im Victoria Harbour und in den umliegenden Buchten in letzter Zeit immer häufiger zu Einbrüchen auf Jachten gekommen sei – aber bisher immer nur auf Jachten, die zu dem Zeitpunkt unbemannt gewesen waren.

Oben an der Treppe spähten sie um die Ecke der Aufbauten. Zuerst sahen sie niemanden auf dem Oberdeck. Doch dann entdeckte Ling die Umrisse einer Gestalt, die durch ein Fenster in das VIP-Gästezimmer spähte.

»Wir sollten Brad rufen«, flüsterte Connor.

»Zu spät«, gab Ling zurück, als der Eindringling leise die Tür der Suite öffnete. Chloe stand dahinter. Der Eindringling packte sie. Sie quiekte.

»Still!«, zischte er und hielt ihr den Mund zu.

Ling zögerte keine Sekunde. Sie jagte auf den Eindringling zu.

»Loslassen!«, schrie sie und trat ihn von hinten in die Kniekehlen.

Der Fremde verlor das Gleichgewicht und taumelte rückwärts. Ling packte ihn am Haar, riss mit der anderen Hand sein Kinn hoch, drehte seinen Kopf seitwärts und nach unten. Aber statt ihn auf das Deck fallen zu lassen, stieß sie ihn über die Reling.

Der Rumpf folgt immer dem Kopf, schoss Connor der alte Spruch seines Kampfsporttrainers durch den Sinn, der ihm die »Kopfdrehtechnik« beigebracht hatte.

Der Eindringling schrie auf, als er sich im Fall überschlug und ins Wasser klatschte.

»Was soll das?«, schrie Chloe, entsetzt, geschockt und wütend zugleich.

Ling schaute ihre Klientin verblüfft an. »Er hat dich angegriffen!«

»Er war mein Gast! Das war Matt, und du hast ihn über Bord geworfen!«

»Oh«, sagte Ling und schlug sich die Hand vor den Mund. Connor war nicht sicher, ob sie damit ihre Verlegenheit verbergen wollte – oder ein Grinsen.

»Okay – aber wir können nicht zulassen, dass sich ein Fremder an Bord schleicht«, verteidigte sich Ling. »Das wäre ein Sicherheitsrisiko.«

Chloe ballte die Fäuste. »Du bist der totale Albtraum!«, schrie sie wütend und schlug Ling die Tür vor der Nase zu.

KAPITEL 44

Ruth McArthur zündete sich die zweite Zigarette an diesem Abend an. Sie stieß den scharf riechenden Rauch aus und schaute den Schwaden nach, die zur verdreckten Decke des Fußgängertunnels aufstiegen, der die Manning Road mit dem Campus der Universität Sydney verband. Die nackten Neonröhren warfen ihr hartes Licht auf die schreiend bunte Umgebung – die Wände waren vollständig mit Graffiti und Tags bedeckt. Verzerrte Fratzen starrten gierig von den Wänden; blutrote Farbtöne herrschten vor, es war, als bluteten die Wände. Selbst der Zigarettenrauch konnte die Dünste aus den Farbsprühdosen nicht verdrängen, die immer noch in der Luft hingen. Ätzend stiegen sie Ruth in die Nase, sodass ihr fast schlecht wurde.

Doch Ruth war nicht schon immer die Chefredakteurin der wichtigsten Zeitung des Sterling-Imperiums, des *Australian Daily*, gewesen. Als Reporterin und Journalistin hatte sie im Lauf ihres Berufslebens eine Menge Erfahrungen in Kriegsgebieten, Drogenhöhlen und Slums gesammelt, deshalb konnte ihr auch diese trostlose Unterführung keine Angst einjagen. Nicht dass sie naiv oder unvorsichtig gewesen wäre – sie hielt ihren Autoschlüssel fest in der Hand, ein Tipp, den sie in ihrem Selbstverteidigungstraining gelernt hatte. Der spitz zulaufende Schlüsselbart ragte zwischen ihren Fingern hervor und war im Notfall als Waffe recht wirksam.

Doch der Tunnel war menschenleer; die Stille erzeugte fast ihr eigenes Echo. Zu dieser späten Stunde würde hier höchstens noch ein Sprayer oder Tagger auftauchen, um sich auf den letzten freien Quadratzentimetern der Betonwände zu verewigen.

Wieder blickte Ruth auf die Uhr. Allmählich kamen ihr Zweifel, ob sich ihr Kontakt aus dem Ministerium für Ressourcen und Energie noch blicken lassen würde. Informationen zum Fall Harry Gibb zu sammeln, war schwerer, als aus einem Stein einen Tropfen Blut zu pressen.

Inzwischen stellte niemand mehr infrage, dass der Minister eines natürlichen Todes gestorben war, deshalb wurden auch keine weiteren Ermittlungen mehr angestellt. Fall geklärt, ab ins Archiv. Aber Ruths Insiderkontakt im Ministerium behauptete, das Gegenteil beweisen zu können.

Sie trat die Zigarette aus und holte ihr Handy aus der Tasche. Vielleicht hatte ihr der Kontaktmann eine SMS geschickt? Sie tippte ihr Passwort ein, aber es waren weder Anrufe noch neue Mitteilungen eingegangen. Eine der Neonröhren über ihr flackerte und summte laut, sodass es für einen Moment ein wenig dunkler wurde. Sie blickte auf und konnte gerade noch einen Aufschrei unterdrücken: Wo nichts als Halbdunkel und Schatten gewesen war, stand nun ein Mann in grauem Anzug. Sie hatte ihn weder gehört noch gesehen – es war, als sei er direkt aus der bunt besprühten Mauer getreten. Seltsamerweise kam ihr die Wand hinter ihm nun plötzlich grau und farblos vor.

»Ruth McArthur?«, fragte der Mann. Seine Stimme klang trocken und seltsam leblos.

»Ja.« Ihr Griff um den Schlüssel lockerte sich. Das musste ihr Kontakt sein. »Und Sie sind James?«

Er war älter, als Ruth erwartet hatte, wirkte aber irgendwie alterslos. Wie eine gut erhaltene Leiche, schoss es ihr durch den Kopf. Mit einem inneren Schauder vertrieb sie den unangenehmen Gedanken.

Er antwortete mit einer Gegenfrage: »Sie wollen also etwas über Harry Gibb erfahren?«

Ruth nickte.

Der Mann blickte in beide Richtungen durch den Tunnel. »Sie sind kein Undercover-Cop und auch kein Bundesagent, oder?«

»Natürlich nicht.« Ruth zeigte ihm ihren Presseausweis.

Er betrachtete ihr Foto eingehend und las die Aufschrift genau durch. »Presseausweise sind leicht zu fälschen.«

Ruth verstand, warum der Mann so misstrauisch war. Für die Regierung hatten sich Harry Gibbs korrupte Geschäfte als absolute Katastrophe erwiesen. Viele Mitglieder der Regierung waren froh gewesen, als der Politiker starb, und hofften nun, dass der ganze Skandal mit ihm beerdigt werden würde. Aber Ruth hatte Blut geleckt; sie war überzeugt, dass sich hinter dem Skandal noch mehr verbarg, womöglich sogar eine viel größere, brisantere, unheimlichere Verschwörung. Und sie war fest entschlossen, die Wahrheit aufzudecken. Sie verspürte ein ziemlich starkes Gefühl, dass diese Story der Höhepunkt ihrer journalistischen Karriere werden könnte.

»Na gut, spielen wir mit offenen Karten«, schlug sie vor. »Ich erzähle Ihnen, was meiner Meinung nach passiert ist. Sie können das dann einfach bestätigen oder bestreiten.«

Als der Mann weder nickte noch den Kopf schüttelte, fuhr sie fort: »Meine Theorie ist, dass Harry Gibb ermordet wurde. Oder, um es genauer auszudrücken, einem Attentat zum Opfer fiel.«

Eine seiner Augenbrauen zuckte kaum wahrnehmbar. »Und dafür haben Sie Beweise?«

»Nein, nichts Konkretes«, gab Ruth zu. »Ich hatte gehofft, dass Sie mir Beweise liefern könnten.«

»Wie kommen Sie darauf? Die Polizei hat doch eine natürliche Todesursache festgestellt und den Fall abgeschlossen?«

»Ich bin Journalistin. Ich bohre immer tiefer als die Polizei. In diesem Fall habe ich das Gefühl, dass da etwas nicht stimmt. Zum Beispiel hat man in Harrys Blutkreislauf Alkohol nachgewiesen. Das ist nichts Ungewöhnliches, er war bekanntermaßen Alkoholiker. Aber in seinem Büro wurde kein Alkohol entdeckt. Seine Sekretärin sagte mir, er habe immer einen silbernen Flachmann in einer Schreibtischschublade aufbewahrt. Aber die Flasche wurde nicht gefunden.«

Der Mann nickte. »Das stimmt. Harry hatte einen Flachmann. Was haben Sie sonst noch entdeckt?«

Normalerweise gab Ruth in einem Gespräch mit einer Kontaktperson nicht so viele Informationen preis, aber dieses Mal kam es ihr darauf an, sein Vertrauen zu gewinnen. »Alle Dateien auf der Festplatte seines Computers sind gelöscht worden – die Festplatte wurde praktisch neu formatiert. Alles ist restlos verschwunden. Man nimmt an, dass Harry das selbst getan hat, um seine Spuren zu verwischen. Aber ein Malware-Virus, das von seinem Computer verbreitet wurde, infiltrierte dann auch das gesamte Netzwerk seines Ministeriums. Der IT-Techniker meinte, er habe so etwas noch nie gesehen. Es handelte sich um ein hochentwickeltes Virus, das auf bestimmte Schlüsselwörter und Dateien angesetzt war und trotz aller Firewalls und Antivirensoftware im ganzen System riesige Löcher hinterließ. Der Techniker fand, dass die Sache verdächtig nach einer gezielten Sabotage riecht. Und dann fehlt auch noch eine wichtige Papierakte.«

Der Mann trat einen Schritt näher. »Na, dann wissen Sie wahrscheinlich auch über den Inhalt der Akte Bescheid?«

Ruth nickte. Jetzt kam sie der Sache definitiv näher. »Ich habe eine Weile gebraucht, bis ich das herausgefunden hatte. An dem Tag war das gesamte Überwachungssystem ausgefallen – keine einzige Kamera funktionierte. Aber die digitale Erfassung zeigte, dass Harry zehn Minuten vor seinem Tod ins Archiv ging. Ein Ordner mit dem Titel SCHÜRFRECHTE, GOLDFIELDS, WA war in der Registratur erfasst, aber als ich nachschaute, war er nicht zu finden. Auf dem Boden des Hängeregisters fand ich das hier.«

Ruth holte ein zerknittertes Stück Papier aus ihrer Tasche.

»Das ist eine Liste über Investitionen und Anleger, aber ich bin nicht sicher, ob sie nützlich ist, denn darauf sind mehrere Unternehmen aufgeführt, die es gar nicht gibt.«

»Haben Sie davon eine Kopie angefertigt?«, unterbrach sie ihr Kontakt.

»Nein …« Ruth brach unvermittelt ab und runzelte die Stirn. »Hören Sie mal, eigentlich sollte ich *Ihnen* die Fragen stellen! Nach meinen Informationen sollen Sie doch Beweise für den Mord an Gibb haben?«

Ein flüchtiges Lächeln zuckte um die Mundwinkel des mageren Gesichts, verflog aber zu schnell, als dass es ein echtes Lächeln sein konnte. »Die habe ich auch. Alle Ihre Annahmen treffen zu. Harry fiel einem Attentat zum Opfer.«

Ruths Augen wurden groß. Sie hatte ihre Story! »Wer … wer steckt dahinter?«

»Die Leute, die ihn schmierten.«

»Welche genau? Wie gesagt, die meisten Unternehmen auf der Liste sind Strohfirmen. Sofern Sie nicht« – sie hielt das Blatt hoch und lächelte listig – »die Organisation meinen, die *hinter* diesen Firmen steht?«

Der Blick des Mannes wurde eiskalt. »Welche Organisation meinen Sie? Und was wissen Sie darüber?«

Plötzlich regte sich tief in ihr eine unbestimmte Angst. Ihre Hand schloss sich wieder fester um den Autoschlüssel.

»Sagen Sie es mir!«, befahl der Mann, packte ihren rechten Arm und verhinderte damit, dass sie ihre »Waffe« einsetzen konnte.

»Lassen Sie mich los!«, schrie Ruth.

»Sobald Sie die Frage beantwortet haben.« Er grub seine Finger tief in ihren Arm, fand einen Nerv und schickte eine Schmerzwelle durch ihren Körper.

Sie biss die Zähne zusammen. »Ich weiß nur wenig darüber. Von den Strohfirmen führen nur Geisterspuren weiter. Ich weiß nur, dass sich die Organisation Equilibrium nennt und dass sie Geschäfte in Öl, Wasser und Bergbau macht. Aber zu welchem Zweck konnte ich bisher nicht herausfinden. Das Unternehmen ist an keiner Börse registriert.«

»Wem sonst haben Sie davon erzählt?« Sein Griff wurde wieder stärker.

»Niemandem! Ich habe es ja gerade erst entdeckt.«

Er ließ ihren Arm los. Ruth wich einen Schritt zurück. Vielleicht war ihr Kontakt nur einfach halb wahnsinnig vor Angst? Aber nein – er war eindeutig gefährlich und außerdem unberechenbar. »Hören Sie, wenn Sie sich um Ihre Sicherheit Sorgen machen, kenne ich Leute, die helfen können, Sie zu schützen.«

Der Mann lachte, ein hohles, grausames Lachen. »Vor Equilibrium ist niemand sicher.«

»Na gut, aber wenn Sie Beweise haben, die mit Harrys Ermordung zusammenhängen, können wir diese Organisation vielleicht aus dem Versteck locken. Wir können sie ans Licht der Öffentlichkeit zerren.«

Der Mann ließ einen langen, nachdenklichen Seufzer hören. »Ruth, Sie haben sich Ihren Ruf als investigative Journalistin voll verdient.«

Er nahm einen Füllfederhalter aus der Innentasche seines Jacketts.

»Ich kennen jemanden, mit dem Sie unbedingt sprechen sollten. Er wird Ihnen alles erklären«, sagte er, während er die Kappe des Füllers aufschraubte. »Haben Sie einen Schreibblock? Ich schreibe Ihnen seine Telefonnummer auf.«

»Ja, natürlich.« Ruth kramte in ihrer Schultertasche. Inzwischen wünschte sie nichts sehnlicher, als diese Begegnung möglichst schnell hinter sich zu bringen.

Erst als sie den Block in der Hand hielt, fiel ihr die eigenartige Form der Füllerspitze auf: eine lange, scharfe Nadel, viel zu dünn, um damit schreiben zu können. In dem Sekundenbruchteil, in dem ihr diese Tatsache bewusst wurde, senkte sich die Nadel auch schon in das weiche Fleisch ihrer linken Halsseite. Glühendes Feuer schoss durch ihre Venen, der Schock, ausgelöst durch den unglaublichen Schmerz, erstickte jeden Aufschrei. Die grellen, hässlichen Graffitifratzen an den Tunnelwänden begannen sich zu drehen, immer schneller, bis sie von Schwärze verschluckt wurden. Ruth stürzte zu Boden. Der Schlüssel glitt aus ihrer Hand und fiel mit leisem Klirren neben ihren Kopf.

KAPITEL 45

»Die Ursache ist ein beschädigter Dichtungsring im Kraftstoffzulauf«, erklärte Amir. Sein Gesicht leuchtete hell auf Connors Laptop.

»Na, dann kann ich ja jetzt wieder beruhigt durchschlafen«, sagte Ling. Für das tägliche Briefing mit dem Alpha-Team hatte sie sich neben Connor auf dessen Bett gesetzt. »Zumal ich keine Ahnung habe, was du damit meinst.«

»Der Dichtungsring verhindert, dass Benzin austritt, wenn der Druck in der Leitung …«

»Danke, Amir, aber die Einzelheiten können wir uns hier sparen«, unterbrach ihn Charley und schob sich neben ihn vor die Kamera. »Für uns ist nur wichtig, dass die Küstenwache der Seychellen die Ursache der Explosion des Jetskis entdeckt hat.«

»Sie haben uns Fotos geschickt«, mischte sich Richie ein und drängte grinsend Amirs Kopf beiseite. »Der Jetski war total geschrottet! Glücklicherweise saß keine der Schwestern drauf, das hätte eine Katastrophe werden können.«

»He! Aber *ich* saß drauf!«, rief Ling empört.

»Ja, ich weiß, aber du bist härter im Nehmen«, gab Richie gleichmütig zurück. »Du hast …«

Er wurde plötzlich brutal von der Kamera weggerissen und

Jason kam ins Bild. »Achte nicht auf diesen irischen Irren. Wie geht's dir denn so, Ling?«

»Prima.« Sie freute sich offensichtlich, ihn zu sehen. »Um ehrlich zu sein, meine Klientin geht mir mehr auf den Geist als die Sache mit dem Jetski.«

Jason lachte. »Na, das gehört wohl zum Job eines Buddyguard. Bei meinem letzten Einsatz hätte ich meinen Klienten erwürgen können!«

»Tut mir leid, dass ich euer kleines Rendezvous unterbrechen muss«, sagte Charley. »Aber wir müssen uns auf die Angelegenheit mit dem Jetski konzentrieren.«

Jason nickte. »Immer schön cool bleiben, Ling«, sagte er und zwinkerte ihr kurz zu, bevor er aus dem Bild verschwand.

»Im Ernst, Ling: Du hattest enorm viel Glück, dass du die Explosion überlebt hast«, fuhr Charley fort. »Ohne die Schutzkleidung hättest du schwer verletzt oder sogar getötet werden können.«

Ling ließ sich lässig auf eines der Kissen zurücksinken. »Gehört doch zum Job, oder nicht?«

»Nein, das gehört nicht dazu«, sagte Charley mit Bestimmtheit und klopfte vielsagend auf die Armlehne ihres Rollstuhls. »Wenn gut für die Sicherheit gesorgt wird, sollte so etwas nicht passieren.«

Connor hörte darin Charleys eigene schlimme Erfahrungen, aber das war nicht der richtige Augenblick, sie über ihre Vergangenheit auszufragen.

»Dann war die Explosion also nur ein Unfall?«, hakte er nach.

Charley biss sich nachdenklich auf die Unterlippe. »So kann man die Sache sehen. Aber in Brads Bericht steht, dass der Ingenieur nach der Explosion den anderen Jetski untersucht und darin einen ähnlichen Fehler in der Kraftstoffzufuhr entdeckt hat. Auch der zweite Jetski hätte leicht explodieren können.«

Connor und Ling wechselten einen besorgten Blick. Dann fragte Connor: »Was willst du damit sagen? Dass es Sabotage war?«

»Wir dürfen die Möglichkeit nicht ausschließen. Natürlich könnte es ein Fertigungsfehler sein. So etwas kommt schließlich vor. Aber in *beiden* Jetski? Deshalb müssen wir vorerst davon ausgehen, dass es ein Anschlag auf die Sterling-Familie war, der als Unfall kaschiert werden sollte.«

»Aber wer hätte den Anschlag ausführen können?«, fragte Ling.

»Wir können nur Vermutungen anstellen. Die letzte Person, die sich vor der Explosion mit dem Jetski beschäftigt hat, ist der Ingenieur. Aber Brad hat ihn befragt und ist vollkommen überzeugt, dass der Mann so etwas niemals tun würde. Wir werden also sehen, ob ...« Sie wandte den Kopf ab und schaute zur Seite. »Wartet, Colonel Black kommt gerade herein.«

Charley und Amir machten Platz, damit sich der Colonel vor die Webcam setzten konnte. Seine Miene war grimmig, seine grauen Augen blickten hart in die Kamera.

»Ich habe gerade einen Anruf von Mr Sterling bekommen. Ling: Du wirst mit sofortiger Wirkung von der Operation Gemini abgezogen.«

KAPITEL 46

»Warum muss ich die Prügel dafür einstecken, dass Chloe Mist gebaut hat?«, fauchte Ling wütend und rammte ihre Kleider so heftig in die Reisetasche, dass die Nähte fast platzten.

Connor stand mit verschränkten Armen an der Kabinentür, während Ling ihre Wut an ihrem Gepäck ausließ.

»Ich wollte sie doch nur beschützen! Und welchen Dank kriege ich dafür? Keinen. Stattdessen muss ich über die Planke gehen!«

»Genau das, was du mit Matt gemacht hast.«

Ling hielt einen Moment lang inne und grinste. »Stimmt, hab ich wohl. Aber egal, er hatte sowieso nichts an Bord zu suchen.« Sie machte mit ihrem wütenden Packen weiter. »Jetzt wird mir der Colonel monatelang keinen Einsatz mehr anvertrauen!«

»Der Colonel ist nicht dumm, Ling. Er weiß genau, was da gespielt wird. Und vergiss nicht: Ich wurde schon bei meinem ersten Einsatz gefeuert.«

Ling blickte auf und lachte freudlos. »Ja, klar, das vergesse ich immer wieder, 007. Vielleicht kann ich die Sache wieder zurechtbiegen. Du kennst nicht zufällig ein paar Terroristen oder Präsidententöchter hier in der Gegend?«

Connor grinste und schüttelte den Kopf. »Nein. Was ich damit sagen wollte, ist, dass es keine große Rolle spielt.«

»Für dich vielleicht nicht. Aber wie sieht das aus, wenn ich mit eingezogenem Schwanz wieder zum Alpha-Team zurückgeschlichen komme?«

Brad streckte den Kopf in die Kabine. »Das Tenderboot wartet.«

»Prima.« Ling warf die letzten Sachen in ihre Tasche. »Kann es kaum erwarten, von diesem beschissenen Kahn wegzukommen.«

»Hey, Lightning Ling«, sagte Brad und drückte ihr leicht die Schulter, »es ist vielleicht kein großer Trost, aber ich denke, du hast einen Superjob gemacht.«

Sie blickte in sein kantiges Gesicht. »Aha. Das also ist der Grund, warum ich gefeuert werde?«

»Bodyguards und ihre Klienten können wie Pech und Schwefel sein … oder wie Hunde und Katzen. Manchmal stimmt eben einfach die Chemie nicht. Ich habe das auch schon erlebt. Man muss lernen, solche Tiefschläge wegzustecken.«

»Tiefschläge? Die kann sie haben«, murrte Ling, zog den Reißverschluss der Tasche zu und ging zur Kabinentür.

Brad schaute Connor mit gehobenen Augenbrauen an, dann folgten die beiden Ling, die wütend über das Hauptdeck zur Gangway marschierte.

»Gehen wir kein Risiko für die Sicherheit der Zwillinge ein, wenn Ling nicht mehr da ist?«, fragte Connor leise.

»Ich habe versucht, Mr Sterling genau das klarzumachen, und der Colonel hat in dieser Sache ebenfalls noch einmal mit ihm telefoniert«, antwortete Brad. »Aber er besteht darauf, dass Ling geht. Ich bin darüber überhaupt nicht glücklich. Aber weil die Mädchen nicht mehr von Bord gehen, bevor Lings Ersatz ankommt, sehe ich kein Problem. Du musst eben Doppelschichten einlegen!«, fügte er augenzwinkernd hinzu.

An der Gangway blieb Ling kurz stehen. »Connor, der Einsatz war ein echter Knaller!«

»Buchstäblich«, grinste Connor und dachte an die Jetski-Explosion.

Ling lachte. »Wie willst du mit den beiden Goldlöckchen fertigwerden, wenn ich nicht mehr da bin?«

Connor zuckte die Schultern. »Die vier Tage werde ich schon durchstehen. Wir sind ja ständig auf See. Und in den Malediven stößt dann Luciana vom Bravo-Team dazu. Der Colonel hat sie schon informiert.«

»Sag ihr, ich wünsche ihr viel Glück! Sie wird es brauchen.«

»Was meinst du damit? Weil sie Chloe beschützen muss oder weil sie mit mir zusammenarbeiten muss?«, fragte Connor und tat so, als sei er beleidigt.

Ling boxte ihn in den Oberarm. »Du bist eigentlich ganz okay, Connor, aber vielleicht ein bisschen übernervös.« Sie stieg das Fallreep zum Beiboot hinunter. »Wir sehen uns dann im Hauptquartier wieder. Mach's gut. Aber überanstrenge dich nicht, wenn du die Girls mit Sonnenmilch einschmierst.«

Brad startete den Motor. Er sollte Ling in Baie Sainte Anne absetzen, von wo sie mit einem Katamaran zur Hauptinsel weiterfahren und dort den Flug nach England nehmen würde. Gerade als Brad die Leine löste, erschien Mr Sterling auf dem Deck.

»Warten Sie, Brad. Planänderung.«

Alle drehten sich überrascht zu ihm um. Wollte er Ling noch einmal eine letzte Chance geben? Aber diese Hoffnung zerstob im Wind. Mr Sterlings Miene war grimmig – irgendetwas musste passiert sein.

KAPITEL 47

»Ich kann's nicht glauben, dass Dad einfach auf und davon ist!«, sagte Chloe. Sie saß auf dem Rand des Whirlpools und ließ die Beine ins blubbernde Wasser hängen.

»Wieso? Wir sehen ihn doch sowieso fast nie«, murmelte Emily, die an der Reling stand und letzte Fotos der Insel Mahé aufnahm, von der sich die Jacht immer weiter entfernte.

Chloe blickte bedeutungsvoll auf das Solarium in der Sky Lounge hinunter, in dem sich Sterlings Verlobte räkelte. »Ich wünschte nur, er hätte die Zicke gleich mitgenommen.«

Connor saß schweigend am Esstisch auf dem Sonnendeck. Es stand ihm nicht zu, einen Kommentar abzugeben. Mr Sterling hatte seine Töchter informiert, dass seine Chefredakteurin Ruth McArthur ermordet worden sei, vermutlich sei sie auf der Straße überfallen worden. Deshalb müsse er seinen Urlaub unterbrechen, um einen neuen Chefredakteur zu ernennen und dafür zu sorgen, dass die Redaktion weiterhin reibungslos funktionierte. Die Jacht hatte deshalb einen Umweg zur Hauptinsel gemacht, wo Mr Sterling und sein Bodyguard von Bord gingen, um das nächste Flugzeug zu erreichen – zusammen mit der in Ungnade gefallenen Ling. Danach hatte Kapitän Locke Kurs auf die Malediven genommen, wo Mr Sterling in einer Woche wieder an Bord kommen wollte.

Emily steckte das Smartphone in die Tasche ihrer Shorts. »Mach dir über Amanda keine Sorgen. Die Jacht ist groß genug für uns alle. Außerdem wird sie wahrscheinlich ständig in der Sonne liegen.«

Plötzlich schloss sie die Augen und rieb sich die Schläfen.

»Alles in Ordnung?«, fragte Connor.

»Ja, nur ein bisschen Kopfschmerzen. Die kriege ich jetzt häufig. Hat wohl etwas mit meinen Medikamenten zu tun.« Emily ging zur Treppe. »Ich lege mich ein wenig hin. Wir sehen uns beim Abendessen.«

Connor lächelte ihr mitfühlend zu, blieb aber sitzen. Solange sie an Bord waren, gab es keinen Grund, ständig in ihrer Nähe zu bleiben. Die Jacht befand sich in Küstennähe und fuhr mit moderater Geschwindigkeit. Brad hatte vor der Abfahrt von Mahé den Sicherheitsstatus überprüft. Connors Bereitschaftslevel war niedrig.

Er zog sein Smartphone aus der Brusttasche des Polohemds. In seiner Hülle aus Neopren war es ärgerlicherweise ziemlich dick, aber der wasserdichte Schutz hatte sich als Segen erwiesen, als er nach der Jetski-Explosion ins Wasser gesprungen war, um Ling zu retten. Er gab sein Passwort ein und schickte eine SMS nach Hause, um seine Mum und Gran wissen zu lassen, dass es ihm gut gehe. Für ein paar Tage war das die letzte Gelegenheit dazu, denn bald würde die *Orchid* aufs offene Meer hinausfahren, wo es kein Netz mehr gab. Dann griff er nach seinem Buch und setzte sich wieder bequem zurecht.

»Komm doch hier rüber«, lockte Chloe, die sich inzwischen in den Whirlpool hatte gleiten lassen.

Er blickte hinüber. Seit Chloe dafür gesorgt hatte, dass

Ling gefeuert wurde, war Connor ihr gegenüber vorsichtiger geworden. »Nein, danke, im Moment nicht.«

Chloe seufzte. »Du bist mir immer noch böse. Ich weiß, dass du mit Ling befreundet bist, aber sie ging mir wirklich gewaltig auf den Geist.«

»Sie hat nur ihren Job gemacht«, antwortete Connor, der sich nicht auf diese Diskussion einlassen wollte.

»Ist mir klar, aber ich konnte rein gar nichts mehr tun oder lassen, ohne dass sie sich einmischte oder ihren Senf dazugab. Es hat mich förmlich erstickt! Dabei ist es doch meine Schwester, die Schutz braucht, nicht ich!«

Connor schüttelte den Kopf. Er hätte jederzeit zugegeben, dass man Lings Verhalten für brüsk und übertrieben halten konnte, aber es war nun mal eine Tatsache, dass es ständig irgendwelche lebensbedrohenden Gefahren für die Mädchen gab. »Damit liegst du falsch, fürchte ich. Ihr seid alle beide das Ziel möglicher Anschläge.«

»Daran ist nur meine Schwester schuld!«, brummelte Chloe. »Wegen ihr darf ich überhaupt keinen Spaß mehr haben. Seit sie gekidnappt wurde, hat Vater mich praktisch eingesperrt. Ich darf nicht zu den Partys gehen, die meine Freunde veranstalten, darf nicht an den Strand, darf nicht mal allein shoppen! Hast du überhaupt eine Ahnung, wie man sich fühlt, wenn man so leben muss? Dieser Urlaub ist das *erste* Mal seit über einem Jahr, dass ich wenigstens ein *bisschen* Freiheit bekomme!«

»Euer Vater will euch nur beschützen. Der Eindringling letzte Nacht hätte ja auch ein Kidnapper sein können, oder ein Attentäter oder so.«

Chloe wischte Connors Einwände mit einer Handbewegung weg. »Das war doch nur Matt!«, gab sie zurück. »Fakt ist, dass mir mein Vater nicht mal zu Hause irgendwelche

Freiheiten gibt, und was die Schule angeht, setzt er mich dermaßen unter Druck, supergut zu sein, dass ich irgendwann einfach Dampf ablassen muss! Sonst drehe ich noch durch!«

Tränen der Frustration stiegen ihr in die Augen. Connor bemerkte sie und empfand sogar ein wenig Mitleid. Es musste schwer sein, rund um die Uhr behütet und überwacht zu werden.

»Kann ich verstehen«, gab er zu. »Ich mache dir einen Vorschlag. Ich rede mit Luciana, wenn sie in den Malediven an Bord kommt. Vielleicht können wir vereinbaren, dass du ein bisschen mehr Freiheit bekommst, ohne deine Sicherheit zu vernachlässigen. Luciana ist Brasilianerin, und soweit ich weiß, ist sie die totale Partymaus.«

Chloes Miene hellte sich auf. »Danke, du bist ein Engel. Und – kommst du jetzt rein zu mir oder nicht?«

»Lieber nicht. Ich bin im Dienst.«

»Aber du bist immer im Dienst!« Sie legte das Kinn auf den Beckenrand und schaute ihn verführerisch an. »Und überhaupt: Du bist jetzt auch *mein* Buddyguard, bis wir in den Malediven ankommen. Also bin ich sozusagen dein Boss! Und deshalb befehle ich dir, dich sofort zu entspannen. Das war nämlich Lings Problem – ich kann dir nur raten, mach nicht denselben Fehler.«

Connor seufzte. Ihm war klar, dass sie ihn manipulieren wollte und ihm sogar drohte, aber andererseits wollte er sie auch nicht zurückstoßen. Eine widerspenstige Klientin würde nur noch mehr Probleme machen. Außerdem überschritt er als Buddyguard schließlich keine Grenzen, wenn er mal mit seiner Klientin in einen Whirlpool stieg. Er klappte das Buch zu, zog das Polohemd über den Kopf und glitt neben ihr ins Wasser.

Chloe lächelte. »Na siehst du, geht doch!«

Connor erwiderte ihr Lächeln. Er konnte nicht leugnen, dass das Wasser wunderbar warm war, genau die richtige Temperatur, und die aufsteigenden Luftblasen wirkten unglaublich entspannend. Überhaupt kam ihm die ganze Szenerie absolut traumhaft vor: in einem Whirlpool auf einer Superjacht mitten im glitzernden Ozean unter einem kristallblauen Himmel … Er lehnte sich zurück, breitete die Arme auf dem Beckenrand aus und ließ den Kopf zurücksinken, sodass er geradewegs in den Himmel blickte.

Chloes Blick fiel auf seine linke Schulter, auf der eine schmale weiße Narbe zu sehen war. »Was ist da passiert?«

»Stichwunde«, sagte er knapp.

Sie riss die Augen auf, besorgt und fasziniert zugleich. »Hast du die bekommen, während du jemanden beschützt hast?«

Connor nickte. Chloe schob sich heran, um die Narbe aus der Nähe betrachten zu können. »Hat es sehr wehgetan?«

»Ja, aber ich hatte nicht viel Zeit, darüber nachzudenken. Es geschah mitten in einem Kampf, als wir zu fliehen versuchten.«

Chloe schaute ihn mit großen Augen bewundernd an. »Du musst unglaublich tapfer gewesen sein.«

Connor schüttelte den Kopf. »Ich hatte keine andere Wahl.«

»Und – magst du denn meine Schwester?«

Der plötzliche Themenwechsel brachte Connor aus der Fassung. »Äh … ja, natürlich …« Aber als er bemerkte, dass Chloe die Stirn runzelte, fügte er rasch hinzu: »Aber nicht so, wie du denkst. Für Buddyguards gibt es klare Grenzen im Umgang mit den Klienten. Man darf sich mit ihnen anfreunden, aber das war's dann auch schon.«

»Echt?« Chloe biss sich auf die Unterlippe, glitt noch näher heran und legte ihm sanft die Hand auf den Arm. »Das muss dir doch manchmal ziemlich schwerfallen, oder nicht? Ich meine, immer nur ganz ›normal‹ befreundet zu sein und so.«

Als ihr Knie wie zufällig an seinem Bein entlangglitt, wurde Connor klar, dass es höchste Zeit war, aus dem Whirlpool zu steigen. Auf keinen Fall wollte er Charley ein zweites Mal eine allzu vertraute Beziehung zu einer Klientin erklären müssen.

KAPITEL 48

»Der Investor hat ein neues Update geschickt«, sagte Mr WiFi und hielt Oracle sein Notebook hin.

Der Piratenboss schob die verspiegelte Pilotenbrille auf die Stirn und warf einen Blick auf das Display. Er sah ein Foto, auf dem türkisblaue Meereswellen an einen weißen Strand plätscherten, der von Palmen gesäumt war. Im Hintergrund erhob sich ein dunstumschleierter Berggipfel.

»Und – welche Insel ist das?«

»Mahé.«

Oracle hob skeptisch eine Augenbraue. »Hunderte Inseln sehen genauso aus. Wieso bist du so sicher?«

Mr WiFi klickte auf das Bild und öffnete den Header, in dem die Exif-Metadaten abgelegt waren. »Das hier sind die Aufnahmeparameter. Die Kamera hatte GPS, und deshalb sind hier auch die genauen geografischen Koordinaten eingebettet. Und natürlich auch das Datum und die exakte Uhrzeit der Aufnahme – heute, 14:32 Uhr.«

Oracle ließ sich wieder auf das weiche, mit Goldfransen umsäumte Polster seines Wohnzimmersofas zurücksinken und lachte. »Die Segnungen moderner Technologie und die Naivität junger Menschen. Sie laden uns förmlich zu einem Besuch ein!«

Er nahm eine zierliche Tasse von einem mit Elfenbeinintarsien verzierten Tablett und trank einen Schluck des gewürzten Schwarztees. Ein paar Augenblicke lang genoss er den würzigen Geschmack, dann fragte er: »Hat der Investor noch weitere Informationen geliefert?«

Mr WiFi, der im Schneidersitz auf dem scharlachroten Teppich vor dem Sofa saß, zupfte an seinem Ziegenbart. »Die *Orchid* fährt mit Kurs Nordost in Richtung der Malediven. Geschätzte Fahrzeit vier Tage.«

»Und wo sind meine Männer jetzt?«

Mr WiFi rief eine Karte des Indischen Ozeans auf, zoomte einen Ausschnitt heran und deutete auf eine Ansammlung kleiner grüner Punkte, die mitten in einem riesigen blauen Meeresgebiet zu sehen waren.

»Sie sind momentan fünfundsiebzig Seemeilen vom Ziel entfernt.«

»Gut. Setz dich mit Spearhead in Verbindung. Ab sofort sollen sie sich nicht mehr mit kleinen Fischen abgeben. Jetzt angeln wir uns den ganz großen Fisch.«

KAPITEL 49

Connor lehnte an der Heckreling und blickte über das Meer. In der Abenddämmerung verschwand Praslin Island allmählich am Horizont. Mahé war schon lange außer Sicht. Bald würde die Jacht aus dem Küstengewässer und damit auch aus dem Hoheitsgebiet der Seychellen ins offene Meer hinausfahren. Bereits jetzt zeigte die Netzstärke auf Connors Smartphone nur noch einen Balken an; er musste sich beeilen, wenn er noch ein letztes Mal Kontakt mit dem Alpha-Team aufnehmen wollte.

Charley meldete sich nach dem zweiten Klingelton.

»Na, wie läuft es bei deiner Solonummer?«, fragte sie.

»Prima.« Connor konnte natürlich nicht zugeben, dass er den halben Nachmittag damit verbracht hatte, Chloes Annäherungsversuchen auszuweichen. Chloe schien sich gründlich zu langweilen – außer chillen, sonnenbaden und lesen gab es nichts zu tun. Sie schien entschlossen zu sein, mit Connor zu flirten – was natürlich ihrem Zwilling nicht entgangen war.

Es war nicht so, dass sich Connor durch Chloes Aufmerksamkeit nicht geschmeichelt gefühlt hätte. Und Chloe war alles andere als unattraktiv. Aber er wusste, dass er sich jetzt keinen Fehltritt erlauben durfte – sonst würde seine Rolle als

Buddyguard für alle Zeiten beendet sein. Und dann würde auch die von Colonel Blacks Organisation bezahlte Pflege zu Ende sein, die seine Mutter und Großmutter so dringend benötigten.

»Gut. Luciana wird planmäßig auf den Malediven an Bord kommen«, sagte Charley. »Ling ist auf dem Rückflug, aber bevor sie ins Flugzeug stieg, hat sie erwähnt, dass du glaubst, du hättest die beiden Straßenräuber auf Praslin Island noch einmal gesehen.«

»Ja, das dachte ich, aber ich hab mich wohl getäuscht.«

»Es könnte durchaus sein, dass du recht hattest.«

Connor verschlug es den Atem. »Aber … wieso?«

»Wir haben eine elektronische Spur von den beiden Verdächtigen. Sie haben ein Flugzeug nach Dubai genommen, und zwar zwei Tage, bevor die Sterlings zu ihrem Urlaub aufbrachen. Nur benutzten sie gefälschte Pässe, sodass sich ihre Spur danach verlor. Aber Dubai dient häufig als Transit-Airport für Flüge zu den Seychellen.«

Connors Hand verkrampfte sich um das Smartphone. Also hatten ihn seine Augen an jenem Tag doch nicht getäuscht!

»Für gewöhnliche Straßendiebe kommen sie mir reichlich hartnäckig vor«, meinte Charley, »und außerdem scheinen sie finanziell ganz gut ausgestattet zu sein. Es handelt sich definitiv um Auftragsgangster. Wir müssen also annehmen, dass jemand sie für einen Job gegen die Sterlings angeheuert hat.«

»Wer könnte das sein?«

»Mr Sterling hat viele Feinde, da käme wohl eine ganze Reihe von Leuten in Frage. Amir arbeitet gerade seinen Bedrohungsbericht durch. Vielleicht finden wir dort einen Hinweis.«

»Na ja, hier jedenfalls haben die beiden Schlägertypen ihre Chancen nicht genutzt«, sagte Connor, während Praslin Island am Horizont verschwand.

»Wenn sie nicht für den Jetski-Unfall verantwortlich waren«, meinte Charley.

Connor dachte kurz darüber nach. »Kann ich mir nicht vorstellen. Sie hätten nicht unbeobachtet an Bord kommen können. Brad hat seit der Ankunft der Sterlings einen Wachdienst organisiert, der fast rund um die Uhr gilt.«

»Trotzdem müssen wir damit rechnen, dass sie es geschafft haben, solange die Jetski noch im Hafen lagerten. Wenn sie entschlossen genug waren, euch bis zu den Seychellen nachzureisen, werden sie euch wohl auch zu den Malediven folgen. Darauf musst du jederzeit vorbereitet sein.«

»Bin ich«, antwortete Connor. »Ich melde mich, sobald wir wieder in Hafennähe kommen.«

»Okay«, sagte Charley. »Und, Connor, sei sparsam mit der Sonnenmilch.«

»Was?«

Aber Charley hatte bereits aufgelegt.

Verblüfft starrte Connor sein Smartphone an. Er konnte es nicht fassen, dass Ling diesen Zwischenfall tatsächlich gemeldet hatte. Jetzt hatte Charley wieder einmal einen völlig falschen Eindruck bekommen. Ihrer Stimme nach zu urteilen, war sie darüber alles andere als glücklich.

Wütend schob Connor das Smartphone in die Brusttasche und ging über das Hauptdeck zum Salon hinüber. Als er die Schiebetür öffnete, hörte er jemanden telefonieren.

»Auf hoher See kann alles passieren. Die Mädchen sind allein. Ich verstehe deine Sorgen, Joey, aber ich werde auch allein mit ihnen fertig.« Amanda drehte sich um, strich sich eine goldene Haarsträhne aus dem Gesicht und bemerkte

Connor im selben Augenblick. »Okay, aber ich muss jetzt Schluss machen. Ciao.«

Sie klappte die Schutzhülle ihres mit Diamanten besetzten rosafarbenen Smartphones zu und setzte sich auf das Armpolster der Ledercouch, wobei sich ihr weißes Chiffonkleid teilte. Ein gleichmäßig gebräuntes, wohlgeformtes Bein kam bis weit zum Schenkel hinauf zum Vorschein. Die untergehende Sonne schien hinter ihr durch das Fenster. Die ganze Szene wirkte, als posierte sie bei einem Fotoshooting für ein Modemagazin.

»Suchst du etwas, Connor?«, fragte sie mit strahlendem Lächeln. »Ich habe gerade mit meinem Agenten telefoniert.«

Einen Moment lang war Connor wie benommen von ihrer Schönheit. »Nein … ich … ich wollte nur nachschauen, ob Chloe und Emily okay sind.«

»Ach, das ist aber nett«, sagte sie, stand auf und schlenderte zur Tür, wobei sie ihm im Vorbeigehen das Haar zauste. »Aber hier draußen müssen wir uns doch keine Sorgen machen, oder?«

Connor schaute ihr nach, als sie mit wiegenden Hüften über das Deck ging.

»Vorsicht, Connor, sie ist eine echte Sirene.«

Connor wirbelte herum. Brad stand am anderen Ende des Salons, lässig gegen die Tür gelehnt, und musterte ihn mit boshaftem Grinsen.

»Eine Sirene?«, fragte Connor verblüfft.

»Ja, kennst du nicht die Sirenen aus der griechischen Mythologie? Schöne, betörende Fabelwesen, die ahnungslosen Seefahrern mit ihrem zauberhaften Gesang und ihrer Schönheit den Kopf verdrehten und sie auf ihren Felsen lockten.« Er winkte Connor zu sich. »Wenn wir schon von Gefahren reden, Connor: Da Mr Sterling seinen Bodyguard

Dan mitgenommen hat, fehlt uns ein Mann bei der Wache. Und da auch Ling nicht mehr da ist, möchte ich, dass du besonders gut Ausschau hältst, wenn wir auf hoher See sind.«

Connor nickte. »Kein Problem. Ich kann eine der Wachen übernehmen, wenn du möchtest.«

Brad klopfte ihm auf die Schulter. »Prima, dass du dazu bereit bist. Du kannst gleich morgen die Frühwache übernehmen, von vier bis acht.«

Connor verzog das Gesicht.

»Ich weiß, das ist früh am Tag, aber die Gefahr ist dann geringer, dass sich jemand über deine wirkliche Rolle wundert. Also schlaf jetzt besser noch ein paar Stunden, damit du morgen früh fit bist.«

Connor bereute bereits, dass er sich so eifrig für den Wachdienst gemeldet hatte, und ging zu seiner Kabine. Als er an der Schotttür vorbeikam, die in die Tendergarage führte, glaubte er ein Geräusch zu hören, einen metallischen Schlag. Aus reiner Neugier öffnete er die Schotttür und spähte hinein. Die automatische Beleuchtung war bereits an.

Vielleicht war der Ingenieur irgendwo im Raum.

»Hallo? Geoff?«, rief Connor.

Aber es kam keine Antwort. Connor überprüfte den Raum flüchtig, aber dort waren nur das Beiboot, der unversehrte Jetski und eine Reihe von Tauchgerätschaften. Dennoch meldete Connors sechster Sinn – ein vages Gefühl, dass er nicht allein war. Dann entdeckte er einen aufblasbaren Schwimmring, der auf dem Boden lag. Er musste wohl von seinem Haken an der Wand gefallen sein. Connor hängte ihn wieder auf und ging zur Tür zurück. Bevor er sie hinter sich zuzog, ließ er den Blick noch einmal durch den Raum schweifen. Aber das Gefühl, dass er beobachtet wurde, war bereits wieder abgeflaut.

KAPITEL 50

Spearhead stand im Bug des Schnellboots und blickte über das Meer zum Horizont. Der Ozean war ruhig, die Sonne stand hoch am Himmel und die Naht zwischen Himmel und Meer war nichts als ein kaum wahrnehmbarer, leicht dunklerer Streifen in der Ferne. Kein Land war in Sicht – nur die endlose gläsern-blaue Weite des Ozeans ringsum.

Spearhead hatte von Mr WiFi über Satellitenfunk die genauen Koordinaten der *Orchid* empfangen, aber als Pirat der alten Schule traute er seinen eigenen Sinnen mehr als all diesem elektronischen Schnickschnack.

»Siehst du was?«, rief Big Mouth von seinem Boot herüber.

Spearhead machte sich nicht die Mühe, auf eine derart dumme Frage zu antworten. Wenn er die Beute sah, würde er es seinen Leuten schon mitteilen.

»Wir dümpeln hier schon seit Stunden durchs Meer«, beschwerte sich Juggs, der seinen mageren Körper auf einen der Sitze gefläzt hatte und die überdimensionalen Füße ins Wasser hängen ließ. »Im Golf von Aden wären längst hundert Frachter an uns vorbeigefahren. Dort hätten wir uns den fettesten Fisch nur auszusuchen brauchen.«

»Das finde ich auch«, rief Big Mouth herüber. Er stand auf

und pisste über Bord. »Warum jagen wir einen Hering, wenn wir doch einen Wal haben könnten?«

»Oracle wird schon seine Gründe haben, warum er sich für diese Beute entschieden hat«, mischte sich einer der Piraten in Big Mouth's Boot ein, der sich das rote Kopftuch als Sonnenschutz über das Gesicht gelegt und im Heck gedöst hatte. »Hat er sich jemals geirrt?«

Big Mouth zog die Shorts hoch, nachdem er sich erleichtert hatte. »Ich kapier aber trotzdem nicht, warum wir nicht das GPS einsetzen sollen.«

»Weil wir dem Ziel nicht direkt vor die Nase laufen wollen«, erklärte Spearhead gereizt. »Sie würden uns doch sofort entdecken.«

Plötzlich wurde sein Blick von einem kaum wahrnehmbaren Glitzern am Horizont gebannt. Ein Schiff, von dem die Sonne wie von einem Spiegel reflektiert wurde, war am Horizont aufgetaucht, ungefähr fünf Seemeilen entfernt im Osten – genau wie erwartet. Und obwohl Spearhead die *Orchid* sah, konnte niemand am Deck der Jacht seine winzigen Außenborder wahrnehmen.

Spearhead deutete wie Napoleon vor der Schlacht auf die Jacht in der Ferne. »Das ist unsere Beute«, verkündete er. »In der Morgendämmerung greifen wir an.«

»Warum nicht gleich?«, rief Big Mouth herüber. »Oder kurz bevor es dunkel wird?«

»Weil wir wie Haie jagen müssen – angreifen, wenn sie es am wenigsten erwarten. Und wenn die Beute am wehrlosesten ist.«

KAPITEL 51

Connor gähnte und blickte auf seine Uhr. Es war 05:30 Uhr.

Er zog den Reißverschluss seiner Jacke hoch, um sich gegen die kühle Meeresbrise zu schützen, und ging über das Oberdeck. Die Sonnenbrille mit Nachtsichtfunktion erwies sich als sehr nützlich: Zwar schienen die Sterne fast so hell wie kleine Theaterscheinwerfer vom Himmel, aber das Meer schimmerte wie flüssiges Quecksilber.

Er hob das Fernglas und suchte erneut den Horizont ab. Bisher hatte er nur einen Fischkutter und die lang gestreckte Silhouette eines Öltankers zu sehen bekommen. Beide waren in der Ferne unhörbar wie Geisterschiffe vorbeigeglitten.

Connor gähnte noch einmal. Seine Schicht zog sich endlos in die Länge. Kaum zu fassen, dass er noch weitere zweieinhalb Stunden ausharren musste. Wenigstens würde die Sonne bald aufgehen. Schon war im Osten ein schwacher, kaum wahrnehmbarer Silberstreif zu sehen, doch er wuchs und schob den Vorhang der Nacht immer weiter zurück.

Connor schwenkte das Fernglas weiter über den Horizont. Plötzlich stockte er und schwenkte wieder ein wenig zurück. Am Horizont über dem Heck der *Orchid* hatte er ein leichtes Aufblinken bemerkt. Aber das stete Schwanken des Schiffes machte es schwer, die Stelle wiederzufinden und genauer zu betrachten.

Ein Boot? Oder nur eine Welle? Ein Wal, der kurz auftauchte?

Tatsächlich hatte er schon zehn Minuten nach Beginn seiner Wache eine kleine Schule von Buckelwalen gesehen. Durch die Nachtsichtbrille hatte ihr Blas wie silberne Nebelfontänen ausgesehen. Connor war noch nie Walen in freier Natur begegnet. Wie gebannt hatte er die majestätischen Geschöpfe beobachtet, bis sie abgetaucht waren.

Das könnte auch jetzt wieder der Fall sein. Noch einmal suchte er den Horizont ab. Er sah nichts Auffälliges. Doch plötzlich wurde seine Aufmerksamkeit abgelenkt – auf dem Hauptdeck, direkt unter ihm, blinkte etwas kurz auf. Connor beugte sich weit über die Reling, konnte aber die Ursache nicht erkennen.

Geräuschlos huschte er die beiden Treppen zum Hauptdeck hinunter, lief zur Steuerbordseite und entdeckte Emily, die an der Reling stand und auf das Meer hinausblickte.

»Guten Morgen«, sagte Connor leise.

Sie zuckte zusammen und fuhr herum. Überrascht riss sie die Augen auf, dann lächelte sie und machte eine Kopfbewegung zum östlichen Himmel. »Fast noch ein bisschen zu früh dafür.«

»Hast du gerade ein Blinklicht gesehen?«

Emily schüttelte den Kopf. »Aber ich habe Licht im Salon gemacht, als ich durchging. Vielleicht hast du das gesehen?«

Connor runzelte die Stirn. »Kann sein, aber das Blinken kam mir gezielt vor.« Er blickte sich auf dem Deck um, doch es war überall dunkel.

Emily starrte ihn an, dann wedelte sie ihm vor den Augen

herum. »Kannst du überhaupt etwas sehen? Warum trägst du nachts eine Sonnenbrille?«

»Ach so, die Brille …« Connor schob sie auf die Stirn. Amir hätte wahrscheinlich etwas dagegen, wenn Connor die kleinen technischen Geheimnisse verriet, mit denen er ausgestattet war. Deshalb sagte er nur: »Die gehört zur Standardausrüstung eines Buddyguards – ich vergesse manchmal sogar, dass ich sie trage.«

»Du verpasst den Sonnenaufgang«, sagte Emily und wandte sich wieder dem Meer zu, um den nun schon größer werdenden rötlichen Schein am Horizont zu bewundern.

Connor trat neben sie. »Ist das der Grund, warum du so früh auf bist?«

»Eigentlich nicht. Aber ich konnte nicht schlafen.« Sie warf ihm einen schüchternen Blick zu. »Albträume.«

Connor nickte, ging aber nicht darauf ein. Welche entsetzlichen Träume sie seit ihrer langen Gefangenschaft erleben musste, mochte er sich gar nicht erst vorstellen.

Eine Weile schwiegen sie und beobachteten den Sonnenaufgang. Immer deutlicher und farbenprächtiger wurden die roten Strahlen, Vorboten eines weiteren wunderbaren Tages auf dem Meer.

»Ich bin ein bisschen hungrig«, sagte Emily schließlich. »Der Koch legt gewöhnlich ein paar Snacks in den Kühlschrank. Kann ich dir was mitbringen?«

Connor war sehr früh aufgestanden; erst jetzt merkte er, wie hungrig er wirklich war. »Das wäre prima. Ein Königreich für ein Glas Orangensaft und eine Scheibe Toast.«

»Jetzt übertreib mal nicht gleich!«, lachte Emily. »Na gut – ich schau mal, was ich finden kann.«

Sie ging zur Pantry, während Connor sich wieder dem Sonnenaufgang zuwandte. Die ersten goldenen Strahlen glitzerten auf der Wasserfläche, strichen über die Wellenkronen und ließen das Meer orangefarben aufleuchten. Der Anblick wirkte so ruhig, so friedlich, dass Connors Bereitschaftslevel unwillkürlich auf Code Weiß zurückfiel. Sekunden später ließ ein unterdrückter Schrei aus der Pantry ihn wieder aufschrecken.

KAPITEL 52

»Das ist unser Signal!«, rief Spearhead den Männern in den anderen Booten zu.

Die ersten Silberstreifen der Morgendämmerung hatten sich noch nicht gegen die Dunkelheit durchsetzen können, daher hatte er das ferne Blinken ohne Schwierigkeiten registriert. Er hob das Sturmgewehr hoch, als Zeichen für den Rest der Piratengang, dass es jetzt losging.

Die Piraten schoben die Fischernetze weg, unter denen sie die Waffen verborgen hatten. Mehrere AK47 wurden aus ihren Plastikschutzhüllen gezogen; Magazine wurden in die Schächte gerammt. Das harte Klacken beim Laden der Gewehre war weithin zu hören.

Mehrere Tage waren sie zu völliger Untätigkeit verurteilt gewesen; jetzt bekam jede Handbewegung eine neue Dringlichkeit. Es war, als wollten sie die verlorene Zeit wiedergutmachen. Die Piraten warteten begierig auf ihren Einsatz, bereit zu jeder Art von Brutalität.

Big Mouth riss die Holzkiste auf, in der sein Granatwerfer lag. Dann nahm er eine Granate und küsste sie zärtlich, bevor er sie in den Werfer lud. »Höchste Zeit für ein bisschen Action, Baby«, sagte er zu der mächtigen Waffe, die quer über seinem Schoß lag.

Spearhead checkte seine AK47 ein letztes Mal durch. Mit seinen Waffen nahm er es immer sehr genau. Eine Ladehemmung mitten im Angriff konnte er nicht brauchen. Schon zu oft hatte er solche Zwischenfälle erlebt, weil die aggressive salzhaltige Meeresluft in ältere Waffen eingedrungen war, sodass sich Rost gebildet hatte – und das konnte einen mörderischen Piraten schnell in eine lahme Ente verwandeln.

Spearhead hob die Hand und machte mit ausgestrecktem Zeigefinger eine kreisende Bewegung – dann deutete er voraus: das Zeichen für den Angriff.

Die mächtigen Außenbordmotoren röhrten auf. Die Boote hoben sich fast gleichzeitig mit dem Bug aus dem Wasser, als sie Fahrt aufnahmen und wie eine Bande von Killerwalen auf der Jagd durch die Wellen pflügten.

KAPITEL 53

»Da ist jemand drin«, flüsterte Emily, die bleich und zitternd vor der Tür der Bordküche stand.

Blitzschnell war Connor über das Deck zu ihr gerannt, als er ihren Schrei hörte. Erleichtert sah er nun, dass ihr offenbar nichts geschehen war. »Vielleicht einer der Matrosen?«

Sie schüttelte den Kopf. »Glaub ich nicht. Alles passierte so schnell – irgendetwas bewegte sich, als ich die Tür aufmachte. Ich habe es nur aus dem Augenwinkel gesehen, aber ich bin ganz sicher, dass da etwas war.«

Connor wollte keinen Fehlalarm auslösen und beschloss, der Sache selbst nachzugehen.

»Bleib hier«, sagte er. Vorsichtig drehte er den Türknauf und schob die Tür mit der Schulter auf, um im Fall eines Angriffs beide Hände freizuhaben.

In der Küche war es dunkel. Er schaltete das Licht ein. Die Deckenstrahler leuchteten auf; die Lichter spiegelten sich grell auf den makellosen weißen Schränken. Die glänzenden Arbeitsplatten aus Marmor waren leer, von einem Messerblock, einem Toaster aus rostfreiem Stahl und einer teuren Espressomaschine abgesehen, die in einer Ecke standen. Außerdem befand sich mitten auf der Arbeitsfläche eine große Obstschale.

Connor blickte hinter die Tür, aber auch dort war niemand.

»Vielleicht hast du es dir nur eingebildet?«, fragte er, trat zwei Schritte weiter in die Kombüse und blickte sich genauer um.

Emily folgte ihm zögernd. »Nein, ich bin sicher, dass ich irgendetwas gesehen habe, das sich hier drin bewegte. Könnte es vielleicht eine Ratte gewesen sein?«

Connor lachte. »Auf *dieser* Jacht? Dann müsste die Ratte schon einen extrem teuren Geschmack haben.«

Er ging zu dem großen Kühlschrank hinüber und öffnete ihn. Der Koch hatte darin ein verführerisches Angebot an Snacks bereitgestellt: Sandwiches, frische Ananas, alle möglichen Käsesorten und Luxuspralinen. Dazu eine Kanne mit frischem Orangensaft. Connor nahm die Sachen heraus und stellte sie auf den Tresen.

»Jemand hat schon davon gegessen«, meinte er, während Emily Teller und Gläser aus einem der Schränke nahm.

»Das wird wahrscheinlich meine Schwester gewesen sein. Ich weiß, dass sie sich manchmal heimlich an den Kühlschrank schleicht. Sie streitet es zwar immer ab, aber …«

Connor hob plötzlich die Hand, sodass sie mitten im Satz abbrach. In der Wand war eine Stahltür eingelassen. Connor wusste, dass sie in den begehbaren Kühlraum führte. Auf dem Boden direkt vor der Stahltür lag ein kleines Stück von einem Sandwich. Wer auch immer sich einen nächtlichen Snack gegönnt hatte, der musste es sehr eilig gehabt haben.

Sein sechster Sinn meldete sich wie eine schrille Alarmglocke.

Geräuschlos zog er ein Küchenmesser aus dem Messerblock und schlich zur Stahltür hinüber. Emily stand völlig still in einer Ecke, einen Teller in der Hand. Connor legte die Hand auf den stählernen Griff und riss die Tür auf.

»Nichts tun! Nichts tun!«, schrie eine klägliche Stimme.

In der kalten Kammer hockte ein magerer schwarzer Junge auf dem Boden. Seine Zähne klapperten vor Kälte, und seine Augen waren vor Angst weit aufgerissen.

KAPITEL 54

»Wer bist du?«, fragte Connor kalt, das Messer auf den Jungen gerichtet.

»Ich bin Cali«, sagte der Junge zitternd. Er trug verschlissene Shorts und ein schmutziges T-Shirt mit ausgebleichtem UNICEF-Aufdruck. In der einen Hand hielt er das angebissene Sandwich, in der anderen einen Apfel.

»Wie bist du an Bord gekommen?«

»Ich von Somalia.« Cali versuchte, ihn mit breitem Grinsen zu besänftigen. Seine unregelmäßigen Zähne leuchteten perlweiß aus dem tiefschwarzen Gesicht.

Aber Connor ließ sich davon nicht einwickeln. Drohend trat er einen Schritt näher. »Ich habe dir eine Frage gestellt. Antworte!«

Das Grinsen verschwand; der Junge wich furchtsam zurück.

»Langsam, Connor«, sagte Emily, stellte den Teller weg und kam herüber. »Siehst du nicht, dass er total verängstigt ist?«

Connor blickte kurz auf das Messer, dann wieder auf den zitternden Jungen. Schon möglich, dass er dem Jungen entsetzliche Angst einjagte, aber er musste entschlossen auftreten, wenn er Emily schützen wollte. Er tastete den Jungen kurz nach Waffen ab, kam aber dann zu dem Schluss, dass er keine unmittelbare Gefahr darstellte, und senkte das Messer.

»Hi. Ich bin Emily.« Sie drängte sich an Connor vorbei, bückte sich und streckte dem Jungen die Hand hin. »Hab keine Angst. Wir tun dir nichts.«

Cali zögerte, doch dann ergriff er ihre Hand und ließ sich von ihr auf die Füße helfen. Seine Beine waren furchtbar mager, fast nur Haut, Sehnen und Knochen, und auch seine Wangen waren hohl. Aber er lächelte strahlend.

»Danke, Emily«, sagte er. Er wirkte erleichtert, hielt aber einen möglichst großen Abstand zu Connor, als Emily ihn zum Tresen führte.

»Bist du hungrig?«, fragte sie.

Cali nickte und verschlang die Snacks förmlich mit den Augen. Emily schob ihm ein frisches Thunfischsandwich hin. Gierig fiel er darüber her. Er kaute und schluckte schnell, als fürchtete er, dass sie ihm das Sandwich jeden Augenblick wieder wegnehmen würde.

Connor gefiel es nicht, dass Emily dem blinden Passagier so freundlich begegnete. Er hatte zwar das Messer wieder in den Block gesteckt, behielt den ungeladenen Gast aber scharf im Auge und blieb immer dicht neben Emily.

Cali mochte höchstens zwölf Jahre alt sein. Sein Kopf war von dicht gekräuseltem schwarzem Haar bedeckt. Über die knochigen Arme zog sich ein wahres Flechtwerk von schmalen Narben, wie von Kratzern, aber tiefer. Solange Connor nicht mehr über ihn wusste, musste er annehmen, dass er zu allem fähig war.

Während der Junge weiteraß, fuhr Connor mit der Befragung fort. »Wie bist du auf die Jacht gekommen?«

»Gangway. In Mahé«, antwortete Cali mit vollem Mund.

»Gestern?«, fragte Connor verblüfft. Er wusste, dass Brad

während des kurzen ungeplanten Aufenthalts im Hafen die Jacht aufmerksam bewacht hatte. Kaum denkbar, dass sich der Junge in dieser Zeit hatte an Bord schleichen können.

»Nein. Früher.«

Connor runzelte die Stirn. »Willst du etwa behaupten, dass du seit über einer Woche an Bord bist?«

Cali biss mit lautem Krachen in den Apfel und nickte eifrig. »Ich nach Südafrika will.«

»Südafrika?« Emily lachte. »Dann hast du dir das falsche Schiff ausgesucht, Cali. Wir sind unterwegs zu den Malediven.«

Cali runzelte die Stirn und betrachtete den Apfel genau, bevor er wieder den Blick hob. »Malediven ist in Südafrika?«

»Nein, bei Indien! Weit von Afrika entfernt«, antwortete sie, während sie Connor ein Glas Orangensaft eingoss. Cali schaute sie entsetzt an und kaute enttäuscht auf seiner Unterlippe.

»Wie kommst du darauf, dass wir nach Südafrika fahren?«, fragte Connor.

»Fahne von Südafrika, auf Hemd von Mann, der Deck putzt.«

»Ach so, du meinst Jordan«, nickte Emily. »Das stimmt, er stammt aus Kapstadt und trägt immer ein T-Shirt mit der Flagge. Er ist sehr stolz auf sein Land.«

Während Emily locker mit Cali plauderte, saß Connor daneben, so tief in Gedanken versunken, dass er kaum bemerkte, was er aß. Wie kam es, dass der Junge von niemandem gesehen worden war? Brad und er hatten vor dem Ablegen die gesamte Jacht gründlich überprüft. Unmöglich, dass sie den Jungen dabei übersehen hatten.

»Wo hast du dich versteckt?«, unterbrach Connor das Geplauder.

Cali deutete auf den Boden. »Unter klein Boot.«

»Unter dem Beiboot? Unmöglich – das hätten wir bemerkt, wir haben es jeden Tag benutzt!«

Cali schüttelte den Kopf. »Nein – unter Boden.«

Connor erinnerte sich vage, wie das Innere der Garage aussah, in der das Beiboot untergebracht wurde, wenn die Jacht auf See war. Brad hatte ihm eine niedrige Tür nicht weit von den verschlossenen Kisten gezeigt, in denen Ausrüstungsgegenstände verstaut waren. Die Tür führte zur Bilge hinunter, dem abgeschlossenen, tiefsten Bereich der Jacht, in dem sich Spritzwasser, Öl und andere übel riechende Flüssigkeiten sammelten. Kein besonders angenehmes oder bequemes Versteck.

»Wo hast du Englisch gelernt?«, fragte Emily.

Calis Augen leuchteten stolz auf. »Mein Vater. Ist Lehrer.«

»Aber warum willst du nach Südafrika?«, fragte Connor.

»In Somalia ist nichts. Keine Arbeit. Keine Zukunft. Keine Familie.«

»Aber was ist mit deinen Eltern?«

Calis Lächeln verschwand. »Mutter lange tot. Vater auch tot.«

Emily schlug die Hand vor den Mund. »Oh, das ist ja furchtbar! Du hast also niemanden?«

Cali schlug den Blick zu Boden und schüttelte traurig den Kopf.

Connor, der selbst den Schmerz erlebt hatte, seinen Vater zu verlieren, spürte, wie sein Misstrauen gegen den Jungen schwand. »Was ist passiert?«

»War fischen und Piraten haben Boot angreifen …«

»Aber du hast doch gesagt, er war Lehrer?«

Cali legte den Apfel weg, anscheinend war ihm der Appetit vergangen. »Er war. Aber Schule nicht mehr da. Ständig

Krieg. Kein Lohn. Papa kauft alte Boot und fischt. Jeden Tag. Wie mein Großvater.«

»Warum sollten Piraten einen *Fischer* angreifen?«, fragte Connor verwundert.

»Wollen Boot. Haben ihm Hals durchgeschnitten. Dann mich zwingen, bei ihnen mitmachen. Sie mich geschlagen.« Cali zeigte seine vernarbten Arme. »Aber Küstenwache hat Piraten gefangen. Ich davonlaufen. Jetzt ich gehe zu Südafrika, dort ist Leben besser.«

Emily blickte Connor an, ihre Augen schwammen in Tränen. »Wir müssen ihm irgendwie helfen.«

Connor betrachtete den Jungen aufmerksam. Er empfand großes Mitleid mit ihm. Was er ihnen über sein Leben erzählt hatte, klang furchtbar; unter anderen Umständen hätte Connor versucht, ihm zu helfen. Aber seine erste Pflicht bestand darin, Emily und Chloe zu beschützen. Und dieser Junge war immer noch eine unbekannte Größe. »Tut mir leid, aber er ist ein Sicherheitsrisiko. Ich muss den Kapitän informieren.«

»Musst du wirklich?«, fragte Emily in flehendem Ton.

»Ja, verdammt, das muss er«, sagte Brad, der in diesem Moment hereinkam, gefolgt von Sophie, der Stewardess. Beide wirkten ziemlich unausgeschlafen.

KAPITEL 55

»Als blinder Passagier an Bord eines Schiffes mitzufahren, ist eine schwerwiegende Angelegenheit«, erklärte Kapitän Locke und starrte Cali mit einer Mischung aus Misstrauen und Verärgerung an.

»Können wir ihn nicht einfach in den Malediven absetzen?«, fragte Connor. Brad, Emily und er hatten Cali zum Kapitän gebracht.

Sophie kam mit einem Becher Kaffee herein. Der Kapitän nickte ihr dankend zu, blies ein wenig auf das heiße Getränk und nahm den ersten Schluck Kaffee an diesem Tag. »Nein. Seit dem Augenblick, in dem der Junge an Bord der *Orchid* gekommen ist, sind wir rechtlich für ihn verantwortlich. Wir werden für seine Rückführung nach Somalia sorgen müssen. Der Aufwand an Zeit und Geld ist beträchtlich; womöglich fallen auch noch Gebühren an. Mr Sterling wird ganz bestimmt nicht begeistert sein.«

»Will nicht nach Somalia zurück!«, sagte Cali und verschränkte trotzig die Arme.

»Du hältst den Mund«, bellte ihn Kapitän Locke an und stieß den Zeigefinger gegen Calis magere Brust. »Du hast schon genug Probleme verursacht!« Er wandte sich an Brad. »Wir werden ihn den Hafenbehörden überstellen, sobald wir anlegen. Sorgen Sie dafür, dass er bis dahin in eine Kabine eingesperrt wird.«

Brad nickte und packte Cali am Arm.

»Bitte! Kann Cali nicht einfach auf der Jacht bleiben?«, flehte Emily den Kapitän an. »Ich frage meinen Vater, ob er die Jacht nicht nach Südafrika schicken kann, wenn unser Urlaub vorbei ist.«

Der Kapitän schüttelte den Kopf. »Nein, Emily, so funktioniert das nicht. Wenn ihn die Hafenbehörden hier an Bord entdecken, machen wir uns strafbar, weil wir ihn an Bord geduldet und nicht den Behörden überstellt haben. Und zwar nicht nur ich, sondern auch dein Vater als Schiffseigner.«

»Aber er hat keine Familie«, drängte Emily. »Und in Somalia hat er keine Zukunft.«

Der Kapitän hob abwehrend die Hand. »Es tut mir wirklich leid, Emily, aber das kann ich nicht zulassen …«

»Bitte um Verzeihung, dass ich unterbrechen muss, Kapitän«, sagte der Erste Offizier, »aber ich habe hier ein Signal aufgefangen – von achtern nähert sich uns ein nicht identifiziertes Boot sehr schnell.«

Kapitän Locke stand auf und trat an den Radarschirm. Ein grüner Punkt rückte quer über den Monitor direkt auf die *Orchid* zu. Dann tauchten noch weitere grüne Punkte auf, alle hatten Kurs auf die Jacht. Eine Sekunde später verschwanden alle wieder.

»Sie sind jetzt in unserem Radarschatten«, sagte Kapitän Locke. »Geben Sie mir visuelle Bestätigung, Brad.«

Brad rannte hinaus und stieg auf das Oberdeck. Connor folgte ihm.

Die Sonne war inzwischen aufgegangen und hing schon jetzt als heißer Ball über dem Horizont. Brad und Connor ließen den Blick über das Meer gleiten. Eine halbe Meile in südlicher Richtung rasten sechs Außenborder heran. In allen Booten saßen mehrere Männer.

KAPITEL 56

»Fünf Minuten bis zum Kontakt«, sagte Brad, als er in die Brücke gerannt kam. »Sechs Boote. Piraten, allem Anschein nach.«

Kapitän Locke stellte die Tasse ab. Sein kantiges Gesicht wirkte entschlossen. »So wie sie sich nähern, werden sie wohl einen Angriff planen. Fielding: Volle Kraft voraus«, befahl er.

Fielding, der Erste Offizier, schob den Hebel bis zum Anschlag vor. Tief aus dem Bauch der *Orchid* war ein starkes Brummen und Rumpeln zu hören, dann lief ein Beben durch die Superjacht, als die Zwillingsdieselmotoren zu maximaler Leistung angetrieben wurden.

Der Erste Offizier schaute Brad wütend an. »Wer hatte Wachdienst?«

»Ich«, sagte Connor. Er stellte die Beine breiter, als die Jacht schneller wurde und durch die Wellen pflügte.

»Und wo zum Teufel warst du?«

»Er hatte gerade den blinden Passagier entdeckt und kümmerte sich darum«, verteidigte ihn Brad.

»Sie hätten niemals einem Jungen die Verantwortung übertragen dürfen!«, bellte der Offizier.

»Das ist jetzt nicht der richtige Zeitpunkt, über die Schuldfrage zu diskutieren!«, befahl Kapitän Locke. Er griff nach dem Mikrofon der Lautsprecheranlage. »An die gesamte Besatzung. An die gesamte Besatzung. Hier spricht der Kapitän. Alarmstufe Rot. Ich wiederhole: Alarmstufe Rot. Alle Mann zur Brücke.«

Brad wandte sich zu Connor um. »Bring Chloe und Emily in die Zitadelle.«

Das musste er Connor nicht zweimal befehlen. Connor packte Emily am Arm und zog sie zur Tür.

»Was ist mit Cali?«, rief sie.

Connor warf einen Blick zurück auf den Jungen. Erst jetzt bemerkte er die Taschenlampe, die in der Gesäßtasche von Calis Shorts steckte. »Er gehört zu ihnen!«, rief Connor. »Cali hat den Piraten Signale gegeben!«

»Ich?«, fragte Cali und riss erschrocken die Augen auf. »N… nein! Das stimmt nicht …«

Im selben Augenblick stürmten Geoff und der Rest der Besatzung in die Brücke.

»Was ist los, Kapitän?«, rief der Ingenieur und runzelte besorgt die Stirn, als er einen Blick auf den Drehzahlmesser warf und sah, dass die Nadel im roten Bereich stand. »Das halten die Maschinen nicht lange durch!«

»Piraten«, erklärte Kapitän Locke knapp. Er wandte sich an einen der Matrosen. »Scott – Sie behalten den Jungen im Auge.«

Scott starrte Cali verwirrt an. »Wo … wo kommt *der* denn her?«

»Blinder Passagier – und möglicher Komplize der Piraten.«

»Sie holen immer noch auf«, verkündete der Erste Offizier und deutete auf den Radarschirm, wo die grünen Punkte für einen kurzen Augenblick wieder aufgetaucht waren.

Kapitän Locke verzog das Gesicht. »Notruf vorbereiten.«

»Komm schon, Emily«, drängte Connor und zog sie durch die Tür. »Wir haben nicht mehr viel Zeit.«

Als sie die Treppe hinunterstiegen, konnte er einen kurzen Blick auf die heranrasenden Boote werfen, die wie Haiflossen durch das Wasser schnitten. An Bord waren Piraten, die große Schusswaffen in den Händen hielten. Das war genau das Albtraumszenario, auf das sie sich vorbereitet hatten – und von dem sie zugleich gehofft hatten, dass es sich niemals ereignen würde.

Die *Orchid* krachte in ein Wellental. Bei dieser Geschwindigkeit wurde die Jacht wie von einer Riesenfaust durchgeschüttelt. Emily rutschte aus und Connor konnte gerade noch verhindern, dass sie die Treppe hinunterstürzte.

»Halte dich am Geländer fest«, rief er ihr zu, als sie die letzte Treppe zum Unterdeck hinabstiegen.

Auch als sie durch den Flur zu Chloes Kabine rannten, spürten sie das Beben, das die dröhnenden Maschinen verursachten. Connor hämmerte an Chloes Tür. »Chloe! Chloe! Mach auf!«

»Was ist los?«, kam die schläfrige Antwort.

Das war nicht der richtige Zeitpunkt, um diskret zu sein. Connor stieß die Tür auf. Chloe fuhr hoch und zog die Bettdecke an sich, als müsse sie sich schützen. »Tut mir leid, aber wir haben einen Notfall. Nimm ein paar Kleider – wir müssen dich so schnell wie möglich in die Zitadelle bringen.«

»Zitadelle?«, echote Chloe und starrte ihn verständnislos an.

»Sicherheitsraum«, erklärte Connor. »Wir werden von Piraten angegriffen. Beeil dich!«

Chloe war zu benommen und zu verängstigt, um zu protestieren. Sie raffte ein paar Kleider zusammen und ließ sich von Connor in den Flur führen. Connor trieb die beiden

Schwestern vor sich her die Treppe hinauf und dann Richtung Bug, wo die Mannschaftsquartiere lagen. An der Schotttür stießen sie auf Brad, der Amanda aus ihrer Kabine geholt hatte.

»Bleiben Sie hier drin, bis ich Sie wieder holen komme. Haben Sie verstanden?«, sagte Brad.

Amanda nickte stumm; ihr engelhaftes Gesicht war blass vor Angst. Connor führte auch Chloe und Emily durch die Tür, dann drehte er sich um und folgte Brad.

»Wohin gehst du?«, rief ihm Chloe nach, so verängstigt wie ein verlassenes Kind.

Connor hoffte, dass niemand merkte, wie nervös er selbst war. »Ich helfe mit, die Piraten abzuwehren.«

KAPITEL 57

Connor stand an der Reling des Hauptdecks. Der Wind peitschte ihm ins Gesicht. Unter ihm rauschte das Wasser wie ein gewaltiger Strudel vorbei. Die *Orchid* zog eine riesige Schaumwelle hinter sich her. Aber so schnell sie auch war, schwand doch ihr Vorsprung vor den Piraten mit jeder Sekunde – vierhundert Meter … dreihundert … zweihundert …

»Das sind wirklich starke Maschinen«, sagte Brad. »Das müssen doch über dreißig Knoten sein.«

Er drückte auf den Knopf des Funkgeräts. »Kapitän, können Sie nicht ein wenig mit dem Heck schlenkern?«

Statisches Knistern kam aus dem Gerät. »Dann verlieren wir zu viel Fahrt!«, antwortete Kapitän Locke.

Brad drückte wieder auf den Sendeknopf. »In Geradeausfahrt können wir sie nicht abhängen. Wir müssen es ihnen so schwer wie möglich machen, uns zu entern.«

»Verstanden.«

Ein paar Sekunden später schwenkte die *Orchid* urplötzlich nach Steuerbord ab. Die Jacht krängte stark zur Seite; Connor musste sich an die Reling klammern, um nicht rückwärts über das Deck geschleudert zu werden; dann plötzlich schwenkte die Jacht nach Backbord zurück, sodass er heftig gegen die Reling gedrückt wurde. Jede Schwenkbewegung erzeugte gewaltige Heckwellen, von denen die Piratenboote wie Reiter auf bockenden Pferden herumgeworfen wurden. Wasser schoss ihnen über den Bug in die Boote, Gischt sprühte hoch auf, ihre Motoren jaulten, als die Schrauben aus den Wellen gehoben wurden und leerdrehten. Die Piraten klammerten sich verzweifelt fest, um nicht über Bord gespült zu werden, mussten aber gleichzeitig auch ihre Waffen sichern. Aber für diese Männer war das verzweifelte Manöver der Jacht nur eine momentane, lästige Ablenkung: Sie schwenkten nur etwas weiter aus dem Kielwasser der Jacht. Wie ein Pack hungriger Haie hetzten sie die *Orchid* und bedrängten sie nun auch von den Seiten. Kaum fiel eines der angreifenden Boote zurück, setzte sich schon ein anderes an seine Stelle.

Connors Mund fühlte sich trocken und pelzig an, Adrenalin schoss ihm durch die Venen und Angst ballte sich in seinem Magen zusammen. Er fuhr mit der Zunge über die Lippen, schmeckte aber nur Salzwasser. Sein Herz begann heftig zu pochen – flüchtig schoss ihm durch den Kopf, dass sich so ähnlich auch ein Fuchs fühlen mochte, der von einer Hundemeute gehetzt wurde.

Ein Boot ging auf Backbordseite gleichauf zur Brücke. Ein Pirat signalisierte mit seiner AK47, die Geschwindigkeit zu reduzieren.

»Der macht wohl Witze«, sagte Brad und fragte Connor: »Hast du die Signalraketen bereit? Scheint so, als würden wir sie ziemlich bald brauchen.«

Connor nickte, zog eine Signalrakete heraus und machte sie bereit. Die Matrosen hatten ringsum auf dem Deck Stellung bezogen, um jeden Enterversuch abzuwehren.

Als der Pirat sah, dass die *Orchid* keine Absicht hatte, die

Geschwindigkeit zu verringern, feuerte er mit der AK47 willkürlich auf die Jacht. Connor und Brad duckten sich hinter die Bordwand. Die tödlichen Kugeln zischten über ihre Köpfe hinweg.

»Sie wollen uns umbringen!«, schrie Jordan, der ein paar Meter entfernt hinter der Bordwand kauerte.

»Das sind nur Warnschüsse«, rief Brad zurück. »Sie wollen uns nur Angst einjagen.«

»Funktioniert echt gut!«

Brad nahm die Signalrakete, die Connor ihm hinhielt, wartete, bis der Kugelhagel nachließ, stand kurz auf und feuerte sie auf das Boot. Ein roter Feuerstrahl zuckte durch die Luft. Der Pirat mit der AK47 warf sich im letzten Augenblick in seinem Boot zu Boden. Die Rakete, die dicht über ihn hinwegzischte, hätte ihn sonst unweigerlich getroffen. Aber er sprang sofort wieder auf und feuerte einen weiteren Kugelhagel ab. Die Geschosse rissen Löcher in den Glasfiberaufbau. Die Crew der *Orchid* duckte sich voller Angst noch tiefer hinter die Bordwände. Alle versuchten, den Kopf mit beiden Armen zu schützen.

Wieder schwenkte das Heck der *Orchid* scharf nach Backbord, sodass das Piratenboot zum Rückzug gezwungen war.

Doch schon jagte ein anderes auf der Steuerbordseite heran. Brad und Connor rannten quer über das Deck. Ein Pirat kauerte im Bug des Bootes. Auf seiner Schulter lag ein langes Rohr, das fast wie ein Abwasserrohr aussah: ein Granatwerfer. Connor schoss unwillkürlich das verwackelte Video durch den Kopf, das Amir bei der Einsatzbesprechung des Alpha-Teams vorgeführt hatte. Eine eiskalte Faust schloss sich wie eine Klammer um sein Herz: Das hier war kein Video mehr, das war die grausame Wirklichkeit, und er stand mittendrin.

Brad hielt das Funkgerät an den Mund. »Kapitän, Angreifer auf Steuerbord. Rammen!«

»Zu riskant!«

»GRANATWERFER!«, brüllte Brad.

Das Boot war nun gleichauf mit der Brücke. Der Pirat zielte.

»SCHEISSE!«, schrie der Kapitän.

Der Pirat feuerte; die Verbindung brach ab. Die Granate schoss durch die Luft, einen Feuerstrahl hinter sich herziehend, und raste direkt auf die Brücke zu. Connor verfolgte ihren Flug, starr vor Entsetzen; sie verschwand aus seinem Blickfeld und explodierte.

KAPITEL 58

Der Summton riss Amir aus dem Schlaf. Er gähnte und warf einen Blick auf den Wecker.

Halb vier? Warum hatte er den Weckalarm so früh gestellt?

Er rieb sich den Schlaf aus den Augen. Das Summen ging hartnäckig weiter. Er tastete blind hinüber, um den Wecker auszuschalten – und fiel auf den Boden. Der schmerzhafte Sturz brachte ihn mit einem Schlag zu sich. Natürlich: Er lag gar nicht im Bett; er hatte Nachtdienst und sollte die Operation Gemini überwachen!

Das Summen schien immer lauter und durchdringender zu werden. Amir zog sich an der Schreibtischplatte hoch. Auf dem Touchscreen des Computers blinkte ein rotes Alarmzeichen. Amir tippte darauf, starrte den kurzen, in fetten Großbuchstaben geschriebenen Text sprachlos und entsetzt an, dann griff er nach dem Telefon.

»Was ist los, Amir?«, meldete sich Charley schläfrig.

»Notsignal von der *Orchid*.«

Einen kurzen Augenblick war es still, bis die Meldung eingesunken war, dann sagte sie knapp: »Komme sofort.« Ihre Stimme klang jetzt scharf und klar.

Kurz darauf rollte Charley durch die Tür, nur mit T-Shirt und Jogginghose bekleidet. Sie war blass, aber hellwach.

»Welche Informationen haben wir?«

Amir wies mit dem Kopf auf den Bildschirm. »Die *Orchid* setzte um 0625 ein DSC-Notsignal ab, Ortszeit Seychellen. Ihre Position wurde mit zweihundertvierzig Seemeilen Ost-Nordost von Mahé angegeben.«

»Wird die Ursache erwähnt?«

Amir schluckte nervös. »Piraten.«

Charley schaute ihn entsetzt an. »Sieht so aus, als hättest du deine Wette mit Ling verloren.« Sie rollte näher an den Tisch und las nun selbst die kurze Meldung auf dem Monitor.

»Hat sich Connor gemeldet?«

Amir schüttelte den Kopf. »Das Notsignal wurde vom Maritime Rescue and Coordination Centre der Seychellen aufgefangen. Da sich die *Orchid* derzeit außerhalb des VHF-Funkbereichs und auch außerhalb der Mobilfunknetze befindet, kommt dafür nur ein Satellitenfunkruf in Frage. Aber das geht aus der Meldung nicht hervor.«

Charley griff nach dem Telefon. »Ich rufe die Küstenwache der Seychellen an und lasse mir ein Update geben. Du informierst Colonel Black; danach versuchst du, Connor mit deiner SOS-App zu erreichen.«

KAPITEL 59

Ein riesiger Ball aus Feuer, Rauch und Granatsplittern blitzte wie ein Komet in der Morgendämmerung auf. Ein paar Sekunden lang war Connor überzeugt, dass Kapitän Locke und alle, die sich auf der Brücke befunden hatten, tot waren. Doch dann tönte die Stimme des Kapitäns hart und metallisch aus dem Lautsprecher.

»Ziel verfehlt!« Seine Erleichterung war unüberhörbar.

»Absicht«, antwortete Brad knapp. »Aber die nächste wird ein Treffer.«

Eine kurze Pause entstand, während der Kapitän offenbar die Bedrohung durch eine zweite Granate gegen das Risiko abwog, das Skiff zu rammen.

»Kollisionskurs! Bereitmachen zur Kollision!«, bellte er.

Connor und Brad wappneten sich. Gerade als sich das Boot erneut der Jacht näherte, schwenkte die *Orchid* scharf nach Steuerbord ab. Der Steuermann des Boots, der mit einem derart aggressiven Manöver nicht gerechnet hatte, versuchte auszuweichen, aber es war schon zu spät. Die beiden Fahrzeuge kollidierten mit recht hoher Geschwindigkeit. Der Bug des Piratenboots krachte gegen den hinteren Rumpfteil der Jacht und wurde bei dem Aufprall zertrümmert. Ein durchdringendes Kreischen war zu hören, als das

Wrack an der Jacht entlang bis zum Heck scheuerte. Dort wurde es von der durch die starken Schiffsschrauben hoch aufgewirbelten Heckwelle der Jacht erfasst und wie ein Stück Treibholz im Sturm umgeworfen. Die Piraten und ihre Waffen wurden ins Meer geschleudert.

»Das gibt ihnen was zum Kauen«, kommentierte Brad trocken, während sie zusahen, wie das gekenterte Boot hilflos in der Heckwelle schaukelte und hinter ihnen zurückblieb.

Aber das Rammmanöver erwies sich praktisch als Stich ins Wespennest: Es brachte die Piraten zur Weißglut und machte sie noch entschlossener. Die übrigen Piraten rasten mit ihren Booten an ihren gekenterten Komplizen vorbei und schwärmten im Halbkreis auf die Jacht zu.

»Warum geben sie nicht auf?«, fragte Jordan verängstigt.

Brad umklammerte die Reling so hart, dass seine Knöchel weiß hervortraten. »Sie müssen ziemlich verzweifelt sein. Und sie haben nichts zu verlieren.«

Wieder tönte die Stimme des Kapitäns aus dem Funkgerät an Brads Gürtel.

»Wir haben ein Problem. Unsere Geschwindigkeit lässt nach. Eine der Schrauben muss bei dem Zusammenprall beschädigt worden sein.«

Brad wandte sich an die Crew, die überall auf dem Deck hinter den Bordwänden kauerte. »Alle herhören! Die Piraten werden versuchen, die Jacht zu entern. Bereitmachen zur Abwehr!« Er gab Connor die leere Leuchtpistole. »Du hältst die Stellung. Ich bin gleich wieder da.«

Bevor Connor noch eine Frage stellen konnte, verschwand Brad im Salon.

Connor spähte über die Bordwand. Die Piraten näherten sich auf beiden Seiten schnell, da die Jacht immer mehr an Fahrt verlor. Eine wild abgefeuerte Salve hackte Plastik- und

Holzstücke aus dem Oberdeck. Ein Fenster zerbarst mit lautem Knall, eine der beiden Stewardessen, die in der Sky Lounge als Ausguck positioniert waren, schrie auf. Connor hoffte, dass sie unverletzt geblieben war; rasch lud er die Signalpistole, fragte sich aber, ob das überhaupt noch einen Sinn hatte. Gegen eine AK47 würde eine Leuchtrakete nicht viel ausrichten können.

Aber er hatte nichts anderes.

Als der Beschuss aufhörte, schob er sich hoch und zielte auf das nächste Boot. Doch die Jacht krängte heftig und machte ein genaues Zielen praktisch unmöglich. Ein großer Pirat mit abstehenden Ohren richtete die AK47 auf Connor. Aber Connor drückte zuerst ab. Die Rakete zischte aus dem Pistolenlauf und schoss als leuchtend roter Ball über die Wellen – und fiel ein paar Meter vor dem Feind ins Meer.

Connor sah noch, wie der Feuerball im Wasser erlosch, dann duckte er sich. Ein Kugelhagel schlug in die Bordwand ein.

Das war wohl alles, was er zur Abwehr tun konnte.

Brad tauchte wieder auf, jetzt hielt er eine Pumpgun aus rostfreiem Stahl mit Kaliber 12 in der Hand. »Wird höchste Zeit, Feuer mit richtigem Feuer zu erwidern!«

Connor warf einen ungläubigen Blick auf die eindrucksvolle Waffe. »Haben Sie nicht gesagt, Waffen an Bord seien illegal?«

Brad checkte die Kammer und entsicherte die Pumpgun. »Nur im Hafen«, gab er knapp zurück, schob den Kopf ein wenig hoch und zielte.

Der Knall war ohrenbetäubend. Connor hielt sich die Ohren zu. Brad feuerte mehrmals hintereinander, dann duckte er sich wieder hinter die Bordwand.

»Haben Sie einen getroffen?«, überschrie Connor den

Lärm der Schüsse, mit denen die Piraten nun die Jacht beharkten.

Brad schüttelte den Kopf. »Ich hab versucht, ihre Motoren auszuschalten«, erklärte er, während er rasch nachlud.

Auf der Steuerbordseite warfen Jordan und Kieran, ein weiter Matrose, ein weitmaschiges Netz über Bord, mit dem normalerweise die Ladung im Stauraum gesichert wurde. Wenn es sich in den Schrauben eines Außenbordmotors verwickelte, würde das Boot praktisch manövrierunfähig sein. Aber als sie das Netz über Bord warfen, ratterte erneut eine Salve los. Jordan wurde zurückgeschleudert. Blut spritzte über die Glasfenster des Salons.

Connor lief gebückt zu ihm hinüber. Jordan lag stöhnend auf dem Deck; Blut strömte aus einer Wunde an der Schulter. Kieran riss sich das T-Shirt herunter und reichte es Connor.

»Drücke es auf die Wunde. Ich hole den Erste-Hilfe-Kasten.«

Kieran verschwand im Salon. Connor ballte das T-Shirt zusammen und drückte es fest auf die Wunde. Jordan schrie auf.

»Du kommst durch«, versicherte ihm Connor, dem nichts anderes einfiel. »Versprochen. Ich hab schon Schlimmeres erlebt.«

Trotz aller Schmerzen brachte Jordan ein ungläubiges Grinsen zustande.

Connors Smartphone in der Brusttasche des Poloshirts piepte; er ignorierte es.

Brad erwiderte das Feuer der Piraten. Die Schüsse echoten von der blutverschmierten Glasfront des Salons zurück. Aber die Piraten waren offenbar entschlossen, sich diese Beute nicht entgehen zu lassen. Wieder ging ein Kugelhagel auf die

Jacht nieder und ihre aufheulenden Motoren klangen wie gereizte Hornissen.

Kieran tauchte mit dem Erste-Hilfe-Kasten wieder auf. »Das Netz … hat es was … genützt?«, fragte Jordan durch zusammengebissene Zähne.

Connor warf einen Blick über das Heck und schüttelte bedrückt den Kopf. »Nein.«

Dann klirrte Metall auf Metall: Ein Wurfanker hatte sich an der Backbordreling festgehakt. Das Seil spannte sich. Die Piraten enterten die *Orchid*.

KAPITEL 60

Connor schrie Brad eine Warnung zu, aber das ständige Krachen der Pumpgun hatte Brad momentan taub werden lassen. Während sich Kieran um Jordans Schusswunde kümmerte, rannte Connor zur Reling. Das Seil hatte in regelmäßigen Abständen Knoten, um den Aufstieg zu erleichtern. Ein Pirat kletterte bereits daran herauf; die heftigen Schaukelbewegungen des Bootes verlangsamten zwar den Aufstieg, aber in ein paar Sekunden würde er auf dem Deck stehen.

Connor zog die Signalpistole aus der Hosentasche, zielte – und merkte, dass sie nicht geladen war. Rasch fummelte er die Ersatzraketen heraus, war aber so nervös, dass er sie fallen ließ. Sie rollten über das Deck. Hastig hob er eine auf, öffnete die Kammer und lud die Patrone. Gerade als er zielen wollte, kam der Koch auf das Deck gerannt und schwenkte eine brennende Wodkaflasche.

»Mein eigener Piratencocktail!«, brüllte er und warf die Flasche auf die Angreifer hinunter.

Die Flasche zersplitterte auf dem lang gestreckten Bug. Ein Flammenmeer breitete sich auf dem hölzernen Deck aus. Die Piraten schrien auf und versuchten in panischer Angst, sich vor den Flammen zu retten; der Steuermann riss das

Ruder herum, sodass sich das Seil plötzlich mit gewaltigem Ruck spannte und den daranhängenden Piraten ins Meer katapultierte.

Dann brach eine Welle über den Bug des Bootes und löschte das Feuer. Die Piraten erholten sich schnell von ihrem Schock über den Gegenangriff, brachten ihr Boot wieder auf Kurs und unternahmen einen weiteren Angriffsversuch. Mit aufbrüllendem Motor jagten sie auf die Jacht zu, ohne ihren vom Seil gestürzten Kameraden aus dem Wasser zu fischen.

Aber der Koch hatte noch viel mehr Flaschen – ein paar Augenblicke später tauchte er mit zwei weiteren Molotowcocktails wieder auf.

Auf der Steuerbordseite feuerte Brad erneut. Dieses Mal traf er. Der Außenborder eines der Boote kam ins Stottern und starb ab. Schwarzer Qualm kam aus dem Auspuff. Aber auch der Steuermann hatte einen Teil der Schrotmunition abbekommen. Schreiend fiel er über die Ruderpinne, die zum Dollbord gedrückt wurde, wodurch das Boot seitwärts abschwenkte.

»Zwei ausgeschaltet!«, rief Brad grimmig, als er sich hinter die Bordwand duckte, um nachzuladen.

Doch trotz ihrer Verluste gaben die Piraten nicht auf. Zwei Boote starteten nun einen Simultanangriff auf den Bug der *Orchid*. Die dort stationierten Matrosen riefen um Hilfe. Brad und Connor rannten nach vorn. Aber weil sich alle auf die Angriffe auf den beiden Seiten des Bugs konzentrierten, bemerkte niemand das dritte Boot, das nun das Heck angriff.

Nur Connor hörte das Klappern des Wurfankers, der sich an der Reling festhakte. Er wirbelte herum und rannte zum Achterdeck. Ein riesiger Pirat stand breitbeinig im Bug seines Bootes, ein Sturmgewehr über dem Rücken. So fest und unbezwingbar stand er auf dem heftig schlingernden Boot, dass Connor für einen Augenblick jede Hoffnung verlor. Der Pirat winkte seinem Steuermann, noch näher das Heck der *Orchid* heranzufahren. Jeden Augenblick würde er springen.

Connor hatte nur einen einzigen Schuss. Dieses Mal konnte er sich keinen Fehlschuss mehr leisten.

Die Rakete schoss über die kurze Distanz und traf ins Ziel. Genau wie Connor geplant hatte, landete sie direkt neben dem Treibstoffkanister für den Außenbordmotor. Der Steuermann schrie entsetzt auf und sprang über Bord, gerade als die Funken den Diesel entzündeten. Eine Feuersäule stieg auf und ging als flammender Sprühregen über die Piraten und ihr Boot nieder. Die Piraten sprangen um ihr Leben. Ihr Boot explodierte mit einem gewaltigen Feuerball, ein Rauchpilz stieg in die Luft, als sei eine Bombe gezündet worden. Connor hielt sich schützend die Hand vor die Augen. Als er wieder hinschaute, hatte das Boot bereits zu sinken begonnen.

Aber der große Pirat war einen Sekundenbruchteil vor der Explosion gesprungen und hing immer noch am Seil. Während die Jacht weiterfuhr und ihre Heckwelle um ihn herum aufschäumte, zog er sich wie ein Ungeheuer aus den Tiefen des Meeres an dem Seil an die Jacht heran. Connor konnte die ungeheure Kraft des Mannes kaum fassen – oder seine geradezu wahnsinnige Entschlossenheit.

Der Widerhaken wurde vom Gewicht des Riesen so festgezurrt, dass Connor keine Chance hatte, ihn zu lösen. Er rannte durch den Salon zur Pantry, riss den Feuerlöscher aus der Halterung und ein großes Fleischmesser aus dem Messerblock. Als er zurücklief, sah er, dass der Pirat bereits das Heck erreicht hatte und nun an der großen Tür der Beibootgarage zum Achterdeck hinaufkletterte.

Connor riss den Sicherungsring des Feuerlöschers heraus und sprühte den weißen Schaum über die Tür hinunter, sodass die gesamte Fläche schlüpfrig und ölig wurde. Der Pirat kämpfte verzweifelt darum, nicht den Halt zu verlieren, und kickte heftig gegen die Glasfiber-Außenhaut der Jacht. Heckwellengischt und Schaum sprühten über seinen Körper; das Wasser rann ihm in Strömen über den kahlen Schädel.

Aber er ließ nicht locker.

Connor warf den leeren Feuerlöscher weg und zog das Messer aus dem Gürtel. Der Pirat fauchte wie ein gereizter Tiger, als er die Klinge sah. Connor säbelte wie wild an dem Seil. Der Pirat kletterte noch schneller; Hand um Hand hangelte er sich aufwärts. Schon franste das Seil aus, aber Connor wurde klar, dass er es nicht mehr rechtzeitig durchschneiden konnte, denn der Pirat hatte schon mehr als die Hälfte des Aufstiegs hinter sich. In diesem Augenblick sackte die *Orchid* in ein Wellental; der Pirat verlor wieder den Halt unter den Füßen und rutschte fast bis zur Wasserlinie hinunter. Nur dank seiner ungeheuren Körperkraft konnte er sich weiter am Seil festklammern.

Mit einer enormen Kraftanstrengung hievte er sich schnell wieder am Seil hinauf, während Connor noch hektischer an dem Seil säbelte. Immer mehr Fasern rissen. Die Finger des Piraten griffen bereits nach der Kante der Bordwand, als das Seil endlich riss und der Mann in die schäumende Heckwelle stürzte.

KAPITEL 61

»Definitiv eine neue Art von Piraten«, erklärte Brad, als sich die Crew im Salon der Jacht versammelt hatte.

Nachdem ihr Angriff gescheitert war, hatten die Piraten die Verfolgung der Jacht endlich abgebrochen. Die *Orchid* war entkommen. Sie war von Kugeln durchlöchert, aber nicht gekapert worden. Jordan wurde in einer der Gästekabinen untergebracht. Seine Wunde war versorgt worden und man hatte ihm Schmerztabletten verabreicht. Auch Kathy, die zweite Stewardess, hatte ein paar Schnittwunden abgekommen, als das Salonfenster zersplitterte.

»Ich habe noch nie erlebt, dass so viele Boote gemeinsam und mit solcher Feuerkraft angreifen«, fuhr Brad fort, während er im Salon hin und her ging, die Pumpgun immer noch in der Hand. »Einen Frachter, ja, aber doch keine Privatjacht? Und ihre Außenborder waren nagelneu, absolute Spitzenmotoren.«

»Wie konnten sie uns überhaupt entdecken?«, fragte Connor, der direkt hinter dem Sofa stand, auf dem Emily und Chloe, immer noch geschockt, eng nebeneinandersaßen. »Wir befinden uns doch nicht in einem der Schifffahrtskorridore und sind außerdem weit von der somalischen Küste entfernt.«

»Gute Frage«, nickte Kapitän Locke und schaute Brad fragend an. »Wir sind so weit vom Festland entfernt, wie man nur sein kann.«

»Warum fragen wir nicht ihn?«, sagte Scott, packte Cali am Nacken und schob ihn mitten in den Raum.

Cali starrte mit vor Angst weit aufgerissenen Augen um sich. »Ich ... ich nichts weiß ... ich nicht Pirat ...«

»Aber sicher bist du einer«, sagte Scott und schüttelte Cali wie einen Sack Knochen. »Du hast ihnen vor dem Angriff ein Signal geschickt. Und jetzt ist einer meiner Freunde angeschossen worden!«

»Aufhören!«, schrie Emily und sprang auf. »Das ist nicht Calis Schuld!«

Scott drehte sich zu ihr um. »Glaubst du wirklich allen Ernstes, es ist reiner Zufall, dass sich dieser kleine Somalier genau rechtzeitig vor einem Piratenangriff auf die Jacht schleicht?«

»Er hat doch nur versucht, den Piraten zu entkommen!«, erklärte Emily aufgebracht. »Sein Vater wurde von ihnen ermordet!«

Scott verdrehte die Augen zur Decke. »Und du kaufst ihm diesen Schmalz ab? Ich bin sicher, dass er ihnen unsere Koordinaten geschickt hat.«

»Nein! Nein! Nicht wahr!«, schrie Cali und versuchte, sich aus Scotts eisernem Griff zu winden.

Kapitän Locke hob die Hand, damit sich alle beruhigten. »Bevor wir voreilige Schlussfolgerungen ziehen, sollten wir uns doch erst einmal anhören, was unser Sicherheitsmann dazu zu sagen hat.«

Brad blickte Cali durchdringend an, dann meinte er: »Wir sind weit von Somalia entfernt. Es gibt nur zwei Möglichkeiten. Entweder haben die Piraten von einem Mutterschiff aus operiert und sich einfach auf das nächste Schiff gestürzt, das vorbeikam. Dann war es eben nur einfach Pech, dass wir ihnen ins Blickfeld gerieten. Oder die Aktion war als gezielter Direktangriff auf die *Orchid* geplant. Wenn das der Fall ist, könnte Cali durchaus als Signalgeber fungiert haben.«

»Heißt das, dass wir jetzt in Sicherheit sind?«, fragte Amanda, die in einem der Ledersessel saß, ein großes Glas Gin Tonic in der Hand. Irgendwie hatte sie es geschafft, ihr Make-up aufzulegen, aber ihr Blick wirkte nach dem Schock noch immer ein bisschen glasig.

Brad betrachtete die Pumpgun in seiner Hand, dann schaute er auf das offene Meer hinaus, das hinter dem Heck friedlich in der Morgensonne glitzerte. »Ziemlich unwahrscheinlich, dass die Piraten noch einen weiteren Versuch unternehmen. Aber ruhiger werde ich mich erst fühlen, wenn wir in einem sicheren Hafen sind.«

»Und wie lange brauchen wir bis dorthin?«

»Ungefähr achtundvierzig Stunden«, antwortete Kapitän Locke.

»Was ist mit Jordan?«, fragte Sophie. »Kieran mag ein guter Sanitäter sein, aber er ist kein Arzt.«

»Sieht schlimmer aus, als es ist, Soph«, antwortete Brad. »Ich habe mir die Wunde angesehen. Glatter Durchschuss. Aber du hast natürlich recht: Er muss medizinisch versorgt werden.«

»Wir werden Jordan evakuieren lassen, sobald wir in die Reichweite der Rettungshubschrauber kommen«, warf der Kapitän ein. »Das Notsignal haben wir widerrufen, dabei aber gleichzeitig medizinische Hilfe angefordert, die …«

»Tut mir leid, unterbrechen zu müssen, Kapitän Locke«, sagte der Erste Offizier Fielding, der soeben von der Brücke hereineilte. »Wir haben einen Notruf aufgefangen.«

»Von einem Piraten, hoffe ich«, lachte der Koch, der hinter der Bar stand und weitere »Spezialcocktails« vorbereitete – nur für den Fall, dass die Piraten noch nicht genug davon bekommen hatten und zurückkehrten.

»Nein. Eine niederländische Jacht«, sagte der Erste, mühsam ein Schmunzeln unterdrückend. »Motorschaden durch ein Feuer. Vier Personen an Bord. Sie fordern sofortige Hilfe an.«

»Wie weit sind sie von unserer derzeitigen Position entfernt?«, fragte der Kapitän.

»Neun Seemeilen südöstlich.«

»Aber Sie wollen ihnen doch hoffentlich nicht zu Hilfe kommen?«, fragte Kieran. »Wir haben schon genug mit unseren eigenen Problemen zu kämpfen.«

Kapitän Locke schaute ihn streng an. »Das weiß ich selber. Aber wir sind rechtlich verpflichtet, ihnen zu helfen.«

»Kann sich dafür denn nicht ein anderes Schiff melden?«, fragte Amanda.

Der Erste Offizier schüttelte den Kopf. »Anscheinend ist außer uns niemand in der Nähe.«

»Nehmen Sie Kurs auf die Jacht«, ordnete der Kapitän an.

»Aber die Piraten!«, rief Scott entsetzt.

»Genau deshalb. Wir müssen ihnen helfen. Wenn die Piraten den Notruf ebenfalls aufgefangen haben, werden sie sich wie Geier auf ein wehrloses Opfer stürzen. Also haltet gut Ausschau!«

KAPITEL 62

Connor ließ den Blick über den Horizont schweifen. Das Fernglas holte selbst die entferntesten Wellen heran. Dünne weiße Schaumkronen tanzten wie Federn über die Wasserfläche. Piraten waren nicht in Sicht. Das beruhigte ihn einerseits, andererseits kam ihm die schiere Leere des Ozeans beunruhigend vor.

Connor fokussierte auf die niederländische Jacht, die backbords ein paar Meilen entfernt auf dem Wasser dümpelte. Obwohl nur ungefähr halb so groß wie die *Orchid*, bot sie mit ihren schnittigen, eleganten perlweißen Formen einen eindrucksvollen Anblick. Niemand ließ sich an Deck blicken, was sie so unheimlich wie ein Geisterschiff erscheinen ließ. Vermutlich hatte die kleine Besatzung unter Deck alle Hände voll zu tun, um das Feuer im Maschinenraum unter Kontrolle zu bekommen.

Die Atmosphäre auf der *Orchid* war angespannt. Die meisten Besatzungsmitglieder standen Wache oder gingen ihren Pflichten auf der Brücke nach. Chloe und Emily saßen im Salon und spielten still und bedrückt Karten. Kieran kümmerte sich um Jordan und behielt Cali scharf im Auge. Und Sophie bediente Amanda, die ebenfalls im Salon saß. Das Model war inzwischen beim dritten Gin Tonic angelangt und blätterte ziellos einen Stapel Modemagazine durch.

Nachdem sich die Aufregung über den Angriff wieder gelegt hatte, war Connor die SMS wieder eingefallen, die mitten im Kampf auf seinem Smartphone eingegangen war. Erstaunlich, dass er so weit draußen auf dem Meer überhaupt eine SMS empfangen konnte. Als er gesehen hatte, dass die Mitteilung von Amirs SOS-App stammte, die kurze Mitteilungen über Satellitenkommunikation ermöglichte, hatte er knapp geantwortet:

ALLES KLAR. HELFEN ANDERER JACHT IN NOT.

Brad erschien auf dem Oberdeck und stellte sich neben Connor an die Reling. Die Pumpgun hing an seiner Schulter; seit dem Überfall war sie seine ständige Begleiterin. »Der Kapitän hat gerade die Jacht kontaktiert. Haben sich die Piraten blicken lassen?«

»Nein.«

»Wahrscheinlich lecken sie noch ihre Wunden«, sagte Brad mit schiefem Grinsen.

Als die *Orchid* näher heranfuhr, konnte Connor den Namen der Jacht entziffern: *Sunriser.* Ein Mann mit weißer Mütze und weißem Jackett erschien auf dem Hauptdeck und winkte herüber. Brad grüßte mit erhobener Hand zurück.

Die *Orchid* reduzierte die Geschwindigkeit und ging neben dem manövrierunfähigen Schiff längsseits.

Kapitän Locke trat aus der Brücke und salutierte den anderen Kapitän. »Ahoi! Kapitän Locke, zu Ihren Diensten.«

Der niederländische Kapitän salutierte ebenfalls. Sein Gesicht war eingefallen, die Augen lagen tief in den Höhlen, er schien sich seit mehreren Tagen nicht mehr rasiert zu haben.

Obwohl ihm die *Orchid* zu Hilfe gekommen war, schien er sich über ihr Auftauchen keineswegs zu freuen. Er senkte den Kopf und sagte: »Es tut mir sehr leid.«

»Sie brauchen sich doch nicht zu entschuldigen!«, sagte Kapitän Locke und zog verwundert die Augenbrauen hoch. »Wir freuen uns, dass wir Ihnen helfen können!«

Aber die Erklärung für das seltsame Verhalten des fremden Kapitäns ließ nicht lange auf sich warten: Ein riesenhafter Mann mit einer AK47 erschien aus dem Innern der Jacht.

Connor schnappte buchstäblich nach Luft: Der Pirat, dessen Enterversuch am Heck der *Orchid* er abgewehrt hatte.

Brad riss sich die Pumpgun von der Schulter.

»STOPP!«, brüllte der Pirat und presste dem Kapitän der *Sunriser* die Gewehrmündung an die Schläfe. »Keine Bewegung, sonst ist er tot!«

Brad zögerte. Der niederländische Kapitän stand völlig bewegungslos da. Der letzte Rest von Farbe wich aus seinem Gesicht.

»Wirf die Waffe über Bord!«, brüllte der Pirat.

Connor sah, dass Brad blitzschnell die Optionen gegeneinander abwog. Seine erste Pflicht war, die Crew und die Passagiere der *Orchid* zu schützen. Aber er wollte auch nicht für den Tod eines unschuldigen Menschen verantwortlich sein. Brad zögerte lange, doch schließlich warf er die einzige wirkungsvolle Waffe, über die sie verfügten, ins Meer.

Plötzlich dröhnten starke Motoren auf; zwei Boote schossen hinter der *Sunriser* hervor und drangen auf die *Orchid* ein.

»Wir haben euch unterschätzt«, sagte der riesige Pirat. »Das passiert mir nicht noch einmal.«

Er schwenkte die AK47 zu Brad herum und jagte ihm eine Salve in die Brust.

KAPITEL 63

Der Pirat senkte die Waffe. »Er hat meinen Cousin erschossen. Das ist die Rache.«

Brad war zusammengebrochen; Blut strömte aus mehreren Wunden. Connor kniete neben ihm nieder, sah aber sofort, dass Brad nicht mehr zu retten war.

»Z... Zi... Zitadelle«, brachte Brad keuchend hervor.

Connor versuchte ihn hochzuheben, um ihn in Sicherheit zu bringen.

»Nein ...«, stöhnte Brad und packte mit letzter Kraft Connors Hand. »Bring ... Mädchen ... Zi...« Ein heftiges Beben lief durch seinen Körper, dann lag er still.

»Brad!«, schrie Connor verzweifelt und versuchte, den Freund und Lehrer wiederzubeleben.

Wieder krachte ein Schuss. Der ohrenbetäubende Knall ließ Connor entsetzt in die Höhe fahren. Er blickte über die Reling. Vor dem riesenhaften Piraten lag der niederländische Kapitän auf dem Boden; er zuckte noch, während Blut aus seinem Kopf strömte. Unten im Wasser kam ein Skiff längsseits der *Orchid*; Wurfanker wurden über die Reling geschleudert und hakten sich fest, Leitern wurden an der Reling eingehakt. Piraten kletterten an Seilen und über die Leitern auf das Deck.

Sie schlachten uns alle ab, schoss es Connor durch den Kopf. Entsetzt sprang er auf.

Mehrere Piraten hatten beim ersten Angriff ihr Leben verloren. Nun wollten ihre Kameraden mehr als nur eine Entführung – sie gierten nach Rache.

Connor blieb keine Zeit, um Brad zu trauern. Er sprintete die andere Deckseite entlang zum Salon. Diesen Notfall hatte die Crew oft genug geübt; die Matrosen und Offiziere rannten um ihr Leben.

Connor stürzte in die Sky Lounge.

»Was ist los?«, schrie Chloe in panischer Angst und sprang auf. Die Karten flatterten über den Tisch. »Das waren Schüsse!«

»Brad ist erschossen worden. Piraten!«

»Nein … nicht noch einmal! Das kann nicht wahr sein …«, stöhnte Emily und brach zusammen, als sie Brads Blut auf Connors Kleidern sah.

»Zurück in die Zitadelle, schnell!«, rief Connor, zog die verzweifelte Emily auf die Füße und packte Chloe am Handgelenk. So schnell er konnte, zerrte er sie die Treppe hinunter.

Vor den Gästekabinen trafen sie auf Kieran und Scott, die Jordan aus dem Bett geholt hatten. Sophie trieb Amanda vor sich her den Korridor entlang.

»Wohin gehen alle?«, fragte Cali, der ihnen nachgerannt kam.

Emily blickte sich um und stolperte dabei fast über ihre Schwester. »Schutzraum«, rief sie. »Du kommst mit uns!«

Sie liefen an der Treppe vorbei, die zum Unterdeck führte. Von draußen hörten sie wildes Geschrei. In einer Sprache, die sie nicht verstanden, wurden Befehle gebrüllt.

»Schneller!«, rief der Kapitän, der an der Tür der Bordküche wartete. Er schob Amanda und Sophie durch die schmale Tür, durch die man zu den Kabinen der Besatzung gelangte.

Aber als Kieran und Scott versuchten, den verletzten Jordan durch die Tür zu bringen, entstand ein panikartiges Gedränge.

»Du nicht, Pirat!«, sagte Scott und kickte Cali von der Tür weg.

Der Junge fiel auf den Boden; die anderen trampelten über ihn hinweg. Emily versuchte, ihm auf die Füße zu helfen.

»Lass ihn«, drängte Connor. Seine Hauptaufgabe war, die Zwillinge in Sicherheit zu bringen. Sofern es unter diesen Umständen überhaupt Sicherheit geben konnte.

Chloe schrie auf, als ein teuflisches Gesicht in einem Bullauge erschien. Ein Schuss krachte. Die Triumphschreie der Piraten kamen immer näher; wie eine Meute bellender Hunde jagten sie hinter den Flüchtlingen her. Connor sah, dass sich die Tür zum Außendeck öffnete. Plötzlich wurde ihm klar, dass sie es niemals zur Zitadelle schaffen würden, wenn sie schon hier von den Piraten eingeholt wurden. Er stieß Chloe und Emily in die Arme des Kapitäns und jagte durch den Flur zurück.

»NEIN!«, brüllte der Kapitän.

Aber Connor war entschlossen, das Äußerste zu wagen. Im selben Moment, in dem der Pirat mit Segelohren den Kopf durch die Tür streckte, krachte Connors Fuß mit einem gewaltigen Flying Kick gegen die Tür. Mit brachialer Gewalt wurde der Kopf zwischen Türrahmen und Tür eingeklemmt. Der Pirat heulte auf vor Schmerz und versuchte, den Kopf aus der Klammer zu ziehen. Connor warf sich mit seinem ganzen Körpergewicht gegen die Tür, schmetterte sie zu und verschloss sie. Der Pirat hämmerte von der anderen Seite voller Wut dagegen.

»Komm schon, Connor!«, rief Kapitän Locke und hielt ihm die Durchgangstür auf.

Connor sah, dass Emily und Chloe schon weiter auf die Zitadelle zurannten. Nur er war noch außerhalb – und Cali, der sich mühsam aufrappelte. Als Connor in Richtung Bordküche hetzte, brach hinter ihm ein Höllenlärm los – der Pirat feuerte auf die Tür. Das Schloss sprang auf und er kickte die Tür ein.

»Joogso!«, brüllte der Pirat. »Istaag ama waan ku tooganayaa!«

Connor verstand zwar kein Wort, konnte sich aber denken, was gemeint war. Er hatte nicht vor, stehen zu bleiben.

»Stopp! Er uns töten!«, schrie Cali und streckte beide Hände aus, um Connor aufzuhalten.

Connor warf einen Blick über die Schulter. Segelohr richtete die AK47 auf ihn. Als der Pirat den Abzug durchdrückte, stieß Connor Cali beiseite, aber es war zu spät, um sich selbst in Sicherheit zu bringen. Eine Kugel streifte seinen Unterarm und warf ihn halb herum; die zweite Kugel traf ihn mitten in die Brust. Der Einschlag war so stark, dass Connor zurückgestoßen wurde. Er fiel die Treppe hinunter, schlug mit dem Kopf auf und blieb am Fuß der Treppe liegen, still und bewegungslos.

KAPITEL 64

Kapitän Locke schob die Schotttür zu. Ein metallisches Geräusch war zu hören, als das Sicherheitsschloss einrastete. Er war fest entschlossen, diese Tür erst wieder zu öffnen, wenn die Retter kamen.

»Wo ist Connor?«, fragte Emily, als der Kapitän in den engen Kabinenbereich der Crew herunterkam. Die Kabine, die zugleich als Pantry und Esszimmer diente, war zu klein für die neun Crewmitglieder und ihre drei Gäste. Kieran und Scott legten den stöhnenden Jordan in eine der Kojen, während sich die anderen dicht zusammengedrängt um den kleinen Esstisch setzten. Die Atmosphäre war angespannt; mühsam unterdrückte Hysterie hing im Raum.

Kapitän Locke wandte sich an die Überlebenden. Seine Miene war ernst. »Connor hat es nicht geschafft.«

»Was soll das heißen, er hat es nicht geschafft?«, rief Emily, stand von der Sitzbank auf und stützte sich auf den Tisch. »Er ist immer noch dort draußen! Und Cali! Wir müssen die Tür noch einmal öffnen!«

Der Kapitän legte ihr die Hand auf die Schulter. »Nein. Ich habe gesehen, dass er erschossen wurde. Er ist tot.«

Emily sank benommen auf die Bank zurück. »Das … das passiert doch nicht wirklich …«

Stumm starrte sie an die Kabinenwand. Tränen traten ihr in die Augen. Überwältigt von der entsetzlichen Nachricht, schrie Chloe auf, kippte nach vorn und verbarg das Gesicht in den Händen.

»Was … was ist mit Brad?«, fragte Sophie leise und zögernd.

Kapitän Locke schüttelte traurig den Kopf. Sophie schluchzte auf; Kathy zog sie an sich und Sophie weinte an ihrer Schulter.

Oben an der Treppe krachte Metall auf Metall. Alle zuckten zusammen und blickten voller Angst zur Tür hinauf.

»Keine Angst«, sagte Kapitän Locke beruhigend. »Diese Tür kriegen sie nicht auf.«

»Und was jetzt?«, fragte Amanda. Ihre Lippen waren zusammengekniffen und auch das Make-up konnte den Stress und die Angst nicht überdecken. »Wir sitzen in der Falle.«

»Wir bleiben hier und warten, bis wir gerettet werden.«

»Von wem denn? *Er* hat doch selbst gesagt, dass in dieser Gegend keine anderen Schiffe unterwegs sind!« » Sie deutete anklagend auf den Ersten Offizier.

»Wir können nur auf die Task Force der NATO hoffen«, antwortete der Kapitän, der angesichts der verzweifelten Lage nur mühsam seine Fassung und seine Autorität wahren konnte, obwohl er innerlich zutiefst erschüttert war. »Danny, setzen Sie einen Notruf ab. Und versuchen Sie, Kontakt aufzunehmen. Mit wem auch immer.«

Der Erste Offizier nickte und ging zu einer kleinen Konsole in einer Ecke.

»Ich will Ihnen nichts vormachen«, sagte der Kapitän, beugte sich vor und stützte beide Hände auf den Tisch. »Die Rettung kann in einem Tag kommen oder in einer Woche. Wir müssen uns sogar darauf gefasst machen, dass sie noch länger auf sich warten lässt. Es ist entscheidend, dass wir weder die Selbstbeherrschung noch unsere Zuversicht verlieren. Koch: Sie machen eine Bestandsaufnahme der Nahrungsmittel und der Wasservorräte. Geoff: Sie überprüfen die Stromversorgung. Stellen Sie fest, zu welchen Batterien wir von hier aus Zugang haben. Kathy und Sophie: Bitte überprüfen Sie die anderen Kabinen. Bereiten Sie die Kojen vor und legen Sie fest, in welcher Reihenfolge wir schlafen werden. Kieran, stellen Sie fest, welche Erste-Hilfe-Mittel wir hier haben und kümmern Sie sich um Jordan …«

»Kapitän«, unterbrach ihn Danny mit ernster Stimme. »Das Funkgerät ist tot.«

Kapitän Locke runzelte die Stirn. »Haben Sie es auf allen Kanälen versucht?«

Der Erste nickte. »Ich habe auch die Batterie überprüft.«

»Ich schau mir das mal an«, sagte Geoff, der Ingenieur, und ging zum Funkgerät hinüber. Nachdem er ein paar Knöpfe und Schalter betätigt hatte, öffnete er die vordere Abdeckung. Ein paar Sekunden später schaute er sich finster um. »Jemand hat das Gerät sabotiert.«

Scott hieb voller Wut gegen die Wand. »Das war diese kleine Ratte! Wenn ich ihn jemals wieder zwischen die Finger kriege, drehe ich ihm den mageren Hals um!«

»Dann sind wir … können wir also niemanden zu Hilfe rufen?«, fragte Amanda und verschränkte die Hände, um ihr Zittern zu verbergen.

»Stimmt nicht ganz«, sagte der Erste Offizier Fielding und brachte ein beruhigendes Lächeln zustande. »Bevor ich von der Brücke ging, habe ich die EPIRB, die Notfunkbake, aktiviert.«

KAPITEL 65

»Schalte sofort das verdammte Ding aus!«, bellte Spearhead und deutete auf die Notfunkbake, an deren Spitze ein rotes Licht blitzte.

Big Mouth rannte durch die Brücke. Das Gerät war mit einer Halterung an der Wand befestigt. Der Pirat nahm es herunter und suchte nach dem Schaltknopf, den Mr WiFi ihm auf einer Abbildung auf dem Computer gezeigt hatte. Die Anweisungen, was im Notfall zu tun sei, interessierten ihn nicht; er entdeckte den roten Knopf sofort und drückte darauf. Das Licht hörte auf zu blinken.

Spearhead trat an die Kommunikationskonsole und nahm das Funkgerät. Er ahmte einen Sprecher des BBC World Service nach und sagte mit schroffem englischem Akzent: »All stations, all stations, all stations … Hier ist Motorjacht *Orchid*. Unsere Position ist …« Er hielt kurz inne und warf einen Blick auf das GPS. »2° 41' 42" Süd und 62° 54' 19" Ost. Wir liegen längsseits der Jacht *Sunriser*. Feuer im Maschinenraum gelöscht. Gefahr für die Besatzung besteht nicht mehr. Wir widerrufen unseren Notruf. Ich wiederhole: Wir widerrufen unseren Notruf.«

Er wartete auf eine Reaktion. Aber außer statischem Knistern war nichts zu hören.

Für die Piraten war das eine gute Nachricht, denn sie bedeutete, dass es keine weiteren Schiffe in der unmittelbaren Umgebung gab. Falls die *Orchid* tatsächlich noch einen Notruf abgesetzt hatte, war er offensichtlich von niemandem aufgefangen worden. Aber Spearhead wusste auch, dass die Notfunkbake anders funktionierte: Ihre Reichweite war praktisch unbegrenzt. Mr WiFi hatte ihm erklärt, dass die EPIRB alle fünfzig Sekunden ein Signal über Satellit schickte. Die Identität der Jacht und ihre Position waren mit großer Sicherheit bereits von einem Maritime Rescue Coordination Centre aufgefangen worden, das die Daten dann sofort an die Küstenwache der Seychellen oder Kenias weitergeleitet hatte. Wenn ein Satellit erst einmal ein EPIRB-Signal aufgefangen hatte, dauerte der gesamte Prozess weniger als eine Minute.

Daher wusste Spearhead, dass er sich in einem Wettlauf gegen die Zeit befand. Die Rettungsbehörden kannten die Position der Jacht bis auf drei Meilen Genauigkeit und würden schon bald eine Seenotrettungsaktion in Gang setzen. Deshalb musste das Notsignal entweder widerrufen werden – oder die Piraten mussten verschwunden sein, bevor das Rettungsteam den Schauplatz erreichte.

Er wiederholte den Widerruf. Auch dieses Mal kam keine Reaktion. Schließlich warf er das Funkgerät auf die Konsole – und entdeckte dabei das Satellitentelefon, das ein Stück weiter auf der Konsole lag. Damit würde er den Widerruf mit Sicherheit übermitteln können, sofern er die richtige Nummer wählte. Als er nach dem Gerät griff, bemerkte er Big Mouth, der sich in den Kapitänssessel gefläzt und die Beine auf das Kontrollpult gelegt hatte.

»Weg da! Ich bin der Kapitän!«, bellte Spearhead und deutete mit dem Daumen auf die eigene Brust.

Mürrisch schwang Big Mouth die Beine herab und stand auf. Im selben Moment stürmte Juggs in die Brücke. »Die Crew hat sich im Bug verschanzt!«

Spearhead fuhr gereizt zu ihm herum. »Na und? Brich die Tür auf, Idiot!«

Juggs zuckte gleichgültig die Schultern. »Geht nicht. Ist aus Stahl. Von innen abgeschlossen.«

Spearhead runzelte wütend die Stirn. Das Problem konnte seinen Plan ernsthaft verzögern. Ohne den Kapitän der *Orchid* oder wenigstens einen Teil seiner Crew konnte Spearhead die Jacht nicht steuern – jedenfalls nicht mit dieser Bande von Holzköpfen, die sich Piraten nannten. Er verfluchte sich selbst, weil er den Kapitän der niederländischen Jacht zu schnell abgeknallt hatte, aber da war sein blutrünstiger Charakter mit ihm durchgegangen. Dann erinnerte er sich an die Ausrüstung, die er im Frachtraum *der Sunriser* entdeckt hatte.

»In der anderen Jacht ist ein Schweißgerät«, sagte er. »Geh und hol es.«

Spearhead drehte sich zu Big Mouth um, der auf den zahlreichen Knöpfen und Schaltern des Kontrollpults Klavier spielte und offenbar einen riesigen Spaß mit den aufblitzenden Anzeigen und Kontrollleuchten hatte. »Hör auf damit! Nimm vier Leute und durchsuche die Jacht. Wir brauchen eine Geisel. Wenn wir nicht durch die Stahltür kommen, können wir sie vielleicht mit einer Geisel zwingen, die Tür zu öffnen.«

KAPITEL 66

Connors Finger zuckten. Allmählich kam er wieder zu sich. In seinem Hinterkopf pochte ein rasender Schmerz, dort, wo er auf der untersten Treppenstufe aufgeschlagen war. Ein Arm fühlte sich schwer wie Blei an, als sei er immer wieder auf dieselbe Stelle geschlagen worden. Und das Atmen fiel ihm schwer. Seine Brust schien irgendwie eingedrückt zu sein, jede einzelne Rippe schmerzte. *Aber er lebte.*

Endlich öffnete er die Augen. Das grelle Licht der Deckenstrahler wirkte wie ein Schlag, blendete ihn und verstärkte die pulsierenden Kopfschmerzen. Der Schuss …? Mühsam hob er den Kopf und blickte auf die Brust: Trotz der enormen Schmerzen war kein Blut zu sehen. Aber in seinem Polohemd klaffte ein ausgefranstes schwarzes Loch, wo die Kugel eingedrungen war. Wie hatte er *diesen* Schuss – aus einer Kalaschnikow und aus solcher Nähe! – überleben können? Der Hightechstoff, aus dem das Hemd gefertigt war, sollte eigentlich Kugeln aus einer Pistole widerstehen können, aber doch sicherlich nicht einem 7,62-Millimeter-Hochgeschwindigkeitsgeschoss, abgefeuert von einem Sturmgewehr?

Connor setzte sich auf und stöhnte leise vor Schmerzen. In der Brusttasche seines Hemds knirschte es leise. Er zog die

Überreste seines Smartphones heraus. Die Kugel steckte mitten im von Rissen durchzogenen Display. Er konnte sein Glück kaum fassen; beinahe hätte er laut aufgelacht. Also hatte ihn nicht nur der doppelte kugelhemmende Stoff der Brusttasche gerettet, sondern auch das Smartphone, das die Restenergie der Patrone absorbiert hatte! Das Smartphone war irreparabel zerstört, nur die Schutzhülle aus Neopren hielt die Bruchstücke noch zusammen.

Connor legte das nutzlos gewordene Telefon weg und inspizierte seinen Arm. Die erste Kugel hatte seinen Arm hoch oben, knapp unterhalb der Schulter, gestreift, aber der Ärmel des Polohemds war stark genug gewesen, um sie abzulenken und eine schwerere Wunde zu verhindern. Ein dünner Blutfaden zog sich von der Wunde über den Arm herab. Er beugte vorsichtig den Arm und drehte ihn prüfend in alle Richtungen.

»Halkan imoow.«

Connor zuckte zusammen und blickte auf. Die Benommenheit verflog sofort, als all seine Sinne plötzlich »Gefahr« meldeten. Eine dröhnende Stimme. Die Piraten! Nun erst registrierte sein Gehör das Tapp-Tapp ihrer Schritte auf dem Deck über ihm.

Rasch zog er sich von der Treppe zurück. Aber niemand kam herunter, niemand suchte nach ihm. Schließlich kroch er zum Fuß der Treppe zurück und riskierte einen Blick nach oben. Ein Pirat stand breitbeinig vor Cali, der auf dem Boden kauerte, und redete schnell in seiner Sprache auf ihn ein. Cali antwortete. Der Pirat nickte, offenbar hatte er eine befriedigende Antwort bekommen.

»I soo raac«, sagte er, ging zu der Treppe, die zum Oberdeck führte, und winkte Cali zu, ihm zu folgen.

Connor sah, dass Cali dem Mann bereitwillig und gehorsam folgte. Wut packte ihn; er ballte die Fäuste. Dieser verdammte angebliche blinde Passagier hatte die *Orchid* den Piraten direkt in die gierigen Klauen geliefert! Aber zumindest wusste er jetzt, dass sich die Mädchen und der Rest der Besatzung in die Zitadelle hatten retten können. Doch dann fiel ihm ein, was ihm Brad eingeschärft hatte: *Die Zitadelle ist nur dann sicher, wenn sich* alle *hineinretten können.*

Und Connor wurde plötzlich klar, dass das auch für ihn galt.

Oben im Flur erschien ein anderer Pirat, der zwei Gaskanister in Richtung der Bordküche schleppte. Connor zog sich rasch zurück und betete, dass der Pirat ihn nicht gesehen hatte. Dann hörte er erneut Schritte. Diesmal näherten sie sich der Treppe. Jemand kam in seine Richtung.

KAPITEL 67

»Nicht noch einmal – das halte ich nicht durch!«, stieß Emily hervor. Ihr Blick zuckte in der engen Kabine umher, als würden die Wände drohend auf sie zu rücken und sie ersticken. »Ich … ich … kann das nicht …«

»Halte endlich den Mund!«, fauchte Amanda, die auf ihren perfekt manikürten Nägeln herumkaute. »Du machst uns alle total verrückt! Du hast wenigstens Erfahrung damit! Du weißt schon, was uns erwartet!«

»Wie kannst du nur so etwas sagen?!«, schrie Chloe sie an und zog Emily in ihre Arme.

Emilys Blick fokussierte sich wieder – und richtete sich, nun plötzlich kalt und leer, auf Amanda. »Ja, ich kann dir sagen, was dich erwartet, Amanda. Ständige, nagende Angst. Nie zu wissen, was morgen passiert, oder schon in einer Stunde. Neue Hoffnung, jeden Tag, die dann wieder zerstört wird. Immer und immer wieder. Bis auch dein Wille zerstört ist. Kein Trost, niemand, mit dem du reden kannst. Jeden Tag weinst du dir die Augen aus. Das Wasser wird knapp. Haare waschen kannst du vergessen …«

»Halt die Klappe, du Unglücksrabe!«

»Unglücksrabe?«, fragte Chloe und starrte Amanda stirnrunzelnd an.

Amanda nickte. »Klar! Du musst doch zugeben, dass deine Schwester das Unglück nur so anzieht! Zwei Mal in zwei Jahren als Geisel genommen zu werden!«

Chloe starrte sie weiter an, jetzt aber mit misstrauisch zusammengekniffenen Augen. »Es ist doch eigentlich seltsam, dass du vor zwei Jahren zum ersten Mal aufgetaucht bist, oder nicht? Vielleicht bist *du* der Unglücksrabe?«

»Hört sofort mit diesem Gerede auf!«, befahl Kapitän Locke. »Wir sind alle nervös und angespannt. Wenn wir heil hier herauskommen wollen, müssen wir zusammenhalten!« Zornig blickte er die Mädchen und Amanda an, bis alle drei zögernd nickten. »Gut. Solange wir hier drin sind, sind wir in Sicherheit. Die Piraten können uns nichts anhaben. Und die Rettung ist bestimmt schon unterwegs.«

Er warf einen Blick durch das Bullauge. Der Ozean erstreckte sich endlos – und bis zum Horizont war er vollkommen leer.

»Was ist das für ein Geräusch?«, fragte Sophie plötzlich. Ihre Augen waren vom Weinen ganz verschwollen.

Ein hartes Zischen war zu hören, wie kaltes Wasser auf siedendem Öl. Es kam von oben, von der anderen Seite der Stahltür. Kapitän Locke und der Erste Offizier wechselten einen beunruhigten Blick.

»Ich schaue mal nach«, sagte der Kapitän.

Vorsichtig ging er die Treppe zur Stahltür hinauf. Auf den ersten Blick wirkte sie unverändert, sicher und stark. Doch dann bemerkte er ein paar orangefarbene Tropfen, die am Türrahmen herabrannen. Geschmolzener Stahl.

Er winkte den Ingenieur zu sich hinauf. Geoff sprang rasch die Stufen hinauf und blieb wie erstarrt stehen, als er die weißglühende Linie sah, die sich Millimeter um Millimeter durch den schweren Stahlrahmen fraß.

»Sieht nicht gut aus«, murmelte er, blass im Gesicht.

»Wie lange haben wir noch?«, fragte der Kapitän.

Geoff rieb sich das magere Kinn und seufzte. »Fünf Stunden, höchstens.«

KAPITEL 68

In den Kabinen konnte er sich nicht verstecken. Die Einbauschränke würden die Piraten zuerst durchsuchen. Auch das winzige Badezimmer seiner eigenen Kabine kam nicht infrage; die Tür war lächerlich dünn. Ein harter Tritt würde genügen, dann hätten ihn die Piraten in ihrer Gewalt.

Connor blickte sich hektisch um. Sein Rucksack lag in einer Ecke. Der Gel-Körperschutz war jetzt sein einziger Schutz gegen die AK47-Salven. Er wünschte sich nur, dass Amir auf die idiotischen signalgelben Streifen verzichtet hätte – die würden selbst blinden Piraten auffallen, und die hier waren alles andere als blind.

Schon kamen ihre Stimmen näher. Er hörte sie lachen und sich gegenseitig Befehle zubrüllen, während sie die Kabinen der Mädchen durchsuchten.

Connor spähte vorsichtig in den Flur hinaus: Hier war niemand zu sehen. Er rannte zur Tendergarage. Hastig schob er die kleine Schotttür auf, schlüpfte hinein und zog sie leise hinter sich zu.

In der Garage war es fast friedlich; der Lärm der auf dem Deck herumtrampelnden Piraten wurde durch die schwere Schotttür gedämpft. Connor blickte sich verzweifelt nach einem Versteck um. Auch hier gab es verschiedene Nischen und Nebenräume, in denen man sich verstecken könnte – Schränke und Kisten für Ausrüstungs- und Rettungsgeräte, eine kleine Dusche, das mit einer Persenning abgedeckte Beiboot …

Sicherlich könnte er es schaffen, das Beiboot oder den Jetski startklar zu machen und einen Fluchtversuch zu unternehmen. Beide waren schnell, aber er bezweifelte, dass sie den Piratenbooten mit ihren starken Turbo-Außenbordern davonfahren konnten. Und selbst wenn sie schneller wären, würden ihre Tanks längst leer sein, bevor er auch nur in die Nähe eines anderen Schiffs oder gar einer Insel kam, um Hilfe zu holen. Und was noch wichtiger war: Für einen Buddyguard war es undenkbar, seine Klientinnen in der Gewalt der Piraten zurückzulassen.

Hinter sich hörte er ein Klappern an der Schotttür. Der Griff bewegte sich.

Fast in Panik zog Connor die Tür eines Spinds auf. Dahinter hingen dicht nebeneinander Neoprenanzüge. Er wollte gerade in das Fach steigen und sich hinter den Anzügen verstecken, als sein Blick auf eine kleine Bodenplatte fiel.

Natürlich: die Bilge!

Hastig zog er an dem kleinen Handgriff, der in die Platte eingelassen war. Die Klappe ließ sich leicht öffnen. Darunter war ein nicht sehr einladendes dunkles Loch zu sehen. Er hörte das Bilgewasser plätschern und ein scharfer Gestank stieg ihm in die Nase. Aber er hatte keine Zeit zu verlieren. Schnell schob er den Rucksack hindurch, kletterte hinterher und zog die Klappe über sich zu. Mit leisem Klicken rastete sie ein. Absolute Dunkelheit umgab ihn.

KAPITEL 69

Connor hörte, wie die Piraten die Schotttür öffneten und in die Tendergarage trampelten. Ihre Stimmen hallten laut von den Wänden zurück. Lärmend rissen die Männer Schränke und Türen auf und warfen sie krachend wieder zu. Das Beiboot schaukelte und quietschte in seinen Halterungen, als jemand die Persenning wegriss und in das Cockpit kletterte. Ein Pirat stampfte direkt über die Bodenklappe, sodass sie unter seinem Gewicht laut knarzte. Connor stockte der Atem, nicht nur weil der Gestank des Bilgewassers fast unerträglich war, sondern weil er jede Sekunde befürchten musste, entdeckt zu werden.

Die Dusche begann zu rauschen; im engen Raum der Bilge hörte sich das Duschwasser wie prasselnder Regen an. Einer der Piraten rief etwas; die anderen lachten brüllend. Dann wieder laute Schritte, diesmal in Richtung Schotttür. Offenbar entfernten die Piraten sich wieder. Aber Connor hörte nicht, dass die Schotttür geschlossen wurde.

Er wartete ein paar Augenblicke, hörte aber niemanden mehr. Schließlich seufzte er und atmete tief ein. Die Luft stank so faul, dass sie sofort einen Brechreiz auslöste. Das widerliche Gemisch aus Dieselgestank, abgestandenem Wasser, Urin und womöglich noch Schlimmerem stank so entsetzlich, dass Connor gezwungen war, nur noch durch den Mund zu atmen.

Warmes, schleimiges Wasser platschte um seine nackten Knie; etwas Festes stieß gegen seinen Oberschenkel.

Die absolute Dunkelheit nervte ihn, bis er sich an seine Sonnenbrille erinnerte. Rasch setzte er sie auf und schaltete die Nachtsichtfunktion ein. Jetzt sah er die Bilge in geisterhaft bleichem Licht. Der Raum war ungefähr zwei auf drei Meter groß und bestand aus Stahlwänden. Er kam ihm vor wie ein verseuchter Sarg. Unter der niedrigen Decke konnte er nur gebückt sitzen. Plötzlich wurde er von einem ungeheuren Verlangen gepackt, aus der erdrückenden, albtraumhaften Enge zu entkommen. Aber die Bilge war der einzige Zufluchtsort, der ihm geblieben war. Dieses Versteck durfte er nicht verlassen – noch nicht.

Über sich hörte er noch immer die Dusche plätschern.

Je länger Connor in dem schmutzigen Bilgewasser saß, desto mehr sehnte er sich selbst nach einer ausgiebigen, heißen Dusche. Aber das war im Moment die geringste seiner Sorgen. Er saß meilenweit von jeder möglichen Hilfe entfernt in der Falle; gewalttätige und äußerst mordgierige Piraten schwärmten über die ganze Jacht. Seine Klientinnen waren in Gefahr, jeden Augenblick als Geiseln genommen zu werden – oder noch Schlimmeres. Ein Gefühl der Ohnmacht überkam ihn, als ihm klarwurde, dass er bei seinen Pflichten als Buddyguard bisher gründlich versagt hatte. Es war seine Schuld, dass die Piraten die Jacht überhaupt hatten kapern können. Wenn er weiter auf seinem Wachposten geblieben wäre, hätte er ihre Boote vermutlich viel früher bemerkt. Die *Orchid* hätte dann möglicherweise sogar entkommen können. Und wer weiß, vielleicht hätten sich die Piraten dann sogar mit der holländischen Jacht zufriedengegeben und die *Orchid* nicht durch einen fingierten Notruf zurückgelockt. Dann würde sich die *Orchid* nicht in dieser entsetzlichen Lage befinden.

Und Brad wäre noch am Leben.

Plötzlich wurde er von Trauer überwältigt. Bei seinem ersten Einsatz hatte er mitansehen müssen, wie ein Agent erschossen wurde, aber noch nie war ihm der Tod so nahe gekommen wie heute, als er erleben musste, wie ein Freund direkt neben ihm kaltblütig ermordet wurde. Connor fragte sich, ob auch sein Vater so gestorben war, niedergemäht durch einen Kugelhagel, während er den amerikanischen Botschafter beschützt hatte. Schnell, aber unglaublich grausam.

Connor kamen die Worte des Priesters bei der Beerdigung seines Vaters in den Sinn: »Trauert nicht um den Menschen, der gestorben ist – seid dankbar, dass solch ein Mensch gelebt hat.«

Wieder einmal suchte Connor Trost in diesen Worten. Er wischte sich die Tränen mit dem Handrücken weg. In diesem Augenblick brachte ihn eine plötzliche Schaukelbewegung der Jacht aus dem Gleichgewicht. Er konnte sich gerade noch rechtzeitig an einer der Stahlspanten abstützen, um nicht in das faule Wasser zu fallen. Er blickte sich um und bemerkte eine zerdrückte Plastikflasche und ein paar zerknitterte Riegelfolien, die auf einer der Längsstreben lagen. Natürlich – hier hatte sich Cali versteckt gehalten – Cali, der blinde Passagier. Cali, der den Piraten Zeichen geschickt hatte. *Eigentlich* war Cali an allem schuld: an Brads Tod und an der schlimmen Lage, in der sich die *Orchid* befand.

Wut stieg in Connor auf und verdrängte die Verzweiflung und die Trauer. Und mit der Wut kam eine neue Entschlossenheit, eine neue Klarheit in seine Gedanken. Er musste seine Gefühle beherrschen, wenn er überleben wollte.

In der Zitadelle sind alle in Sicherheit, sagte er sich. Sie haben dort Nahrung, Wasser und ein Funkgerät. Die Rettung wird nicht mehr lange auf sich warten lassen. Und bis sie da ist, muss ich nur still hier ausharren und aufpassen, dass ich nicht entdeckt werde.

KAPITEL 70

»Der Notfall ist vorbei«, verkündete Amir und lehnte sich zurück. »Die *Orchid* hat den Notruf widerrufen.«

»Was … noch einmal?«, fragte Charley verblüfft und rollte zu seinem Arbeitsplatz hinüber.

Amir zuckte die Schultern. »Oder sagen wir mal so: Das EPIRB hat aufgehört zu senden.«

»Vielleicht hat die Bake auch nur momentan den Kontakt zum Satelliten verloren?«

»Nein, das habe ich schon überprüft. Der Satellitenstrahl ist zweimal darübergegangen und hat kein Signal aufgefangen.«

»Das glaube ich erst, wenn ich eine offizielle Bestätigung höre«, sagte Colonel Black und griff nach dem Telefon. Er wählte die Nummer der Küstenwache der Seychellen.

»Guten Morgen, hier ist Colonel Black. Sie hatten schon vor Kurzem Kontakt mit meinem Kollegen bezüglich der Motorjacht *Orchid*. Sie hat zwei Notrufe abgesetzt und dann beide Male widerrufen. Was ist der aktuelle Status der *Orchid*?«

Eine Weile hörte er nur angespannt zu, dann bedankte er sich und legte mit nachdenklicher Miene auf.

»Die Küstenwache erhielt einen Satellitenanruf von der

Orchid, mit dem der Widerruf bestätigt wurde. Die andere Jacht ist außer Gefahr. Daraufhin hat auch die Küstenwache ihr Rettungsteam wieder zurückgerufen.«

Charley schüttelte verwundert den Kopf. »Dieser zweite Notruf der *Orchid* … der kommt mir irgendwie seltsam vor.«

»Na ja«, brummte Bugsy, »Fehlfunktionen sind bei den Notfunkbaken nicht gerade selten. Zum Beispiel, wenn der Sensor nass wird oder das Gerät aus der Halterung fällt. Vielleicht ist so etwas passiert, als sie der anderen Jacht helfen wollten?«

Charley blickte den Colonel an. »Hat die Küstenwache den Verwundeten nicht erwähnt?«

»Welchen Verwundeten?«, fragte Ling, die gerade zusammen mit Judy hereinkam. Sie warf ihren Rucksack in eine Ecke, an dem noch der Gepäckzettel der Fluggesellschaft hing.

»Die *Orchid* ist von Piraten angegriffen worden«, sagte Jason und umarmte sie. »Bei dem Schusswechsel wurde ein Besatzungsmitglied angeschossen.«

»WAS?«, rief Ling und riss ungläubig die Augen auf. »Kaum lasse ich Connor allein, und schon ist der Teufel los und ich verpasse die ganze Action!«

»Das ist nicht die Art von Action, die wir uns wünschen!«, sagte der Colonel scharf und wandte sich dann wieder Charley zu. »Nein, die Küstenwache hat nichts von einem Verwundeten gesagt. Den hätten sie auch nur erwähnt, wenn sich sein Zustand ernsthaft verschlechtert hätte. Aber ich stimme dir zu, Charley: Zwei Notrufe an einem Vormittag sind besorgniserregend. Bugsy, rufen Sie das Satellitentelefon der *Orchid* an und verlangen Sie Kapitän Locke persönlich. Marc, du setzt dich mit Luciana in

Verbindung – vielleicht hat sie mit Connor seit ihrer Ankunft auf den Malediven schon Kontakt aufnehmen können. Amir, versuche Connor mit der SOS-App zu kontaktieren. Wir brauchen eine Bestätigung aus erster Hand, bevor wir Entwarnung geben.«

Der Colonel wandte sich an Ling. »Ist dir irgendetwas aufgefallen, bevor du von Bord der *Orchid* gegangen bist? Hat es dort irgendwelche Hinweise auf Probleme gegeben, zum Beispiel mit den Kommunikationseinrichtungen der Jacht?«

Ling schüttelte den Kopf. »Nicht dass ich wüsste.«

Das Alpha-Team wartete in angespanntem Schweigen, während Bugsy die Nummer des Satellitentelefons eingab, Marc Lucianas Smartphone anrief und Amir seine SOS-App startete.

Nach dem dritten Wählversuch verkündete Bugsy: »Es kommt dauernd das Besetztzeichen, Colonel.«

Colonel Black runzelte die Stirn. »Das könnte man auch für eine gute Nachricht halten. Zumindest bedeutet es, dass sie mit irgendjemandem kommunizieren.«

»Nicht mit Luciana«, sagte Marc. »Sie hat nichts von Connor gehört.«

»Sag ihr, sie soll auf Bereitschaft bleiben. Amir – irgendeine Reaktion von Connor?«

Amir schüttelte den Kopf. »Ich habe ihn zweimal angepingt und sogar eine Ferneinschaltung versucht, aber die SOS-App reagiert nicht.«

»Vielleicht hat er nur vergessen, sein Smartphone aufzuladen?«, warf Richie grinsend ein.

»Solche Bemerkungen kannst du dir sparen«, sagte Charley gereizt. »Colonel, wir sollten die Küstenwache informieren.«

Colonel Black schüttelte den Kopf. »Noch nicht. Wir haben nichts in der Hand, nur eine vage Vermutung. Das wird ihnen nicht reichen, um eine Rettungsaktion zu starten. Versucht jede Viertelstunde, die *Orchid* über Satellitenfunk zu kontaktieren – und Connor über die SOS-App. Wenn wir in einer Stunde keine Reaktion haben, werden wir den Alarm auslösen.«

KAPITEL 71

Connor fragte sich, wie es Cali in der Bilge, in diesem entsetzlich stinkenden Loch, eine ganze Woche lang ausgehalten hatte. Schon nach kurzer Zeit tränten ihm die Augen in der beißenden Luft, die Haut an den Beinen juckte fast unerträglich und die Kopfschmerzen wurden noch schlimmer. Er zog sich auf den Längsträger hoch, der gerade breit genug war, um darauf zu kauern und die Beine aus dem Wasser zu heben. Aber der Stahl war kalt und hart, und die Spanten drückten schmerzhaft gegen den Rücken.

Er zog den Rucksack aus der dunklen Brühe und schickte Amir einen stillen Dank, dass er ihn nicht nur wasserdicht, sondern auch schwimmfähig gemacht hatte. Dann machte er eine Bestandsaufnahme seiner Hilfsmittel. Es waren nicht viele. Abgesehen von Calis halb leerer Wasserflasche bestanden Connors Vorräte aus vier Energieriegeln und einer Packung Traubenzuckertabletten. Dass Calis Vorräte so spärlich waren, erklärte, warum der Junge einen Raubzug in die Pantry unternommen hatte. Wenn das Hijacking der Jacht länger dauerte, würde Connor wohl auch selbst dazu gezwungen sein.

Er wühlte weiter im Rucksack, wobei er ängstlich darauf achtete, nichts ins Wasser fallen zu lassen. Er fand das Erste-

Hilfe-Pack, das auch Desinfektionstücher enthielt. Connor nahm eines heraus, reinigte die Streifschusswunde am Arm und klebte ein Heftpflaster darüber. Dann nahm er zwei Tabletten gegen die pochenden Schmerzen. Schließlich zog er das beschädigte Polohemd aus und ein neues T-Shirt an, darüber einen langärmeligen Pullover. Die doppelte Kleidungsschicht war eigentlich hier unten in der Bilge mit ihrer abgestandenen, feuchten, stickigen Luft nicht nötig, aber lieber war er zu dick angezogen, als dass er auf den zusätzlichen Schutz gegen die Kugeln der Piraten verzichtete.

Während er den Rucksack weiter durchsuchte, überlegte er, ob er den Radar-SART aktivieren sollte. Der Rettungstransponder erzeugte ein Echo-Signal, sobald er in einen Radarstrahl geriet; Amir hatte ihn an der Seite der Tasche eingenäht. Doch dann erinnerte er sich, dass der Transponder nur eine Reichweite von fünf Meilen und eine Lebensdauer von acht Stunden hatte. Der SART war jetzt sein einziges Mittel, um einen Hilferuf abzusetzen; Connor hielt es für besser, abzuwarten, bis sich eine realistische Chance ergab, dass das Signal tatsächlich aufgefangen würde. Sein Smartphone war unwiederbringlich zerstört, er konnte also keine SOS-Signale mehr an das Buddyguard-Hauptquartier senden. Und solange er keinen Zugang zu einem funktionierenden Funkgerät hatte, konnte er auch keine Unterstützung anfordern.

Von der Nachtsichtfunktion der Sonnenbrille abgesehen, war die Blender-Taschenlampe das nützlichste Instrument in seinem »Waffenarsenal«. Damit hatte er wenigstens Licht. Und eine Abwehrwaffe. Er schaltete sie ein; die enge Bilge erstrahlte plötzlich in ihrem hellen Licht.

Aber auch die grelle Beleuchtung änderte nichts daran, dass seine Lage ausgesprochen trostlos war. Irgendwie wirkte die Bilge sogar noch enger und bedrückender. Erst jetzt wurde ihm bewusst, dass er in einer winzigen Stahlkiste gefangen saß. Und je länger er hier drin blieb, desto höher war das Risiko, dass er entdeckt wurde. Selbst wenn die Piraten nichts von seinem Versteck wussten, würde Cali ihnen ganz bestimmt davon berichten. Sofern die Piraten Connor im allgemeinen Durcheinander des Angriffs nicht völlig vergessen hatten. Aber darauf konnte er sich nicht verlassen.

Als er den Strahl der Taschenlampe durch die Bilge schweifen ließ, bemerkte er eine kleine Serviceklappe knapp oberhalb der Wasserlinie. Connor stieg von seinem Sims herab, um die Klappe näher zu untersuchen. Sie schien stabil verschlossen zu sein, aber als sich Connor mit aller Kraft dagegenwarf, gab sie nach. Dahinter lag eine weitere Bilge, größer als die, in der er sich befand. Sie schien sich fast bis zum Heck zu erstrecken, vermutlich sogar bis unter die Zwillingsmaschinen der Jacht. Connor schwenkte den Lichtstrahl umher und entdeckte eine Klappe in der Decke. Der Maschinenraum? Vielleicht gab es doch eine Möglichkeit, den Piraten aus dem Weg zu gehen.

KAPITEL 72

»Sie behaupten doch ständig, der Rettungstrupp sei unterwegs!«, schrie Amanda schrill. »Wo bleibt er denn?«

Mit ihren perfekten blauen Augen starrte sie Kapitän Locke anklagend an. Auch die anderen schauten ihn erwartungsvoll an.

Emily und Chloe saßen stumm und wie benommen am Tisch. Sie hatten ihr Essen, bestehend aus Reis und gekochtem Fisch, kaum angerührt. Inzwischen war es völlig kalt geworden.

»Ich weiß es nicht. Ich habe wirklich keine Ahnung«, gab der Kapitän zu. Immer wieder blickte er durch das Bullauge, ohne dass er jemals etwas anderes als leeren Ozean sah. »Sie können aber nicht mehr weit entfernt sein«, fügte er leise hinzu, als müsse er sich selbst überzeugen, so falsch die Hoffnung auch sein mochte.

Und mit jeder Minute wurde das Zischen des Schweißgeräts oben an der Treppe lauter.

»Sollten wir uns nicht bewaffnen?«, fragte Scott.

»Womit denn?«, fragte der Erste Offizier Fielding.

»Küchenmesser, Leuchtraketen, alles, was wir hier haben.«

»Nein«, ordnete Kapitän Locke an. »Wenn die Piraten

die Schotttür aufbrechen, ist jede Gegenwehr sinnlos. Damit würden wir nur noch mehr Blutvergießen verursachen.«

»Sie wollen sich also einfach *ergeben?*«, rief Amanda aufgebracht.

Der Kapitän antwortete nur mit einem resignierten Schulterzucken. »Es bleibt uns keine andere Wahl.«

Von oben tönten die wütenden Stimmen der Piraten in die angeblich unbezwingbare Zitadelle hinunter. Dann ertönte ein gewaltiges metallisches Krachen, als die Tür nachgab und aus dem Rahmen fiel. Angespannte, entsetzliche Stille folgte. Alle Augen waren auf die Treppe gerichtet, die nun plötzlich so Furcht einflößend wirkte, als würde sie direkt zur Hölle führen.

Chloe und Emily drückten sich eng aneinander, als das weiche Tappen von Sandalen auf der Treppe zu hören war. Das schwarze Loch einer Gewehrmündung erschien zuerst, dann kam der Pirat mit den Segelohren in Sicht. Seine vorstehenden Augen waren blutunterlaufen und seine Blicke zuckten durch den ganzen Raum. Sein Finger lag nervös auf dem Abzug des Sturmgewehrs.

»Gacmaha madaxa saara!«, bellte er und wies ruckartig mit dem Lauf der Waffe zur Decke.

Kapitän Locke erriet, was gemeint war, und hob beide Hände, was ihm der Rest der Crew sofort nachmachte. Drei weitere bewaffnete Piraten kamen die Treppe herab und umstellten die Geiseln. Einer durchsuchte rasch die winzigen Kabinen der Crew, zerrte den stöhnenden und bleichen Jordan aus der Koje und stieß ihn auf den Boden.

»Dhaqaaq!«, bellte Juggs, der Segelohrpirat.

Kapitän Locke runzelte fragend die Stirn. »Ich verstehe nicht.«

»Bewegen!«, wiederholte der Pirat auf Englisch und wies mit der AK47 zur Treppe.

Kapitän Locke schaute seine Crew und die Mädchen an und versuchte, den Rest seiner Autorität und seiner Ruhe zu bewahren. »Wir tun, was sie sagen. Die Piraten werden uns nichts antun. Sie brauchen uns lebend, wenn sie Lösegeld erpress…«

Juggs schmetterte ihm den Gewehrkolben gegen das Kinn. Locke taumelte zurück, seine Unterlippe platzte auf. Blut spritzte auf den Tisch. Emily zuckte zurück; Chloe stieß einen erstickten Schrei aus.

»Nicht sprechen!«, bellte Juggs, packte den geschockten Kapitän am Oberarm und stieß ihn zur Treppe.

KAPITEL 73

»Hier, für Lippe«, sagte Spearhead und reichte Kapitän Locke eine elegante Leinenserviette vom Esstisch des Salons. »Sorry. Meine Männer manchmal ein bisschen übereifrig.«

Wütend riss der Gefangene ihm die Serviette aus der Hand und tupfte sich das Blut von der stark angeschwollenen und schmerzhaften Wunde ab. Dann richtete er sich zu voller Höhe auf, reichte aber dem riesenhaften Piraten gerade mal bis zur Schulter. »Ich bin Kapitän Thomas Locke. Ich habe den Befehl über die *Orchid* und bin für ihre Crew und ihre Gäste verantwortlich. Und Sie sind?«

»Spearhead«, antwortete der Pirat lässig. Dann deutete er mit dem Daumen auf die eigene Brust. »Und jetzt habe *ich* das Kommando hier!«

Er nahm dem Kapitän die Mütze ab und setzte sie sich selbst auf.

Kapitän Locke bebte vor Wut, konnte aber nichts tun. »Ihnen ist hoffentlich klar, dass ein Rettungsteam unterwegs ist. Wenn Sie das Schiff jetzt sofort verlassen, können Sie Ihrer Strafe vielleicht entgehen …«

Spearhead unterbrach ihn mit dröhnendem Lachen. »Ich glaube, du dich täuschst, mein Freund. *Niemand* kommt retten. Und warum nicht? Weil ich habe Notruf… Wie sagt man? Ich habe Notruf… rückgeruft! Darum *niemand* nach euch sucht!«

Der Pirat blickte sich unter den Geiseln um, die eng nebeneinander auf den weißen Ledersofas saßen und von seiner Gang aufmerksam bewacht wurden. Die Nachricht, dass ihre Lage hoffnungslos war, traf die Gefangenen wie ein Schlag. Sophie begann wieder zu weinen. Kieran schlug sich die Hände vor das Gesicht. Chloe schluchzte an der Schulter ihrer Schwester. Emily war noch blasser geworden und zitterte am ganzen Körper.

Spearhead runzelte die Stirn. »Wo ist Junge?«

»Sie meinen den blinden Passagier?«, fragte Kapitän Locke und wies mit einer verächtlichen Kopfbewegung auf Cali, der neben dem Piraten mit dem Pferdegebiss in einer Ecke stand – und einen Revolver in der Hand hielt.

»Nicht er. *Weißer* Junge.«

»Connor ist tot!«, schrie Chloe und wagte es sogar, den Piraten mit wütend blitzenden Augen anzustarren.

Spearhead ließ ihre Wut kalt. Er schaute Cali fragend an und fragte etwas auf Somalisch.

Cali nickte einmal kurz, deutete auf Juggs und gab eine kurze Antwort, die wohl bedeutete: »Er hat ihn erschossen.«

Spearhead starrte den Beschuldigten verärgert an. Juggs zuckte die Schultern und murmelte etwas. Spearhead schnaubte verächtlich. Er wandte sich wieder an die Geiseln. »Ist ja auch egal. Der nicht wertvoll ist für uns.« Er drehte sich zu Chloe und Emily um und betrachtete sie mit gierigem und lüsternem Grinsen. »Aber ihr zwei seid wertvoll. *Sehr* wertvoll. Ihr und Miss Ryder.«

Dabei wanderte sein Blick zu dem Model hinüber. Amanda blickte ihn geschockt an. »Woher … woher kennen Sie meinen Namen?«

Spearhead lachte dröhnend und kam drohend auf sie und die Mädchen zu. »Ich sehr viel über alle weiß, über Miss Ryder, über Chloe, und natürlich über *dich* besonders, Emily.«

Geoff trat dem Piraten in den Weg. »Lass sie in Ruhe!«

Spearhead musterte den Ingenieur verächtlich. »Oh, ich nicht will ihnen etwas tun. Gilt aber nicht für dich, Mann.«

Geoff sah entschlossen aus, aber als der Pirat drohend immer weiter auf ihn zukam, trat er schließlich doch zur Seite.

Amanda wappnete sich gegen das Schlimmste. Die Mädchen wichen ängstlich zurück, als Spearhead vor ihnen in die Hocke ging.

»Mach dir keine Sorgen, Emily«, sagte er und strich ihr mit seinem schwieligen Zeigefinger über die Wange. »Wenn dein Vater zahlt, bist du bald wieder zu Hause. *Wenn* er zahlt.«

Er stand wieder auf und wandte sich an den Kapitän. »Du nehmen Kurs auf Hobyo.«

Kapitän Locke zögerte. »Aber wir haben nicht genug Diesel! Bis Somalia reicht es auf keinen Fall.«

Spearheads Faust schoss vor, so schnell wie eine Viper. Der Hieb krachte gegen das Kinn des Kapitäns.

»Du lügen mich nie mehr an, verstanden?«, bellte der Pirat, als Kapitän Locke zurücktaumelte und gegen die Tischkante prallte. Seine Lippe platzte noch weiter auf und begann erneut zu bluten. »Ich genau weiß, diese Jacht kann viertausend Seemeilen fahren! Los, du starten Maschinen! SOFORT!«

KAPITEL 74

Connors Trommelfelle wollten schier platzen, als die mächtigen Zwillingsmotoren der *Orchid* plötzlich ansprangen. Die Bilge erzitterte wie bei einem heftigen Erdbeben. Die Vibration war so stark, dass die stinkende Brühe förmlich zu brodeln anfing. Connor schlug schnell die Hände über die Ohren. Jetzt begriff er, warum Cali nicht die hintere Bilge als Versteck gewählt hatte, obwohl sie viel geräumiger war. Als sich nun auch die Schrauben in Bewegung setzten, wurde Connor von Kopf bis Fuß so durchgeschüttelt, dass er glaubte, er könne seine Knochen klappern hören.

Die Jacht nahm Fahrt auf. Nach ein paar Minuten ebbte der Lärm deutlich ab. Offenbar hatte man die zweite Maschine, deren Schraube beschädigt worden war, wieder abgeschaltet. Das heftige Beben ging in ein gleichmäßiges Vibrieren über. Die Jacht schien ihre Reisegeschwindigkeit erreicht zu haben.

Hektisch dachte er nach, was das bedeutete, und kam zu dem Schluss, dass es ein sehr gutes Zeichen war. Denn jetzt fiel ihm die eher spaßhafte Bemerkung des Ersten Offiziers wieder ein – dass man praktisch ein Computerexperte sein müsse, um die *Orchid* auch nur in Gang zu setzen. Connor wusste, dass sich die gesamte Crew in die sichere Zitadelle hatte retten können. Und er bezweifelte sehr stark, ob einer der Piraten über die Kenntnisse verfügte, die man brauchte, um eine so komplizierte Maschinerie in Bewegung zu setzen. Was wiederum nur eins bedeuten konnte: Die *Orchid* musste befreit worden sein!

Connor watete durch das ölig-schlüpfrige Wasser zum hinteren Ende der größeren Bilge. Vorsichtig hob er die Deckenklappe an und schob den Kopf hindurch. Der Maschinenraum war hell erleuchtet; es herrschte ein unglaublicher Lärm, aber es war niemand zu sehen. Connor kletterte auf das Metalldeck, unendlich erleichtert, dass er der dunklen, stinkenden Enge der Bilge entkommen war. Im Vergleich dazu kam ihm sogar der Dieselgestank der Maschine wie Frischluft vor, und tatsächlich ließen auch die Kopfschmerzen und die Übelkeit schon bald nach.

Nach dem stundenlangen, verkrampften Kauern auf dem schmalen Sims der Bilge fühlte er sich steif und wund an. Er schüttelte Arme und Beine, rollte den Kopf und joggte ein paar Minuten lang auf der Stelle, dann ging er zur Schotttür. Er hängte sich den Rucksack über die Schulter, zog die schwere Tür auf und trat in den Wartungskorridor hinaus.

Immer noch war niemand zu sehen. Er gelangte zur Durchgangstür, die zur Haupttreppe und den Kabinen auf dem Unterdeck führte. Zuerst überprüfte er die Kabinen der Mädchen. Beide waren leer, aber es herrschte das reinste Chaos: Ihre Habseligkeiten waren durchsucht worden, Schränke standen offen und die Kleider lagen im ganzen Raum verstreut.

Unschlüssig blieb er am Fuß der Haupttreppe stehen. Ein unbehagliches Gefühl beschlich ihn, das schnell stärker wurde.

Wo waren die anderen alle?

Seine Bodyguard-Instinkte meldeten sich und warnten ihn, äußerst vorsichtig zu sein. Langsam schlich er die Treppe zum Hauptdeck hinauf.

Vom Salon her hörte er Musik. Pochende Technomusik, Partystil. Connor grinste in sich hinein – sie feierten! Voller Erleichterung wäre er beinahe losgestürmt, um sich in die Party zu stürzen, als er eine unbekannte Stimme hörte, die sogar die laute Musik überdröhnte. Er konnte nicht genau ausmachen, was der Mann sagte, aber die Sprache war definitiv nicht Englisch.

Connor blieb wie vom Blitz getroffen stehen. Offenbar hatte er die Situation völlig falsch eingeschätzt. Die Piraten hatten das Schiff immer noch in ihrer Gewalt.

Die Salontür wurde aufgerissen; Connor wich hastig in Mr Sterlings Arbeitskabine zurück. Zwei Piraten gingen dicht an ihm vorbei. Sie redeten aufgeregt miteinander, bemerkten ihn aber nicht. Beide trugen Sturmgewehre über der Schulter. Als sie die Tür zur Kombüse aufstießen, konnte Connor einen kurzen Blick auf die Stahltür der Zitadelle werfen. Statt der Tür sah er nur einen Stahlrahmen; die Tür selbst lag auf dem Boden, als habe jemand ein Stück aus einem Pappkarton geschnitten und weggeworfen. Daneben standen zwei Gasflaschen und ein Schweißgerät. Jetzt war Connor klar, was geschehen war.

Sofort dachte er an Emily und Chloe. Wo waren sie? Waren sie verletzt … oder waren sie sogar tot?

Dann wurde ihm seine eigene Zwangslage bewusst. Er musste wieder in seinem Versteck verschwinden, und zwar sofort. Er brauchte nicht viel Fantasie, um sich vorzustellen, was die Piraten mit ihm machen würden, wenn sie ihn entdeckten. Und er würde niemandem mehr helfen können, wenn sie ihn gefangen nahmen.

Zuerst musste er aber die Mädchen lokalisieren. Er konnte nicht in sein Versteck zurück, ohne zu wissen, ob sie noch lebten.

Während die beiden Piraten über die Bordküche und den Kühlraum herfielen, schlich er vorsichtig auf den Flur hinaus und zu der Tür, die zum Deck führte. Durch ein Bullauge sah er die Sterne am dunklen Nachthimmel. Na, wenigstens konnte er jetzt im Schutz der Dunkelheit operieren! Wieder einmal wünschte er sich, die gelben Streifen auf dem Rucksack würden nicht so auffällig leuchten. Zurücklassen wollte er ihn auf keinen Fall, denn er konnte jeden Augenblick auf den kugelfesten Gel-Körperschutz angewiesen sein.

Eine kühle, erfrischende Brise wehte über das Deck; erleichtert atmete er die reine Nachtluft ein. Sie half ihm, sich auf seine Aufgabe zu konzentrieren. Er schlich über das Deck, hielt sich aber immer eng im Schatten der Aufbauten. Angestrengt lauschte er. Vom Salon dröhnte noch immer die Musik herüber, aber auf dem Deck war von den Piraten nichts zu hören.

Die großen, bis zum Deck reichenden Glasfronten des Salons waren abgedunkelt, was aus Connors Sicht sowohl von Vorteil als auch von Nachteil war: Er konnte zwar nicht gesehen werden, war nun aber gezwungen, bis zu den verglasten Türen am hinteren Ende des Salons zu gehen, wenn er einen Blick in den Raum erhaschen wollte. Rasch blickte er sich mit der Nachtsichtfunktion der Sonnenbrille um: Das Deck lag verlassen vor ihm. Gebückt huschte er in Richtung Heck. Gerade als er an den großen Salonfenstern vorbeikam, durch die die Musik dröhnte, wurden die Glasfronten durchsichtig – und Connor stand plötzlich im hellen Lichtschein, wie ein Kaninchen im Scheinwerferkegel eines Autos.

Drinnen im Salon lachten, tanzten und tranken die Piraten. Sie feierten ihren Sieg, während die Crew der Jacht dicht zusammengedrängt, stumm und geschockt auf den Ledersofas saß, als hätte man sie dort ausgesetzt. Amanda tanzte mitten unter den Piraten, aber nach ihrem Gesichtsausdruck zu urteilen, tanzte sie nicht freiwillig mit ihnen. Plötzlich wurden die Fenster wieder dunkel.

Connor ließ sich auf das Deck fallen und hoffte, dass ihn niemand bemerkt hatte. Die Fenster wurden in raschem Wechsel klar und wieder dunkel. Offenbar hatte einer der Piraten den Schalter entdeckt und fand den optischen Trick so faszinierend, dass er ständig auf den Schalter drückte.

Hell, dunkel, hell, dunkel … Jedes Mal, wenn der Salon für eine Sekunde aufleuchtete, schaute sich Connor nach den Mädchen um. Er entdeckte Cali, der hinter der Bar stand und die ausgelassen feiernden Piraten ständig mit neuen Drinks versorgte. Zuerst konnte Connor nicht glauben, wie unbekümmert die Piraten waren. Es musste ihnen doch klar sein, wie leicht sie überwältigt werden konnten, wenn sie sich dermaßen sinnlos volllaufen ließen? Doch dann entdeckte er, dass sich vier Männer nicht an dem Besäufnis beteiligten. Sie standen an strategisch wichtigen Punkten in dem großen Raum verteilt und behielten ihre Geiseln sehr genau im Auge. Offensichtlich hatten sie die Situation voll unter Kontrolle.

Schließlich entdeckte Connor auch die Zwillinge, die sich in den hintersten Winkel des Salons zurückgezogen hatten, abseits der Gruppe – und bewacht von einem eigenen Wächter.

Mit einem Schlag wurde Connor bewusst, wie aussichtslos seine Lage war.

Was kann ich, ein einzelner Junge, gegen eine Bande schwer bewaffneter Piraten ausrichten?, dachte er.

Die ganze Ausbildung zum Bodyguard machte ihn noch lange nicht zu einem Soldaten eines Sonderkommandos, wie sein Vater es gewesen war. Connor hatte gelernt zu schützen; er hatte nicht gelernt zu töten. Diese Männer hier waren äußerst blutrünstig. Sie hatten Brad kaltblütig ermordet und damit bewiesen, dass sie gewissenlos und brutal waren und vor keiner Mordtat zurückschreckten, um ihre Ziele zu erreichen. Und sie waren völlig unberechenbar: Niemand konnte wissen, was sie als Nächstes tun würden oder was sie mit den Geiseln vorhatten. Vielleicht wussten sie es selbst noch nicht.

Entsetzt und verzweifelt wich Connor noch tiefer in den Schatten zurück. Allein hatte er nicht den Hauch einer Chance, die Mädchen hier herauszuholen, das war ihm jetzt klar.

Doch dann hörte er in Gedanken Charleys Stimme: »Ob du dir etwas zutraust oder nicht – recht hast du wahrscheinlich immer.«

Noch einmal suchte sein Blick die Gesichter der Mädchen, in denen sich der ganze Terror und die ganze Verzweiflung spiegelten. Dieser Anblick gab Connor neuen Mut und Antrieb. Er war ihre einzige Hoffnung. Und obwohl seine Chancen verschwindend gering waren, war es seine Pflicht, alles zu tun, um sie zu beschützen … egal was es ihn kostete.

KAPITEL 75

Connor drückte auf den Knopf des Funkgeräts im Aufenthaltsraum der Crew. Aber das Gerät blieb stumm, das kleine Display blieb schwarz. Er hatte bemerkt, dass die vordere Abdeckung entfernt worden war, und hatte sie wieder eingesetzt, in der Hoffnung, dass damit das Gerät wieder funktionsfähig würde. Aber so weit reichte sein Glück nun doch nicht. Das einzige andere Funkgerät befand sich seines Wissens auf der Brücke, wo es auch ein Satellitentelefon gab. Aber die Brücke hielten die Piraten besetzt.

Connor legte das nutzlose Mikrofon weg und überlegte, welche Möglichkeiten sich ihm boten. Er hatte geplant, sich mit der Küstenwache in Verbindung zu setzen und sie über die aktuelle Situation der *Orchid* und ihre Position zu informieren. Aber wenn das Funkgerät in der Zitadelle funktionsunfähig war, musste er annehmen, dass noch gar kein Hilferuf abgesetzt worden war. Was wiederum bedeutete, dass auch niemand eine Such- und Rettungsoperation eingeleitet hatte.

Wieder dachte Connor an das Tenderboot. Konnte er damit einen Fluchtversuch unternehmen, auch wenn es den Booten der Piraten an Geschwindigkeit unterlegen war? Er könnte es mit Treibstoff und Vorräten beladen, dann irgendwie Chloe und Emily befreien und …

Da fiel ihm etwas ein. Das Tenderboot – natürlich! Das hatte doch ein VHF-Funkgerät im Cockpit!

Hektisch dachte er nach. Selbst wenn es ihm gelang, einen Funkkontakt herzustellen, würde er eine ganze Weile ausharren müssen, bis ein Rettungsteam eintraf. Deshalb versorgte sich Connor zuerst in der kleinen Kombüse mit Verpflegung und allem, was ihm nützlich erschien. Er füllte den Rucksack mit Keksen, Trockenfrüchten, mehreren Dosen Thunfisch und ein paar Flaschen Wasser. Außerdem entdeckte er ein Feuerzeug, ein Taschenmesser und eine Ersatzpackung Leuchtraketen. Dann hievte er sich den nun prall gefüllten Rucksack auf den Rücken und schlich wieder die Treppe zum Hauptdeck hinauf.

Die Kühlkammer war offenbar gründlich geplündert worden; überall lagen aufgerissene Packungen und leere Flaschen herum. Vorsichtig spähte er in den Hauptkorridor. Im Salon dröhnte noch immer die pulsierende Musik, aber Piraten waren nicht zu sehen. Dann flog plötzlich eine der Türen des Salons auf und der Pirat mit den Segelohren taumelte heraus. Er verlor das Gleichgewicht, stützte sich an der Wand ab, verfehlte sie aber und fiel durch eine offene Kabinentür. Connor hörte, wie er sich heftig übergab.

Das war Connors Chance. Rasch rannte er zur Treppe und zum Unterdeck hinunter. Vor Chloes Kabine blieb er kurz stehen, weil er ein Geräusch gehört hatte. Vorsichtig spähte er durch die offen stehende Tür. Ein Pirat durchwühlte Chloes Sachen und stopfte sich Schmuck und andere Dinge, die irgendeinen Wert hatten und von den anderen Piraten noch nicht gestohlen worden waren, in die Tasche. Als der Dieb einen Diamantring prüfend gegen das Licht hielt, nutzte Connor die Gelegenheit und schlich an der Tür vorbei.

Sekunden später stand er vor der Tür der Tendergarage. Sie stand immer noch offen. Connor blickte sich noch einmal kurz um, dann trat er durch die Tür und schloss sie hinter sich. Im Cockpit des Beiboots entdeckte er das Funkgerät und ein GPS-Gerät. Er schaltete beide Geräte an. Zu seiner unendlichen Erleichterung leuchteten beide Displays grün auf. Er klappte die Spritzwasserabdeckung des Funkgeräts hoch, drückte auf den roten DSC-Knopf und hielt ihn fünf Sekunden lang gedrückt, dann wartete er auf eine Reaktion.

Connor wusste, dass der Digitale Selektivruf oder kurz DSC im Seefunk meistens nur dann eingesetzt wird, wenn normaler Sprechfunkverkehr nicht möglich ist. Der DSC-Ruf würde eine Funkverbindung mit allen erreichbaren Funkstationen herstellen. Aber auf dem kleinen Display war nichts zu sehen.

Er schaute auf die Uhr. Fünfzehn Sekunden tickten dahin, dann dreißig. Immer noch nichts.

Schließlich nahm er das kleine Handgerät, schaltete auf Kanal sechzehn und drückte auf den Sendeknopf.

»Mayday, Mayday, Mayday«, sagte er, so laut er es wagen konnte. »Hier ist die Motorjacht *Orchid*. Hier *Orchid*, hier *Orchid*. Mayday *Orchid*. Unsere Position ist …« Connor warf einen Blick auf das GPS und sah, dass es immer noch nach der Satellitenverbindung suchte. »Unsere Position ist mitten im Indischen Ozean. Wir sind von Piraten geentert worden. Ich wiederhole: Piratenüberfall. Wir brauchen sofortige Hilfe. Over.«

Er ließ den Sendeknopf los. Ob irgendjemand den Ruf empfangen und antworten würde? Er konnte nur hoffen. Aber er hörte nichts als statisches Rauschen.

Er versuchte es erneut. Nichts. Und noch einmal.

Allmählich war er der Verzweiflung nahe. Doch dann bemerkte er, dass er vergessen hatte, das Gerät auf höchste Leistung zu stellen. Er verfluchte sich selbst für seine Hast und setzte den Notruf noch einmal ab, jetzt jedoch mit höchster Sendeleistung.

Dann knackte und knisterte es im Empfänger.

Und eine Stimme kam aus dem kleinen Lautsprecher: »*Orchid* ... Mangyaring ulitin.«

Die Stimme schepperte laut durch den engen Raum. Connor erschrak heftig und drehte in seiner Panik den Knopf fast auf Stumm.

»*Orchid* ... mangyaring ulitin«, tönte die Stimme noch einmal, nun aber sehr leise.

Connor hatte keine Ahnung, was die Wörter bedeuteten oder welche Sprache es war. Plötzlich schoss ihm der Gedanke durch den Kopf, dass er vielleicht mit einem der Piraten redete. Aber dieses Risiko musste er eingehen.

»Hier ist Connor Reeves. Ich bin an Bord der *Orchid*. Wir wurden von Piraten geentert. Wir brauchen dringend Hilfe. Over.«

Wieder quäkte die Stimme aus dem Lautsprecher, jetzt aber verzerrt und stockend. »*Orchid* ... maaari kong ... bahagya marinig mo ...«

Die Stimme wurde immer schwächer.

»Ich verstehe nicht«, sagte Connor verzweifelt. »Sprechen Sie Englisch? Over.«

Ein pfeifendes Geräusch kam aus dem Funkgerät, dann ging es in ein statisches Rauschen über. Die Stimme kam wieder, aber sie war nicht mehr zu verstehen.

»Hallo?«, sagte Connor beharrlich, »Können Sie mich hören?«

Plötzlich krachte etwas gegen die Schotttür, das Schloss

sprang auf. Connor drehte die Lautstärke auf stumm und streckte sich flach auf dem Boden des Beiboots aus. Die Tür schwang in ihren gut geölten Scharnieren fast geräuschlos auf; Connor hörte Schritte, die sich näherten.

»Iska warran?«, fragte eine Männerstimme.

Connor blieb völlig still liegen, wagte nicht einmal mehr zu atmen. Er hörte das Scharren von Füßen und spürte, dass sich der Pirat dem Beiboot näherte.

»Iska warran?«, wiederholte der Pirat, klang aber jetzt recht unsicher.

Connor schätzte, dass er höchstens zwei Meter vom Beiboot entfernt war. Soweit es möglich war, ohne den Kopf zu bewegen, schaute sich Connor nach einer Behelfswaffe um. Aber auch im Beiboot war alles ordentlich verstaut. Er konnte zwar versuchen, den Blender oder die Signalrakete aus dem Rucksack zu nehmen, fürchtete aber, dass er sich schon bei der geringsten Bewegung verraten würde.

Eine Ewigkeit schien zu vergehen, doch dann entfernten sich die Schritte und die Schotttür fiel ins Schloss.

Connor stieß einen langen Seufzer der Erleichterung aus und blieb ein paar Augenblicke lang bewegungslos liegen, um sich zu erholen. Als er überzeugt war, dass sich der Pirat weit genug entfernt hatte, schaltete er das Funkgerät wieder ein.

»Hallo – sind Sie noch da? Hier ist die Motorjacht *Orchid*. Over.«

Das Gerät gab gleichmäßiges statisches Rauschen von sich. Aber niemand antwortete.

KAPITEL 76

»Ich verlange, dass die Küstenwache der Seychellen *sofort* eine Rettungsmission losschickt!«, brüllte Mr Sterling. Er hatte sich so weit vorgebeugt, dass sein vor Wut rot angelaufenes Gesicht den gesamten Videokonferenz-Monitor ausfüllte.

Colonel Black nickte. Ruhig saß er hinter seinem Schreibtisch. »Das habe ich schon versucht, aber es hat zwei falsche Notrufe gegeben, und beide wurden von der *Orchid* selbst widerrufen. Ich kann verstehen, dass die Küstenwache ihre Ressourcen nicht für eine Rettungsaktion verschwenden will, solange kein gültiger Notruf aufgefangen wurde.«

»Aber niemand kommt mehr zur *Orchid* durch! Wir wissen nicht, was passiert ist. Sie können Schiffbruch erlitten haben, vielleicht liegen alle längst tot auf dem Meeresgrund. Es ist jetzt über sechs Stunden her! Die *Orchid* muss endlich als vermisst gemeldet werden!«

»Darin stimme ich Ihnen zu. Ich habe bereits mit meinen Kontaktpersonen in der Navy gesprochen, um herauszufinden, ob sich ein NATO-Schiff in der Nähe aufhält …«

Es klopfte an der Tür. Charley streckte den Kopf herein.

»Sorry, dass ich Sie unterbrechen muss, Sir, aber Amir hat gerade einen Notruf aufgefangen.«

»Bleiben Sie dran, Mr Sterling, vielleicht haben wir Neuigkeiten.«

Charley rollte zum Schreibtisch und reichte dem Colonel einen Ausdruck.

Philippinischer Fischtrawler meldet Notruf, 2014 Ortszeit. Notruf nur teilweise verständlich. Schwaches Signal. Transkription des Notrufs: »Mayday... day... hier Orch... Orchid... Unsere Position ist... sofortige Hilfe... Conn... Reves... brauchen... Hilfe... Hören... Sprech... Englisch... Können...«

»Gibt es etwas Neues? Was ist mit meinen Mädchen?«, wollte Sterling ungeduldig wissen, während der Colonel den Ausdruck las.

Charley antwortete für ihn: »Ich fürchte, es gibt sehr wenig neue Informationen, Mr Sterling. Nur dass ein Notruf von der *Orchid* abgesetzt wurde, offenbar von Connor.«

Sterling runzelte die Stirn. »Warum von Connor? Warum nicht vom Kapitän oder dem Ersten Offizier?«

»Vielleicht sind sie dazu nicht in der Lage«, antwortete Colonel Black und legte den Ausdruck auf den Schreibtisch. »Wir sollten froh sein, dass es Connor war. Zumindest wissen wir, dass er noch lebt. Und das bedeutet, dass Ihre Töchter immer noch unter seinem Schutz sind.«

Mr Sterling grunzte verächtlich. »Er ist nur ein Junge! Was kann er schon tun, wenn alle in Schwierigkeiten sind?«

»Ich versichere Ihnen, Mr Sterling, dass Connor absolut alles tun wird, um Ihre Töchter in Sicherheit zu bringen.« Der Colonel wandte sich an Charley. »Kennen wir die Position der *Orchid*?«

Sie schüttelte den Kopf. »Nein, aber das Fischerboot befand sich ungefähr sechsundfünfzig Seemeilen östlich von ihrer zuletzt bekannten Position. Und da das Notsignal über VHF kam, muss sich die *Orchid* im Umkreis von zehn Meilen vom Fischerboot befunden haben.«

»Gut – und was wird jetzt unternommen, um sie zu finden?«, fragte Sterling ungeduldig.

Charley antwortete: »Eine französische Fregatte, die *Victoire*, hat bereits ihren Kurs geändert und mit der Suche begonnen.«

Der Colonel hob die Augenbrauen. »Ah – der Name sagt mir etwas. Auf der *Victoire* wurde vor Kurzem eine Einheit der Königlichen Marine stationiert. Sie gehört zu einer gemeinsamen britisch-französischen Operation. Ich werde gleich einmal versuchen, ihren Kommandanten direkt zu kontaktieren.«

»Gut. Ich zahle Ihnen schließlich eine Menge Geld. Dafür erwarte ich Ergebnisse!«, sagte Mr Sterling scharf.

»Wir müssen die Chancen, die *Orchid* in den nächsten Stunden zu finden, realistisch einschätzen«, gab Colonel Black kühl zurück. »Es ist Nacht, das behindert die Suchaktion, und es ist nur ein kleines Schiff in einem großen Meeresgebiet. Aber solche Fregatten sind mit dem modernsten Radar ausgestattet, sie haben Sonar- und Infrarot-Ausrüstungen an Bord. Außerdem haben sie die ungefähren Koordinaten als Ausgangspunkt. Das sind relativ günstige Bedingungen.«

Mr Sterling nickte. »Informieren Sie mich, sobald die *Orchid* lokalisiert wurde. Ich will meine Amanda und meine Mädchen zurückhaben, sicher und unverletzt!« Er beugte sich vor und schaltete die Kamera aus. Der Bildschirm wurde schwarz.

KAPITEL 77

Zum hundertsten Mal in dieser Nacht verlagerte Connor sein Gewicht, um den erbarmungslosen Druck der Spanten in seinem Rücken ein bisschen erträglicher zu machen. Längst war die Kälte von dem Metallsims, auf dem er lag, ihm bis in jeden einzelnen Knochen gedrungen. Eine Nacht in der Bilge kam ihm schlimmer vor als eine Ewigkeit in der Hölle. Aber wenigstens war der Motorenlärm jetzt besser auszuhalten, nachdem er im Maschinenraum einen Gehörschutz gefunden hatte.

Er schätzte, dass die Morgendämmerung bald einsetzen würde. Bedrückt löffelte er kalten Thunfisch direkt aus der Dose – das Frühstück. Die Ironie seiner Situation entging ihm nicht: Jetzt war *er* der blinde Passagier – auf einem von Piraten entführten Schiff.

Offenbar schliefen die meisten Piraten ihren Rausch aus, nachdem sie bis spät in die Nacht gefeiert hatten. Das war wohl auch der Grund, warum sich seit Stunden keiner von ihnen auf dem Unterdeck hatte blicken lassen. Connor war klar, dass er das Risiko, entdeckt zu werden, so gering wie möglich halten musste. Deshalb hatte er sich während der restlichen Nacht nur aus seinem Höllenloch herausgewagt, um die Fluchtvorbereitungen voranzutreiben. Auf kurzen

Ausflügen zu den oberen Decks hatte er sich Vorräte besorgt und sie zum Beiboot geschafft.

Die Vorratskammern unter den Sitzen waren nun vollgestopft mit Verpflegung und Wasser. Allerdings hatte er bisher nur ein paar kleine Reservekanister Treibstoff gefunden.

Außerdem hatte er jede halbe Stunde einen Notruf abgesetzt und auf eine Antwort gewartet. Es kam zwar nie eine, aber ein paarmal glaubte er, aus dem Funkgerät ein ganz schwaches Stimmengewirr zu hören.

Connors zweites Problem war, die Position der *Orchid* herauszufinden. Das GPS im Beiboot hatte es bisher nicht geschafft, sich mit einem Satelliten zu verbinden. Connor glaubte, dass der Rumpf der Jacht das Signal abschirmte. Und möglicherweise auch die Reichweite des Funkgeräts einschränkte, sodass es auch keine Funksprüche empfangen konnte.

In seiner Verzweiflung hatte er sogar kurz mit dem Gedanken gespielt, die äußere Tür der Bootsgarage zu öffnen. Doch dann fiel ihm ein, dass dann mit Sicherheit auf der Brücke eine Anzeige aufleuchten würde und die Piraten sofort herbeistürzen würden. Deshalb hatte er mithilfe des kleinen Schraubenziehers am Taschenmesser versucht, das Funkgerät aus seiner Halterung zu schrauben. Aber es war mit dem Boot verkabelt und er befürchtete, dass es nach dem Ausbau gar nicht mehr funktionieren würde. Dann hätte er überhaupt kein Kommunikationsmittel mehr.

04:26 Uhr. Bei einem seiner Ausflüge hatte Connor einen kleinen Kompass gefunden und damit festgestellt, dass die *Orchid* in westlicher oder nordwestlicher Richtung fuhr, zweifellos steuerte sie auf die somalische Küste zu. Connors Zeit wurde allmählich knapp. Bald würde die *Orchid* die internationalen Gewässer verlassen und sich dann im Hoheitsgebiet Somalias befinden, einem Land, das nur eine völlig unzureichend ausgerüstete Küstenwache besaß. Wenn es ihm nicht bald gelang, einen Funkkontakt herzustellen, würde es für jede Hilfe zu spät sein.

KAPITEL 78

»Wir hatten einen Durchbruch«, verkündete Colonel Black, als sich das Alpha-Team im Einsatzraum versammelt hatte. »Die Notfunkbake der *Orchid* wurde erneut aktiviert.«

Obwohl es in Wales erst halb vier Uhr morgens war, waren Schläfrigkeit und mühsam unterdrücktes Gähnen plötzlich wie weggewischt.

»Das wird doch hoffentlich nicht wieder ein falscher Alarm sein?«, sagte Charley und rollte zu ihrem Monitor hinüber, um die Nachricht genauer zu lesen. »Die *Orchid* muss mit voller Kraft unterwegs sein! Seit Connors Notruf hat sie eine beachtliche Strecke zurückgelegt.«

»Keine Sorge«, sagte der Colonel. »Die *Victoire* ist bereits auf dem Weg und wird sie bald stellen.«

Das Telefon summte; der Colonel meldete sich und hörte schweigend zu. »Wir wissen Ihre Hilfe zu schätzen, Commander.«

Er legte die Hand über die Sprechmuschel und sagte: »Der Commander der 815-Squadron hat einen Live-Link zu der Operation einrichten lassen. Wir sind jetzt direkt damit verbunden.«

Colonel Black schaltete die Lautsprecherfunktion ein. Das

Alpha-Team drängte sich eng um den Tisch, um ja kein Wort zu verpassen.

»*Victoire* an *Archangel*. Sie haben Starterlaubnis.«

Achttausend Kilometer entfernt hob der Lynx-Hubschrauber vom Deck der *Victoire* ab und stieg schnell in den Morgenhimmel. In kaltem Stahlgrau erstreckte sich der Ozean in unendliche Weiten; nicht einmal die ersten Strahlen der Sonne waren zu sehen. Der Hubschrauber flog relativ dicht über den Wellen; Pilot und Kopilot suchten ständig den Horizont ab. Abgesehen von einem Fischtrawler weiter westlich, der ein großes Schleppnetz hinter sich herzog, gab es keinerlei Schiffsverkehr. Der Pilot hielt Kurs auf die von der Notfunkbake der *Orchid* vorgegebene Position.

In der Kabine saßen zwei Scharfschützen der Royal Marines und checkten ihre Präzisionsgewehre. Da es bei diesem Einsatz zahlreiche Hinweise gab, dass die Jacht von Piraten entführt worden war, mussten sie mit Widerstand rechnen, so unerwünscht er auch sein mochte.

Das Radargerät piepte. Auf dem Radarschirm leuchtete ein Punkt auf.

»*Archangel* an *Victoire*«, sagte der Pilot. »Ziel lokalisiert, sechzehn Seemeilen Süd.«

Der Pilot korrigierte den Kurs um wenige Grad. Der Hubschrauber jagte über die Wellen.

»Da!«, rief der Kopilot und deutete geradeaus.

Im fahlen Schimmer der Morgendämmerung erschien eine Jacht am Horizont.

Das Alpha-Team lauschte dem Funkverkehr in angespanntem Schweigen. Immer wieder wurden die Meldungen durch statisches Rauschen gestört, waren aber dennoch gut zu verstehen.

»*Archangel* an *Victoire.* Ziel in Sicht.«

Amir lächelte Charley beruhigend zu. Sie lächelte zurück, aber es war ein kaum wahrnehmbares, angespanntes Lächeln, dann zogen sich ihre Augenbrauen sofort wieder ernst und in voller Konzentration zusammen.

»Ziel hält nordöstlichen Kurs. Geschwindigkeit fünfzehn Knoten.«

»Wenigstens scheint sie noch gut zu funktionieren«, meinte Marc.

»Ja – aber *wer steuert* sie eigentlich?«, fragte Ling.

Danach dauerte es mehrere Minuten, bis sich der Pilot wieder meldete. Die Spannung im Einsatzraum stieg noch höher.

»Zielannäherung ... Scharfschützen schussbereit ...«

»Was meint ihr, gibt es einen Schusswechsel?«, fragte Richie. Es klang fast ein wenig hoffnungsvoll.

»Pst!«, zischte Charley und warf ihm einen wütenden Blick zu.

»Kein Lebenszeichen auf Deck ... Moment ...«

Über Funk klang das Rattern der Rotoren wie schweres MG-Feuer aus der Ferne.

»Ich sehe jemanden ... Steuerbordseite ... Person liegt auf dem Deck ... bewegungslos, möglicherweise Leiche, männlich ...«

»Connor?«, stieß Amir entsetzt hervor und sprach damit aus, was die anderen dachten.

Charley schloss die Augen. »Nein, hoffentlich nicht«, flüsterte sie.

»Aber wo ist die Crew?«, fragte Jason.

»Wenn die Piraten die Jacht gehijackt haben, werden sie

wohl alle Geiseln unter Deck gefangen halten«, erklärte Colonel Black. »Und jetzt bitte Ruhe.«

»Archangel an *Victoire«,* meldete sich der Pilot wieder. *»Wiederholen Sie das Kennzeichen des Ziels.«*

»Victoire an *Archangel.* Das Ziel heißt *Orchid.* Ich wiederhole: *Orchid.«*

Eine kleine Pause entstand.

»Dann haben wir ein Problem«, sagte der Pilot. »EPIRB der *Orchid* lokalisiert und bestätigt. Aber der Name am Bug lautet *Sunriser,* ich wiederhole, *Sunriser.«*

KAPITEL 79

Mr WiFis Grinsen wurde immer breiter, als er auf seinem Laptop die Mitteilungen las, die zwischen der *Victoire* und der Seychellen-Küstenwache hin und her flogen. War kein Problem gewesen, sie abzufangen. Und Oracles Idee, die Notfunkbake der *Orchid* auf der gekaperten holländischen Jacht zu verstecken und dann den Autopiloten der Jacht einzuschalten und beides aus der Ferne zu aktivieren, hatte geradezu traumhaft funktioniert. Jetzt waren sämtliche Aktivtäten der Seenotrettung auf den völlig falschen Teil des Ozeans konzentriert. Genial!

Er schaute zu Oracle hinüber, der sich auf seinem Polster ausgestreckt hatte und frische Datteln aß. Die Morgensonne stand schon so heiß am Himmel, dass sie die Jalousien herabgelassen hatten. Die Strahlen, die zwischen den Lamellen hereindrangen, übermalten den ganzen großen Wohnraum mit goldenen Streifen.

»Sie haben angebissen!«, verkündete Mr WiFi.

Oracle antwortete mit einem selbstzufriedenen Grunzen und warf sich eine weitere Dattel in den Mund. »Genau wie ich erwartet habe. Diese Westler sind doch wirklich blöd.«

»Mit ein bisschen Glück könnte es die *Orchid* ohne weitere Zwischenfälle bis hierher schaffen.«

»Wann können wir sie erwarten?«

Mr WiFi rief ein Tracking-Programm auf. »Ungefähr morgen Abend.«

Oracle nickte und griff nach dem schlanken Smartphone, das neben ihm auf dem Sofa lag. »Dann werde ich wohl unseren Auftraggeber informieren müssen.«

KAPITEL 80

Connor spähte durch die Glastüren zum hinteren Teil des Salons. Die Abenddämmerung war so weit fortgeschritten, dass er sich wieder aus seinem Versteck wagen konnte. Auch tagsüber hatte er schon ein paar Erkundungsgänge unternommen, dabei aber feststellen müssen, dass die Piraten auf dem Hauptdeck ständig Ausschau nach anderen Schiffen hielten. Es war praktisch unmöglich gewesen, sich außerhalb des Verstecks zu bewegen. Deshalb war er schließlich in der Bilge geblieben und hatte auf den richtigen Moment gewartet, einen Rettungsversuch zu unternehmen.

Dem früher makellos sauberen, eleganten Salon hatte die Piratenparty nicht gutgetan. Leere Flaschen kullerten über den Teppich, überall lagen Scherben von zerbrochenen Gläsern. Auf den weißen Ledersofas, den Sesseln und dem Teppich prangten Rotweinflecken. Die Geiseln machten einen apathischen Eindruck. Sie durchlebten einen Wirklichkeit gewordenen Albtraum, ständig schwankend zwischen Hoffnung, völliger Erschöpfung und quälender Angst. Die Crew, mit Ausnahme des Kapitäns und des Ersten Offiziers, wurde von zwei bewaffneten Piraten bewacht, die lässig ihre AK47 auf sie gerichtet hielten, während sie miteinander plauderten und lachten.

Chloe und Emily saßen immer noch getrennt vom Rest der Gruppe. Seit Stunden saßen sie eng aneinandergeschmiegt; Chloe schien immer wieder in kurzen, unruhigen Schlaf zu fallen, während Emily ausdruckslos ins Leere starrte.

Auch Connor war übermüdet; er hatte auf dem engen Sims in der Bilge seit mehr als eineinhalb Tagen kaum geschlafen. Doch trotz seiner angegriffenen Nerven hatte er sich wenigstens ein bisschen ausruhen können. Glücklicherweise, denn er wusste, dass der Schlafmangel sein Urteilsvermögen beeinträchtigen würde. Er musste klar denken können, wenn er diese Mission erfolgreich zu Ende bringen wollte.

Er schüttelte seine Müdigkeit ab und überlegte, wie er die Mädchen auf sich aufmerksam machen konnte, ohne von den Piraten bemerkt zu werden. Er musste die Zwillinge über seinen Plan informieren. Aber dazu musste er sie erst einmal vom Rest der Gruppe trennen. Wenn ihm das gelang, musste er nur den einen Piraten ausschalten, der die Mädchen bewachte.

Aber keines der Mädchen schaute in seine Richtung. An die Scheibe zu klopfen, kam nicht in Frage – das würde ihm die gesamte Piratenmeute auf den Hals hetzen. Er brauchte einen besseren Plan.

Ohne jede Vorwarnung packte eine Hand Connor brutal am Oberarm und riss ihn hoch. Ein schlaksiger Pirat mit Hakennase und spärlichem Ziegenbart starrte ihn mit einer Mischung aus Unglauben und Wut an. Er bellte etwas auf Somalisch, packte ihn am Arm und zerrte ihn zur Salontür.

Connor musste nicht lange überlegen: Sich zu ergeben, kam nicht infrage.

Seine Hand stieß blitzschnell vor. Der Handkantenschlag krachte dem Mann an die Kehle. Der Pirat würgte. Für einen Augenblick konnte er weder atmen noch schreien. Die

Augen traten ihm aus dem Kopf, der Schlag ließ ihn zurücktaumeln. Aber er war stärker, als er aussah; sein Griff lockerte sich nur wenig. Er hieb Connor die knochige Faust in die Magengrube. Connor konnte nicht ausweichen, versuchte aber, den Schlag zu absorbieren. Doch der Hieb war zu stark; die Luft wurde ihm buchstäblich aus den Lungen gequetscht. Er krümmte sich vor Schmerzen; die Knie gaben nach. Der Pirat setzte mit einem Aufwärtshaken nach; Sterne explodierten vor Connors Augen.

Aber Connor hatte schon viel härtere Schläge einstecken müssen. Sein Körper war durch das jahrelange Kickboxtraining abgehärtet und hatte sich an solche Schläge und Stöße gewöhnt. Das Adrenalin, das inzwischen durch seine Adern schoss, überdeckte den Schmerz. Connor sprang auf die Füße.

Er wand sich aus dem Griff des Piraten, packte dessen Finger und verdrehte sie gegen die Gelenke mit einer Jiu-Jitsu-Technik. Der Pirat stöhnte vor Schmerzen und ließ los. Connors Fuß schwang in einem Sidekick herum und krachte mit voller Wucht in die Rippen des Gegners. Er hörte Knochen knacken. Der Pirat schnappte nach Luft und prallte gegen den Einstieg in der Heckreling. Das nur hüfthohe Tor sprang aus dem Schloss und schwang auf. Der Pirat stürzte ins Meer.

Connor schnellte an die Reling, aber es war schon zu spät – der Pirat war bereits vom Sog der weiß schäumenden Heckwelle verschlungen worden. Die Jacht rauschte weiter durch das dunkle Wasser.

Connor fiel auf die Knie und rang um Atem. Mühsam unterdrückte er ein schmerzhaftes Aufstöhnen. Aber schon hörte er Stimmen, die sich näherten. Er schleppte sich zur Treppe, taumelte zum Unterdeck hinab und flüchtete in die Sicherheit der Bilge.

KAPITEL 81

»Wir müssen uns auf das Schlimmste gefasst machen«, sagte Colonel Black ernst.

Mr Sterlings Gesicht auf dem großen Bildschirm im Einsatzraum wurde hart. Tiefe Ringe lagen um seine Augen, aber sein Blick war wach und scharf.

»Alle Anzeichen deuten darauf hin«, fuhr der Colonel fort, »dass die *Orchid* von Piraten entführt worden ist.«

Sterling nickte finster. Das war ein schwerer Schlag, aber er kam nicht unerwartet. »Und was ist mit meiner Familie?«

Colonel Black beugte sich vor. Seine Hände lagen gefaltet auf dem Tisch. »Noch haben wir keine Nachrichten. Aber wir halten es für sehr wahrscheinlich, dass sie als Geiseln genommen wurden.«

»Warum glauben Sie, dass sie überhaupt noch am Leben sind? Auf dieser niederländischen Jacht wurde schließlich die gesamte Crew brutal ermordet.«

»Die *Sunriser* war nie das eigentliche Ziel. Sie wurde ursprünglich nur gehijackt, um als Stützpunkt zu dienen. Später kamen die Piraten auf die Idee, die Notfunkbake der *Orchid* auf der *Sunriser* zu deponieren, um die Seenotrettung auf eine falsche Fährte zu locken. Aber die Crew der *Sunriser* nützte den Piraten nichts, deshalb wurde sie umgebracht.

Dagegen ist Ihre Familie für die Piraten von höchstem Wert. Ich habe den Eindruck, dass hinter der Entführung Ihrer Jacht ein ausgeklügeltes Kalkül steckt, Mr Sterling. Ich vermute, dass Sie und Ihre Familie von vorneherein das eigentliche Ziel waren.«

Mr Sterling setzte sich ruckartig aufrecht. »Ein Kalkül? Von wem?«

Colonel Black hob die Hände. »Das lässt sich noch nicht sagen. Aber der ganze Vorgang entspricht in keiner Weise dem üblichen Vorgehen somalischer Piraten. Wir müssen jetzt abwarten, bis sie uns kontaktieren und ihre Lösegeldforderungen nennen. Wir brauchen mehr Anhaltspunkte, vielleicht können wir dann …«

Mr Sterlings Faust krachte so hart auf den Schreibtisch, dass das Bild der Webcam heftig zitterte. »Ich werde nicht hier sitzen und nichts tun, während Amanda und meine Töchter in der Gewalt dieser primitiven Menschen sind! Ich werde noch heute Abend auf die Seychellen fliegen!«

»Aber Mr Sterling, die Verhandlungen könnten Wochen dauern.«

»Kommen Sie mir nicht damit. Und ich will Sie ebenfalls vor Ort haben!«

»Das ist kein Problem.« Die Sorge um Connor ließ Colonel Black nicht los. »Wir können die Operationen natürlich sofort in das Koordinationszentrum für die Piratenbekämpfung auf den Seychellen verlegen. Außerdem kann ich Ihnen einen Experten für Lösegeldverhandlungen empfehlen.«

»Können Sie sich sparen: Natürlich führe ich die Verhandlungen *selbst*!«

»Aber Mr Sterling, ich will Ihnen nicht zu nahe treten, aber Sie sind in dieser Sache emotional zu sehr invol…«

Sterlings Finger schoss vor, anklagend auf den Colonel gerichtet. »Wenn ich mich emotional involvieren lassen würde, hätte ich es in diesem Geschäft nicht so weit gebracht! Ich habe schon oft millionenschwere Deals ausgehandelt! Das hier ist auch nichts anderes.«

»Wir reden hier über Ihre Familie. Nicht über irgendwelche Unternehmen oder Kapitalanlagen.«

»Ganz genau! Und deshalb werde ich die Verhandlungen nicht irgendeinem sogenannten Experten überlassen! Ich habe schon einmal meine Tochter befreit. Und dieses Mal befreie ich meine Familie. Zu meinen eigenen Bedingungen!«

Ob er auch daran denkt, welchen Preis seine Familie dafür bezahlen muss?, fragte sich der Colonel.

KAPITEL 82

Das gewaltige Motorengedröhn wurde leiser und Connor spürte, dass die Jacht langsamer wurde. Er öffnete die Augen und schaute auf das Leuchtzifferblatt seiner Uhr: 06:36 Uhr. Er konnte kaum glauben, dass er ein paar Stunden geschlafen hatte, und fühlte sich benommen. Sein Magen revoltierte, der Unterkiefer, Bauchmuskeln und Rippen schmerzten von den Hieben, die ihm der Pirat versetzt hatte. Der Schock des Piratenüberfalls, die Nachwirkungen des Kampfes und die ständige Anspannung machten sich nun deutlich bemerkbar.

Eine geisterhafte Vision trat ihm plötzlich vor die Augen: das entsetzte Gesicht des Piraten, als er über Bord fiel. Das Schuldgefühl, seinen Tod mitverursacht zu haben, hing schwer wie ein Bleiklotz um Connors Hals. Aber er hatte nicht wissen können, dass das Tor in der Reling offen war. Und konnte man ihm unter diesen Umständen überhaupt einen Vorwurf machen? Es war eindeutig Notwehr gewesen: Schließlich hatte er um seine Freiheit und die der Mädchen gekämpft, wenn nicht sogar um sein Leben.

Glücklicherweise hatten die Piraten bisher nicht nach ihm gesucht. Ob sie noch gar nicht bemerkt hatten, dass einer ihrer Leute fehlte? Oder nahmen sie einfach an, dass der Vermisste zufällig über Bord gestürzt war? Wie auch immer, Connor hatte jedenfalls mehr Glück als Verstand gehabt. Einen solchen Fehler konnte und durfte er sich nicht noch einmal leisten.

Vorsichtig kroch er von der Bilge in den Maschinenraum, wie immer froh, die stickige Luft der sargähnlichen Kammer hinter sich lassen zu können. Er schlich zum Unterdeck. Über die Treppe drangen laute Stimmen herab. Ein Mann brüllte Befehle, Schritte trampelten hastig über das Deck, Unruhe und Lärm waren zu hören.

Connor schlich an der Treppe vorbei zu seiner eigenen Kabine. Auch hier hatten die Piraten alles durchwühlt. Er stieg über die herumliegenden Kleidungsstücke und spähte durch das Bullauge. Soeben schob sich die Sonne über den Horizont, ein schimmernder orangefarbener Ball, wie das Auge eines erwachenden Riesen. Am äußersten Rand seines Sehfelds konnte Connor vage eine kahle Küste ausmachen, die aber im frühen Morgenlicht noch nicht klar zu erkennen war. Sie schien jedoch viele Buchten zu haben, vor denen die Silhouetten mehrerer großer Containerfrachter zu erkennen waren. Sie lagen bewegungslos im Wasser, wie grotesk aufgeblähte Körper in einem Friedhof vergessener Schiffe. Connor schluckte. Plötzlich hatte er das Gefühl, dass sich die Schlinge um den Hals der Geiseln noch stärker zugezogen hatte.

Dann fiel ein riesiger dunkler Schatten über die *Orchid*: ein gewaltiger Tanker kam in Sicht. Sein blau gestrichener, rostiger Rumpf ragte wie eine Mauer aus dem Meer auf. Das Bullauge schränkte Connors Blickfeld stark ein, sodass es ihm vorkam, als erstrecke sich der Tanker endlos.

Die *Orchid* steuerte direkt auf den Tanker zu und schien keine Anstalten machen zu wollen, anzuhalten oder auszuweichen. Connor sah nun nichts mehr als die stählerne Wand vor sich.

Er wappnete sich innerlich. Doch dann wurde die Maschine gedrosselt; kurz darauf heulte sie erneut auf, jetzt offenbar im Gegenschub. Sie schwenkte nach Steuerbord ab und ging neben dem Frachter längsseits. Ein lautes metallisches Geräusch war zu hören und ein Vibrieren durchlief die Jacht. *Die Orchid* prallte ein wenig zurück, dann folgte ein durchdringendes metallisches Kreischen. Connor sah, dass eine Gangway vom Tanker auf das Heck der Jacht herabgesenkt wurde. Dann hörte er, wie der Anker der *Orchid* ins Wasser gelassen wurde.

Ob es ihm gefiel oder nicht, sie waren in Somalia angekommen.

KAPITEL 83

»Los, Bewegung!«, befahl Spearhead und stieß einem der Matrosen den Gewehrlauf in den Rücken.

Kapitän Locke führte seine geschockte Besatzung die steile Gangway hinauf. Amanda folgte ihnen so gefasst, wie es ihr möglich war. Die Zwillinge bildeten den Schluss; sie hielten sich an den Händen, um sich gegenseitig zu bestärken. Auf dem schmalen Metallsteg dröhnten die Schritte der Geiseln wie Trommeln der Verzweiflung. Durch die Löcher der Metallplatten, aus denen der Steg konstruiert war, konnten sie die blaugrünen Wellen des Ozeans sehen, die gegen die rostige Bordwand des Frachters plätscherten.

Auf dem Hauptdeck warteten weitere schwer bewaffnete Piraten. Bei ihrem Anblick schwanden auch die letzten Hoffnungen der Geiseln.

Das Deck war riesig. Unzählige Röhren, Ventile und Maschinen erstreckten sich über die gesamte Länge des Schiffs. Eine Reihe von kuppelförmigen Tanks war zu sehen, auf denen in grellgelber Schrift vor dem hochentzündlichen Inhalt gewarnt wurde. Der Bug war so weit entfernt, dass man glauben konnte, er gehöre zu einem anderen Schiff. Über dem Heck ragte die weiß gestrichene Brücke wie ein

Wolkenkratzer empor. An der prangte in riesigen roten Lettern die Warnung NO SMOKING.

In dieser Umgebung wirkt ein Anblick besonders bizarr: ein paar magere Ziegen, die an der Steuerbordreling angebunden waren. Sie begrüßten die Neuankömmlinge mit verärgertem Meckern.

Aus der Gruppe der wartenden Piraten trat ihnen ein groß gewachsener Mann entgegen und sagte fröhlich und in fast akzentfreiem Englisch: »Willkommen in Somalia.« Er war besser gekleidet als die übrigen Piraten: ein somalischer Männerrock aus Baumwolle, bedruckt mit schwarzem Rautenmuster, dazu ein olivfarbenes Hemd. Um Hals und Schultern hatte er einen blutroten Schal geschlungen. Seine Wangen waren glatt, gut genährt und glänzten wie Ebenholz, die Nase war breit, die Zähne vom Khat-Kauen verfärbt, die Augen waren hinter einer verspiegelten Pilotensonnenbrille verborgen. Offensichtlich handelte es sich um den Boss der Piraten.

»Das liegt nicht auf unserer Route!«, gab Kapitän Locke scharf zurück.

Der Piratenboss lachte. »Gut, dass Sie sich ein bisschen Humor bewahren konnten, Kapitän. Mein Name ist Oracle.«

Er streckte ihm die Hand hin. Kapitän Locke ignorierte sie.

»Ach, kommen Sie schon. Es gibt keinen Grund, unhöflich zu sein.«

Kapitän Lockes Gesicht lief rot an vor mühsam beherrschter Wut. »Sie erwarten von mir, dass ich Ihnen die Hand schüttle? Nachdem Ihre Männer meine Jacht gekapert, zwei meiner Leute getötet und uns als Geiseln genommen haben? Ein Mitglied meiner Crew ist schwer verwundet und muss sofort medizinisch versorgt werden. Das ist meine wichtigste Sorge!«

Oracle machte eine wegwerfende Handbewegung, ohne dem blassen und fiebernden Jordan mehr als nur einen kurzen Seitenblick zu gönnen. »Mit ein bisschen Glück werden wir Sie nicht sehr lange festhalten müssen.« Er wandte sich ab. »Wenn Sie jetzt so *freundlich* sein wollen, mir zu folgen.«

Ein paar Piraten trieben die Crew mit drohenden Stößen ihrer Waffen vor sich her. Die Geiseln wurden über das Deck geführt, das aus großen, angerosteten Eisenplatten bestand. Am Fuß der Brückenaufbauten angekommen, zog Oracle eine schwere Schotttür auf und trat in einen schmalen Korridor, durch den sie zu einer breiten Treppe gelangten.

»Kapitän, meine Männer bringen Sie und die Crew jetzt zu Ihren neuen Quartieren«, erklärte Oracle. Er bellte ein paar Befehle auf Somalisch. Juggs und ein paar weitere Piraten trieben die Crew die Treppe hinunter.

»Sie nicht, meine Damen«, sagte Oracle. »Sie sind meine kostbarste Fracht.«

Schon auf der Treppe, zögerte Kapitän Locke und blickte sich zu den Mädchen und zu Amanda um. Er spürte, dass das vielleicht das letzte Mal war, dass er sie sah. Doch nach ein paar auffordernden Stößen mit der Mündung einer AK47 folgte er seinen Männern zum Unterdeck hinunter.

»Bitte folgen Sie mir«, sagte Oracle und ging die Treppe hinauf.

Amanda und die Mädchen hatten keine andere Wahl. Verängstigt stiegen sie hinter dem Piratenboss zwei Treppenabsätze hinauf. Spearhead bildete den Schluss. Oben gelangten sie in einen kahlen, weiß gestrichenen Korridor. Vor einer Holztür stand ein bewaffneter Pirat. Oracle nickte ihm zu. Der Pirat öffnete die Tür und Oracle stolzierte in den Raum.

»Kapitän Takayama, Sie haben Besuch!«, verkündete er. »Sorgen Sie dafür, dass sich Ihre Gäste wohlfühlen.«

Ein kleiner, untersetzter Japaner mit runder Goldrandbrille erhob sich aus einem Sessel. Überrascht schaute er die Frau und die beiden Mädchen an, die so unerwartet in seiner Kabine erschienen waren, und verneigte sich höflich.

»Prima. Ihr könnt euch ja selbst miteinander bekannt machen«, sagte Oracle und lächelte Emily und Chloe onkelhaft zu. »Ich werde mich jetzt mit eurem Vater in Verbindung setzen und ihm unsere Lösegeldforderungen mitteilen. Wenn er sich kooperativ zeigt, werdet ihr schneller zu Hause sein, als ihr glaubt.«

»Viel Glück dabei«, murmelte Emily leise.

Oracle hob fragend eine Augenbraue. »Glück hat damit nichts zu tun. Wenn er nicht spurt, werden wir ihn eben überreden müssen.« Er nickte Spearhead zu. »Wir nehmen sie mit.«

Der riesenhafte Pirat packte Emily grob am Arm und zerrte sie zur Tür.

»Nein!«, schrie Chloe und klammerte sich an Emilys Hand, als ginge es um ihr Leben.

Spearhead stieß sie so brutal zurück, dass sie zu Boden stürzte.

»Stopp!«, schrie Kapitän Takayama und wollte eingreifen.

Der Pirat hielt ihm die Mündung der AK47 direkt vors Gesicht. Der Japaner wich zurück und senkte ergeben den Kopf.

Spearhead zerrte Emily hinter sich her und schmetterte die Tür hinter sich zu.

Chloe saß schluchzend auf dem Boden. Kapitän Takayama schaute verlegen zu Amanda hinüber; er wunderte sich, warum sie das Mädchen nicht zu trösten versuchte. Aber Amanda rührte sich nicht. Takayama half Chloe auf die Füße und führte sie zu einem fadenscheinigen Sofa. »Ich bin Kapitän Takayama. Sie befinden sich hier auf meinem Tanker *Golden Phoenix*. Wir haben Chemikalien geladen. Meine Crew wird im Unterdeck gefangen gehalten.« Er bot Chloe ein Taschentuch an. »Es tut mir sehr leid, dass auch Sie von diesen Verbrechern gefangen genommen wurden.«

»Braucht Ihnen nicht leidzutun«, schniefte Chloe und wischte sich die Augen. »Es ist schließlich nicht Ihre Schuld.«

Der Japaner nickte traurig. »Darf ich Ihnen eine Tasse Tee anbieten?«

Während Takayama den Tee zubereitete, starrte Amanda trübsinnig zum Fenster hinaus. »Wie lange hält man Sie hier schon gefangen?«, fragte sie.

Kapitän Takayama lächelte traurig. »Fünf Monate und dreizehn Tage – bis heute.«

KAPITEL 84

Connor hockte vor der Kommunikationsstation in der Brücke der *Orchid* auf dem Boden, um nicht gesehen zu werden. Angespannt drückte er das Satellitentelefon ans Ohr und lauschte auf das Freizeichen.

»Kommt schon«, flehte er leise, »nehmt ab! Bitte!«

Endlich hielt er ein Telefon in der Hand, und nun ging niemand ran!

Nachdem die Geiseln von der Jacht weggeschafft worden waren, hatte er eine Weile gewartet, bis es auf der *Orchid* völlig still geworden war. Erst dann hatte er sich wieder aus seinem Versteck gewagt. Doch seine Hoffnung, dass die Jacht nicht mehr bewacht würde, wurde enttäuscht: Im Salon entdeckte er zwei Piraten, die sich auf den Ledersofas ausgestreckt hatten. Beide hatten den Mund voller Khatblätter, mehrere frische Bündel der berauschenden Blätter lagen auf dem Boden. Offenbar hatten sie sich auch mit den letzten Resten Alkohol von der Bar volllaufen lassen. Nun schienen sie so berauscht zu sein, dass sie nur noch benommen ins Leere starrten. Connor hatte sich unbemerkt an ihnen vorbei und zur Brücke schleichen können. Aber natürlich beunruhigte es ihn, dass er nicht allein an Bord war. Deshalb hielt er Augen und Ohren offen.

Es läutete noch dreimal, dann meldete sich endlich eine Stimme. »Hallo?«

»Charley! Hier ist Connor!«

»Connor?«, schrie Charley auf. »Wo bist du?«

»Auf der *Orchid*. Dicht vor der somalischen Küste, glaube ich.« Er warf einen Blick auf die GPS-Einheit. »Unsere genauen Koordinaten sind 5°21'18" Nord, 48°33'30" Ost. Wir wurden von Piraten angegriffen. Die Jacht wurde gekapert. Brad ist tot. Die Mädchen und die Crew wurden gerade auf einen Tanker gebracht. Ihr müsst sofort eine Rettungsoperation einleiten.«

Eine kurze Pause trat ein. »Stimmen die Koordinaten? Ihr seid Hunderte von Meilen von dem Gebiet entfernt, in dem nach euch gesucht wird.«

Connor blickte noch einmal auf die GPS-Einheit. »Die Koordinaten sind korrekt. Dann müsst ihr eben das Rettungsteam umdirigieren!«

»Moment.« Er hörte, dass jemand im Hintergrund etwas zu Charley sagte. Dann redete sie wieder in den Hörer: »Connor, ihr seid jetzt in somalischen Hoheitsgewässern. Colonel Black sagt, dass eine direkte militärische Intervention nicht möglich ist.«

»Wir können also nicht befreit werden?«, fragte Connor entgeistert.

»Wir werden euch herausholen«, versicherte ihm Charley. »Aber wir müssen abwarten, bis die Piraten mit uns Kontakt aufnehmen und ihre Forderungen nennen. Erst dann können wir …«

Ein fröhlicher Klingelton erklang irgendwo. Connor zuckte zusammen. Ein Handy. Er hörte, dass sich jemand meldete. »Ich muss gehen«, flüsterte er hastig, legte auf und rannte zur anderen Tür, die zum Korridor führte.

Es gelang ihm mit knapper Not, die Tür hinter sich zuzuziehen und daneben in Deckung zu gehen.

Ein großer Pirat kam durch die Steuerbordtür herein. Connor presste sich eng an die Wand des Korridors und hielt den Atem an. Der Pirat quasselte unbekümmert in sein Handy, lehnte die AK47 an den Kommandostand und fläzte sich in den Kapitänssessel. Er hatte eine große Nase und einen sehr breiten Mund mit großen, starken Zähnen. Er telefonierte so laut, dass er fast brüllte.

Connor beäugte das Sturmgewehr und wog seine Chancen ab, an die Waffe zu kommen, bevor der Pirat reagieren konnte. Aber er hatte noch nie eine solche Waffe abgefeuert. Selbst wenn er das Gewehr als Erster zu packen bekam, würde er ein paar Augenblicke brauchen, um den Sicherungshebel zu finden und zurückzuschieben – und das würde dem Piraten genug Zeit geben, ihn zu überwältigen.

Der Pirat schwang die Beine auf den Kommandostand und lehnte sich zurück; offenbar hatte er nicht vor, sich so bald wieder aus dem bequemen Sessel zu erheben. Connor wurde klar, dass er nicht stundenlang auf dem Flur herumstehen konnte, bis er wieder an das Satellitentelefon herankam. Er warf noch einen letzten sehnsüchtigen Blick auf das Telefon, dann schlich er leise zum Hauptdeck hinunter.

Wenigstens wussten Charley und das Alpha-Team jetzt, dass er noch am Leben war. Wo er war. Und, noch wichtiger: dass die Piraten ihn nicht erwischt hatten.

Aber wie lange noch? Er war auf sich selbst angewiesen; ein Rettungsteam war nicht unterwegs. Er konnte zwar hoffen, dass die Lösegeldverhandlungen erfolgreich verliefen – aber das konnte Wochen oder sogar Monate dauern.

Connor hatte starke Zweifel, ob Emily eine weitere längere Gefangenschaft unbeschadet überstehen würde. Außerdem befürchtete er, dass die Mädchen aufs Festland geschafft würden, wo er womöglich ihre Spur verlieren würde. Aber am meisten Sorgen bereiteten ihm die Unberechenbarkeit, die Gewaltbereitschaft und die mörderische Brutalität der Piraten. Das – mehr als alles andere – bestärkte seine Entschlossenheit, die Mädchen so bald wie möglich zu befreien.

Er hatte die Zeit gut genutzt, um sich auf eine solche Mission vorzubereiten: Er trug dunkle Kleidung, eine geräumige Cargohose und eine Baseballmütze. In den Hosentaschen steckten seine Nachtsicht-Sonnenbrille, der Blender und die Signalpistole. Aus dem Materiallager hatte er sich ein Klebeband besorgt, die gelben Leuchtstreifen am Rucksack überklebt und alles Unnötige herausgenommen. Er wollte so beweglich wie möglich bleiben und sich so gut tarnen, wie es nur ging.

Nun war im Rucksack sogar noch Platz für ein paar der speziellen »Piratencocktails«, die der Koch zubereitet hatte.

Als Connor sich in der Nähe der Gangway, die zum Tanker führte, versteckte, überlegte er kurz, ob er nicht doch warten sollte, bis es dunkel war. Aber das würde erst in zehn Stunden der Fall sein – in der Zwischenzeit konnte den Mädchen alles Mögliche zustoßen.

KAPITEL 85

Die schiere Größe des Tankers verblüffte Connor. Allein das Deck musste doch mindestens so groß wie zwei Fußballfelder sein! Wie soll ich auf diesem Riesenschiff die Mädchen finden?, fragte er sich. Ganz zu schweigen davon, wie er sie in Sicherheit bringen sollte.

Die Brücke ragte turmhoch auf; sie schien ihm der logische Ausgangspunkt für seine Suche zu sein. Aber der Aufbau hatte die Größe eines Wohnblocks. Ganz oben glaubte Connor hinter den Fenstern Bewegungen wahrnehmen zu können – möglicherweise befand sich dort ein Beobachtungsposten der Piraten. Er musste also besonders vorsichtig sein. Aber wenigstens boten sich in dem Gewirr von Röhren und Leitungen, die zum Be- und Entladen der Chemikalien dienten, genügend Gelegenheiten, sich zu verstecken.

Connor huschte von der Gangway über das Deck und ging hinter einer mechanischen Pumpe in Deckung. Einmal glaubte er seinen Ohren nicht trauen zu können – er hörte das Meckern von Ziegen.

Und dann entdeckte er sie tatsächlich – ein paar Ziegen, die an der Reling angebunden waren.

Noch mehr Geiseln, dachte Connor grimmig.

Er war schon fast bis zur Mitte des Decks gekommen, als er Stimmen hörte.

Rasch duckte er sich hinter einige Ölfässer. Keinen Augenblick zu früh: Zwei Piraten gingen lachend vorbei; sie wirkten völlig unbekümmert und blickten sich kaum um. Falls sie Wache schieben sollten, machten sie sich offenbar über einen möglichen Angriff oder Befreiungsversuch nicht die geringsten Sorgen.

Connors Blick folgte ihnen. Sie gingen zu den Ziegen hinüber. Einer der Piraten band eine magere graue Ziege los und führte sie mitten auf das offene Deck. Er packte sie an den Hörnern, drehte ihren Kopf blitzschnell und zwang sie so auf den Boden. Mit den Knien hielt er sie fest. Der andere Pirat kniete neben ihr nieder und zog ein langes, geschwungenes Messer. Geübt und ohne das geringste Zögern schlitzte er der Ziege die Kehle auf und säbelte durch die Sehnen.

Connor wandte den Blick ab. Die Ziege stieß noch ein paar jammervolle, schmerzerfüllte Schreie aus, die ganz anders klangen als das übliche Meckern und mit einem letzten erstickten Röcheln endeten. Ihre Beine zuckten noch ein paarmal, dann lag sie still. Als Connor wieder hinübersah, war das Deck blutbespritzt. Connors Gedanken flogen unwillkürlich zu Brad zurück, dessen Leiche immer noch auf dem Deck der *Orchid* lag. Niemand hatte ihn weggeschafft, niemand hatte sich um ihn gekümmert. Für die Piraten machte es offenbar nicht den geringsten Unterschied, ob sie einen Menschen kaltblütig ermordeten oder ein Tier abschlachteten. Sie waren völlig gefühllos, und Connor wollte sich gar nicht vorstellen, wie sie ihre Geiseln behandeln würden, wenn sie in Bedrängnis gerieten – oder wie sie mit *ihm* umgehen würden, wenn er in ihre Hände fiel.

Während die beiden Piraten die Ziege schlachteten, gelang es Connor, sich im Schutz des Gewirrs von Röhren und Maschinen unbemerkt zum Brückenturm zu schleichen. Er warf einen kurzen Blick zur Brücke hinauf, dann sprintete er über den ungeschützten Gang und ging hinter einer Schotttür in Deckung. Dort hielt er an, um wieder zu Atem zu kommen. Das Bild der verblutenden Ziege ging ihm nicht aus dem Kopf.

Der Gedanke an die Brutalität der Piraten trieb ihn weiter. Ein schmaler Korridor führte zu einer offenen Treppe. Hinauf oder hinunter?

Er vermutete, dass die Geiseln eher auf einem der unteren Decks gefangen gehalten wurden, wo sie nicht gesehen werden konnten. Connor wollte gerade die Treppe hinunterlaufen, als er Emilys Stimme hörte. »Lass mich los!« Ihre Stimme kam von oben.

KAPITEL 86

»Wir wissen *ganz genau*, wo meine Familie ist, Clive! Schicken Sie endlich Ihr Kriegsschiff los!«, verlangte Mr Sterling. Seine Hand hatte sich so um den Hörer verkrampft, dass man glauben konnte, er wolle das Telefon erwürgen. Er hörte ein paar Sekunden lang zu, dann brüllte er: »Was soll das heißen, *internationaler Zwischenfall?* Ich werde dafür sorgen, dass Sie einen *nationalen* Zwischenfall erleben, den Sie nie mehr vergessen werden, wenn Sie meine Familie nicht herausholen! Das wäre das Ende Ihrer Laufbahn!«

Sterlings Gesicht lief tiefrot an, als er sich die Antwort des australischen Premierministers anhörte. »Na, das ist ja wirklich hilfreich!«, brüllte er sarkastisch und knallte das Telefon auf den Tisch. »Verdammte Politiker!«

Wie ein gefangener Tiger lief er im Besprechungsraum hin und her. Colonel Black und Charley waren kurz zuvor auf den Seychellen angekommen und saßen nun Sterling im Regionalen Koordinationszentrum zur Bekämpfung der Piraterie gegenüber. Sie warteten, bis sich Sterling wieder ein wenig beruhigt hatte. Dann fragte der Colonel: »Was hatte der Premierminister zu sagen?«

Sterling blieb stehen und blickte den Colonel wie benommen an. Dann ließ er sich auf einen Stuhl sinken. »Er will die

HMAS Melbourne vor der somalischen Küste stationieren – zwölf Seemeilen entfernt. Eine völlig nutzlose Aktion, nichts weiter als eine Geste. Was soll sie dort? Warum kann meine Regierung nicht das machen, was die Amerikaner in so einer Situation machen würden – nämlich entschlossen eingreifen? Ein paar Navy SEALs und die Sache wäre nach ein paar Sekunden vorbei.«

»Wenn Sie damit auf die Entführung der *Maersk Alabama* anspielen: Die Rettungsaktion der Amerikaner fand in internationalen Gewässern statt«, erklärte der Colonel. »Unglücklicherweise sind Ihrem Premierminister tatsächlich die Hände gebunden. Die australische Marine kann nicht in die somalischen Hoheitsgewässer eindringen, ohne eine schwere diplomatische Krise auszulösen.«

»Na und? Die Krise haben wir doch längst!«

»Ja, aber wenn ein Schiff erst einmal gestürmt wird, ist es sehr schwer, die Crew und die Passagiere ohne Verlust an Menschenleben herauszuholen. Außerdem: Sobald die Piraten ein Kriegsschiff kommen sehen, werden sie die Geiseln woanders hinbringen. Sie sind nur an Geld interessiert. Die Methode mit dem geringsten Risiko ist, das Lösegeld zu zahlen.«

»Na schön«, gab Sterling nach und hob beide Hände. »Dann erklären Sie mir doch mal, warum sich die Piraten nicht schon längst gemeldet haben?«

Auf diese Frage wusste auch der Colonel keine Antwort.

Schweigen breitete sich aus. Im Hintergrund summte leise eine Klimaanlage. Mr Sterlings Bodyguard Dan schenkte seinem Boss Kaffee ein und bot dann auch dem Colonel und Charley eine Tasse an. Charley lehnte ab und blickte nachdenklich durch die Glastrennwand in den Einsatzraum des Zentrums, wo auf einem Monitor ein Abschnitt der somalischen Küste zu sehen war – eine Liveübertragung von einem Beobachtungssatelliten. Vor dem Hafen von Hobyo waren mehrere große Frachter zu sehen. Auf jedem Frachter wurden Geiseln gehalten, insgesamt mehr als hundert Seeleute aus allen Teilen der Welt, die alle hofften, dass ihre Reedereien endlich den Forderungen der Entführer nachkamen und das verlangte Lösegeld bezahlten. Mittendrin lag ein großer Chemikalientanker, die *Golden Phoenix*, auf der vermutlich Sterlings Familie und die Crew seiner Jacht gefangen gehalten wurden. Für diese Vermutung sprach, dass sich im Schatten des Frachters kaum sichtbar die Umrisse einer kleinen weißen Jacht abzeichneten – die *Orchid*.

Ob Connor noch an Bord war? Charley griff unwillkürlich nach ihrem Smartphone und schickte ein Stoßgebet zum Himmel, dass er sich wieder melden solle. Aber seit einer Stunde hatten sie nichts mehr gehört. Vielleicht haben sie jetzt auch Connor gefangen genommen? Charley versuchte, den düsteren Gedanken zu vertreiben, aber er kam beharrlich immer wieder.

Zäh tickten die Minuten dahin. Sterling lief immer noch wie ein gefangener Tiger auf und ab. Irgendwann dudelte ein Handy. Die Spannung stieg schlagartig.

Charley stockte der Atem; unwillkürlich blickte sie auf das Display ihres eigenen Telefons, aber es blieb schwarz.

Sterling zog sein Mobiltelefon aus der Tasche. Eine oder zwei Sekunden lang starrte er auf das Display, auf dem die Nummer des Anrufers erschienen war. »Vorwahl 00252«, sagte er tonlos zu den anderen, die ihn gespannt ansahen. »Somalia.« Dann drückte er auf die grüne Telefontaste und schaltete zugleich die Freisprecheinrichtung ein.

Eine weiche Stimme mit leichtem Akzent meldete sich. »Hallo? Mr Sterling?«

»Ja«, antwortete Sterling vorsichtig.

»Mein Name ist Mr Ali. Ich bin Mitarbeiter einer nichtstaatlichen Hilfsorganisation hier in Somalia. Ich habe von der schlimmen Notlage gehört, in der sich Ihre Familie befindet. Und ich möchte Ihnen meine Hilfe bei den Lösegeldverhandlungen anbieten.«

KAPITEL 87

Connor schlich den Korridor entlang. Die Schritte des riesigen Piraten dröhnten auf den Stahlstufen, sodass Connor dem Geräusch in sicherem Abstand drei Treppen nach oben folgen konnte. Doch dann verlor sich das Geräusch.

Während Connor Emily und dem Piraten nachschlich, hatte er einen fast unerträglichen Drang verspürt, einfach loszustürmen und sie dem Piraten zu entreißen. Aber er durfte nichts überstürzen. Hier gab es jede Menge Kabinen, Lagerräume, Nischen und Treppen; der gesamte Brückenaufbau war das reinste Labyrinth. Jeden Augenblick konnte ein Pirat aus einer Kabine treten oder um eine Ecke biegen. Aber die vielen Nischen und Eingänge bedeuteten auch, dass sich ihm viele Möglichkeiten boten, sich zu verstecken.

Er schlich weiter. Ungefähr in der Mitte des Korridors stand eine Tür halb offen. Er hörte einen Mann auf Englisch reden.

»Nein, ich gehöre nicht zu den Piraten«, beteuerte eine weiche Stimme. »Wie gesagt, mein Name ist Mr Ali. Ich melde mich freiwillig, weil ich Ihnen helfen möchte. Ich möchte helfen, Ihre Familie und Ihre Crew zu retten.«

Connor schlüpfte rasch in einen Lagerraum gegenüber.

Vorsichtig spähte er um den Türrahmen. Durch die offen stehende Tür gegenüber konnte er einen großen Teil der Kabine überblicken. Er sah einen recht dicken Mann an einem Tisch mit Resopalplatte sitzen. Ein paar Haarsträhnen waren quer über den fast kahlen Kopf gekämmt, darunter war ein feistes, glänzendes Gesicht zu sehen. Er trug ein dunkelgrünes Hemd, das lose über der Chinohose hing, und abgetragene, billige Plastiksandalen. Ein Handy klemmte zwischen Schulter und Ohr. Während der Mann telefonierte, zündete er sich gleichzeitig eine selbst gedrehte Zigarette an. Er sog den Rauch tief ein, stieß ihn in einer dichten Wolke wieder aus und sagte: »Ich verstehe Ihre Besorgnis vollkommen. Ich werde mein Bestes tun, um Ihnen zu helfen.«

Am Tisch saß noch ein weiterer Mann; von ihm konnte Connor meistens nur die ausgestreckten Beine sehen. Nur einmal beugte er sich kurz vor, sodass auch eine verspiegelte Pilotenbrille und ein blutroter Schal zu sehen waren. Connors Sichtfeld wurde teilweise auch von dem riesenhaften Piraten verstellt, der die *Orchid* gehijackt hatte. Und neben ihm stand Emily, die im Vergleich zu ihm wie ein kleines, schmächtiges Mädchen aussah.

Connor wäre am liebsten in die Kabine gestürzt, hätte sie an der Hand gepackt und wäre mit ihr geflohen. Aber er wusste, dass das völlig unmöglich war; er musste den günstigsten Zeitpunkt abwarten, um beide Schwestern gleichzeitig befreien zu können. Außerdem faszinierte ihn das, was er gehört hatte. Wer war dieser Mr Ali, der so große Hoffnungen weckte?

»Ja, ich bin hier an Bord«, sagte der Dicke und schnippte lässig die Zigarettenasche auf den Boden. Dabei lächelte er Emily an. Ein Vorderzahn fehlte, die anderen waren gelblich-braun verfärbt. »Ja, ich habe auch Ihre Familie und die Crew gesehen … ja, sie sind alle wohlauf … im Moment jedenfalls.«

Trotz des verbindlichen, freundlichen Tonfalls lag in den letzten Worten auch eine versteckte Drohung. Mr Ali sog erneut an der Zigarette und blies den Rauch gegen die Kabinendecke.

»Die Piraten verlangen einhundert Millionen Dollar.«

KAPITEL 88

»Einhundert Millionen!«, stieß Mr Sterling entsetzt hervor und starrte ungläubig auf das Telefon. »Das ... das ist eine ... eine *ungeheure* Forderung!«

Colonel Black und Charley blickten sich verblüfft an. Ein derart hohes Lösegeld war noch nie gefordert worden. Die Forderung war sogar höher als die Summe sämtlicher Lösegelder, die in den letzten Jahren an somalische Piraten gezahlt worden waren.

»Stimmt, aber sonst werden Sie Ihre Familie nie mehr wiedersehen«, sagte Mr Ali.

»Drohen Sie mir nicht!«, bellte Sterling.

»Bitte. Sie müssen verstehen: Ich wiederhole nur, was mir die Piraten aufgetragen haben. Mir liegt genauso wenig daran wie Ihnen, dass Ihrer Familie etwas passiert.«

»Dann sagen Sie Ihren Piraten, sie können ...«

Colonel Black schoss Sterling einen warnenden Blick zu. Sie hatten die Verhandlungsstrategie genau durchgesprochen. Sterling hatte eingesehen, dass ein ruhiger, vernünftiger Ton nötig sein würde. Somalische Piraten waren dafür bekannt, dass sie clever, aber auch aggressiv verhandelten und jede Schwäche geschickt für ihre Ziele ausnutzten.

Mr Sterling atmete tief ein und brachte sich wieder unter

Kontrolle. »Die Forderung ist zu hoch. Ich kann unmöglich eine solche Summe aufbringen.«

»Mr Sterling, einhundert Millionen Dollar sind nicht einmal zehn Prozent Ihres geschätzten Vermögens. Ich bin sicher, dass Sie sich das leisten können.«

»*Geschätzt!*«, wiederholte Sterling mit viel Betonung. »Und es liegt auch nicht zu Hause unter der Matratze! Mein Vermögen besteht aus Unternehmen und Aktien und kann nicht einfach von heute auf morgen zu Bargeld gemacht werden!«

»Dann empfehle ich Ihnen, gleich damit anzufangen, Ihre Unternehmen zu verkaufen.«

»Das würde Monate dauern! Ich bin sicher, dass Ihre Piraten eine schnelle Lösung dieser Angelegenheit bevorzugen würden, oder nicht? Warum vereinbaren wir nicht zwei Millionen und vergessen die Sache?«

Ein übertriebenes Seufzen drang aus dem Lautsprecher. »Ich kann ja mal fragen, aber Zeit ist etwas, das die Piraten im Überfluss haben.«

Gedämpfte Stimmen aus dem Hintergrund waren zu hören; offenbar deckte Mr Ali das Handymikrofon mit der Hand ab. Charley meinte, ungläubiges Gelächter hören zu können, dann meldete sich Mr Ali wieder.

»Sie lehnen Ihr Angebot ab. Es bleibt bei einhundert Millionen, keinen Cent weniger.«

Mr Sterling ballte die Faust. »Aber was Sie fordern, ist zehnmal mehr als das höchste Lösegeld, das jemals gezahlt wurde!«

»Für die Piraten ist das einfach nur ein Geschäft, Mr Sterling, das müssten gerade Sie doch am besten verstehen. Es herrscht das Gesetz von Angebot und Nachfrage. Die NATO patrouilliert den Indischen Ozean. Es gibt jetzt weniger Piratenüberfälle, also weniger Angebot – und damit steigt der Preis – oder vielmehr die Forderungen der Piraten. Und überhaupt: Welchen Preis ist Ihnen Ihre Familie denn wert? Außerdem sind hundert Millionen Dollar doch nur Peanuts im Vergleich zu dem, was Länder wie Ihres Somalia gestohlen haben.«

Mr Sterling runzelte die Stirn, verwirrt über diese neue Argumentationsstrategie. »Wovon reden Sie jetzt?«

»Ausländische Fischtrawler fischen das Meer vor unseren Küsten leer. Tanker verklappen illegal giftige Abfälle in unser Meer. Bestimmt haben auch Ihre Zeitungen mal eine Story darüber gebracht!«

»Ich denke schon, dass wir darüber berichtet haben. Aber diese Verstöße können Sie doch nicht *mir* vorwerfen!«

»Kann sein«, antwortete Mr Ali, »aber sie haben eine Menge mit den Männern hier zu tun: Sie sind der Grund dafür, dass sie Piraten wurden.«

Mr Sterling öffnete den Mund zu einer Entgegnung, aber Colonel Black gab ihm ein Zeichen, nicht mehr weiter darauf einzugehen. Es hatte keinen Sinn, sich in diese Diskussion verwickeln zu lassen. Hastig schrieb der Colonel etwas auf einen Zettel und reichte ihn über den Tisch.

Mr Sterling blickte kurz darauf, dann sagte er zu Mr Ali: »Bevor wir weiterverhandeln, will ich ein Lebenszeichen hören.«

KAPITEL 89

Connor sah, dass Mr Ali Emily zum Telefon winkte.

»Dein Vater will mit dir sprechen.«

»Daddy?«, sagte Emily mit brüchiger Stimme. »Nein … sie haben mir nichts getan.«

Während sie telefonierte, wandte sie sich von Mr Ali ab. Connor konnte nun ihr Gesicht sehen. Dunkle Ringe lagen um ihre Augen, Schlaflosigkeit und Erschöpfung hatten ihr Gesicht blass werden lassen.

»Ja, Chloe geht es auch gut. Amanda ist bei ihr … Nein, die Piraten haben ihr nichts getan … Nein, das geht nicht, ich bin jetzt gerade nicht mit ihnen zusammen.«

Emilys Blick wirkte leer. Wie benommen starrte sie vor sich hin, während sie telefonierte. Die Hand mit dem Telefon zitterte.

»Brad wurde erschossen … Nein, ich weiß nicht, was mit dem Rest der Crew ist. Sie wurden nach unten gebracht … Zahlst du den Piraten das Geld?«

Sie hörte einen Moment lang bewegungslos zu, doch dann sackte sie förmlich in sich zusammen. Ihre Knie gaben nach und sie musste sich am Tisch abstützen.

»Bitte. Zahle es. Bitte. Lass mich nicht im Stich wie letztes Mal, das würde ich nicht mehr aushalten. Daddy … ich …«

Der Pirat mit der Pilotenbrille stand abrupt auf, zog eine Browning-Pistole aus dem Gürtel und drückte Emily die Mündung an die Schläfe. Connor spannte sich an. Aber er wusste, dass er kaum schnell genug würde eingreifen können, wenn der Pirat wirklich abdrückte.

»D... Daddy, er hält mir eine Pistole an den Kopf!«, schluchzte Emily auf. »Tu doch was! Er darf mich nicht töten! Gib ihnen, was sie wollen. BITTE ...«

Der Pirat entriss ihr grob das Telefon.

»Hier spricht Oracle. Das ist kein Spiel, Sterling!«, sagte er scharf und zog den Finger am Abzug ein wenig zurück. »Wir haben Ihnen bewiesen, dass Ihre Familie noch lebt. Und jetzt zahlen Sie, sonst beweise ich Ihnen das Gegenteil.«

Und dann drückte er ab.

KAPITEL 90

Der Schuss krachte verzerrt durch den kleinen Lautsprecher. Die Verbindung brach ab.

»NEIN!«, schrie Mr Sterling, tippte auf das Display und ließ die letzte Nummer noch einmal anwählen.

Das Freizeichen ertönte, es klang schwach und quälend.

Schließlich schaute Sterling den Colonel fast flehend an. »Sie antworten nicht!«

»Bei solchen Verhandlungen geht es um Kontrolle«, erklärte der Colonel. »Die Piraten werden vorerst nicht mehr reagieren. Sie wollen bei Ihnen so viel Verzweiflung wie möglich erzeugen.«

Mr Sterling schüttelte das Telefon wütend, als wollte er dem Colonel damit drohen. »Sie haben gerade meine Tochter erschossen!«

»Das ist sehr unwahrscheinlich. Schließlich wollen sie ihr wichtigstes Druckmittel nicht verlieren.«

»Aber Sie haben doch gehört, wie sie geschrien hat!«

»Würden Sie nicht auch aufschreien, wenn eine Pistole direkt neben Ihrem Ohr abgefeuert wird?«, fragte Charley, die der Anruf genauso schockiert hatte wie die beiden Männer.

Colonel Black beugte sich vor und schaute Sterling direkt

an. »Hören Sie: Die Piraten versuchen nur, Sie einzuschüchtern. Sie haben ganz offensichtlich Ihren Hintergrund erkundet. Sie wissen ganz genau, wie hoch Ihr Vermögen ist. Das lässt vermuten, dass es sich um eine durchorganisierte Bande handelt. Und das wiederum bedeutet, dass sie auch über die Ressourcen verfügen, eine längere Geiselnahme durchzuhalten.«

Sterling ließ sich auf den Stuhl fallen und rieb sich die Schläfen. »Das ist ein einziger Albtraum. Ich kann es nicht fassen, dass sich das alles jetzt noch einmal abspielt. Diese Verhandlung ist mit der bei Emilys Entführung nicht zu vergleichen. Wer täuscht denn schon beim ersten Anruf die Ermordung der Geisel vor? Diese Piraten sind schlimmer als Tiere!«

»Die Taktiken von Kidnapperbanden sind völlig unterschiedlich, je nachdem, wo sie agieren und wer sie sind«, antwortete der Colonel. »Was bei der korsischen Mafia funktioniert, könnte sich bei einer irakischen Miliz oder bei kolumbianischen Drogenbanden als Schuss nach hinten erweisen – oder in diesem Fall bei somalischen Piraten. Aber eins bleibt immer gleich: Jeder Fehler kann Menschenleben kosten.«

Tränen traten in Sterlings Augen. »Meine Amanda ... mein Liebling ... Sie ist so verletzlich. Ich hätte sie niemals allein lassen dürfen.«

Colonel Black betrachtete Sterling nachdenklich. Er war nur noch ein Schatten seiner selbst, nichts war geblieben von dem mächtigen Medienmogul – nur noch ein Vater und Fast-Ehemann, der verzweifelt um seine entführte Familie bangte. Was war aus der Behauptung geworden, er würde die Verhandlungen völlig emotionslos führen?

»Ich glaube, es ist doch besser, wenn wir einen professionellen Unterhändler heranziehen«, schlug der Colonel schließlich vor.

Mr Sterling seufzte tief auf. »Nein, vielleicht sollte ich einfach zahlen. Wenn ich sämtliche Firmenanteile abstoße, kann ich vielleicht in den nächsten Wochen genug Geld zusammenbringen.«

»Wenn Sie zu leicht nachgeben, werden die Piraten einfach die Forderung höher schrauben.«

»Mehr als hundert Millionen?«, fragte Sterling fassungslos.

Der Colonel hob die Hände. »Wer weiß? Bisher hat sich diese Bande als sehr gerissen, berechnend und absolut skrupellos erwiesen. Keine sehr günstige Kombination. Wer weiß, wozu diese Männer noch fähig sind.«

»Da ist immer noch Connor«, warf Charley leise ein.

Mr Sterling ließ ein freudloses Lachen hören. »Connor? Was kann er schon ausrichten – ein einzelner Junge gegen eine Bande mörderischer Piraten?«

KAPITEL 91

Der Schuss hatte bei Connor einen Adrenalinschub ausgelöst. Er war drauf und dran gewesen, aus dem Versteck zu stürzen und die Piraten im gegenüberliegenden Raum frontal anzugreifen, um Emily zu retten. Aber der Pirat, der sich Oracle nannte, hatte in die Decke gefeuert.

Emily stand verkrümmt am Tisch und presste die Hand auf das von dem Knall betäubte Ohr. »Warum machen Sie so was?«, schluchzte sie.

Oracle grinste sie an, während er Mr Ali das Handy zurückgab. »Dein Vater brauchte ein bisschen Überredung, damit er bald zahlt. Das willst du doch auch, oder nicht?«

Mr Alis Handy dudelte.

»Da ist er ja schon wieder.«

Mr Ali wollte schon den Anruf annehmen, aber Oracle schüttelte den Kopf. »Lass ihn ruhig eine Weile schmoren.«

Mr Ali steckte das Handy ein und zeigte seine gelb-braunen Zähne, was wohl so etwas wie ein Lächeln sein sollte. Eins war Connor inzwischen klar geworden: Dieser Schleimer war alles andere als ein Mitarbeiter einer Hilfsorganisation. Der saß nicht hier auf dem Frachter herum, weil ihn das Mitgefühl mit den Geiseln dazu veranlasst hatte, seine guten Dienste als unparteiischer Mittelsmann anzubieten, sondern weil er zu den Piraten gehörte.

»Ich nehme an, Sterling will uns ein neues Angebot machen«, sagte Mr Ali, während er sich eine neue Zigarette drehte. »Natürlich wieder weit unter unserer Forderung. Was soll ich sagen?«

Oracle dachte kurz darüber nach. »Sag ihm, für jedes Angebot, das unter hundert Millionen liegt, werden wir einen von seiner Crew umlegen. Das sollte ihn endlich überzeugen, dass wir unsere Forderung sehr ernst meinen.«

Damit ändert sich das ganze Spiel, dachte Connor. Jetzt blieb ihm nichts anderes mehr übrig, als die Mädchen zu befreien, bevor sie damit anfingen, die Geiseln umzubringen. Wenn die Piraten erst einmal damit angefangen hatten, würde niemand mehr vor ihrer Mordlust sicher sein – am wenigsten er selbst.

Jemand kam den Korridor entlanggerannt. Connor konnte sich gerade noch rechtzeitig zurückziehen, als ein junger Bursche in Shorts und einem dreckigen T-Shirt an Connors Tür vorbeilief und in die Kabine gegenüber stürzte. Eine Sekunde lang hatte Connor den Jungen für Cali gehalten. Aber dieser Bursche war ein wenig größer und älter und hatte stark vorstehende Zähne. Ein Revolver, der viel zu groß für ihn war, steckte hinten im Bund seiner Shorts. Connor war geschockt: Sogar der Piratennachwuchs lief mit Schusswaffen herum!

Der Junge plapperte aufgeregt auf Somalisch. Oracle und Mr Ali warfen sich verblüffte Blicke zu.

»Was ist los?«, fragte Emily, als Mr Ali aufstand und zusammen mit Oracle und Spearhead zur Tür ging.

»Zerbrich dir nicht das hübsche Köpfchen«, empfahl ihr Mr Ali onkelhaft. »Bucktooth hat uns gerade erzählt, dass unser Auftraggeber an Bord gekommen ist. Wir wollen ihm nur schnell Hallo sagen.«

KAPITEL 92

Bucktooth, der Junge mit dem Pferdegebiss, blieb als Wächter für Emily zurück. Connor wurde klar, dass er vermutlich keine bessere Gelegenheit für einen Befreiungsversuch bekommen würde. Emily war auf einen der Stühle am Tisch gesunken und kratzte mit dem Fingernagel völlig geistesabwesend an einem Riss in der Resopalbeschichtung der Tischplatte herum. Bucktooth lehnte an der Wand und starrte mit einer Mischung aus Staunen und Faszination ihr langes strohblondes Haar und ihre blasse Gesichtshaut an.

Der Junge war offenbar von Emily so gebannt, dass er nicht allzu aufmerksam auf seine Umgebung achtete. Connor schlich auf den Flur hinaus und trat geräuschlos durch die Kabinentür. Sein Plan war einfach: Er würde dem Piraten den Revolver aus dem Hosenbund reißen und seinen Gegner dann niederschlagen. Doch als er die Kabine betrat, hob Emily den Kopf. Verblüfft riss sie die Augen auf. Zwar versuchte sie sofort, ihre Reaktion zu unterdrücken, aber es war schon zu spät: Dem Pirat war bereits aufgefallen, dass etwas nicht stimmte. Schneller als eine Klapperschlange wirbelte er herum und riss den Revolver aus dem Hosenbund.

Connor war mit einem Satz bei ihm und rammte ihm die

Handfläche mit voller Kraft in den Solarplexus. Der Junge schnappte nach Luft und krümmte sich vor Schmerzen zusammen. Aber er war trotzdem noch fähig, den Revolver anzuheben und auf Connor zu richten. Connor packte sein Handgelenk und rammte die Pistolenhand mehrmals gegen die Kabinenwand. Bucktooth ließ die Waffe fallen. Connor kickte sie in eine Ecke und stieß den Jungen mit dem Unterarm quer über dessen Kehle gegen die Wand, sodass er keine Luft mehr bekam.

»Still!«, zischte Connor und legte den Finger über die Lippen. »Hast du verstanden?«

Der Junge würgte. Die Augen traten ihm aus den Höhlen, aber er nickte.

Connor verringerte den Druck auf seine Kehle ein wenig, dann trat er einen Schritt zurück.

Bucktooth schnappte verzweifelt nach Luft, dann brüllte er: »I caawi!«

Der Hilferuf ließ Connor keine andere Wahl. Er ließ die Faust mit voller Wucht gegen die Kinnspitze des Jungen krachen. Der Hinterkopf des Piraten prallte gegen die Wand. Der Junge verdrehte die Augen und brach zusammen.

»Hast du ihn getötet?«, fragte Emily geschockt.

Connor schüttelte den Kopf. Der Kinnhaken hatte genau die Schwachstelle am Kinn getroffen und den Kopf des Piraten zurückschnappen lassen, wodurch sein Gehirn kurzfristig funktionsunfähig wurde. Bucktooth würde für ein paar Minuten bewusstlos sein – und wenn er wieder zu sich kam, würde er sich wahrscheinlich nicht mehr an den Schlag erinnern können.

Emily fiel Connor um den Hals und schluchzte: »Ich dachte, du wärst tot!«

»Beinahe«, antwortete Connor. »Ich erzähle es dir später.«

Er zerrte den bewusstlosen Piraten über den Flur in den Lagerraum und schloss die Tür ab.

»Komm schon, wir müssen deine Schwester suchen«, sagte er, griff nach Emilys Hand und rannte mit ihr den Flur entlang. »Weißt du, wo sie ist?«

Emily nickte. »In der Kapitänskajüte. Mit Amanda.«

Sie führte ihn zwei Treppen hinunter und durch einen weiteren Korridor. Dort übernahm Connor wieder die Führung und hielt scharf nach weiteren Piraten Ausschau. Er vermutete, dass sich ein Teil von ihnen auf dem Hauptdeck aufhielt; die übrigen mussten wahrscheinlich die Geiseln bewachen.

Sie kamen zu einer Schotttür mit einem kleinen Bullauge.

»Da drin«, flüsterte Emily.

Connor spähte durch das Bullauge. Er konnte keine Piraten sehen, aber das musste nichts heißen: Durch das Bullauge konnte er nur einen sehr kleinen Teil der Kabine überblicken.

»Ich gehe zuerst rein«, flüsterte er.

Langsam öffnete er die Tür und trat langsam ein. Die Kabine war voller Kisten und Schachteln.

»Das kann nicht stimmen«, sagte er und drehte sich zu Emily um.

Aber sie war nicht mehr hinter ihm. Die Schotttür wurde zugestoßen. Connor sprang hin und riss am Türgriff. Doch der gab nicht nach.

Er blickte durch das Bullauge: Emily drehte gerade den Schlüssel um.

Sie sperrte ihn ein!

KAPITEL 93

»Das ist alles nur Ihre Schuld, Colonel Black!«, bellte Mr Sterling scharf und deutete anklagend auf ihn. »Ich kann es nicht fassen, dass Sie mich dazu überredet haben, Teenager anzuheuern, um meine Familie zu beschützen! Wie konnten Sie nur so skrupellos sein? Ihre ganze Organisation ist verantwortungslos und sollte verboten werden! Wenn diese Sache vorbei ist, werde ich Ihre Buddyguards in meinen Zeitungen als einen gefährlichen Betrug bloßstellen! Denn das sind sie wirklich!«

Colonel Black stand auf, Wut brannte in seinen Augen. Dennoch antwortete er mit ruhiger Stimme: »Sie sind wütend und verstört, Mr Sterling! Unter diesen Umständen ist das verständlich, aber die Schuld liegt einzig und allein bei den Piraten!«

Mr Sterling wollte antworten, aber Colonel Black schnitt ihm mit einer Handbewegung das Wort ab. »Ich brauche Sie wohl nicht daran zu erinnern, dass Sie eine erfahrene Crew und einen Profi als Sicherheitsmann für die Jacht angeheuert haben. Aber das hat diese entschlossenen und gewissenlosen Feinde nicht aufhalten können. Ihre Crew wurde gefangen genommen. Ihr Profi-Sicherheitsmann ist tot. Und Sie selbst haben darauf bestanden, Ling zu entlassen. Das bedeutet, dass Connor der Einzige ist, der Ihre Töchter jetzt noch verteidigen kann. Unterschätzen Sie ihn nicht!«

Die beiden Männer starrten sich über den Konferenztisch hinweg an. Charley wusste, dass Colonel Black nicht nachgeben würde. Sie hatte ihn schon in ähnlich angespannten Situationen erlebt, wenn Klienten unter Druck und Stress standen und dann irrational reagierten. Selten lobten Klienten ein Sicherheitsteam, wenn eine Mission reibungslos über die Bühne ging und nichts passierte. Aber sie warfen sofort mit Vorwürfen um sich, wenn etwas aus dem Ruder lief. Dann waren sie sofort mit Schuldzuweisungen bei der Hand, selbst wenn sie zuvor selbst alle Sicherheitsratschläge in den Wind geschlagen hatten.

Ein Telefon dudelte. Alle Augen richteten sich auf Sterlings Smartphone, das auf dem Tisch lag.

»Sind sie es?«, fragte Charley gespannt.

Mr Sterling schüttelte den Kopf. »Nein. Mein Anwalt.«

Er hörte ein paar Sekunden lang zu, dann deckte er das Mikrofon mit der Hand ab. »Er sagt, ein freier Reporter habe Wind von der Entführung bekommen und wolle nun ein Interview mit mir haben.«

Colonel Black verzog das Gesicht. »In dieser Situation? Das Letzte, was wir jetzt brauchen ist, dass sich die Medien einmischen.«

»*Ich* bin die Medien«, erklärte Sterling.

»Dann kontrollieren Sie sie. Halten Sie die Geschichte so lange wie möglich unter der Decke.«

Sterling murrte: »Meine Konkurrenz wird sich ins Fäustchen lachen.« Dann sprach er wieder mit dem Anwalt.

Während er telefonierte und versuchte, den Schaden zu begrenzen, beugte sich Charley zu Colonel Black und flüsterte: »Ich mache mir Sorgen um Connor. Wir haben immer noch nichts von ihm gehört.«

»Er kommt allein zurecht.«

»Können wir ihm nicht irgendwie helfen?«

»Wie denn? Er ist allein dort draußen.«

Der Colonel sah ihr an, wie sehr sie sich ärgerte, dass er so gleichgültig reagierte.

»Hör mal, Charley, ich mache mir genau so viel Sorgen wie du. Aber ich darf meine Urteilsfähigkeit nicht durch Emotionen trüben lassen. Ich bin sicher, dass Connor der Situation gewachsen ist. Wenn er wieder Kontakt aufnimmt, informierst du ihn über die Position der *HMAS Melbourne*. Frage ihn nach allem, was er über die Piraten oder über das Schiff weiß, auf dem die Geiseln untergebracht sind. Alles kann bei einem Rettungsversuch wichtig sein.«

»Haben Sie nicht gesagt, dass eine militärische Intervention nicht infrage kommt?«

»Das gilt offiziell, solange nicht alle anderen Möglichkeiten erschöpft sind.« Colonel Black schaute kurz zu Sterling hinüber. »Aber wenn die Verhandlungen weiter so verlaufen wie bisher, wird ein Angriff der Special Forces vielleicht die letzte Option sein. Selbst dann, wenn das Risiko hoch ist.«

KAPITEL 94

Connor saß auf dem kalten Stahlboden und starrte die verschlossene Schotttür an. Er hatte versucht, sie wieder aufzubekommen – er hatte dagegengekickt, mit der Taschenlampe auf den Türgriff gehämmert, sich voller Frustration gegen die Tür geworfen. Aber sie hatte keinen Millimeter nachgegeben. Danach hatte er nach einem anderen Fluchtweg gesucht, aber der Lagerraum hatte keinen anderen Ausgang, nicht einmal ein Bullauge.

Die Suche nach einem Fluchtweg hatte ihn für eine Weile abgelenkt, aber schließlich hatte er sich doch der unangenehmen Wahrheit stellen müssen, dass Emily ihn verraten hatte. Geschockt, verwirrt und wütend wirbelten seine Gedanken nur noch um diese Tatsache. Er konnte es einfach nicht fassen, schließlich hatte sie nicht unter irgendeinem Zwang gehandelt. Sie war allein gewesen, als sie in aller Seelenruhe davongeschlendert war. Dann war sie im Flur dem Piraten namens Spearhead begegnet, und soweit Connor hatte hören können, war sie ihm freiwillig gefolgt.

War in Emilys Verstand irgendetwas passiert? Hatte sie den Stress nicht mehr ausgehalten, schon wieder als Geisel genommen worden zu sein? Oder waren ihre Medikamente die Ursache?

Während der Einsatzbesprechung hatte Charley darauf hingewiesen, dass die Medikamente, die Emily gegen ihre Angstzustände einnehmen musste, ihre Urteilsfähigkeit beeinträchtigten. Diese Erklärung für ihr Verhalten leuchtete Connor am ehesten ein. Die andere – dass Emily irgendwie mit den Piraten unter einer Decke steckte – war völlig undenkbar.

Aber wenn es so wäre? Was würde es ihr nützen?

Connor versuchte sich zu erinnern, ob es schon vorher Hinweise gegeben hatte. Die *Orchid* war weitab von der Gefahrenzone unterwegs gewesen. Dort hätte es weit und breit keine Piraten geben dürfen. Wie also hatten die Piraten die Jacht gefunden?

Obwohl Ling sie gewarnt hatte, hatte Emily immer wieder Fotos und kurze Nachrichten auf ihre Profilseite im sozialen Netzwerk gestellt, und zwar immer dann, wenn die Jacht irgendwo angekommen oder abgefahren war. Waren das verdeckte Mitteilungen an die Piraten gewesen? Hatte sie ihnen über die Geo-Tags, die mit den Fotos verknüpft waren, immer die neuesten Koordinaten der Jacht mitgeteilt?

Und was war am Morgen des Angriffs geschehen, als er ein Lichtsignal bemerkt und fast gleichzeitig Emily an der Reling entdeckt hatte? War es etwa sie gewesen, die den Piraten Lichtzeichen gesendet hatte, und nicht Cali? Connor versuchte, sich ihren Gesichtsausdruck in Erinnerung zu rufen, als er sie an der Reling entdeckt hatte. Emily war definitiv überrascht gewesen, sogar geschockt. Oder hatte sie schuldbewusst ausgesehen?

Wenn sie sich mit den Piraten verschworen hatte, würde das auch erklären, warum sie Cali von Anfang an in Schutz genommen hatte. Arbeiteten die beiden zusammen?

Jemand hatte das Funkgerät in der Zitadelle funktionsunfähig gemacht. Wer war das gewesen – Cali oder Emily?

Doch trotz aller Verdachtsmomente konnte Connor andere Erinnerungen nicht aus seinen Gedanken vertreiben: die echte Angst in Emilys Augen, ihr erschütternder Appell an ihren Vater, das Lösegeld zu zahlen, oder die Erleichterung, mit der sie Connor umarmt hatte, als er den ersten Befreiungsversuch unternommen hatte. Und der Anführer der Piraten hatte ihr eine Waffe an die Schläfe gehalten und sie direkt neben ihrem Kopf abgefeuert. Warum hätte er so etwas Brutales tun sollen, wenn sie mit ihnen gemeinsame Sache machte?

Er schüttelte verzweifelt den Kopf. Es gab zu viele Fragen. Zu viele Widersprüche. Zu viele Möglichkeiten.

Und nur wenige Tatsachen. Zwei, um genau zu sein: dass Emily ihn in eine Falle geführt hatte. Und dass jetzt auch *er*, Connor, eine Geisel war.

KAPITEL 95

»Ich hatte nicht damit gerechnet, Sie persönlich kennenzulernen«, sagte Oracle und ließ sich lässig in einen Sessel fallen. »Und ich hätte nicht erwartet, dass Sie ein Weißer sind.«

Der Auftraggeber starrte den Piraten kalt an, zog die Manschetten seines hellgrauen Hemds ein wenig weiter unter den Ärmeln seines Anzugjacketts hervor und schwieg.

Oracle wurde es unter diesem Blick ein wenig mulmig zumute. Die Luft in der Kabine war heiß und stickig und die Anwesenheit des Fremden schien die beklemmende Atmosphäre noch drückender zu machen.

»Aber natürlich ist das für mich kein Problem«, fuhr der Piratenboss fort. »Kann ich Ihnen etwas zu trinken anbieten? Wasser? Ihre Reise muss anstrengend gewesen sein.«

Der Investor nickte. Oracle schnippte mit den Fingern und bellte einen Befehl. Cali, der bescheiden in einer Ecke gestanden hatte, lief zu dem altertümlichen Kühlschrank, holte eine Flasche gekühltes Mineralwasser heraus und reichte sie dem Investor. Der Weiße nahm einen kleinen Schluck und schraubte den Verschluss wieder auf die Flasche. Cali zog sich wieder zurück, ohne den Mann aus den Augen zu lassen. Dem Jungen kam dieser Mann vor wie ein Wüstenskorpion, der unter einem Stein auf sein Opfer lauerte. Der

Stein sah völlig harmlos aus, aber jeder, der ihm zu nahe kam, würde einen tödlichen Stich erhalten.

Selbst Oracle, der es gewöhnt war, immer das Sagen zu haben, empfand die Anwesenheit des Investors als unangenehm.

»Was führt Sie zu uns?«, fragte er. »Wie ich Ihnen berichtet habe, ist unser Angriff auf die *Orchid* erfolgreich verlaufen. Wir warten jetzt nur noch darauf, dass das Lösegeld gezahlt wird.«

»Und es wird nicht mehr lange dauern, bis wir diesbezüglich gute Nachrichten erhalten, kann ich Ihnen versichern«, fügte Mr Ali hinzu, der unbedingt einen guten Eindruck machen wollte. »Die Ablehnung wird schon brüchig. In spätestens einer Woche oder so werden wir die Sache zum Abschluss bringen.«

Er grinste den Investor breit an und wartete darauf, gelobt zu werden.

Aber der Fremde erwiderte sein Lächeln nicht. »Es gibt eine Planänderung. Auch wenn das Lösegeld gezahlt wird, werden Sie die Geiseln *nicht* freilassen.«

»Was?!«, riefen Oracle und Ali im Chor. Oracle nahm die Sonnenbrille ab und runzelte die Stirn. »Was soll ich denn dann mit ihnen machen?«

»Sie werden sie den Sieben Säbeln ausliefern.«

Geschockt starrten ihn die Piraten an. Mr Ali riss entsetzt Mund und Augen auf. »A… aber das sind … Terroristen! Sie werden sie versklaven, wenn nicht sogar foltern und töten!«

»Und Sie – machen Sie das nicht auch?«

»Das war doch nur eine leere Drohung, um den Preis in die Höhe zu treiben«, erklärte Mr Ali. »Wir sind keine religiösen Extremisten. Wir sind Geschäftsleute.«

»Ich mache keine leeren Drohungen«, sagte der Investor kalt. »Niemals. Welchen Zweck hätte das denn?«

»Aber wenn wir Sterling übers Ohr hauen, bekommt meine Gang einen schlechten Ruf«, wandte Oracle ein. »Das wäre schlecht fürs Geschäft. Keine Reederei würde dann noch ein Lösegeld an uns zahlen.«

Der Investor schnaubte verächtlich. »Wenn Sie erst einmal Ihren Anteil an den hundert Millionen in der Tasche haben, kann Ihnen das doch egal sein, oder nicht? Und seit wann machen sich Piraten Sorgen um ihren guten Ruf?«

»Wir sind keine Terroristen. Wir haben schon immer unseren Lebensunterhalt vom Meer geholt. Piraten sind wir nur geworden, weil die anderen Nationen unsere Fischgründe leergefischt ...«

»Bitte.« Der Investor hob gelangweilt die Hände. »Kommen Sie mir nicht mit diesen moralischen Argumenten. Sie sind Piraten. Ihr sogenanntes ›Geschäft‹ ist nichts als Blut und Tod. Punkt. Deshalb haben wir Sie ausgewählt. Die Organisation, die ich repräsentiere, will diesen Sterling vernichten – und zwar sowohl geschäftlich als auch privat. Für unseren Geschmack stochern seine Zeitungen zu tief in Angelegenheiten herum, die ihn nichts angehen. Er ist der Wahrheit schon zu oft zu nahe gekommen. Wir müssen dafür sorgen, dass er vollkommen mit dieser Sache beschäftigt ist, bis wir ein paar letzte Dinge geregelt haben.«

»Und wen genau repräsentieren Sie eigentlich?«, fragte Oracle in herausforderndem Ton.

Der Investor fixierte ihn mit dem kalten Blick einer Schlange. »Solche Fragen, Oracle«, sagte er langsam, »haben schon einige Leute das Leben gekostet.«

Oracle spürte, wie die Wut in ihm hochkochte. Automatisch legte er die Hand auf seine Pistole. »Sie drohen mir? *Mir?*«, rief er herausfordernd.

Der Investor zuckte mit keiner Wimper. »Nein. Ich stelle nur eine Tatsache fest.«

Oracle brachte seine Wut mühsam unter Kontrolle und ließ die Waffe los. Schließlich hatte der Investor sein jüngstes Projekt vorfinanziert und ihm damit ein hübsches Sümmchen buchstäblich in den Schoß geworfen. Wenn die Lösegeldsache so ausging, wie er erwartete, würde er über Nacht einer der reichsten Männer Somalias werden. Da war es doch entschieden besser, dieses Spielchen noch eine Weile mitzuspielen!

Oracle lächelte besänftigend. »Ich verstehe nur nicht, warum Sie mir das nicht einfach am Telefon erzählen konnten?«

»Weil ich unbedingt meine kleine Spionin persönlich loben wollte.«

Der Investor wandte sich zur Tür um. Dort stand Emily, klein und schmächtig zwischen den riesigen Piraten Spearhead und Bucktooth, der sich verlegen das schmerzende Kinn abtastete.

»Hallo, mein kleiner Spatz! Das hast du wirklich prima gemacht.«

KAPITEL 96

Connor durchsuchte hektisch die Kisten und Schachteln. Es musste doch etwas geben, irgendein Instrument oder Werkzeug, mit dem er die Tür aufbrechen konnte! Aber bisher hatte er nur Ersatzteile für die Maschinen gefunden, eine Schachtel Klebeband und andere Reparaturutensilien. Gerade als er die letzte Kiste durchsuchte, hörte er, wie die Tür aufgeschlossen wurde.

»Ich denke, dass du bist tot«, sagte Spearhead. Der Hüne füllte den Türrahmen fast völlig aus.

Und er hielt eine AK47 auf Connor gerichtet.

»Tut mir leid, dass ich dich enttäuschen muss«, sagte Connor und wich ein wenig zurück, den Rucksack vor die Brust gepresst.

»Was nicht ist, kann noch werden«, gab Spearhead lakonisch zurück, kam einen Schritt näher und betrachtete Connor mit schief gelegtem Kopf. »Einer von meine Männer ist verschwindet – Abdul. Warst du das?«

Connor nahm an, dass er den Piraten mit der Hakennase meinte. »Er ist über die Reling gestürzt.«

»Abdul ist guter Mann. Fällt nicht über Reling«, sagte Spearhead mit Bestimmtheit und fixierte Connor. »Vielleicht du willst mir zeigen, wie es passiert.«

Sein Finger krümmte sich am Abzug. Connor wappnete sich gegen den Schuss; der Kugelschutz aus Gel kam ihm plötzlich viel zu klein vor. Unauffällig schob er die Hand nach hinten und griff nach der Signalpistole in seiner Hosentasche.

»Stopp! Was machst du denn, Spearhead, verdammt!«, sagte eine Stimme auf dem Korridor.

»Knalle nur Schiffsratte ab!«

Oracle erschien im Türrahmen und drückte den Lauf von Spearheads Waffe nach unten. »Alles zu seiner Zeit, mein Freund, alles zu seiner Zeit.«

Der Piratenboss trat in den Raum, gefolgt von Mr Ali. Die beiden betrachteten Connor von oben bis unten. »Da schimpft die ganze Welt auf die Kriegsherren in Afrika, weil sie Kindersoldaten anwerben. Aber ein Kind als Bodyguard? Das ist nun wirklich unglaublich!«

»Ich töte niemanden. Ich schütze nur«, sagte Connor, der inzwischen den Griff der Signalpistole fest in der Hand hielt.

Oracle lachte. »Na, dann hast du aber deinen Job nicht sehr gut gemacht, oder?«

Darauf wusste Connor keine Antwort. Er hatte sein Bestes getan, jedenfalls alles, was unter diesen Umständen möglich war, aber seine eigene Klientin hatte ihn verraten.

»Emily hat uns alles über dich erzählt«, erklärte Oracle und bestätigte damit Connors schlimmste Befürchtungen. »Du scheinst mir ja ein richtiger kleiner James Bond zu sein, hm?«

Connor riss die Signalpistole aus der Tasche, aber bevor er auch nur zielen konnte, packte Spearhead seinen Arm mit eisenhartem Griff.

»Netter Versuch«, fauchte er speichelsprühend in Connors Gesicht und wand ihm die Pistole aus der Hand. Dann riss er ihm den Rucksack aus der Hand und leerte Connors Hosentaschen.

»Wie bin ich nur auf die Idee gekommen, dich schonend zu behandeln?«, fragte Oracle und schüttelte in übertriebener Enttäuschung den Kopf. »Damit ist jetzt Schluss. Hier.« Er warf Connor ein Handy zu. »Ruf deine Leute an. Sag ihnen, du hast noch genau vierundzwanzig Stunden zu leben.«

KAPITEL 97

Charley meldete sich schon nach dem ersten Klingelton. »Connor – bist du das?«

»Ja.«

»Gott sei Dank!«, seufzte Charley erleichtert und zeigte Colonel Black den erhobenen Daumen. Hastig fuhr sie fort: »Hör mal, ein australisches Kriegsschiff kreuzt jetzt etwa zwölf Seemeilen von eurer Position. Kannst du mir sagen, ob …«

»Charley, hör mir zu!«, unterbrach Connor scharf ihren Redefluss. »Ich bin gerade gefangen genommen worden. Sie sagen, ich hätte noch vierundzwanzig Stunden zu leben. Emily ist …«

Die Verbindung wurde schwächer und knisterte. Connors Stimme war momentan nicht mehr zu hören.

Charley drückte den Hörer so fest an ihr Ohr, dass es schmerzte. »Connor! Bist du noch da?«

»Hallo, Süße! Äh, Charley, oder?«

Ihr Herzschlag setzte aus. Eine unbekannte Stimme. »Mit wem spreche ich?«, fragte sie.

»Wir haben deinen Buddyguard geschnappt.« Jetzt troff die Stimme förmlich vor Spott. »Und ich fürchte, seine Tage als Beschützer kleiner Mädchen sind bald vorbei. Wenn Sterling nicht bald unsere Forderung erfüllt.«

Das Gespräch wurde beendet.

Charley starrte fassungslos das Telefon an. Mit dem Gespräch endete auch die kleine Hoffnung, die sie für Connor noch gehabt hatte.

KAPITEL 98

Mr Sterling verschränkte die Arme und schaute Colonel Black verächtlich an. »Na, das war's dann wohl mit Ihrem tollen Buddyguard, oder?«

Jetzt konnte sich Charley nicht mehr beherrschen. »Connors Leben ist in Gefahr, weil er versuchte, Ihre Töchter zu schützen!«, schrie sie. »Verstehen Sie denn nicht, was er dabei riskiert? Ein Risiko, bei dem Brad bereits sein Leben opfern musste! Sind Sie wirklich so starrsinnig und egoistisch? Kapieren Sie nicht, dass wir alles tun, was in unserer Macht steht, um Ihre Familie gesund zurückzubringen? Und von Ihnen kommt nichts außer Kritik und ständigen Klagen! Wenn die Piraten Sie als Geisel genommen hätten, würde ich keinen einzigen Finger für Sie krumm machen! Aber es geht nicht um Sie! Es geht um die Crew, die Ihnen treu ergeben ist, neun Mann! Es geht um Ihre Verlobte, um Ihre Töchter und um Connor! Bisher haben Sie nichts dazu beigetragen, die Krise zu lösen, gar nichts! Entweder arbeiten Sie von nun an mit uns zusammen oder Sie können verschwinden!«

Außer sich vor Wut starrte Charley Sterling an, forderte ihn zu einem Streit heraus. Aber der mächtige Medienzar stand buchstäblich mit offenem Mund da, als hätte sie ihm ins Gesicht geschlagen. Ganz offensichtlich hatte noch nie jemand gewagt, so mit ihm zu sprechen. Schon gar nicht ein Teenager.

Colonel Black schüttelte mahnend den Kopf. »So darfst du mit unserem Klienten nicht sprechen.« Aber er schien nicht sicher zu sein, ob er wütend oder stolz sein sollte.

»Richtig!«, schäumte nun auch Sterling vor Wut. »Ich will, dass sie sofort verschwindet!«

Nun wandte sich der Colonel an Sterling und fixierte ihn mit hartem und erbarmungslosem Blick. »Nein. Was Charley gesagt hat, mag unhöflich gewesen sein, aber es stimmt. Ihre Einstellung, Mr Sterling, erweist sich immer mehr als Hindernis, wenn die Verhandlungen erfolgreich zu einem Ende gebracht werden sollen. Sie könnte leicht dazu führen, dass *alle* umkommen.«

Mr Sterling schluckte und versuchte mühsam, sich wieder unter Kontrolle zu bekommen. Black hielt seinem Blick stand. Schließlich ließ sich Sterling in seinen Sessel sinken und faltete die Hände auf dem Tisch. In seinem Gesicht zeigte sich fast so etwas wie Zerknirschung.

»Niemand darf so mit mir reden«, sagte er. »Schon gar nicht eine Halbwüchsige. Aber ich gebe zu, dass der Stress möglicherweise meine Urteilsfähigkeit beeinträchtigt.« Fast schien es, als wolle er sich entschuldigen, aber das brachte er dann doch nicht über sich. Er räusperte sich und fasste Colonel Black ins Auge.

»Und jetzt? Wie ist Ihr Plan?«

»Wir verhandeln weiter. Spielen auf Zeit. Etwas anderes bleibt uns momentan nicht übrig. In der Zwischenzeit werde ich mit der australischen Marine sprechen und herauszufinden versuchen, welche Operation …«

Mr Sterlings Smartphone läutete. Er schaute auf das Display. »Das sind sie.«

Da nun auch Connors Leben auf dem Spiel stand, war der Colonel entschlossen, die Führung zu übernehmen.

»Bieten Sie ihnen zehn Millionen«, sagte er. »Das ist so viel wie das höchste Lösegeld, das jemals gezahlt wurde. Sie werden es ablehnen, aber es ist auf jeden Fall eine beachtliche Summe. Sie soll ihnen beweisen, dass wir es ernst meinen. Wir können dann immer noch nachlegen, bis zu zwanzig Millionen.«

»Aber das war für einen ganzen Öltanker samt der Crew«, wandte Sterling ein, jetzt plötzlich wieder streitsüchtiger. Er drückte auf die Annahmetaste und aktivierte den Lautsprecher. »Mr Ali?«

»Ja. Tut mir leid, dass ich Ihren Anruf verpasst habe …«

Sterling ignorierte die falsche Entschuldigung des Vermittlers. »Lebt Emily noch?«, unterbrach er ihn grob.

»Ja. Sie ist schockiert, aber nicht verletzt. Ich kann jedoch nicht garantieren, dass ich Oracle nächstes Mal zurückhalten kann.«

»Ich will mit Amanda und Chloe sprechen.«

»Später vielleicht. Kommen wir erst einmal zum Geschäft, bevor noch jemandem etwas wirklich Schlimmes passiert.«

Charleys Hände verkrampften sich um die Armlehnen ihres Rollstuhls, während sie sich auf das Gespräch konzentrierte. Immer wieder musste sie an Connor denken – und an das, was der Colonel gesagt hatte: Fehler können Menschenleben kosten.

Ob aus Arroganz, Sturheit oder Dummheit, Sterling ließ sich jedenfalls nicht davon abbringen, die Verhandlungen selbst zu führen. Er leckte sich die Lippen und sagte: »Ich kann Ihnen innerhalb von zwei Tagen fünf Millionen bringen lassen.«

Colonel Black warf ihm einen zornigen Blick zu, mischte sich aber nicht ein.

Aus dem Lautsprecher hörten sie Mr Ali gequält seufzen. »Mr Sterling. Ich dachte eigentlich, ich hätte mich klar genug ausgedrückt: einhundert Millionen Dollar, keinen Cent weniger. Es sollte Ihnen doch inzwischen klar geworden sein, dass Sie den Piraten keine andere Wahl lassen, als Connor zu töten und Ihre Familie den Sieben Säbeln auszuliefern, wenn Sie nicht zahlen – oder wenn Sie nicht zahlen *wollen*.«

»Den Sieben Säbeln?« Sterling riss entsetzt die Augen auf. »Sie meinen – die Terroristen?«

»Korrekt. Und diese Fanatiker sind nicht gerade dafür bekannt, dass sie mit Westlern besonders freundlich umgehen.«

»Na gut – dann eben zehn Millionen.«

Mr Ali machte sich nicht die Mühe zu antworten.

»Und die Jacht.«

»Die Jacht haben sie schon. Und was sollen sie damit anfangen? Mr Sterling, ich rate Ihnen dringend, sich Ihren nächsten Schritt sehr gründlich zu überlegen. Oracle hat geschworen, dass er für jedes Angebot, das unter hundert Millionen bleibt, eine Geisel umbringt. Wer weiß, vielleicht fängt er mit Ihrer schönen Verlobten an?«

Sterling öffnete den Mund, um zu antworten, schloss ihn dann aber wieder.

»Sind Sie noch da, Mr Sterling?«

»J… ja … Ich … ich muss zuerst mit meinem Finanzdirektor sprechen. Ich rufe Sie dann zurück.«

KAPITEL 99

Anfängerglück. Mehr war es nicht gewesen.

Er war ein Idiot, einer, der sich eingebildet hatte, alles zu haben, was ein Bodyguard brauchte. Schieres Glück hatte damals der Tochter des Präsidenten das Leben gerettet. Nicht er. Und jetzt hatte ihm eben das Glück den Rücken gekehrt. Die Piraten hatten ihn als Geisel genommen, genau wie Chloe, Amanda und die gesamte Besatzung der *Orchid*. Er war nichts weiter als eine Geisel – noch einer, um den sich nun alle Sorgen machen mussten.

Connor ballte voller Frustration und Verzweiflung die Fäuste. Am liebsten wollte er sich die Wut aus dem Leib schreien. Die Wände des Lagers einreißen, das jetzt sein Gefängnis war. Wie hatte er jemals glauben können, er könnte in die Fußstapfen seines Vaters treten? Wie hatte er nur auf die Idee kommen können, genau den Job zu machen, der seinen Vater das Leben gekostet hatte? Einen Job, der nun auch ihn das Leben kosten würde.

»Fehlschläge sind der Schlüssel des Erfolgs; aus jedem Fehler können wir lernen«, hatte Colonel Black gesagt. Klar, eins hatte Connor auf jeden Fall gelernt, und zwar auf die harte Tour: *Vertraue niemals deinem Klienten.*

Nicht dass ihm dieses Wissen jetzt noch etwas nutzen

konnte. In zwanzig Stunden würde er tot sein – sofern sich Sterling nicht weiter weigerte, das Lösegeld zu bezahlen. Aber in dieser Hinsicht war Sterlings Erfolgsbilanz nicht gerade überwältigend. Connor hatte starke Zweifel, dass der Mann das Lösegeld lockermachen würde. Wenn der Mann so hartherzig war, dass er monatelang mit dem Leben seiner Tochter spielen konnte, nur um ein paar Millionen zu sparen, würde ihm Connors Leben doch völlig egal sein. Eigentlich war es kein Wunder, dass sich Emily gegen ihren Vater gewandt hatte.

Colonel Black und Charley würden natürlich alles tun, um seine Freilassung zu erreichen. Aber bei diesem Spiel ging es nicht in erster Linie um ihn. Für die Piraten war er keine wichtige Geisel, sondern nur ein zusätzliches Druckmittel bei den Verhandlungen. Genau wie die Crew. Sie würden Connor und die Mannschaft der *Orchid* bedenkenlos opfern, nur um zu beweisen, dass sie zum Äußersten entschlossen waren.

Connor dachte an seine Mutter und an Gran. Wie würden sie damit zurechtkommen? Der Zustand seiner Mutter war auch so schon schlimm genug. Sein Tod würde womöglich auch ihr Ende beschleunigen. Gran war zäh. Sie würde es wohl überstehen, wie sie bisher jeden Schicksalsschlag überstanden hatte. Aber er hatte beiden versprochen, dass er sie wiedersehen würde. Bald. Und er hatte noch nie ein Versprechen gebrochen, das er Gran gegeben hatte. Connor drängte die Tränen zurück. Es sah so aus, als würde er jetzt zum ersten Mal ein Versprechen nicht halten können.

Der Schlüssel wurde umgedreht und die Tür ging auf. Connor schreckte aus seinen düsteren Gedanken hoch. Cali kam mit einem Tablett herein. Hinter ihm blockierte ein magerer Pirat die Tür. Die Haut spannte sich über die weit vorstehenden Wangenknochen, sein Kopf sah fast wie ein Totenschädel aus. Er hielt eine AK47 quer über der Brust und kaute Khatblätter.

Cali stellte das Tablett vor Connor auf den Boden. Eine dampfende braune Pampe, in der ein paar Fleischstücke schwammen, und eine Flasche Wasser.

»Meine Henkersmahlzeit?«, fragte Connor trocken.

»Ziegenfleisch-Eintopf«, antwortete Cali, wich aber seinem Blick aus. Er stand auf. »Ich denken, du sein tot.«

»Wäre dir doch egal«, gab Connor wütend zurück. »Ich hätte mich auf meinen Instinkt verlassen sollen. Du bist ein Pirat und ein Lügner. Genau wie Emily.«

»Hadal ma jiro!«, bellte der Pirat an der Tür.

Cali lief rasch aus dem Raum. Die Tür flog krachend ins Schloss.

Connor betrachtete den Eintopf misstrauisch. Der Fleischgeruch stieg ihm in die Nase. Obwohl er unglaublich hungrig war, schob er die Schale weg. Er hatte nicht den geringsten Appetit darauf. Schließlich hatte er mitansehen müssen, wie der Ziege die Kehle durchgeschnitten wurde. Morgen drohte ihm dasselbe Schicksal.

KAPITEL 100

Connor regte sich. Die letzten paar Tage waren so anstrengend gewesen, dass ihn schließlich Erschöpfung und Müdigkeit übermannt hatten. Trotz seiner hoffnungslosen Lage war er eingeschlafen. Aber es war ein unruhiger Schlaf gewesen, voller albtraumhafter Visionen. Ziegen mit aufgeschlitzten Kehlen. Blutströme auf dem Deck. Brads blutüberströmte Leiche, die sich in der heißen Sonne aufblähte. Und daneben er selbst, in den letzten Todeszuckungen.

Der Schlüssel drehte sich. Connor fuhr aus dem Schlaf hoch, die Nerven schlagartig aufs Äußerste angespannt. War es so weit? Die Tür schwang auf; wieder erschien Cali.

»Du nichts essen!«, sagte Cali vorwurfsvoll und deutete auf die Eintopfschale, die Connor nicht angerührt hatte.

»Kann jetzt nichts essen«, sagte Connor. »Müsste kotzen … Muss schon kotzen, wenn ich dich sehe.«

Cali runzelte beleidigt die Stirn. »Ich dich muss holen.«

Kalter Schweiß brach auf Connors Haut aus. Würden sie ihn jetzt hinrichten? Aber es war doch noch zu früh! Er warf einen Blick auf die Uhr: 22:17 Uhr. Die vierundzwanzig Stunden waren noch lange nicht vergangen. Oder hatten sich die Piraten mit Sterling geeinigt? Unwahrscheinlich, dass Sterling so schnell nachgeben würde. Viel wahrscheinlicher war, dass die Piraten Connor foltern wollten, um Sterling noch mehr unter Druck zu setzen.

Connor warf einen Blick zur offenen Tür. Es war kein Wärter in Sicht. Er stand auf. Das konnte seine letzte und einzige Chance sein zu fliehen. Mit Cali würde er leicht fertig.

»Wo ist der Wärter?«, fragte er und spannte die Muskeln an.

»Ich habe gesagt, Boot ist gekommen. Mit mehr Khat. Jetzt bin ich dein Wärter.«

Connor verlagerte das Gewicht und duckte sich wie ein Tiger vor dem Sprung – doch im selben Augenblick grinste Cali und trat ihm aus dem Weg. Er bot Connor die Möglichkeit zu fliehen!

Connor zögerte und schaute den Jungen misstrauisch an.

Ich darf niemandem mehr vertrauen!, dachte er. Vielleicht ist das eine Falle? Ein grausames Spiel, um mich mürbe zu machen?

Ein paar Sekunden lang starrten sie sich an. Dann trat Cali einen Schritt näher und nahm einen Rucksack von der Schulter. Einen Rucksack, der Connor bekannt vorkam. »Deine Rucksack«, sagte Cali, hielt ihn Connor hin und schaute ihn erwartungsvoll an.

Connor nahm ihn vorsichtig. »Warum willst du mir helfen?«

Cali blinzelte überrascht. »Du hast doch mir Leben gerettet!«

Connors Gedanken flogen zurück. Auf der Jacht hatte er Cali beiseitegestoßen, als der Pirat mit den Segelohren im Korridor mit der AK47 auf ihn gefeuert hatte. »Aber nur, weil du mir im Weg warst!«

Cali zuckte die Schultern. »Kann sein. Aber hast mich gerettet.«

»Du gehörst doch zu ihnen!«

»Ich *nie* Pirat!«, zischte Cali verbittert.

»Ich glaube dir kein Wort.«

»Habe nicht andere Wahl«, sagte Cali und zeigte ihm die Narben an seinen Armen. »Sie mich peitschen. Immer wieder.«

Nervös blickte er zur Tür. »Wärter bald zurück. Ich höre, was sie planen. Schlimm. Wollen Leute nicht freilassen. Keinen einzigen.«

»Was meinst du damit?«, rief Connor entsetzt. »Nicht mal, wenn das Lösegeld gezahlt wird?«

Cali schüttelte den Kopf. »Nein. Alle kommen zu Sieben Säbeln. Weißer Mann hat befohlen.«

Die Sieben Säbel? Connor hatte schon viel von der Terroristengruppe gehört. Und welcher Weiße Mann? Connors Gedanken überstürzten sich. Das waren keine guten Neuigkeiten.

»Du in großes Gefahr«, sagte Cali drängend und voller Angst. »Wir müssen gehen! Sofort! Boote an Steuerbordseite. Wir nehmen. Fliehen!«

Connor blickte den Jungen an, suchte nach irgendwelchen Hinweisen, dass er log. Aber er sah nichts als Angst. Er verdrängte sein Misstrauen. Cali hielt sein Leben in der Hand; er musste dem Jungen vertrauen.

Ihm blieb keine andere Wahl.

KAPITEL 101

Connor wartete in einer dunklen Nische, als Cali zu dem Wächter am anderen Ende des Korridors hinüberging. Es war der Mann mit den Segelohren, der Juggs genannt wurde. Er saß neben einer Kajütentür gegen die Wand gelehnt und hielt die AK47 wie ein Baby im Arm. Als er Cali kommen hörte, rappelte er sich mühsam auf die Füße und lallte etwas Unverständliches. Es klang vorwurfsvoll. Cali lächelte und zog eine Handvoll Khatblätter aus der Tasche. Juggs grunzte zufrieden und riss ihm die Blätter aus der Hand. Während er in dem kleinen Büschel nach den kleinsten und frischesten Blättern suchte, die die stärkste Wirkung hatten, schlich sich Connor von hinten an.

Sein Rettungsplan hing von drei Faktoren ab: Er musste unentdeckt bleiben, musste listig vorgehen – und brauchte eine Menge Glück. Cali war absolut dagegen gewesen, aber Connor hatte sich geweigert, das Schiff zu verlassen, ohne wenigstens Chloe mitzunehmen.

Obwohl Cali vor Angst schier außer sich war, plauderte er mit dem Piraten, zeigte ihm die saftigsten Blätter. Hoffentlich schaffte er es, seine Aufmerksamkeit lange genug auf sich zu lenken, bis Connor heran war.

Connor kam auf zehn Schritte heran … fünf … drei …

zwei … und presste dem Piraten die Mündung der Signalpistole in den Rücken.

»Gacmaha madaxa saara«, sagte Connor. Den Satz hatte er zuvor mit Calis Hilfe auswendig gelernt.

Der Pirat zuckte zusammen, ließ das Khatbüschel fallen und hob folgsam die Hände. Cali nahm ihm die AK47 ab, dann schloss er die Tür zur Kapitänskajüte auf. Connor stieß den Piraten mit der Waffe vor sich her in die Kabine.

Ein Japaner mittleren Alters schreckte aus dem Schlaf hoch. Er lag auf einem Sofa und trug ein zerknittertes, schmutziges Kapitänshemd. Hastig schaltete er eine Tischlampe an und tastete nach seiner Brille.

»Was ist los?«, fragte er und blinzelte verblüfft den weißen Teenager an, der einen Piraten mit einer Waffe in Schach hielt.

Connor warf dem Kapitän eine Rolle Klebeband zu, die er aus dem Lagerraum mitgenommen hatte. »Schnell! Fesseln Sie ihn!«

Das brauchte man dem Kapitän nicht zweimal zu sagen. Geschickt fesselte er Juggs Arme eng um den Körper, band die Fußgelenke zusammen und klebte ihm den Mund zu, sodass auch seine Ohren wohl zum ersten Mal in seinem Leben eng am Kopf lagen. Dann legte er ihn wie einen aufgerollten Teppich auf den Boden. Der Pirat wehrte sich gegen die Fesseln und schoss Connor wütende Blicke zu, als er sah, dass er von einem Jungen mit einer Signalpistole ausgetrickst worden war.

Connor schob die Pistole wieder in die Tasche. Bis hierher hatte sein Plan funktioniert; das Glück hatte endlich wieder einmal auf seiner Seite gestanden.

Der Kapitän schaute ihn mit gerunzelter Stirn an. »Ich bin

Kapitän Takayama. Bist *du* etwa das Rettungsteam?«, fragte er sarkastisch.

»Sozusagen. Ich bin Connor Reeves. Der Bodyguard von Chloe und Emily.«

So überrascht der Kapitän auch sein mochte, er ließ es sich jedenfalls nicht anmerken. »Du hast Mut, junger Mann. Aber wo ist der Rest des Teams?«

»Steht vor Ihnen, Sir«, gab Connor zu. »Wo sind die Mädchen?«

Der Kapitän deutete auf die Verbindungstür zur nächsten Kabine. »Ein Mädchen und Miss Ryder sind in meiner Kabine. Das andere Mädchen haben die Piraten mitgenommen; sie soll ihren Vater überreden, das Lösegeld zu zahlen.«

»Das wird wohl Emily sein«, sagte Connor und öffnete die Verbindungstür. Irgendwo im Dunkeln protestierte jemand gegen die Störung. »Chloe! Amanda! Steht auf! Ich bin's, Connor. Wir müssen verschwinden!«

»Connor?« Chloe rannte herbei und warf ihm die Arme um den Hals. »Ich dachte, du bist tot!«

Connor hatte eine Art Déjà-vu-Erlebnis. Er wich zurück, momentan im Zweifel, ob er wirklich Chloe oder Emily vor sich hatte. Er hatte die Zwillinge schon einmal verwechselt und wollte den Fehler nicht noch einmal machen, schon gar nicht, wenn eine von ihnen möglicherweise eine Verräterin war. Er schaute sie forschend an und fuhr ihr mit der Hand durch das Haar.

»Was ist?«, fragte Chloe und lächelte bei der Berührung.

Auf ihrem rechten Ohrläppchen entdeckte Connor das Muttermal. Kein Zweifel – er rettete die Richtige.

Er lächelte zurück. »Ach, nichts.«

Amanda tauchte aus dem Dunkeln auf. Sie war barfuß und definitiv nicht mehr in ihrem üblichen Supermodel-

Zustand: blass, mit wirrem Haar und verschmiertem Make-up. »Kapitän Locke hat gesagt, die Piraten hätten dich erschossen.«

»Hätten sie auch, aber mein Handy hat mich gerettet.« Chloe schaute ihn verblüfft an, aber Connor fügte schnell hinzu: »Lange Geschichte. Wir müssen weg, und zwar sofort.«

Chloe rührte sich nicht vom Fleck. »Was ist mit meiner Schwester?«, fragte sie mit leiser, brüchiger Stimme. »Die Piraten haben sie mitgenommen.«

Connor wusste nicht, wie er ihr die Wahrheit schonend beibringen konnte. Dazu blieb auch gar keine Zeit.

»Ich habe den Verdacht, dass sie mit den Piraten gemeinsame Sache macht«, erklärte er. »Wahrscheinlich von Anfang an.«

Chloe starrte ihn geschockt an. »Das meinst du doch nicht im Ernst? Du bist verrückt!«

»Ich weiß, es klingt verrückt. Aber als ich sie befreien wollte, hat sie mich getäuscht und mich in eine Kabine gesperrt.«

Chloe weigerte sich, das zu glauben, wurde aber immer unsicherer, als ihr Connor hastig erklärte, was sich abgespielt hatte. Schließlich sank sie auf das Sofa und versuchte, den Verrat ihrer Schwester zu begreifen.

»Tut mir leid«, sagte Connor und legte ihr die Hand auf die Schulter. »Für mich ist es jetzt am dringlichsten, dich herauszuholen. Wir müssen von diesem Schiff verschwinden, bevor sie unsere Flucht entdecken.«

»Welchen Plan hast du?«, fragte der Kapitän.

Connor erklärte ihm, dass die Piratenboote am Tanker vertäut lägen und dass ein Schiff der australischen Marine, die *HMAS Melbourne*, nur zwölf Seemeilen entfernt in östlicher Richtung vor Anker liege. »In der Dunkelheit werden wir zwar blind sein, aber Cali sagt, die Boote seien mit Funkgeräten, Treibstoff und Wasser ausgerüstet. Sobald wir ein paar Meilen von den Piraten entfernt sind, kontaktieren wir die Marine. Die werden uns dann hoffentlich Hilfe entgegenschicken.«

»Das wäre der reinste Selbstmord«, widersprach Amanda mit schriller Stimme. »Wir sollten warten, bis Maddox das Lösegeld zahlt, statt bei dieser idiotischen Idee unser Leben zu riskieren!«

»Wir haben keine andere Wahl. Die Piraten haben gar nicht vor, uns freizulassen, auch nicht, wenn das Lösegeld gezahlt wird. Cali sagt, sie wollen uns den Sieben Säbeln ausliefern – der Terroristengruppe.«

Amanda wurde plötzlich still.

Kapitän Takayama nahm die AK47 von Cali und entsicherte sie. »Ich war jetzt fast sechs Monate lang Gefangener. Höchste Zeit, wieder ein richtiger Kapitän zu sein. Ich muss meine Crew retten – und eure Leute. Ich weiß, wo sie eingesperrt sind. Und wenn es tatsächlich eine neue Khat-Lieferung gegeben hat, werden die Piraten nicht mehr so aufmerksam sein wie sonst.«

»Cali und ich helfen Ihnen«, sagte Connor.

»Nein, ihr kümmert euch um die Damen. Bringt sie in Sicherheit. Wir treffen uns dann an Steuerbord. Wenn es irgendwelche Probleme gibt, müsst ihr gehen, ohne auf uns zu warten. Verstanden? Wartet nicht auf uns – ihr riskiert sonst euer Leben. Ist das klar?«

Der Kapitän nickte Connor zu und verließ rasch die Kabine.

KAPITEL 102

»Ich muss noch meine Schuhe und meine Sachen holen«, sagte Amanda und lief in die Schlafkabine zurück.

»Nur die Schuhe – und beeilen Sie sich!«, drängte Connor. Er hatte das Gefühl, dass die Sekunden nur so dahinflogen. Bald würde auch die letzte Gelegenheit zur Flucht verloren sein.

Auf dem Boden wand sich Juggs wie eine gefangene Schlange, aber der Kapitän hatte ihn gut und sicher gefesselt. Wütend funkelte der Pirat Connor und Cali mit hasserfülltem Blick an. Connor hatte nicht den geringsten Zweifel, dass Juggs ihm und Cali Arme und Beine absäbeln würde, wenn er freikäme.

»Ich kann nicht fassen, dass Emily so etwas getan hat«, murmelte Chloe und schaute Connor flehend an, als könne er alles widerrufen und ungeschehen machen.

»Tut mir leid, Chloe, aber ich habe es mit eigenen Augen ge…« Plötzlich registrierte er aus dem Augenwinkel eine Bewegung an der Tür. Bucktooth war ahnungslos hereingeschlendert, stand jetzt geschockt da und starrte Connor fassungslos an. Sein Blick zuckte zu Juggs, der sich wild auf dem Boden krümmte. Connor stürzte auf ihn zu, aber dieses Mal war der Pirat schneller: Er riss den Revolver aus dem Gürtel und zielte.

»Joogso!«, schrie er und rammte die Mündung gegen Connors Stirn. Sein Finger lag auf dem Abzug und zitterte ein wenig. Connor war nicht sicher, ob der Junge wirklich den Mumm gehabt hätte, jemanden zu töten, aber das wollte er lieber nicht testen. Er wich langsam zurück und hob die Hände. Chloe streckte ebenfalls die Hände in die Höhe.

Bucktooth fauchte Cali auf Somalisch an. Cali antwortete, und in Connors Ohren klang es flehend. Dann trat Cali ein paar Schritte zur Seite, entfernte sich von Connor. Cali hatte zwar oft genug behauptet, nicht zu den Piraten zu gehören, aber wenn es hart auf hart ging, zögerte er keine Sekunde, die Seiten zu wechseln.

Aber kann ich ihm das vorwerfen?, fragte sich Connor. Der Junge war ein Überlebenskünstler. In seiner brutalen Welt hatte er wohl auch keine andere Chance.

»Hubka dihiga!«, bellte Bucktooth.

»Waffen weg«, übersetzte Cali.

Dieses Mal wollte der Pirat offenbar kein Risiko mehr eingehen. Connor zog langsam die Signalpistole aus der Tasche und warf sie auf den Boden. Der Pirat deutete mit dem Revolverlauf auf die andere Hosentasche und bellte einen weiteren Befehl. Connor griff gehorsam hinein und zog langsam die schmale schwarze Taschenlampe heraus.

»Das ist nur eine Taschenlampe«, erklärte Connor und hielt sie ihm hin. »Hier, schau mal.«

Als sich der junge Pirat vorbeugte, drückte Connor auf den Schalter. Ein gleißend heller Laserstrahl schoss dem Piraten in die Augen und blendete ihn. Connor sprang vor und stieß seinen Gegner zu Boden. In seiner Angst, erblindet zu sein, schlug Bucktooth wild um sich; Connor musste seine ganze Kraft aufwenden, um ihn auf dem Boden zu halten. Cali kam ihm zu Hilfe und verdrehte dem Piraten die Hand, bis er den Revolver fallen ließ. Connor wandte einen Würgegriff an und lockerte ihn erst, als der andere aufgab. Doch kaum hatte der Pirat nach Luft geschnappt, als er auch schon wieder um Hilfe schreien wollte. Connor erhöhte den Druck erneut und der Schrei ging in ein schmerzhaftes Röcheln über.

»Schnell, das Klebeband!«, rief Connor, erleichtert, dass Cali noch (oder wieder) auf seiner Seite stand.

Cali und Chloe fesselten den Piraten, der laut zu schluchzen anfing. Connor verspürte ein wenig Mitleid. »Sag ihm, dass er bald wieder sehen kann.«

Cali übersetzte und Bucktooth beruhigte sich. Chloe klebte ihm den Mund zu.

Amanda spähte aus der Schlafkabine. »Ist es sicher? Kann ich herauskommen?«

»Kommt drauf an, was Sie als sicher bezeichnen«, antwortete Connor trocken und rollte Bucktooth mit dem Fuß neben den anderen Piraten. Er hob die Signalpistole und die Taschenlampe auf und steckte sie ein. Cali nahm den Revolver an sich. »Wir müssen weg!«

Sie gingen zur Tür; Connor spähte um die Ecke und checkte den Flur. Dann huschten sie so leise wie möglich den Korridor entlang zur Haupttreppe. Gerade als Connor sie nach unten führen wollte, hörte er Schritte. Durch das Metallgitter der Stufen sah er einen kahlen Schädel. Spearhead kam die Treppe herauf.

Hastig wichen sie zurück. In panischer Angst rannten sie den Korridor entlang, entdeckten eine weitere Treppe und verschwanden um die Ecke, gerade als Spearhead in den Korridor einbog. Sie liefen zwei Treppenabsätze bis zum Hauptdeck hinunter und blieben vor einer Außentür stehen. Connor blickte rasch durch das Bullauge in der Tür. Draußen war es stockfinster, nur die Sterne funkelten am Himmel. Piraten waren nicht zu sehen.

Er schaute Chloe an. »Bleib dicht hinter mir.«

Sie nickte. Connor setzte die Sonnenbrille auf. Jetzt kam es darauf an, jeden Vorteil zu nutzen, wenn sie unentdeckt zu den Booten gelangen wollten.

KAPITEL 103

»Was soll die Sonnenbrille?«, zischte Amanda.

»Nachtsicht«, flüsterte Connor zurück, während er noch einmal durch das Bullauge spähte. Dieser vorsichtige Blick war ihre Rettung: Mit der Nachtsichtfunktion entdeckte Connor einen Piraten, der an der Reling lehnte und rauchte. Er wurde teilweise durch mehrere Benzinkanister verdeckt, die die Piraten aufgestapelt hatten, um ihre Boote aufzutanken. Connor stöhnte innerlich: Jetzt würden sie warten müssen, bis der Mann wieder verschwand.

Eine Minute verging in höchster Anspannung. Der Pirat paffte den Rauch in die Nacht und hielt die glühende Zigarette lässig zwischen den Fingern, kaum einen Meter von den Kanistern mit dem hochentzündlichen Inhalt entfernt.

»Wir können nicht ewig hierbleiben«, flüsterte Amanda und warf ängstlich einen Blick zu den Kabinen hinter ihnen. In jeder konnten sich Piraten aufhalten.

»Ich weiß.« Dabei dachte Connor besonders an Spearhead, der inzwischen Juggs und Bucktooth entdeckt haben konnte und vielleicht sogar schon Alarm ausgelöst hatte.

Da hörten sie bereits schnelle Schritte. Jemand kam die Metalltreppe herabgerannt.

Connor konnte nicht mehr länger warten.

»Was heißt ›Hallo‹ auf Somalisch?«, fragte er Cali.

»Iska warran«, antwortete Cali verwundert.

»Bleibt hier.« Connor zog die schwere Schotttür auf und ging geradewegs auf den rauchenden Piraten zu.

»Iska warran«, rief er lässig.

Der Pirat drehte sich um; offenbar erwartete er, einen Freund zu sehen. Stattdessen wurde er von einem scharfen Laserstrahl geblendet. Connor stürzte vor und rammte den Piraten mit der Schulter über die Reling. Der Mann stieß einen geschockten Schrei aus und verschwand. Eine Sekunde später hörte Connor ihn ins Wasser platschen. Hoffentlich konnte der Mann schwimmen. Zur Sicherheit nahm er einen Rettungsring aus seiner Halterung und warf ihn hinterher.

Connor beugte sich über die Reling und blickte an der Backbordseite entlang. Ungefähr mittschiffs entdeckte er Kapitän Takayama, der seine Crew zur Eile antrieb. Hintereinander kletterten sie über die Bordwand und eine Strickleiter hinunter. Eines der beiden Boote, die dort vertäut lagen, war bereits voll besetzt. Connor war zu weit entfernt, um die Leute unterscheiden zu können, glaubte aber, auch Sophie und Kathy, die Stewardessen der *Orchid,* zu entdecken. Anscheinend hatte der japanische Kapitän Wort gehalten und auch die Crew der *Orchid* befreit.

Connor rannte zur Tür zurück und winkte Chloe, Amanda und Cali heraus.

»Wir bleiben immer unter den Röhren«, befahl er ihnen. »Sie sind unsere einzige Deckung. Bestimmt haben sie auf der Brücke Wachen postiert.«

Schnell führte er sie über das offene Deck zu einem Wartungssteg, der an den Aufbauten entlangführte und ihnen für ein paar Meter Deckung bot. Danach mussten sie sich mühsam durch das Gewirr der Röhren, Streben und Metallkästen vorankämpfen. Weil nur Connor über Nachtsicht verfügte, musste er Chloe und Amanda über und zwischen den Röhren hindurchhelfen. Gerade als er Chloe über eine besonders dicke Röhre half, schreckte etwas vor ihnen auf. Amanda stieß einen Schrei aus; Cali hielt ihr geistesgegenwärtig den Mund zu.

»Nur eine Ziege«, flüsterte er ihr zu.

Amanda nickte mit vor Schreck weit aufgerissenen Augen und Cali nahm die Hand weg. Aber der Schaden war schon angerichtet: Durch das dichte Röhrengewirr sah Connor eine Bewegung auf dem Wartungssteg. Ein Mann lief herbei. Connor gab den anderen ein Zeichen, sich absolut still zu verhalten. Der Pirat blieb ein paar Meter entfernt stehen. Durch das Metallgitter konnte Connor seine Sandalen sehen. Der Mann blickte sich suchend nach der Ursache des Schreis um, aber offenbar konnte er sie in der Dunkelheit nicht ausmachen. Schließlich hörte der Pirat die Ziege meckern, die vielleicht verzweifelt nach ihrem Gefährten rief. Der Pirat spuckte auf das Tier hinunter, brüllte irgendeinen Fluch und ging davon.

Der laute Fluch hatte auch Kapitän Takayama alarmiert. Connor sah, dass er besorgt in ihre Richtung blickte, dann trieb er die letzten seiner Leute an und kletterte schließlich selbst die Strickleiter hinunter.

»Sie fahren ab! Ohne uns!«, stieß Amanda entsetzt hervor und sprang aus der Deckung.

»Nein! Warten Sie!«, zischte Connor.

Aber Amanda war in helle Panik geraten. Kopflos rannte sie über das Deck, in voller Sicht des Piraten, der den Wartungssteg noch nicht verlassen hatte. Connor konnte nur hoffen, dass er sich nicht umdrehen würde. Amanda erreichte die Reling und kletterte darüber.

Plötzlich zerfetzte die Alarmsirene die Stille der Nacht und der Tanker wurde in gleißend grelles Licht getaucht.

KAPITEL 104

Connor packte Chloes Hand und rannte los. Aber der Pirat auf dem Wartungssteg war herumgewirbelt und kam zurückgerannt. Er sah Amanda, die gerade ihr Bein über die Reling schwang, und hob die AK47.

»Joogso!«

Er feuerte eine Salve. Die Kugeln prallten vom eisernen Deck ab und jaulten als Querschläger gegen die Röhren. Aber Amanda hatte es geschafft: Sie war schon hinter der Bordwand verschwunden.

Den drei anderen war damit der Fluchtweg abgeschnitten. Connor führte Chloe und Cali schnell um einen großen Tank herum zur anderen Seite des Schiffs, wo sie hinter einer Pumpe in Deckung gingen. Jetzt stürzten immer mehr Piraten auf das Hauptdeck hinaus. Ein paar feuerten über die Reling auf der Backbordseite. Connor hörte die Außenborder aufheulen. Und er glaubte zu hören, dass sie sich vom Schiff entfernten.

Seine Hoffnung brach zusammen. Die beiden Kapitäne hatten keine andere Wahl mehr gehabt – sie hatten sie zurücklassen müssen.

»Was jetzt?«, fragte Chloe verzweifelt. »Wir sitzen in der Falle!«

Connor stand auf und spähte über die Steuerbordseite. Die Gangway war immer noch ausgefahren. »Die Piraten glauben, dass wir alle auf den Booten sind. Wir müssen auf die *Orchid*.«

»Weißt du denn, wie man sie steuert?«, fragte Chloe. »Ich weiß es nämlich nicht.«

»Nein. Aber ich habe das Tenderboot startklar gemacht.«

Die Sirene verstummte. Doch das harte Knallen der Schüsse war weiterhin zu hören. Spearhead erschien auf dem Deck und bellte Befehle in alle Richtungen. Offenbar befahl er seinen Leuten, die Geiseln zu verfolgen.

»Los, kommt! Schnell!«, flüsterte Connor.

Sie huschten geduckt aus dem Versteck hinter dem Pumpengehäuse und rannten quer über das Deck zur Gangway. Plötzlich prasselten ringsum Kugeln auf das Deck und jaulten als Querschläger weiter. Connor zog Chloe an sich, deckte sie mit seinem Körper und tauchte mit ihr hinter einen Kontrollkasten. Eine Sekunde später ließ sich Cali neben ihnen auf den Boden fallen. Immer noch prallten die Geschosse auf das Metalldeck.

»Joog halkaaga!«, brüllte der Pirat.

»Er sagt, wir bleiben müssen, wo wir sind«, flüsterte Cali mit vor Angst weit aufgerissenen Augen.

»Als ob wir noch eine andere Wahl hätten«, murrte Connor bitter und spähte um die Ecke des Kontrollkastens. Von allen Seiten stürmten Piraten heran. Sie saßen in der Falle. Genau wie er beim Buddyguard-Training. War das wirklich erst einen Monat her? Nur waren die Kugeln echt, die hier abgefeuert wurden. Dieses Mal konnte schon ein einziger Fehler den sicheren Tod bedeuten.

Und wie damals hatte er auch jetzt nur noch eine einzige Chance. Er wehrte sich gegen den Tunnelblick, der sich in solchen gefährlichen Situationen unvermeidlich ergab, blickte sich rasch um und versuchte, die Gefahren einzuschätzen. Im grellen Licht des Halogenflutlichts entdeckte er einen Piraten, der hinter einer Reihe von Ölfässern in Deckung gegangen war, ein weiterer hockte auf dem Wartungssteg über dem Deck und zwei schlichen an der Backbordseite entlang, wobei sie die Röhren als Deckung benutzten. Oracle stand noch höher, auf dem Steg eines Krans, von dem aus er einen großen Teil des Hauptdecks überblicken konnte. Neben ihm stand Mr Ali, der Emily festhielt und mit einer Pistole auf ihren Kopf zielte.

Über den Lautsprecher klang plötzlich blechern Oracles Stimme. »Ergebt euch, sonst stirbt das Mädchen!«

Chloe schrie auf und schaute Connor entsetzt an. »Wir *müssen* uns ergeben.«

»Sie werden sie nicht erschießen«, sagte Connor beharrlich. »Es spielt keine Rolle, ob Emily zu ihnen gehört oder nicht – sie ist nichts weiter als ein Druckmittel. Lebend ist sie für die Piraten viel wertvoller als tot.«

»Ich zähle bis fünf«, sagte Oracle. Seiner Stimme war anzuhören, wie wütend er war.

Chloes Finger gruben sich in Connors Unterarm. »Wie willst du das wissen? Sie haben auch Brad umgebracht!«

Connor hätte zugeben müssen, dass er es eben nicht wusste, deshalb schwieg er.

»Eins.«

»Vielleicht haben sie Emily gezwungen, dich gefangen zu nehmen. Sie wurde gefoltert. Oder sonst was. Alles hätten sie mit ihr machen können!«, rief Chloe immer verzweifelter.

Es war ein gewagtes Spiel, auf das sich Connor hier einließ. Schließlich wusste er nicht mit Sicherheit, dass sich Emily auf die Seite der Piraten geschlagen hatte – er *vermutete* es nur.

»Zwei.«

»Das sieht nicht nach Emily aus, was du erzählst«, sagte Chloe immer hektischer. »Sie ist mein Zwilling! Ich kenne sie genauso gut wie mich selbst! Wir müssen sie retten!«

»Drei.«

Chloe wollte aufspringen, aber Connor zog sie wieder hinter den Kontrollkasten zurück. »Vielleicht hast du recht. Aber wir *dürfen* uns nicht ergeben! Die Piraten hatten nie vor, dich wieder freizulassen!«

»Vier.«

»Mein Job ist es, dich zu schützen. Und auch deine Schwester.«

»Fünf!«, brüllte Oracle.

Connor riss die Signalpistole heraus, zielte und feuerte.

KAPITEL 105

Die Leuchtrakete prallte gegen ein Ölfass, die Funken sprühten über achtlos verschüttetes Öl. Die Lachen entzündeten sich, die Flammen züngelten an den Tonnen hoch, und in blitzschneller Folge explodierten sämtliche Fässer. Ein riesiger Feuerball stieg in den Himmel und hüllte auch einen direkt danebenstehenden Piraten ein. Der Mann schrie auf, sprang wie eine lebende Fackel zur Reling und versuchte, sich mit einem Sprung ins Wasser zu retten.

Die Druckwelle der Explosion fegte über das Deck. Die Piraten warfen sich hinter jede Deckung, die sich ihnen bot. Der Kran wurde so heftig erschüttert, dass Oracle, Mr Ali und Emily auf den Metallsteg geschleudert wurden. Emily prallte mit dem Kopf gegen das Geländer und verlor das Bewusstsein.

Während die Piraten noch wie benommen zu begreifen versuchten, was gerade geschehen war, stürmte Connor hinter dem Kontrollkasten hervor und raste zur Backbordseite. Dort zog er den Molotowcocktail und das Feuerzeug aus dem Rucksack, entzündete die Lunte und warf den Cocktail über das Deck. Die Flasche zersplitterte beim Aufprall auf dem eisernen Deck. Flammen zuckten in alle Richtungen. Die beiden Piraten, die dort gestanden hatten, brachten sich in Sicherheit. Der Pirat auf dem Wartungssteg blickte sich voller Angst um, wohin er in diesem Inferno fliehen konnte. Schon leckten die Flammen des Molotowcocktails an einem weiteren Stapel Ölfässer.

Connor raste zurück zu Chloe und Cali; im selben Moment entzündeten sich die Fässer mit einem gewaltigen Donnern.

»Lauft!«, schrie Connor.

Schon spürte er die enorme Hitze, die seine Haut versengte. Er versuchte, Chloe gegen die Hitze zu schützen, als sie auf die Gangway zurannten. Der Geruch ihrer versengten Haare stieg ihm in die Nase.

»Connor, du … verrückt!«, schrie Cali und rannte um sein Leben.

Flammen leckten um ihre Füße. Dicker schwarzer Rauch wallte und wirbelte um sie herum. Als sie die Gangway erreichten, ließen die Explosionen nach.

Chloe blieb stehen, sie keuchte heftig, ihr Gesicht war von Schweiß und Ruß verschmiert. »Emily! Was ist mit ihr?«

Connor war in einem Dilemma. Er durfte Chloe keinesfalls unbeschützt zurücklassen; aber er hatte auch die Pflicht, Emily zu retten, selbst wenn sie dem Feind geholfen hatte. Jetzt wünschte er sich mehr denn je, Ling an seiner Seite zu haben.

Er packte Cali an den Schultern und blickte ihn ernst an. Noch einmal musste er dem jungen Somalier vertrauen. Und dieses Mal ging es um Chloes Leben.

»Bring Chloe in die Tendergarage. Wenn jemand kommt, versteckt ihr euch in der Bilge. Verstanden?«

Cali nickte. »Ich sie beschützen!«, versprach er und hielt Bucktooths Revolver in die Höhe. »Mit mein Leben.«

Connor nickte. Er konnte nur hoffen, dass Cali nicht auf die Probe gestellt wurde, aber er bewunderte den Mut des Jungen. Er grinste und klopfte ihm auf die Schulter.

»Aus dir machen wir noch einen richtigen Bodyguard.«

KAPITEL 106

Der Tanker wurde von einer weiteren Explosion erschüttert – lauter, tiefer. Und unheimlicher. Was für Chemikalien sich auch an Bord befinden mochten, sie entzündeten sich nun ebenfalls.

Connor rannte über das Deck. Überall züngelten Flammen. Das unheimliche Donnern aus dem Innern des Tankers versetzte die Piraten in helle Panik; jetzt ging es ihnen nicht mehr darum, Connor zu fangen, sondern sich selbst in Sicherheit zu bringen. Schwarzer Qualm wallte in die Luft und verdunkelte die Halogenscheinwerfer. Es war eine Hölle von orange lodernden Flammen, Rauch und Ruß.

Connor kämpfte sich durch die Flammen und stieg die Kranleiter hinauf. Emily lag immer noch bewusstlos auf dem Metallsteg. Er schickte ein Stoßgebet zum Himmel, dass sie nicht ernsthaft verletzt war. Oder noch schlimmer: tot.

»Emily!«, rief er und rannte zu ihr hinüber.

Sie rührte sich nicht.

Er kniete neben ihr nieder und legte den Finger auf ihre Halsschlagader.

»Du hast mich Millionen gekostet!«

Connor wirbelte herum. Oracle stand hinter ihm; die lodernden Flammen spiegelten sich in seinen Augen und ließen ihn wie die Wiedergeburt des Teufels aussehen. Seine Pistole war auf Connors Brust gerichtet. »Hundert Millionen, um genau zu sein! Und dafür zahlst du mit deinem Leben!«

Oracle drückte ab. Der Schuss krachte so laut, dass Connor für einen Augenblick wie betäubt war. Er spürte die unglaubliche Kraft der Kugel, die ihn von den Füßen fegte, sodass er rücklings über Emily stürzte. Er blieb quer über ihr liegen, betäubt, gelähmt, fast bewusstlos. Doch dann schnappte er gierig nach Luft. T-Shirt und Sweatshirt hatten die Kugel abgefangen. Aber in seiner Brust pochte ein fast unerträglicher Schmerz.

Oracle legte den Kopf schief und betrachtete ihn verblüfft, als ihm klar wurde, dass Connor nicht tot war. Dann entdeckte er die gestauchte Patrone, die in Connors Schoß gefallen war.

»Schusssichere Klamotten, wie?« Er lachte verächtlich. »Könnte ich auch gut brauchen.«

Benommen vor Schmerzen griff Connor in die Tasche und tastete verzweifelt nach dem Blender. Die Signalpistole war nutzlos, da er sie nicht nachgeladen hatte. Er fummelte nach der Lampe, aber der Schock wirkte noch nach und sie fiel aus seinen zitternden Händen.

»Na, wenigstens habe ich jetzt das Vergnügen, dich gleich zweimal zu erschießen«, sagte Oracle und hob erneut die Waffe. »Aber dieses Mal in den Kopf, das ist sicherer.«

Connors Hand fand den Blender. Zu spät.

Ein Schuss krachte.

Connor fuhr zurück, erwartete den Einschlag. Der nicht kam.

Oracle stürzte zu Boden. In seiner Stirn klaffte ein Loch. Kopfschuss.

Connor blinzelte, versuchte zu begreifen, was geschehen war.

Am Ende des Stegs stand ein Weißer. Hinter ihm loderten die Flammen wie in der Hölle. Die Zerstörung, die Flammen und das panische Geschrei der Piraten schienen ihn nicht im Geringsten zu stören. Sein Gesicht war wie eine Maske, gefühllos, farblos, die Haut so fahl wie Asche.

Der Mann deutete mit der Pistole auf Emily. »Lebt sie noch?«

Connor nickte und versuchte, sie mit dem eigenen Körper zu schützen.

Der Mann betrachtete Connor ein paar Augenblicke lang. Sein Blick war so unbarmherzig und kalt wie der einer Schlange.

Eine dritte gewaltige Explosion erschütterte den Tanker bis in den Kiel, eine weitere Rauchwolke hüllte den Kran ein. Connor hustete. Der scharfe chemische Rauch reizte die Atemwege und seine Augen brannten. Undeutlich hörte er eine Stimme, die gefährlich nahe war. Sie flüsterte etwas, das wie »kleiner Spatz« klang, dann begann Emily zu husten und nach Atem zu ringen.

Als sich der Rauch ein wenig verzog, war der Mann verschwunden.

KAPITEL 107

Connor stöhnte vor Schmerzen. Es kam ihm so vor, als seien ihm sämtliche Rippen eingedrückt worden. Mühsam um Atem ringend, hob er die immer noch halb bewusstlose Emily auf die Schulter. Wieder erschütterte eine Explosion den Tanker. Das ganze Schiff krängte schwer zur Seite. Mit durchdringendem Kreischen schwenkte der Kranausleger herum. Connor taumelte zur Leiter. Sein Herz raste, der Rauch blockierte fast seine Lungen. Trotzdem gelang es ihm irgendwie, Emily nach unten zu schaffen. Nie mehr würde er sich über Steves hartes Fitnesstraining beschweren!

Im Notfall brauchst du alle Kraftreserven, die du mobilisieren kannst, um deinen Klienten aus der Gefahrenzone zu schaffen, hatte Steve gesagt. Wie recht er doch hatte!

Connor konnte nur hoffen, dass es überhaupt noch etwas zu mobilisieren gab. Sein Körper hatte in den letzten Tagen schwere Schläge wegstecken müssen. Er funktionierte praktisch nur noch durch Adrenalin.

Am Fuß der Leiter entdeckte er einen leblosen Körper: Mr Ali lag auf dem Rücken, die Augen blickten starr zum Himmel. Auch er hatte mitten auf der Stirn ein hässliches schwarzes Loch. Er war buchstäblich hingerichtet worden.

Ein Pirat lief schreiend vorbei; sein Hemdrücken hatte

Feuer gefangen. Mit einem Riesensatz sprang er über die Reling.

Das Hauptdeck hatte sich in ein einziges Flammenmeer verwandelt. Der Weg zur Gangway schien unüberwindbar, aber Connor hatte keine andere Wahl. Er sprintete am Rand der Feuersbrunst entlang. Die Hitze des Stahldecks war inzwischen so gewaltig, dass er glaubte, seine Haut würde schmelzen. Beißender, scharfer Rauch wirbelte vor seinen Augen und er verlor die Orientierung. Verwirrt schoss er an der Gangway vorbei, fing sich wieder, taumelte zurück und stolperte die Stufen hinunter. Bei jedem Schritt schien Emily noch schwerer zu werden, ein Bleigewicht auf seiner Schulter. Sauerstoffmangel und Erschöpfung ließen ihn in die Knie gehen, doch er zog sich am Geländer hoch und stützte sich darauf.

Endlich fanden seine Füße das Deck der *Orchid*.

Er taumelte zur Treppe im Heck. Und fiel fast über einen weiteren Piraten, der in einer Blutlache lag. Der Mann blickte mit schmerzverzerrtem Gesicht auf. Connor erkannte ihn wieder, hatte ihn auf der Brücke der *Orchid* am Telefon gesehen. Der Mann hielt sich das Bein; Blut quoll aus einer Schusswunde. Er redete hastig auf Somalisch, wütend, fordernd, aber Connor achtete nicht auf ihn und taumelte weiter.

Auf dem Unterdeck bog er ab und stolperte die letzten Schritte zur Tür der Beibootgarage. Er drehte den Türknauf, kickte die Tür auf – und blickte in das schwarze Loch einer Revolvermündung.

KAPITEL 108

»Nicht schießen!«, brüllte Connor. »Ich bin's!«

Cali senkte den Revolver. »Sorry! Ich denke, du Big Mouth. Ich ihn schon geschossen!«

»Der Pirat oben auf dem Deck? Warst du das?«

Cali nickte grinsend. »Er nicht glaubte, dass ich schießen kann! Aber ich Bodyguard!«

»Gut gemacht.« Connor war beeindruckt, dass der Junge zu seinem Wort stand. Er legte Emily sanft auf den Boden. »Wo ist Chloe?«

»Sicherheit«, sagte Cali und lief zu der Klappe, die in die Bilge führte.

Chloe kam heraus, nass und verschmutzt.

»Emily!«, rief sie.

Emily stöhnte vor Schmerzen, als Connor und Cali sie in das Beiboot legten.

»Was ist mit ihr?«, fragte Chloe ängstlich.

»Ich glaube, sie hat nur eine Gehirnerschütterung«, sagte Connor. »Schnell – steig ein und lege ihr eine Schwimmweste an.« Er lief zur Schalttafel an der Wand und hieb mit der Handfläche auf den grünen Schalter, mit dem sich die Garage öffnen ließ. Die großen Türen glitten auseinander. Vom explodierenden Tanker drangen gewaltiger Lärm,

Hitze, Gestank und Rauch herein. Einer nach dem anderen flogen die Tanks wie Bomben in die Luft. Neben diesem wütenden Inferno bebte und schaukelte die *Orchid* heftig.

Connor drückte auf einen weiteren Schalter. Das Beiboot setzte sich in Bewegung. Er sprang hinein. Die Halterungen lösten sich. Das Tenderboot lag kaum im Wasser, als er auch schon auf den Anlasser drückte. Der Motor sprang an.

»Festhalten!«, überbrüllte Connor den Lärm und schob den Hebel nach vorn.

Der Motor brüllte auf; das Boot setzte sich in Bewegung. Connor steuerte von der Jacht weg. Hinter ihnen brannte der Tanker nun lichterloh, Hitze und Rauch wallten über die Wasseroberfläche. Die Hölle schien gierig ihren Schlund aufzureißen, um auch das kleine Beiboot zu verschlingen, das durch die wie flüssiges Feuer leuchtenden Wellen schnitt.

Je weiter sie sich entfernten, desto dunkler wurde das Wasser; Hitze und Rauch ließen nach und bald konnten sie wieder freier atmen.

»Du hast es geschafft!«, schrie Chloe, die ihre Schwester an sich drückte. »Du hast uns gerettet, Connor!«

Connor nahm das Funkgerät und drückte auf die Sendetaste. »Mayday, Mayday, Mayday. Hier ist Motorboot *Sunbeam, Sunbeam, Sunbeam*. Mayday *Sunbeam* …«

»Wir hören Sie, *Sunbeam*. Hier ist HMAS *Melbourne*. Wie ist Ihre Position?«

Connor warf einen Blick auf das GPS, das zu seiner Erleichterung endlich ein Satellitensignal empfing. »Hier ist Motorboot *Sunbeam*. Unsere Position ist …«

Das Funkgerät schien zu explodieren, als Kugeln in das Bootsheck einschlugen.

»Alle runter!«, schrie Connor und duckte sich hinter seinen Sitz.

Er riss das Steuer hart nach Backbord. Eine weitere Salve pfiff über das Boot hinweg.

Aus dem Dunkeln raste ein Boot auf sie zu.

KAPITEL 109

Durch seine Nachtsichtbrille entdeckte Connor den riesigen Piraten Spearhead, der im Bug des Bootes saß und die AK47 auf sie gerichtet hatte. Er feuerte noch eine Salve ab, dann musste er nachladen.

Connor nutzte die Pause und sprang in den Steuersitz zurück. Er korrigierte den Kurs und schob den Hebel in den roten Bereich vor. Der Bug des Tenderboots hob sich noch etwas höher, als der kräftige Motor mit voller Kraft durch das Wasser pflügte. Sie krachten von Welle zu Welle. Chloe hielt Emily im Arm und klammerte sich verzweifelt an ihrem Sitz fest. Cali duckte sich hinter einen weiteren Sitz.

Wieder hallten Schüsse über das Wasser. Connor riss das Steuer herum und das Boot ging in eine scharfe Linkskurve, dann steuerte er sofort wieder nach rechts, um den Kugeln auszuweichen.

»Sie näher kommen!«, rief Cali.

Connor warf einen Blick über die Schulter. Das Piratenboot mit seinem Hochleistungsmotor holte schnell auf.

»Was jetzt?«, schrie Chloe. Über den brüllenden Motoren war ihre Stimme kaum zu hören. »Das Funkgerät ist kaputt!«

Connor griff nach hinten und bekam das SART zu fassen, das außen an seinem Rucksack eingenäht war. Er riss den Klebestreifen weg und aktivierte damit das Gerät. Die starke LED-Bake begann zu blinken, während das SART sein Ortungssignal sendete.

»Was machst du denn?«, schrie Chloe. »Jetzt wirst du erst recht zur Zielscheibe!«

Aber Connor blieb nichts anderes übrig. Er konnte den Rucksack nicht ablegen, weil er dann nicht mehr durch das Gel-Pad geschützt wäre.

Spearhead war offenbar dankbar für das helle Blinklicht: Das Beiboot geriet unter den Einschlägen der 7.62-Millimeter-Hochgeschwindigkeitsgeschosse ins Schaukeln, die jetzt sehr viel genauer trafen.

Cali ging auf die Knie und feuerte mit dem Revolver auf die Gegner. Aber die Schaukelbewegungen des Beiboots waren zu heftig; Connor bezweifelte, dass auch nur ein einziger Schuss traf. Nach der fünften Kugel klickte der Revolver nur noch.

»Leer«, sagte Cali verzweifelt und ging wieder in Deckung. Spearhead feuerte erneut.

Gischt sprühte über den Bug der *Sunbeam*. Connor steuerte jetzt praktisch blind in die Nacht hinaus. Vor ihnen lag der weite, offene Ozean; kein Positionslicht war zu sehen. Seine einzige Hoffnung war, den Piraten davonzufahren. Aber das Beiboot lief schon jetzt mit voller Kraft, mehr war aus dem Motor nicht herauszuholen. Und es reichte immer noch nicht.

Das Piratenboot holte unerbittlich auf.

»Cali – nimm die Signalpistole in meiner Hosentasche!«, befahl Connor, der das Steuerrad mit beiden Händen festhalten musste.

Cali kroch herbei und zog die Pistole heraus.

»Raketen sind in meinem Rucksack. Außentasche. Mach schnell!«

Cali griff nach oben, ohne den Kopf über die Bordwand zu heben, zog den Reißverschluss auf und nahm einen Patronenclip heraus.

»Du musst auf das Heck zielen«, rief Connor durch den Wind. »Dort stehen die Benzinkanister.«

Cali nickte und lud die Pistole.

Spearheads Boot war jetzt so nahe heran, dass sie sein wütendes, rachedurstiges Gebrüll hören konnten. »ICH TÖTE EUCH! IHR SEID ALLE TOT!«

»Geradeaus steuern!«, schrie Cali. »Nicht schaukeln!«

Connor warf ihm einen ungläubigen Blick zu. Der Junge hatte Nerven! Bei dieser Geschwindigkeit war es praktisch unmöglich, das Boot stabil zu halten; außerdem musste er den Kugeln ausweichen. Aber er versuchte es trotzdem.

Cali kniff ein Auge zu, zielte sorgfältig und feuerte. Die Leuchtrakete schoss über die Wellen. Ein leuchtend roter Komet vor dem dunklen Nachthimmel. Und sie traf ins Ziel! Sie schlug mitten in den Kanistern ein. Im selben Augenblick explodierte Spearheads Boot in einem gewaltigen Feuerball. Es wurde buchstäblich zerfetzt; Bruchstücke wirbelten durch die Luft, klatschten ins Wasser und versanken. Das Wrack trieb lichterloh brennend auf den Wellen. Wer sich an Bord befunden hatte, hatte keine Chance.

»Was zum Teufel hast du geladen?«, rief Connor verblüfft, während er den Hebel zurückschob. Keine Verfolger mehr in Sicht. Das Boot wurde langsamer.

Cali starrte die Pistole verwundert an, dann schaute er zu dem brennenden Wrack des Skiffs zurück. »War doch nur Leuchtrakete?«, antwortete er schulterzuckend.

Chloe und Connor blickten sich an und brachen in erleichtertes Gelächter aus.

Ein paar Minuten später hörten sie das Rattern eines Helikopters. Ein Seahawk, bewaffnet mit Luft-Boden-Raketen, donnerte mit eingeschalteten Suchscheinwerfern heran.

KAPITEL 110

Der Killer blickte aus dem Hotelzimmerfenster auf die staubigen, kriegsbeschädigten Straßen Mogadischus hinaus. Das Gebäude gegenüber, das früher einmal das glamouröse Al-Uruba-Hotel beherbergt hatte, war nur noch eine baufällige Ruine, übersät mit den Einschlägen unzähliger Schüsse. Solche Einschlagslöcher hatten den Profikiller schon immer fasziniert. Er konnte nicht begreifen, warum so viele Kugeln ihr Ziel verfehlten. Er selbst brauchte immer nur eine einzige Kugel.

Er zog ein frisches Hemd an, froh, den durchdringenden Gestank von Ruß und Rauch endlich loszuwerden, der in seinen Kleidern gehangen hatte, seit er von dem lodernden Tanker geflohen war. Kritisch inspizierte er seine Fingernägel und beseitigte einen winzigen Rußrest. Er hasste Schmutz unter den Fingernägeln.

Sein Smartphone klingelte. Er meldete sich.

»Statusbericht«, verlangte der Anrufer. Der Anruf war verschlüsselt, daher klang seine Stimme verzerrt.

»Die Parameter der Mission wurden erfüllt. Gibb ist tot. Sämtliche Dateien gelöscht. Die Chefredakteurin der *Australian Daily* wurde ebenfalls zum Schweigen gebracht. Alle Beweise wurden vernichtet.«

»Aber was ist mit den Lösegeldverhandlungen? Sie wurden doch ziemlich unerwartet und vorzeitig beendet?«

Der Killer inspizierte erneut seine Fingernägel. »Darüber brauchen Sie sich keine Gedanken mehr zu machen. Die Entführung hat ihre Ziele erreicht. Sterling stellt für die Organisation keine Bedrohung mehr dar. Die Story ist gestorben.«

»Und die Piraten?«

»Sind ebenfalls tot, und Tote können nicht reden.«

»Aber das Sterling-Mädchen lebt noch. Könnte sie für uns nicht zum Problem werden?«

Ein leichtes Lächeln spielte um die Lippen des Killers. »Mein kleiner Spatz hat seinen Zweck erfüllt. Ich habe unsere Begegnung aus ihrem Gedächtnis gelöscht, bevor ich sie wieder freigelassen habe. Sie erinnert sich an nichts, das Equilibrium in irgendeiner Weise kompromittieren könnte.«

Der Anrufer schien seine Antwort genau abzuwägen, dann sagte er: »Gibb hat uns beträchtliche Investitionsverluste verursacht, außerdem hätte er uns durch sein törichtes Verhalten beinahe in der Öffentlichkeit bloßgestellt. Solche Risiken dürfen nie mehr auftreten. Sorgen Sie dafür, dass unsere nächste Investition absolut sicher ist.«

»Selbstverständlich.«

»Und, Mr Grey, machen Sie keine halben Sachen.«

»Mache ich nie.«

KAPITEL 111

»Hübscher Sonnenbrand«, grinste Jason, als Connor zusammen mit Charley in den Besprechungsraum kam. »Kommt davon, wenn man ständig am Strand abhängt.«

Bei der Flucht vom brennenden Tanker hatte Connor Verbrennungen ersten Grades erlitten, und zwar an den Stellen, die nicht von der feuerresistenten Kleidung geschützt worden waren. Auch jetzt, eine Woche später, waren sein Gesicht sowie seine Arme und Hände immer noch tiefrot und wund, heilten aber gut. Bald würde alles völlig verheilt sein. »Sehr komisch. Muss wohl die falsche Sonnenmilch genommen haben«, gab Connor zurück.

Jason lachte. »Willkommen in der alten Klapsmühle, Connor. Sorry – für den kleinen Scherz mit dem Dropbear. Hätte nicht gedacht, dass du auf den Uraltwitz reinfällst.«

Nach all den Turbulenzen der vergangenen Wochen hatte Connor den kleinen Zwischenfall fast schon wieder vergessen. »Keine Sorge, das zahle ich dir heim. Irgendwann.«

Ling kam herüber. Connor dachte zuerst, sie wolle ihn umarmen; stattdessen hielt sie ihm zur Begrüßung die Faust hin. Er grinste und boxte leicht dagegen.

»Ich kann's nicht glauben, dass du einen ganzen Tanker in die Luft geblasen hast!«, rief sie. »Kaum passe ich nicht mehr auf dich auf, schon fängst du an zu zündeln! Warum bin ich nie da, wenn die wahre Action abgeht?«

»Ich hätte es mir gewünscht«, sagte Connor. »Ich hätte dich wirklich dringend brauchen können.«

»Dann wäre Ling geröstet worden«, warf Marc ein. »Angeblich war das Feuer noch aus zwanzig Meilen Entfernung zu sehen!«

Connor grinste ein wenig dümmlich. »War eigentlich nur als kleine Ablenkung geplant, damit ich die Mädchen herausholen konnte.«

»Ein ganzer Tanker – das nennst du eine *kleine* Ablenkung?«, lachte Marc und klatschte Connor ab.

»Wer bezahlt eigentlich den ganzen Schaden?«, fragte Amir und schlug seinem Freund auf die Schulter.

Charley zog einen Brief heraus. Er trug das Logo der Sempaku Shipping Company in Japan. »Das hier freut dich bestimmt, Connor: Du musst nicht dafür bezahlen! Hier steht, dass die Versicherung der Reederei für das kleine Feuerwerk aufkommt, das Connor veranstaltet hat.«

Amir runzelte die Stirn. »Ich hab nicht den Tanker gemeint, sondern die ganzen Ausrüstungssachen, die ich Connor mitgegeben habe. Das Zeug war verdammt teuer!« Anklagend deutete er auf Connor. »Und dieser Typ hat alles in Schrott verwandelt!«

Alle lachten. Connor hob beide Hände. »He, Mann, ist doch nicht meine Schuld, dass dein Smartphone nicht kugelfest ist!«

Amir seufzte übertrieben und schüttelte den Kopf. »Macht dir wohl Spaß, dich jedes Mal erschießen zu lassen, wie? Nächstes Mal stecken wir dich in einen kugelfesten Sack.«

»Am besten in einen mit doppelter Stoffschicht!«, meinte Richie. »Dann muss niemand sein hässliches Gesicht sehen.«

»Dann brauchst du eine Vierfachschicht«, gab Connor lachend zurück. »Aber im Ernst, Amir, der Rucksack hat mir das Leben gerettet. Ohne ihn hätte ich die Mission nicht überstanden.«

»Damit hat Connor recht«, sagte Colonel Black, der gerade in den Raum kam. »Der Erfolg einer Mission hängt nicht von einem einzelnen Bodyguard ab. Er ist immer dem ganzen Team zu verdanken. Ohne das SART in seinem Rucksack hätten die Piraten Connor und seine beiden Klientinnen mit Sicherheit wieder gefangen genommen. Und wahrscheinlich wären jetzt alle drei tot.«

»Na, irgendwie bin ich ganz froh, dass ich im kalten und windigen Wales bleiben durfte«, sagte Amir.

Das Alpha-Team setzte sich und der Colonel eröffnete die Abschlussbesprechung.

»Haben Sie schon etwas von Emily gehört?«, fragte Connor.

Der Colonel nickte. »Gerade vor ein paar Minuten kam ein Bericht. Anscheinend wurde sie einer Gehirnwäsche unterworfen, was ihr doch recht ungewöhnliches Verhalten erklären würde. Das muss während ihrer Entführung im vergangenen Jahr geschehen sein. Woraus zu folgern ist, dass Emilys Entführung und der Piratenüberfall auf die Jacht miteinander zusammenhängen – vielleicht, um von Mr Sterling eine große Geldsumme zu erpressen. Aber möglicherweise ging es um etwas anderes, nämlich die Kontrolle über ihn oder seinen Medienkonzern zu erreichen. Oder beides. Doch bislang ist das alles reine Spekulation.«

»Konnte denn Emily irgendwelche Hinweise geben?«, fragte Charley.

Colonel Black schüttelte den Kopf. »Wir können bisher nur nachweisen, dass sie Fotos und Tweets verschickt hat und damit die Gegner immer genau über die Position der Jacht informierte. Aber sie hat keinerlei Erinnerung daran, jemals mit den Piraten direkt Kontakt aufgenommen zu haben. Sie erinnert sich auch nicht daran, Connor eingesperrt zu haben. Der Schlag gegen den Kopf bei ihrem Sturz auf dem Kransteg könnte einen Gedächtnisverlust ausgelöst haben. Aber die Ärzte glauben, dass sie zu keinem Zeitpunkt ihre eigenen Handlungen wirklich voll bewusst durchgeführt hat.«

»Wie ist so etwas möglich?«, fragte Ling ungläubig.

»Ihre Entführer könnten ihr damals unterschwellige Botschaften eingetrichtert haben, höchstwahrscheinlich mittels Hypnose.«

»Total unheimlich«, murmelte Richie. »Ich kann nur hoffen, dass das niemand mit meinem Gehirn versucht.«

»Dazu müsstest du erst mal eins haben«, grinste Ling.

Colonel Black brachte sie mit einem strengen Blick zum Schweigen. »Die gute Nachricht ist, dass sich Emily inzwischen auf dem Weg der Besserung befindet. Ihr Arzt sagt, dass sie gut auf die Behandlung anspricht.«

»Aber was glauben Sie, wer hinter alldem stecken könnte?«, fragte Jason.

»Einiges deutet darauf hin, dass es sich um ein internationales Verbrechersyndikat handelt. Mehrere große Syndikate kommen dafür infrage, aber bisher gibt es keine genauen Anhaltspunkte.«

»Was ist mit dem Mann, den ich auf dem Tanker gesehen habe?«, fragte Connor. »Ein Weißer. Cali behauptet, dieser Mann habe den Piraten befohlen, die Geiseln an die Sieben Säbel auszuliefern.«

Der Colonel seufzte. »Deine Beschreibung war ziemlich vage. Bisher konnte keine Spur von ihm gefunden werden.

Wir können nur annehmen, dass er bei den Explosionen ums Leben kam.«

Connor schüttelte den Kopf; daran hatte er seine Zweifel. Der Mann kam ihm wie eine Schlange vor, die sich jederzeit in Sicherheit bringen konnte.

»Die australische Bundespolizei hat sämtliche Ermittlungen an sich gezogen. Die Vorfälle im Zusammenhang mit dem Hijacking der Jacht werden genauestens untersucht. Alles wird geheim gehalten. Wir haben jetzt keine direkten Informationen mehr«, erklärte Colonel Black. »Aber Mr Sterling ist zutiefst dankbar, dass wir seine Familie und die Crew retten konnten. Besonders freut ihn natürlich, dass er kein Lösegeld zahlen musste.« Colonel Black hob eine Augenbraue und lächelte vielsagend. »Als Ausdruck seiner Dankbarkeit lädt er das gesamte Alpha-Team zu einer Doppelfeier ein: Gefeiert wird seine Hochzeit mit Miss Ryder und die sichere Heimkehr seiner beiden Töchter.«

»Wo findet die Party statt?«, fragte Ling eifrig. »Doch hoffentlich nicht auf der Jacht?«

»Nein, in Sydney. Und wir fliegen Erster Klasse.«

KAPITEL 112

Eine ganze Insel hatte Mr Sterling für die große Party gemietet.

Die Insel – Shark Island – hatte ihren gefährlich klingenden Namen nicht etwa dem Vorkommen vieler Haie in ihren Gewässern zu verdanken, sondern ihrer Form. Sie war ein einzigartiger Veranstaltungsort für eine solche Feier. Die Insel lag am Westende des Sydney Harbour und bot einen spektakulären Blick auf die Harbour Bridge, das berühmte Opernhaus und die Rose Bay. Connor konnte sich keine schönere Kulisse für eine Party vorstellen, bei der es von berühmten Filmstars, Fernsehleuten, Musikern, Supermodels und hochrangigen Politikern nur so wimmelte. Und kein Veranstaltungsort hätte sicherer sein können. Da die Insel fast einen Kilometer vom nächsten Ufer entfernt lag, konnte niemand unbemerkt hingelangen. Und an Sicherheitsmaßnahmen hatte Mr Sterling ganz gewiss nicht gespart. Ein hochprofessionelles Personenschutzteam patrouillierte die Insel. Und Connors geschultes Auge entdeckte auch zahlreiche Bodyguards, die sich unter die Gäste mischten.

»Ist der dort wirklich der, für den ich ihn halte?«, fragte Ling und wies mit einer Kopfbewegung auf einen eleganten, dunkelhaarigen Mann in maßgeschneidertem Anzug.

Jason nickte. »Aber in Wirklichkeit kommt er mir viel kleiner vor als im Film.«

»Ich weiß gar nicht, wo ich hinschauen soll«, seufzte Marc, während sein Blick unablässig zwischen den Models hin und her huschte, die mit ihrem typischen Laufstegschritt vorbeistaksten.

»Du rutschst auf deiner Zunge aus, wenn du so hinter den Girls hersabberst, Marc«, meinte Charley und nippte an ihrem Orangensaft.

Chloe und Emily kamen auf die Buddyguards zu. Sie trugen Sommerkleider, der eine Zwilling in hellem Korallenrot, der andere in Sonnengelb.

»Na, wie gefällt euch die Party?«, fragte Chloe.

»Sagenhaft. Ich habe noch nie so viele berühmte Leute gesehen«, antwortete Connor. »Danke, dass ihr uns eingeladen habt.«

»Das war das Mindeste, was wir tun konnten.« Chloe wandte sich mit reuiger Miene an Ling. »Ich hoffe, du kannst mir unsere kleine Meinungsverschiedenheit verzeihen, Ling. Mir ist klar geworden, dass du nur deinen Job gemacht hast.«

»Man lernt nie aus im Leben«, sagte Ling kühl.

»Stimmt, aber unser Leben wäre beinahe zu Ende gewesen«, sagte Emily. »Und deshalb sind wir Connor ganz besonders dankbar.«

Die beiden Schwestern schauten sich kurz an, dann beugten sie sich vor und küssten ihn, jede auf eine Wange. Connor wurde rot vor Verlegenheit – und bemerkte gleichzeitig, dass Charley schnell den Blick abwandte. Er konnte nur hoffen, dass sie ihm dafür später nicht wieder Vorwürfe machte.

»He, aber ich habe ihm die Ausrüstung mitgegeben!«, rief Amir.

Die Zwillinge lachten und küssten auch Amir. Der war einen Augenblick lang sprachlos.

Connor betrachtete Emily genau. Es schien, als sei ein Schatten von ihrem Gesicht verschwunden. »Du siehst gut erholt aus«, sagte er.

»Danke. Ich fühle mich auch viel besser.« Sie lächelte ihn an. »Vorher war mein Verstand immer wie … wie benebelt, ständig hatte ich Kopfschmerzen. Ich dachte immer, dass die Medikamente daran schuld waren. Aber daran lag es gar nicht. Jetzt ist es, als sei die Sonne durch die Wolken gebrochen. Ich kann jetzt meine … meine eigenen Gedanken denken.«

Connor erwiderte ihr Lächeln. »Ich bin froh, dass du wieder du selbst bist.«

Jemand rief seinen Namen und Connor drehte sich um. Ein schmächtiger afrikanischer Junge zwängte sich zwischen den Gästen hindurch und kam mit strahlendem Lächeln auf ihn zu. Sein weißes Seidenhemd schien mindestens eine Nummer zu groß für seinen mageren Hals, obwohl Cali nicht mehr nur aus Haut und Knochen bestand.

»Cali! Was machst du denn hier?«

Cali grinste noch breiter. »Mr Sterling hat mir Visum arrangiert.«

»Aber ich dachte, du wolltest nach Südafrika?«

»Ja – irgendwann. Vielleicht Ferien dort. Ich bin jetzt echt Aussie!«, verkündete er stolz.

Die Party dauerte den ganzen Nachmittag, um die wunderbare Sommersonne voll auszukosten.

Connor und Ling trafen auch die Crew der *Orchid* wieder. Kapitän Locke begrüßte Connor sogar mit militärischen Ehren: Er salutierte. Die Crewmitglieder waren entspannt und schienen den Albtraum der Entführung bereits hinter sich gelassen zu haben. Aber Connor bemerkte, dass alle ihre Narben davon getragen hatten; bei Jordan waren sie natürlich besonders offenkundig, als er einem Model sehr bereitwillig seine »Kriegsverletzungen« vorführte. Die »Narben« der übrigen Matrosen waren nicht so deutlich zu sehen, manchmal nur ein nervöses Zucken der Augenlider, wenn plötzlich ein Champagnerkorken knallte. Und dann war da noch Sophie, die wehmütig über das Meer zur Harbour Bridge blickte, zweifellos in Gedanken an Brad versunken.

Als die Abenddämmerung anbrach, konnten sich auch Mr Sterling und Amanda – seine neu angetraute Gemahlin, die in ihrem elfenbeinfarbenen Chiffonkleid mit Beinschlitz alle anderen Models überstrahlte – für ein paar Augenblicke von ihren Gästen frei machen und sich zu Connor und dem Alpha-Team gesellen, um ihnen allen zu danken.

»Ich hatte immer größtes Vertrauen in dich, Connor«, verkündete Mr Sterling im Brustton der Überzeugung, als er Connor mit warmem Lächeln die Hand schüttelte. »Habe keinen Augenblick lang daran gezweifelt, dass du deine Pflicht erfüllen und meine Amanda und meine Töchter wieder sicher nach Hause bringen würdest.«

»Danke, Sir«, antwortete Connor, sah aber gleichzeitig aus dem Augenwinkel Charleys fassungsloses Gesicht.

Amanda beehrte ihn mit einem Kuss; ihr betörendes Parfüm hüllte ihn ein, als sie sich dicht zu ihm beugte.

»Du bist ein wirklich tapferer Junge«, sagte sie und zauste ihm das Haar. »Wenn wir einen Sohn bekommen, hoffe ich, dass er wie du wird.«

Dabei legte sie eine schützende Hand auf ihren Bauch. Mr Sterling strahlte vor Stolz. Chloe und Emily schauten sich völlig verblüfft an.

»Du bist *schwanger?*«, fragte Chloe.

Amanda nickte. »Zwölfte Woche.«

»Ich gratuliere«, sagte Emily. »Das ist wunderbar.«

Die Nachricht verbreitete sich in Windeseile unter den Gästen, die nun zusammenströmten, um auf das Baby anzustoßen. Chloe beugte sich zu Connor und flüsterte ihm ins Ohr: »Lust auf einen Trip in unserem Speedboot?« Sie deutete auf ein schlankes, rassiges rotes Boot, das am Ende des Landestegs der Insel lag.

»Sollten wir nicht zuerst deinen Vater um Erlaubnis fragen?«, antwortete Connor.

Chloe blickte zu dem Gedränge der Gratulanten hinüber und schüttelte den Kopf. »Nein, er lässt sich gerade feiern. Außerdem hätte er bestimmt nichts dagegen.«

»Aber was ist mit den Sicherheitsleuten?«

»He, ich hab doch dich dabei!«, rief sie und nahm seine Hand. »Und Ling kann auch mitkommen.«

»Das wäre genau das, was mir jetzt noch fehlt«, rief Ling und stellte sofort ihr noch volles Glas auf den nächsten Tisch.

»Emily, kommst du auch mit?«, fragte Connor.

»Klar, warum nicht?« Emily schien die Neuigkeit noch nicht ganz verkraftet zu haben, dass ihre neue Stiefmutter schon schwanger war.

Chloe führte die kleine Gruppe über den Steg zum Boot. »Willst du ans Steuer, Ling? Das Ding hier ist schneller als ein Jetski.«

»Klar doch. Hoffentlich ist es aber nicht so explosiv.«

Lachend sprangen sie ins Boot. Ling drückte auf den Startknopf und steuerte in den Hafen hinaus. Sie fuhr in Richtung der Brücke. Die tief stehende Sonne schien genau durch die Mitte des gewaltigen Brückenbogens.

»Ich kann's nicht fassen, dass Amanda ein Kind bekommt«, rief Chloe aus. »Ich hatte keine Ahnung!«

Emily blickte Connor kurz an, dann lächelte sie ihre Schwester an. »Weißt du was? Ich hätte eigentlich ganz gern einen kleinen Bruder.«

»He, schauen wir mal, wie schnell dieses Baby hier ist!«, rief Ling und schob den Hebel auf Dreiviertelkraft vor.

Das Speedboot raste über die Bucht. Wie ein Pfeil schnitt es durch die Wellen. Sie überholten ein anderes Boot. Und Connor zuckte zusammen. Das andere Boot wurde von einem kahlköpfigen Schwarzen gesteuert. Und im Heck saß ein Weißer mit einer großen Tätowierung auf dem Arm: ein brüllender Löwe. Er trug einen Taucheranzug und legte gerade das Sauerstoffgerät ab.

Todd Logan und Doug Carter.

Die beiden Männer starrten das vorbeirasende Speedboot fasziniert an.

Connors sechster Sinn schaltete plötzlich auf höchste Alarmstufe. Er drehte sich um und durchsuchte das Boot.

»Was ist los?«, fragte Emily. »Was suchst du denn?«

Connor wusste es selbst nicht – bis er über die Bordwand blickte. Dort entdeckte er es: Auf dem Rumpf des Boots, knapp unterhalb der Wasserlinie, befand sich ein kleiner schwarzer Behälter mit einem Sender. Das konnte nur eins bedeuten.

»Bombe an Bord!«, schrie Connor.

Die Mädchen starrten ihn geschockt und entsetzt an. Aber Ling reagierte mit dem Instinkt eines wahren Bodyguards. Sie schob den Hebel auf Vollgas, packte Chloe und sprang mir ihr über Bord. Connor folgte einen Sekundenbruchteil später und riss Emily mit sich. Sie klatschten hart ins Wasser und wurden von der Heckwelle unter die Oberfläche gespült.

Sekunden später tauchten sie wieder auf.

Im selben Augenblick explodierte das Speedboot.

KAPITEL 113

Connor lieferte sich einen harten Sparringkampf mit Ling in der Buddyguard-Trainingshalle, als Charley hereinrollte und verkündete: »Gute Nachrichten! Todd Logan und Doug Carter sind heute gefasst worden!«

Connor, momentan abgelenkt, musste einen Roundhouse-Kick von Ling einstecken, der ihm fast den Kopf von den Schultern holte. Schnell erwiderte er den Angriff mit einem Frontkick, dann wich er auf sichere Distanz zurück. Amir läutete die Glocke und stoppte den Ring-Timer; eine Minute und zwei Sekunden blieben von dieser Runde noch übrig. Connor wischte sich den Schweiß von der Stirn und warf Amir das Handtuch wieder zu. Ling nahm einen Schluck aus ihrer Wasserflasche.

»Wo haben sie sie gefunden?«, fragte Connor.

»Die Polizei hat eine Weile gebraucht, aber dann wurden sie in einer Pension in der Nähe von Broken Hill aufgespürt. Das ist eine abgelegene Bergbausiedlung im Westen von New South Wales«, antwortete Charley. »Sie haben gestanden, die Bombe angebracht zu haben. Und zwar genau so, wie du gedacht hast, Connor: Todd ist zur Insel getaucht und hat die Ladung angebracht, nachdem das Sicherheitsteam die ganze Insel und alle Boote durchgecheckt hatte.«

»Haben sie gesagt, warum sie es gemacht haben?«, fragte Ling.

»Für Geld. Für sie war es nichts weiter als ein ganz normaler Job.«

»Aber wer hat sie angeheuert?«, wollte Connor wissen.

Charley rief ein Foto auf ihrem Smartphone auf. Es zeigte einen Mann mittleren Alters, braungebrannt und mit rotbraunem Haar. »Mr Joseph Ward.«

»Sterlings schärfster Konkurrent!«, rief Amir entsetzt. »Ist das nicht der, den Sterling wegen irgendwelcher Betrügereien hat auffliegen lassen?«

»Genau der«, nickte Charley. »Ward wirft Sterling vor, ihn geschäftlich und privat vernichtet zu haben. Deshalb wollte er sich an Sterlings Familie rächen. Auge um Auge, Zahn um Zahn.«

»Aber er sitzt doch noch im Knast, dachte ich?«, warf Ling ein.

»Stimmt, im Long Bay Prison. Und dreimal dürft ihr raten, wo die beiden Ex-Knackis Logan und Carter einsaßen? Genau – im selben Gefängnis wie Ward.«

Amir runzelte die Stirn. »Aber wie hat Ward sie bezahlt? Als ich den Bedrohungsbericht für die Operation Gemini zusammenstellte, fand ich eine Menge Meldungen darüber, dass Wards gesamtes Vermögen von den Gerichten beschlagnahmt worden ist.«

»Na ja, wie du weißt, hat Sterling viele Feinde. Aber das erstaunt mich nicht sonderlich. Das Ganze wurde von einem Politiker namens Harry Gibb finanziert, der dann öffentlich angeprangert wurde.«

»Ein Betrüger, der dann angeblich an einem Herzanfall starb«, ergänzte Connor.

Charley nickte. »Gibb wollte sich rächen, weil Sterlings

Zeitungen seine illegalen Geschäfte offengelegt hatten. Aber er hatte nicht die nötigen Kontakte zur Unterwelt – anders als Ward. Ward wird nun wegen mehrfachen Mordversuchs angeklagt. Todd und Doug haben nämlich gestanden, dass sie auch den Jetski sabotiert hatten.«

Connor und Ling wechselten einen erstaunten Blick.

Ling schüttelte ungläubig den Kopf und hob beide Hände hoch. »Sorry, Connor – du hattest recht. Die beiden Typen waren tatsächlich auch auf den Seychellen.«

»Heißt das, dass Ward auch für das Hijacking der Jacht verantwortlich ist?«, fragte Connor.

Charley zuckte die Schultern. »Er leugnet jede Beteiligung daran und behauptet, er habe nichts davon gewusst. Die Bundespolizei hat ihre Ermittlungen noch nicht abgeschlossen, doch vielleicht werden wir nie die volle Wahrheit erfahren. Eins scheint mir jedenfalls sicher zu sein: In diesem ganzen Rachefeldzug gegen Sterling waren Chloe und Emily nur unschuldige Opfer.«

»Die armen Mädchen«, sagte Amir und berührte seine Wange, wo sie ihn geküsst hatten.

»Ach, für die war es nicht so schlimm«, sagte Ling. »Schließlich hatten sie Connor als Beschützer.«

Connor grinste – das war wohl das Äußerste an Lob, das er von Ling zu hören bekommen würde. Er genoss einen Augenblick lang das herrliche Gefühl, recht gehabt zu haben. Aber Ling brachte ihn sofort auf den Boden der Tatsachen zurück. Sie hob die Boxhandschuhe und ging in Kampfstellung.

»Komm schon, du Teufelskerl. Die Runde ist noch nicht vorbei.«

Amir läutete die Glocke und ließ die Uhr weiterlaufen. Connor musste aufpassen – Ling gewann ihre Kämpfe immer.

Seine jüngste Mission hatte ihn gelehrt, dass Charleys Motto stimmte: »Ob du dir etwas zutraust oder nicht – recht hast du wahrscheinlich immer.« Und dieses Mal war er fest entschlossen, Ling nicht gewinnen zu lassen …

Der nächste Auftrag wartet bereits in ...

BODYGUARD

DER HINTERHALT

Der nächste Auftrag wartet bereits auf Connor Reeves in:

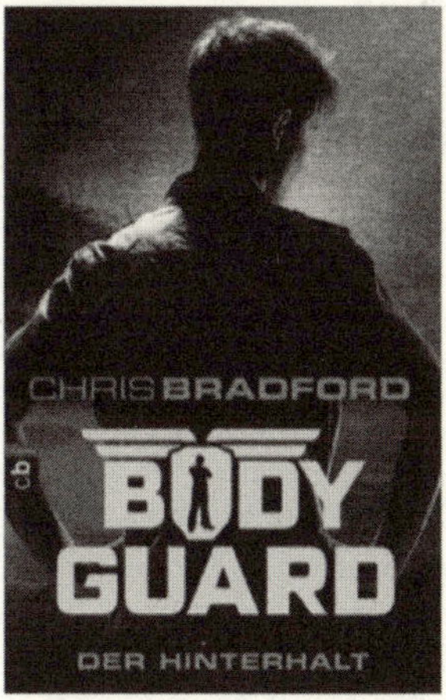

Eigentlich klingt Connors dritter Auftrag eher nach einer Art Erholungsreise: Er soll eine Diplomatenfamilie auf einem dreiwöchigen Safaritrip als Bodyguard durch eine der schönsten Regionen Afrikas begleiten. Doch es kommt ganz anders: Ein Militärputsch stürzt das Land in einen blutigen Bürgerkrieg. Die Safarigesellschaft gerät in die Hände einer bewaffneten Miliz. Und nun ist Connor mit all seinem Können als Bodyguard gefragt, um sie alle heil aus diesem Hinterhalt herauszubringen …

Weiter geht dieses Abenteuer im Dezember 2015 in:

Chris Bradford: Bodyguard – Der Hinterhalt
ISBN 978-3-570-40276-4

Chris Bradford

BODYGUARD

Der 14-jährige Martial-Arts-Experte Connor Reeves entspricht nicht gerade dem, was man sich unter einem typischen Bodyguard vorstellt – und genau deshalb ist er so hervorragend geeignet für seinen neuen Job: Er wird für eine geheime Einheit hochprofessioneller junger Bodyguards angeworben, die jugendliche Stars und die Kinder superreicher Eltern begleiten sollen. Denn wer könnte sie unauffälliger beschützen als ein Gleichaltriger? Nach einem gnadenlosen Training heißt es dann für Connor Reeves bei seinen brandheißen Aufträgen: *Und Action!*

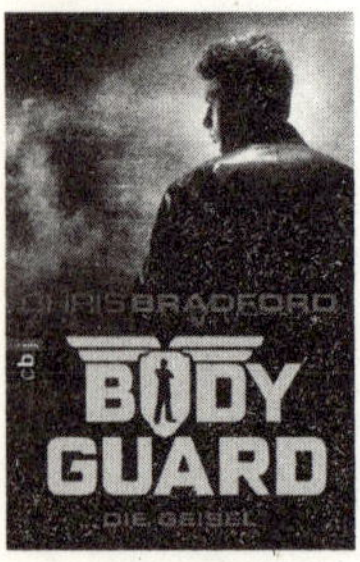

Die Geisel
Band 1, 480 Seiten,
ISBN 978-3-570-40275-7

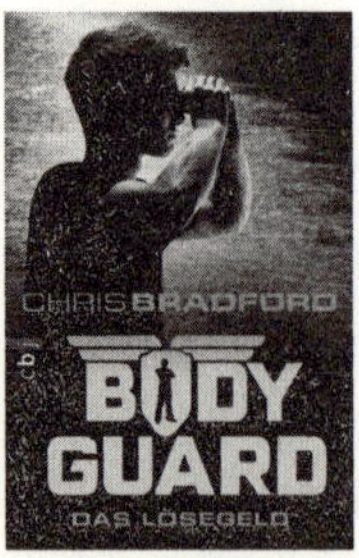

Das Lösegeld
Band 2, 480 Seiten,
ISBN 978-3-570-40276-4

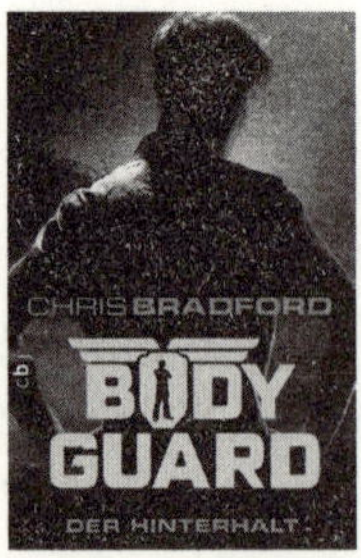

Der Hinterhalt
Band 3, ca. 448 Seiten,
ISBN 978-3-570-40315-0

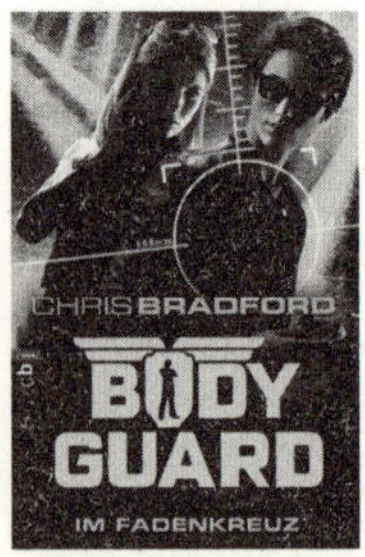

Im Fadenkreuz
Band 4, ca. 350 Seiten,
ISBN 978-3-570-40316-7

40300_4

cbj

www.cbj-verlag.de